© H. Peterova

Patricia Schröder, 1960 geboren, lebt mit Mann, zwei Kindern und einer Handvoll Tieren an der Nordsee. Sie hat Produktdesign studiert und arbeitet seit einigen Jahren als freie Autorin. Zuerst schrieb sie satirische Beiträge für den Hörfunk, später Texte für Anthologien. Inzwischen hat sie zahlreiche Kinder- und Jugendromane veröffentlicht.

Weitere Bücher von Patricia Schröder
bei Fischer Schatzinsel:
Zwei durch dick und dünn
Sommerferien, Sommerküsse (Bd. 80462)
Winterferien, Winterküsse (80562)
Zwischen Hölle und Himmel (Bd. 80667)
Sommerlieben (Bd. 80552)
Scheiß Glatze, ich lieb dich (Bd. 80417)
Freundschaftsspiele (Bd. 80667)
Yella, Rachefee, verliebt (Bd. 80636)
Küssen erlaubt, verlieben verboten (80704)
Auserwählt (Bd. 80880)
Vollmondkuss (Bd. 80733)
u.v.m.

Patricia Schröder

Neumondkuss

EIN VAMPIRROMAN

Fischer Schatzinsel

Fischer Schatzinsel
www.fischerschatzinsel.de

Außenlektorat: Maren Jessen
Umschlaggestaltung: Buchholz/Hinsch/Hensinger
unter Verwendung einer Illustration von Henriette Sauvant
Satz: Pinkuin Satz und Datentechnik, Berlin
Druck und Bindung: CPI – Clausen & Bosse, Leck
Printed in Germany
ISBN 978-3-596-85409-7

Nach den Regeln der neuen Rechtschreibung

Nur das Haar eines Menschenkinds
ermöglicht dir die Rückkehr in die Welt des Lichts,
nur das Blut deines Bruders
vermag dich von den Untoten zu erwecken
und ihn selbst für immer in die Finsternis
zu verbannen.

1

Mein Lieblingsplatz befindet sich ganz oben unter dem Dach. Hier gibt es drei Zimmer Für die Renovierung des kleinsten, das rechts von der Treppe liegt und nach Süden hinauszeigt, habe ich bis Mitte Januar gebraucht. Unter den alten Tapetenschichten ist feuchter, bröckeliger Putz zum Vorschein gekommen, außerdem musste einer der tragenden Querbalken erneuert werden. Ich habe die Wände getrocknet, die Bodendielen abgeschliffen und geölt, alles weiß getüncht und mir mit hellen modernen Möbeln eine Schlafstube eingerichtet.

In den ersten Nächten meiner neuen Identität habe ich noch kein Auge zubekommen, erst allmählich beginnt sich meine Furcht vor dem kleinen Tod zu verlieren.

Wenn es Abend wird und ich diese ungewohnte Müdigkeit in mir spüre, setze ich mich in den großen Raum auf der anderen Seite des Obergeschosses, schaue durch das zerstörte Dach in den Sternenhimmel hinauf und denke an Jolin.

Bisher habe ich es noch nicht übers Herz gebracht, das Dach zu reparieren. Zu übermächtig sind die Erinnerungen an diese Dezemberneumondnacht mit ihr.

Ohne Jolin wäre ich nicht das, was ich bin. Ich lebe durch sie, und ich lebe für sie. Sie ist alles, was ich je geliebt habe, und das Einzige, für das ich, wenn es das Schicksal von mir verlangte, auf der Stelle sterben würde.

Gunnar Johansson parkte den weinroten Mondeo direkt vor der Haustür. Eigentlich war die Lücke viel zu klein, und er musste mehrmals vor- und zurücksetzen, bis der Wagen einigermaßen gerade zwischen die anderen Autos passte.

»Pa, du übertreibst, ich laufe doch nicht auf den Händen«, sagte Jolin lachend, nachdem ihr Vater den Ford umrundet hatte und nun die Beifahrertür öffnete.

»Für dich übertreibe ich gern«, erwiderte Gunnar, beugte sich zu ihr herunter und küsste flüchtig ihre Stirn. Dann schob er seine Hand unter ihre Achsel und umfasste ihren Oberarm. Jolin drehte sich zur Seite und ließ die Beine aus dem Auto hängen, und ihr Vater half ihr mit einem schnellen, kräftigen Zug auf den Bürgersteig.

»Wir sind schon ein richtig gutes Team«, sagte sie, während sie auf die Tür zusteuerte. Ihr Schritt war nach wie vor unsicher, und Gunnar Johansson beeilte sich mit dem Abschließen des Wagens, um ihr zu folgen.

Jolin stoppte vor den Eingangsstufen, legte den Kopf in den Nacken und ließ ihren Blick an den Simsen entlang bis in den vierten Stock hinaufwandern.

»Er ist bestimmt noch nicht da«, meinte ihr Vater. »Du weißt doch, wie unermüdlich er an eurem neuen Heim werkelt.«

In seiner Stimme schwang ein Hauch von Wehmut. Natürlich war es nicht leicht für ihn, seine siebzehnjährige Tochter gehen zu lassen, und wäre er ein anderer gewesen, hätte er sie sicher umzustimmen versucht. Aber Gunnar Johansson war ja nicht blind. Er hatte mit eigenen Augen gesehen, wie sehr Jolin sich in den letzten Wochen verändert hatte. Aus dem ernsten, fast scheuen Wesen war ein lebenslustiges, offenes Mädchen geworden. Das Nachdenkliche schien sich quasi über Nacht verloren zu haben und war einer lebendigen Neugier und einem selbstironischen Humor gewichen, von dem er nicht gedacht hätte, dass sie ihn jemals entwickeln würde. Im Gegenteil. Eigentlich hatte er befürchtet, dass Jolin sich nach diesem schrecklichen Unfall in der Burgruine Horsteck, bei dem ihre Unterarme zertrümmert worden waren und ein Mädchen aus ihrer Stufe beinahe ums Leben gekommen wäre, noch mehr verschließen würde.

»Tröste dich, Pa«, stöhnte Jolin. »Es wird ewig dauern, bis es fertig ist.«

»Ich weiß«, sagte Gunnar.

Seine Tochter sah ihn überrascht an. »Sag bloß, du bist dort gewesen!«

»Natürlich. Ich muss doch wissen, wo mein Kind in Zukunft leben wird.«

»Und?« Jolins Augen funkelten erwartungsvoll. »Wie findest du es?«

»Willst du das wirklich hören?«

»Aber klar doch!«

Gunnars Mundwinkel zuckten. Er kramte seinen Schlüsselbund hervor und öffnete die Haustür. »Das Haus ist eine Bruchbude«, sagte er trocken.

»Jaaa, aber es ist … total romantisch.«

Jolin schlüpfte an ihm vorbei ins Treppenhaus.

Ihr Vater warf ihr einen Blick zu, der etwas ausdrückte,

das irgendwo zwischen Belustigung und Ekel lag. »Du findest Spinnweben und Ratten romantisch?«

»Nein, ich finde einsam gelegene alte Häuser romantisch«, erwiderte sie. Und kaputte Dächer, durch die man in den Himmel schauen kann und unter denen man seine erste – und bisher leider einzige – Liebesnacht verbracht hat, fügte sie in Gedanken hinzu.

»Du bist verliebt«, fasste Gunnar Johansson zusammen.

Jolin wollte etwas erwidern, doch ihr Vater legte ihr seinen Finger auf die Lippen. »Zu Recht«, sagte er. »Rouben ist einfach …« Er hob den Arm und blickte suchend zur Decke.

»Unglaublich?«

»Unglaublich und …«

»Charmant?«

Gunnar nickte. »Charmant.«

»Und phänomenal.«

»Jaa …«

»Unwiderstehlich!«

»Wie auch immer, ich bin mit deiner Wahl mehr als zufrieden«, sagte Gunnar Johansson. Schmunzelnd strich er sich über den Vollbart, dann legte er Jolin den Arm um die Schultern und schob sie auf den Treppenabsatz zu. Zwei, drei Stufen konnte sie inzwischen allein bewältigen, ohne das Gleichgewicht zu verlieren, bis in die vierte Etage schaffte sie es ohne Hilfe jedoch nicht.

»Du bist der Beste«, sagte Jolin und drückte ihm ungestüm einen Kuss auf die Wange. »Aber das hab ich ja schon immer gewusst.«

Paula und Anna saßen in der Küche. Auf dem Tisch standen das Stövchen und die große Teekanne und daneben ein Teller voller selbstgebackener Kekse, die noch von Weihnachten übrig waren.

Jolin schob sich auf einen freien Stuhl und legte demonstrativ ihre Gipsarme auf den Tisch. »Ihr werdet es nicht glauben«, sagte sie.

Paula Johansson nahm ihrer Tochter eine blonde Strähne aus der Stirn und legte sie ihr sanft hinters Ohr. »Was denn, mein Schatz?«

»Ich wette, sie müssen amputiert werden«, sagte Anna.

»Du bist wirklich eine blöde Kuh«, sagte Jolin. »Aber du hast recht: Ich bekomme zwei schicke Prothesen. Unkaputtbar und absolut pflegeleicht.«

Auf dem Gesicht ihrer Mutter breitete sich Entsetzen aus. »Aber Doktor Wiemert hat doch gesagt, dass alles verheilen wird und du …«

»Stimmt ja auch«, unterbrach Jolin sie. »Es war doch bloß …« Sie sah kurz Anna an und zuckte mit den Schultern, »… ein Scherz.«

»Also, ich weiß nicht …« Paula schoss von ihrem Stuhl hoch und machte ein paar unruhige Schritte zur Anrichte, ehe sie sich wieder setzte und ihre Tasse ergriff. »Ein Scherz.« Kopfschüttelnd pustete sie in den dampfenden Tee.

Jolin zwinkerte ihrer Freundin zu. »Wer mir zuerst einschenkt, der hat gewonnen«, sagte sie.

»Was?« Ruckartig hob ihre Mutter den Kopf. »Oh, nein!«, rief sie und griff nach der Kanne. »Entschuldige bitte, aber ich glaube, ich werde mich nicht daran gewöhnen.«

»Musst du ja auch nicht«, sagte Jolin. »Der Gips kommt übermorgen ab.«

»Was?« Paula goss einen Schwall heißen Tees auf die Tischplatte.

»Lass nur, ich mach das schon«, sagte Gunnar, nahm ihr die Kanne aus der Hand, füllte die beiden leeren Tassen und setzte sich ebenfalls. Er nahm einen Zimtstern vom Teller, schob ihn sich zwischen die Lippen und stupste seine Frau zärtlich mit der Schulter an. »Du bist ja das reinste Nervenbündel, mein Engel«, sagte er lächelnd. »Kaum zu glauben, dass du eine Kochshow moderierst.«

»Ja, ja. Hackt nur alle auf mir rum«, brummte Paula.

»Die erste Sendung war übrigens toll«, sagte Anna, und ihre Augen strahlten vor ehrlicher Begeisterung. »Meine Eltern haben sofort alles nachgekocht. Freitags gab's Hähnchen in Honigsoße, am Samstag das mediterrane Gemüse und am Sonntag dann …«

»… Tauben im Bärlauchkostüm«, fiel Paula ihr dankbar lächelnd ins Wort.

»Na ja.« Anna hob beinahe entschuldigend die Schultern. »Mam und Paps haben anstelle der Taube wieder nur ein ganz normales Huhn genommen.«

»Kein Problem«, meinte Paula. »Ich denke, es hat trotzdem ganz wunderbar geschmeckt.«

Jolin schüttelte den Kopf. »Du hast eine Taube gekocht?«

Ihre Mutter tauchte ein Vanillekipferl in ihren Tee. »Na ja, es muss eben immer mal etwas Besonderes dabei sein.«

»Im Bärlauchkostüm? Mit Bluse und Seidenschal?«

Paula Johansson ließ die Hand mit dem Kipferl sinken

und warf ihrer Tochter einen wütenden Blick zu. »Ich hätte nichts dagegen, wenn du so langsam mal wieder runterkämst.«

»Ma, man kann doch keine Tauben kochen!«, rief Jolin empört.

»Ich dachte, du hättest dir meine erste Sendung angeschaut«, sagte Paula.

»Und ich dachte, du hättest bemerkt, dass es in meinem Krankenzimmer keinen Fernseher gab«, konterte Jolin.

»Sagt mal, was ist hier eigentlich los?«, fragte Gunnar verwundert. »Vor ein paar Wochen wart ihr zwei noch ein Herz und eine Seele, und jetzt …«

»… seid *ihr* es«, sagte Paula, stand von ihrem Stuhl auf und stürzte aus der Küche.

Betroffen sahen Jolin, Anna und Gunnar ihr hinterher. Jolin machte Anstalten aufzustehen, doch ihr Vater hielt sie am Arm zurück. »Lass sie.«

Jolin schüttelte den Kopf. »Aber jemand muss doch … Oder willst du?«

»Ich denke, es ist das Beste, wenn Paula ein paar Minuten für sich hat.«

»Aber ich möchte mich entschuldigen.«

»Wofür?«

»Ich habe sie erschreckt und gekränkt«, sagte Jolin. »Das war nicht in Ordnung. Früher hätte ich so etwas nie getan.«

»Eben«, sagte Gunnar. »Sie wird sich damit abfinden müssen, dass du dich verändert hast, dass du dir andere Bezugspersonen suchst und …«

»Aber Pa! Du bist doch keine Bezugsperson. Du bist mein Vater. Und Rouben … ist mein Freund.«

»Und ich deine Freundin«, betonte Anna.

»Ja, das bist du«, sagte Jolin leise.

Anna und sie, das war wirklich etwas Spezielles. Die Mädchen mochten sich schon seit der fünften Klasse, teilten die gleichen Leidenschaften gegen das, was die Welt zerstörte, und damit automatisch für alles, was sie möglicherweise retten oder zumindest ein kleines bisschen besser machen konnte. Sie hatten Vögel beobachtet, das Leben von Fröschen und Spinnen erforscht und Handzettel gegen das Halten von Zootieren, das Tragen von Pelzmänteln und das Transportieren von Schlachtvieh durch halb Europa entworfen und verteilt. Später lasen sie die gleichen Bücher, diskutierten bis spät in die Nacht darüber und arbeiteten zusammen Referate für Biologie, Erdkunde oder Religion aus.

Sechs lange Jahre waren sie unzertrennlich gewesen. Anna wohnte nur eine Querstraße weiter, und bis auf wenige Ausnahmen hatte es nicht einen einzigen Tag gegeben, an dem sie sich nicht gesehen hatten. Dann, Mitte des elften Jahrgangs, hatte Anna sich plötzlich mit Klarisse angefreundet, und von einen Tag auf den anderen war alles anders geworden.

Anna hatte angefangen, sich zu schminken, kurze Röcke zu tragen, auf Partys zu gehen und Jungs gut zu finden. Jolin und sie trafen sich nur noch selten, und wenn, dann stritten sie meistens. Anna wollte, dass Jolin sich ebenfalls Klarisses Clique anschloss, doch Jolin ließ sich nur über deren Oberflächlichkeit aus.

Im November vergangenen Jahres war Rouben an ihre Schule gekommen und vom ersten Tag an das Thema Nummer eins bei den Mädchen gewesen. Rouben hatte sich um den Rummel, den er auslöste, jedoch nur wenig gekümmert. Damals hatte Jolin nicht einordnen können, ob er ihm gleichgültig war oder er sich einfach nur still darin sonnte. Inzwischen wusste sie, dass es ihm von Anfang an nur um sie gegangen war, er in seinem Zustand – oder wie auch immer man das nennen wollte – aber nur eine einzige Gelegenheit gefunden hatte, es ihr zu zeigen. Doch leider hatte sie das damals nicht wirklich verstanden und völlig falsch gedeutet.

Nachdem Jolin und Anna die übriggebliebenen Plätzchen in die Dose zurückgelegt und das Geschirr in die Spülmaschine geräumt hatten, waren sie in ihr Zimmer gegangen und hatten es sich auf dem breiten Bett bequem gemacht. Anna hatte die Arme unter dem Kopf verschränkt, Jolins lagen neben ihrem Körper, die Unterarme zeigten im Neunzig-Grad-Winkel nach oben. Eigentlich sollte sie immer eine Doppelschlinge tragen, damit die Schultergelenke nicht allzu sehr belastet wurden, doch Jolin fühlte sich mit der Schlinge wie in eine Zwangsjacke geschnürt und legte sie meistens erst um, wenn sie Schmerzen in den Oberarmen verspürte.

»Das sieht sooo bescheuert aus«, kicherte Anna. »Du kannst echt froh sein, dass du den Gips bald los bist.«

»Bin ich auch«, sagte Jolin. »Dann kann ich Rouben nämlich endlich richtig in den Arm nehmen.«

Anna drehte sich auf die Seite und sah ihre Freundin mit funkelnden Augen an. »Ja, Mensch, immer nur küssen kann echt langweilig sein, was?«

Rouben zu küssen ist nie langweilig, dachte Jolin lächelnd. Rouben zu küssen war wie ein Erdbeben und ein Glas Honig leerschlecken gleichzeitig. Und von Rouben geküsst zu werden war sowieso mit gar nichts zu vergleichen.

»Mann, du bist …«, murmelte Anna.

»Was?«

»So süß … dein Grinsen … einfach unglaublich.« Sie ließ die Arme über ihrem Kopf in die Kissen fallen und seufzte theatralisch. »Ich fürchte, wenn ich mich nicht auch bald verliebe, dann sterbe ich.«

»Ich glaube ja eher, man kann gar nicht sterben, wenn man vorher nicht so richtig verliebt gewesen ist«, erwiderte Jolin.

Anna seufzte noch ein zweites Mal. »Wahrscheinlich hast du recht. – Oh, Mann«, fuhr sie voller Enthusiasmus fort. »Wenn ich mir überlege, ich wäre so richtig mit Haut und Haaren in …« Sie stockte, schloss die Augen und lächelte selig in sich hinein.

»In wen?«, hakte Jolin sofort nach, doch Anna winkte ab. »Ach, eher so allgemein«, entgegnete sie. »In niemanden Bestimmten.«

»Na komm schon«, sagte Jolin. »Du hast Rouben doch auch gut gefunden.«

»Stimmt«, gab Anna zu. »Es waren schließlich alle hinter ihm her.«

»Und allen voran Klarisse.«

»Ja, und *alle* haben gedacht, dass sie ihn bekommt.«

»Da kann man mal sehen«, sagte Jolin und grinste.

Anna nickte. Plötzlich sah sie sehr ernst aus. »Aber es gibt keine, die ihn dir nicht gönnt. Nachdem du Klarisse vor dem herabstürzenden Felsen gerettet und dir dabei beide Arme zertrümmert hast, bist du die absolute Königin an unserer Schule.«

»Ich weiß«, sagte Jolin. »Ich darf gar nicht an nächste Woche denken … Alle werden mich anstarren. Alle werden mich mit Fragen löchern …« Und keine einzige davon werde ich wahrheitsgemäß beantworten dürfen, dachte sie, denn niemand außer Rouben und mir kann sich daran erinnern, was in der Burgruine tatsächlich passiert ist.

Der Wahrheit entsprach nur, dass sie Klarisse gerettet hatte, allerdings nicht vor einem herabstürzenden Felsen, sondern vor dem Biss eines Vampirs. Aber das würde ihr inzwischen wahrscheinlich nicht einmal Anna mehr glauben.

»Sag mal …«

Jolin wandte ihr Gesicht der Freundin zu. »Was …?«

»Du und Rouben … habt ihr eigentlich? … Ich meine, ihr habt doch ständig zusammengehangen.«

»Doch, wir haben.« Jolin räusperte sich. »Ein einziges Mal.«

»Mit allem Drum und Dran?«

»Ich würde es ein wenig anders beschreiben, aber … ja.«

»Oh Mann!« Anna fasste sich an die Stirn. »Und wann? Richtig angemerkt hat man euch das nämlich nicht.«

Jolin holte tief Luft und versuchte so, das Gefühl der Beklemmung zu verscheuchen, das sich auf ihre Brust legte, sobald sie an die letzten Wochen des vergangenen Jahres zurückdachte. »Anfang Dezember«, sagte sie rau. »Danach habe ich mich allerdings von ihm ferngehalten.«

»Ja, das weiß ich noch. Aber wieso hast du das getan?« Anna schüttelte den Kopf. »Ich meine … das erste Mal. Und dann mit einem Typen wie Rouben. Es muss doch der absolute Wahnsinn gewesen sein.«

»Schon«, erwiderte Jolin zögernd. »Aber danach war er total komisch. So kalt und abweisend. Viel extremer noch als vorher. Ich habe mich schrecklich ausgenutzt gefühlt und war überzeugt davon, dass es ihm nicht ernst mit mir war.«

»Das hat Klarisse auch gesagt.«

»Ihr habt es also doch gemerkt«, sagte Jolin mit einer Spur Empörung in der Stimme.

»Nein«, beeilte Anna sich zu erwidern. »Ehrlich nicht. Wir dachten alle, dass Klarisse nur ihre übliche Show abzieht. Sie war ganz schön fies damals.«

»Gut, dass du das endlich auch so siehst.«

»Aber sie hat sich total verändert«, erwiderte Anna, als wollte sie Klarisses damaliges Verhalten im Nachhinein verteidigen.

Jolin nickte besänftigend. »Ja, zugegeben, das hat sie. Damals ist es aber so gewesen, dass eigentlich *sie* Rouben in dieser Nacht treffen wollte.«

Ihre Freundin horchte auf. »Aha, und er hat sie abblitzen lassen?«

»Anna, jetzt tu mal nicht so«, sagte Jolin. »Du weißt ganz genau, was damals rumgegangen ist.«

»Ja, ja, ja …« Anna schloss die Augen. »Alle dachten, dass Rouben die Hunde gerissen und Carina angefallen hat.«

»Alle dachten, dass er ein Vampir ist«, brachte Jolin es auf den Punkt. »Ich auch.«

»Und du hast trotzdem mit ihm geschlafen?«

»Es war Neumond«, sagte Jolin. »Klarisse hatte sich diese Nacht ausgesucht, weil sie wusste, dass Vampire bei Neumond ungefährlich sind.«

Anna pfiff durch die Zähne. »So eine feige Nuss. Und uns gegenüber hat sie immer so getan, als ob sie kein Problem damit hätte, mit einem Werwolf und einem Vampir gleichzeitig ins Bett zu gehen.«

Jolin grinste. »Klarisse eben.«

»Aber dann ist es doch eigentlich klar«, sagte Anna.

Jolin runzelte die Stirn. »Was meinst du?«

»Rouben musste sich danach dir gegenüber zurückhalten. Denn Neumond ist schließlich nicht alle Tage.«

»Stimmt«, sagte Jolin. »Du vergisst allerdings eine Kleinigkeit: Rouben ist kein Vampir.«

Was aus heutiger Sicht betrachtet nicht einmal eine Lüge war. Genau genommen kannte Anna aber nur die halbe Wahrheit, und Jolin hatte keinesfalls vor, sie in die ganze Geschichte einzuweihen. Sie war heilfroh, dass alles vorbei und gut ausgegangen war – abgesehen von den äußerst komplizierten Knochenbrüchen natürlich. Aber auch die würden schon sehr bald nur noch Erinnerung sein.

Jolin hob ihren Blick und sah an der Freundin vorbei zur Tür.

»Was ist?«

»Ich glaube …« … ich habe etwas gehört, vollendete Jolin den Satz in Gedanken. Ihr war klar, dass Anna sie für einigermaßen durchgeknallt erklären würde, wenn sie behauptete, dass sie Roubens Schritte vernommen hätte, obwohl das Bett gut zwei Meter von der Tür entfernt und diese fest geschlossen war. Doch als es im nächsten Moment leise klopfte, wusste Jolin, dass sie sich nicht getäuscht hatte. »Ja?« Sie bemühte sich um einen lauten, festen Klang, doch die Stimme brach ihr weg, noch ehe sie dieses läppisch kurze Wort ausgesprochen hatte.

Anna grinste, und im nächsten Moment stand Rouben bereits im Zimmer.

Er trug eine ausgewaschene Jeans, ein rauchblaues T-Shirt und einen karamellfarbenen Sweater, dessen Reißverschluss er bis knapp unters Brustbein heraufgezogen hatte. Das Karamell der Jacke wiederholte sich in der Iris seiner Augen, in deren Mitte es in einen leuchtend warmen Bernsteinton überging, was einen ungewöhnlichen Kontrast zum tiefen Schwarz der Pupillen ergab. Die dunklen Brauen lagen schwungvoll darüber, die glänzenden schwarzen Haare, vor wenigen Wochen noch halb lang, hatte Rouben sich inzwischen kurz schneiden lassen, ein paar der lässig verstrubbelten Ponyfransen fielen nun locker über seine hohe glatte Stirn. Die Augen und die vollen, makellos geschwungenen Lippen waren das Beste an ihm, die etwas unregelmäßig gewachsene Nase jedoch verlieh seinem Gesicht erst etwas menschlich Vertrautes und machte es dadurch auf nahezu beängstigende Weise perfekt.

Jolin bemerkte, dass ihrer Freundin der Atem wegblieb, und grinste ebenfalls.

»Hallo, Anna«, sagte Rouben.

Seine Stimme klang dunkel und weich, sein Blick war offen und klar, und um seine Mundwinkel zeichnete sich ein sanftes Lächeln ab.

»Hi!« Anna schnellte hoch und griff nach ihrer Tasche, die sie neben dem Bett auf den Boden gelegt hatte. »Ähm … Ich bin schon weg.«

»Kein Problem«, sagte Rouben, während er so lautlos und geschmeidig wie eine Katze an ihr vorbeiglitt und sich zu Jolin auf die Bettkante setzte. »Du kannst gerne noch bleiben.«

»Äh … Nee, nee, besser nicht«, erwiderte Anna hastig. »Ich bin sowieso schon viel zu lange hier, eigentlich müsste ich längst an meinem Geschichtsreferat sitzen und …« Sie sah ihre Freundin, die noch immer mit senkrecht nach oben abgewinkelten Armen auf dem Bett lag, unschlüssig an und zuckte schließlich mit den Schultern. »… Na ja …«

»Schön, dass du da warst«, formte Jolin tonlos mit den Lippen.

Anna nickte. »Ich melde mich«, sagte sie, schulterte ihre Tasche und machte eine flüchtige Geste mit abgespreiztem Daumen und kleinem Finger in Richtung Mund und Ohr. Dann tappte sie eilig aus dem Zimmer.

Rouben blickte ihr belustigt nach. »Manchmal habe ich fast das Gefühl, sie mag mich nicht«, murmelte er.

Jolin lachte. »Blödmann!«

Rouben rutschte zur ihr rüber und stützte seine Arme rechts und links von ihr ab. »Wer? Ich?«, fragte er dunkel.

Jolin sah ihn an, und ihr Puls schnellte blitzartig nach oben. »Du weißt doch ganz genau, dass Anna dich auch genommen hätte.«

»So?« Lächelnd näherte er sich ihrem Gesicht, berührte mit seiner Nasenspitze die ihre, ließ seinen Mund sanft über ihre Wange streifen und öffnete schließlich ihre Lippen.

Jolins Herz klopfte wild, und das Blut pulsierte ihr heiß den Nacken hinauf. Noch immer glaubte sie den Verstand zu verlieren, wenn Rouben so nah bei ihr war, wenn sie den warmen Duft seiner Haut atmete und ihre Lippen und Zungen einander zärtlich umspielten. Es war nach wie vor schwer zu begreifen, dass all das kein Traum, sondern nun schon seit acht Wochen greifbare Wirklichkeit war. Der

Umstand, dass Jolin sich mit ihren Gipsarmen kaum rühren konnte und sich Rouben in jeder Hinsicht ausgeliefert fühlte, war allerdings nicht weniger real. Er hätte mit ihr machen können, was er wollte. Das Problem war nur: Er wollte – ganz offensichtlich! – nicht.

»Hör mal … Rouben?«

»Mhm?« Noch einmal küsste er sie sanft, dann löste er sich und sah sie fragend an. »Was ist? Möchtest du immer noch über Anna reden?«

»Ähm, nein.«

»Sondern?«

»Über uns.«

Unwillig schüttelte er den Kopf. »Was gibt es denn da zu reden?« Sehnsüchtig zeichnete er mit seinem Finger die Konturen ihrer Lippen nach, und in dem Moment, als Jolin zu einer Antwort ansetzte, küsste er sie ein weiteres Mal, diesmal voller Leidenschaft.

Umständlich schob Jolin einen ihrer Gipsarme unter seiner Achsel hindurch bis auf seinen Rücken und drückte ihn näher an sich heran. Lächelnd küsste Rouben sie weiter, saugte an ihren Lippen und ließ seine Zungenspitze über ihre Zähne gleiten.

»Rouben, ich halte das nicht länger aus!«, keuchte Jolin.

»Das ist aber gar nicht gut«, flüsterte er. Seine Pupillen waren groß und hatten den leuchtenden Bernsteinton nahezu völlig verdrängt, so dass seine Augen nun dunkel und samtig wirkten. Behutsam streckte er sich in Jolins Arm aus. »Es gibt nämlich nichts, was ich lieber tue.«

Jolin schluckte. »Wirklich nicht?«, hauchte sie.

Rouben zuckte mit den Schultern. »Ich müsste lügen.«

»Aber ich …« Sie brach ab und starrte auf sein Kinn, weil sie es einfach nicht über sich brachte, ihn dabei anzusehen. »Ich möchte mehr, Rouben. Verstehst du? … Ich will, dass es noch einmal so ist.« Sie geriet ins Stottern. »I-ich wünsche mir nichts so sehr, wie *es* zu wiederholen.«

Rouben schwieg. »Das ist völlig un-mög-lich«, sagte er äußerst entschieden.

Jolins Herz krampfte sich zusammen. »Warum?«, fragte sie heiser.

»Entschuldige bitte«, presste Rouben hervor, »aber mit den Armen!«

»Wie …?« Irritiert hob Jolin den Blick. Als sie das weiße Strahlen der Zähne hinter seinen Lippen und das Lachen in seinen Augen sah, löste sich der Krampf in ihrer Brust augenblicklich in einem leisen Kichern auf. »Ach so ist das«, sagte sie übermütig. »Du schläfst also nicht mit Krüppeln, du elender Mistkerl.«

»Doch, Jolin, das täte ich durchaus«, erwiderte Rouben. Seine Pupillen flackerten und auf seiner Stirn bildete sich eine ernste Steilfalte. »Ich würde sogar mit dir schlafen, wenn du statt Händen und Füßen Hufe hättest und dein hübsches Gesicht mit tausend Warzen übersät wäre …«

»Würdest du nicht!«

»Du hast ja keine Ahnung.«

»Aber du!«

»Ich liebe dich, Jolin.« Roubens Pupillen weiteten sich erneut. Er betrachtete sie mit aufmerksamer, fast wehmütiger Miene. »Und ich möchte nicht, dass unser zweites Mal wieder in einem Desaster endet.«

»Wieso sollte es?«, entgegnete sie. »Außerdem war unser erstes Mal kein Desaster. Im Gegenteil: Es ist wunderschön gewesen!«

Rouben antwortete nicht gleich.

»Stimmt, das war es«, sagte er schließlich. »Und ich habe es sehr genossen. Zumindest soweit ich überhaupt dazu in der Lage gewesen bin.«

Mit einem Schlag war der Krampf wieder da. Schmerzhaft drückte er von unten auf Jolins Kehle. »Wie meinst du das?«, presste sie hervor.

Rouben richtete sich auf, umschlang seine Knie und sah zum Fenster hinüber. »Damals war ich ein Nichts. Weder ein Mensch noch ein Vampir.«

»Das weiß ich. Du warst ein Zwielicht«, erwiderte sie ungeduldig.

»Aber du weißt *nicht*, was das bedeutet«, antwortete er rau.

»Dann sag es mir.«

Rouben legte den Kopf in den Nacken. Jolins Blick ruhte auf seinem wohlgeformten Rücken. Sie hätte schwören können, dass er die Augen geschlossen hielt.

»Ich hatte keine Gefühle«, begann er. »Jedenfalls nicht so wie jetzt. Ich habe dich begehrt, Jolin, vom ersten Augenblick an.«

»Du meinst den Moment, als du in meinen Englischkurs kamst, wir uns meinen Kollegblock teilten und zusammen in einem Buch lesen mussten?«

Rouben schüttelte den Kopf. »Nein, dieses Verlangen packte mich schon, als ich dich zwischen den Containern sah. Du hast mit einer Taube gespielt und …«

»Das ist ewig lange her«, fiel sie ihm ins Wort. Natürlich hatte Rouben ihr längst erzählt, dass sie ihm schon vor einigen Jahren, als sie noch am Stadtrand wohnten, aufgefallen war. Jolin wusste, dass er damals seine Gefühle für sie entdeckt hatte, allerdings hatte er ihr bisher geflissentlich verschwiegen, welcher Art diese Gefühle gewesen waren. »Da war ich gerade mal zwölf Jahre alt. Ein Kind. Genauso wie du.«

»Das ist nicht ganz richtig«, korrigierte Rouben sie. »Ich sah vielleicht aus wie ein Kind. Tatsächlich gibt es für Zwielichter aber keine Kindheit. Zwar wachsen wir äußerlich genauso heran wie ein Mensch. Es geschieht sogar im gleichen Tempo. Innerlich jedoch sind wir wie Tiere. Sobald wir geschlechtsreif sind …« Er brach ab und ließ resigniert den Kopf auf die Brust sinken.

»Willst du damit sagen, dass du im Alter von knapp dreizehn Jahren bereits schlüpfrige Gedanken hattest?«, fragte Jolin ungläubig.

Rouben stöhnte tief. »Sehr schlüpfrige.«

Jolin musste lachen. »Aber ich war vorne und hinten so platt wie eine Flunder!«

Er drehte sich flüchtig zu ihr um, fing für den Bruchteil einer Sekunde ihren Blick ein und wandte sich sofort wieder dem Fenster zu. »Du warst einfach wunderschön«, sagte er leise und in einem Tonfall, der Jolin einen feinen Schauer über die Wirbelsäule jagte. »So zart. Und diese Anmut, mit der du dich bewegt hast. Deine Haare …«

»… waren meistens ungekämmt.«

»… dein Gesicht …«

»Schmutzverschmiert!«

»Deine Augen waren damals schon so groß, so klar und so wahnsinnig blau …«

»Kinderaugen!«

»Ich habe jede Nacht von dir geträumt. Dein Blick hat mich verfolgt. Dieses Blau. Und dann dein Lachen … vor allem aber dein Geruch.«

»Mein Geruch?«

Rouben schüttelte sich voller Widerwillen, als ob er die Erinnerung daran endlich loswerden wollte. »Er war un-erträg-lich. Wenn meine Mutter mich nicht mit aller Macht abgehalten hätte, wäre ich über dich hergefallen.«

»Und hättest mich … *vergewaltigt?*«

»Wo denkst du hin!«, rief er abwehrend. »Ich hätte dich geküsst.«

»Was?«, hauchte Jolin. Einen Moment starrte sie fassungslos auf seinen Rücken, dann perlte ein Glucksen durch ihre Kehle. »Du hast recht«, sagte sie, während sie mühsam ein Kichern unterdrückte, »das hätte mir damals wahrscheinlich nicht besonders gut gefallen. Jetzt allerdings könntest du sogar über mich herfallen und ich …«

»Ich hätte dir die Lippen blutig gebissen«, unterbrach Rouben sie heftig. »Ich hätte meine Nägel in dein Fleisch gebohrt und wahrscheinlich nicht einmal gemerkt, wie weh ich dir damit tue.«

Jolin stieß einen Schwall Luft aus. »Hättest du mich getötet?«, fragte sie atemlos.

Rouben zögerte mit seiner Antwort. »Ich weiß es nicht«, sagte er. »Ich weiß nur, dass ich dich wollte. Immer und immer und immer. Manchmal habe ich meine Mutter richtig dafür gehasst, dass sie mich in diese Siedlung gebracht hat, dass ich dich anschauen musste, Tag für Tag. Ich konnte ja nicht ahnen, dass du das Mädchen warst, das mich zu einem Menschen machen würde. Erst im letzten Herbst, als sie mich in deinen Jahrgang schickte, hat sie es mir gesagt.«

»Das verstehe ich nicht«, erwiderte Jolin. »Mir gegenüber hat Ramalia nämlich behauptet, dass du von nichts eine Ahnung hättest.«

»Von der Prophezeiung nicht, das stimmt«, gab Rouben zurück. »Ansonsten hat sie mir alles erzählt, aber immer nur so viel, wie unbedingt nötig war. Ich wusste von meinem Bruder, und ich wusste auch, dass sich nur einer von uns beiden in ein warmblütiges Wesen verwandeln konnte …«

»Nicht einer von euch«, unterbrach Jolin ihn. »Der Prophezeiung nach war Vincent dazu auserwählt.«

»Siehst du, das zum Beispiel hat Ramalia mir verschwiegen. Ich kannte diese verdammte Gesetzmäßigkeit nicht, sondern habe die ganze Zeit über so sehr gehofft, dass ich mir dieses Glück verdienen würde. Alles, was ich wollte, war, mit dir zusammen zu sein. Meine Mutter aber hat mir geradezu eingetrichtert, dass ich mich von dir fernzuhalten habe, solange ich in der Zwischenwelt des Zwielichts gefangen bin. Eigentlich hätte ich mich dir erst nach meiner Verwandlung in einen Menschen nähern dürfen.«

»Hast du aber nicht«, sagte Jolin sanft.

»Nein«, stieß Rouben hervor. »Die Vorstellung, dich nicht berühren zu dürfen, dir nicht sagen zu können, wie sehr ich dich begehre, hat mich fast um den Verstand gebracht. Als Klarisse mich dann ausgerechnet am 7. Dezember treffen wollte und ich feststellte, dass dies eine Neumondnacht war, erkannte ich meine Chance: Ich würde dich im Arm halten können, ohne dich zu verletzen. Aber das ist ein Irrtum gewesen«, fügte er bitter hinzu. »Ich kannte mich nicht wirklich aus mit dieser Seite meines Wesens, ich hatte einfach keine Ahnung, wie menschliche

Gefühle tatsächlich funktionieren. Ich weiß, es klingt wie eine billige Entschuldigung, aber damals konnte ich absolut nicht einschätzen, wie sehr deine Seele hinterher leiden würde.«

Jolin verzog das Gesicht. Die Erinnerung an den Morgen nach dieser unglaublichen Neumondnacht tat ihr immer noch weh. »Du bist so kalt und gleichgültig gewesen«, sagte sie leise.

»Ich weiß. Du hast leider nicht verstanden, was ich dir zeigen wollte. Du hast einfach nicht begriffen, was mit mir los war. Du konntest es gar nicht begreifen.«

Jolin nickte. Leise stöhnend richtete sie sich auf und drückte sich mühsam in den Sitz. Sie streckte den Arm aus und berührte mit ihrer eingegipsten Hand vorsichtig Roubens Rücken. »Aber bei deiner Geburtstagsfeier auf der Burg, da habe ich es dann endlich verstanden«, flüsterte sie. »Eigentlich war ich ja nur dorthin gekommen, um zu verhindern, dass Anna, Mellie und die anderen in ihr Unglück rennen. Im Gegensatz zu dir kannte ich die Prophezeiung, wusste aber nichts von Vincent. Den habe ich erst auf der Burg getroffen. Und erst da wurde mir klar, dass eigentlich er die Prophezeiung erfüllen sollte und nicht du.«

Langsam drehte Rouben sich zu ihr um. »Es tut mir so leid«, sagte er und strich mit den Fingerspitzen über ihre eingegipsten Unterarme.

»Ich habe es nicht anders gewollt«, sagte Jolin mit fester Stimme. »Keine Ahnung, woher ich die Kraft genommen habe …« Sie sah ihn an und spürte einen leichten Schwindel. »Aber ich hätte es niemals zugelassen, dass Vincent eins der Mädchen umbringt. Lieber wäre ich selber gestorben.«

Rouben schluckte. »Bitte sag das nicht.«

Jolin schüttelte unwillig den Kopf. »Es wäre so leicht gewesen«, fuhr sie fort. »In dem Augenblick, als mir klar wurde, dass du mir in dieser Neumondnacht nur deine Liebe zeigen wolltest, war mir alles egal.«

»Nicht ganz«, sagte Rouben. »Immerhin hast du nach mir gerufen.«

»Nur mein Herz …«

»Ich habe es trotzdem gehört.«

»Ja. Und zusammen haben wir es geschafft. Wir haben sie besiegt. Und deshalb hat nicht er, sondern du die Prophezeiung erfüllt. Du musstest niemandem weh tun.«

Rouben schloss die Augen. »Offenbar hat das, was ich für dich empfunden habe, ausgereicht, um die Macht der Vampire zu brechen.«

»Was du für mich empfunden hast?«

»Ist keine Liebe gewesen«, sagte Rouben. »Du darfst dir da nichts vormachen, Jolin.« Er öffnete seine Augen, in denen nun ein gequälter Ausdruck lag. »Das, was ich für dich empfunden habe, war eiskaltes Verlangen. Es kam aus der Dunkelheit meines Wesens.«

Jolin sah ihn an. Sie sah die leuchtende bernsteinfarbene Sonne um seine Pupillen, sein ebenmäßiges, fast unwirklich schönes Gesicht. »Das, was du für mich empfindest … ist keine Liebe?«, fragte sie mit klopfendem Herzen.

»Doch, aber …« Rouben streichelte ihr zärtlich über die Wange und ließ seine Hand ihren Hals hinuntergleiten, bis seine Fingerspitzen im Ausschnitt ihres Pullis verschwanden. »… das habe ich erst gespürt, als ich schon fast ein Mensch war.«

Jolin hörte auf zu atmen. »Und jetzt?«, hauchte sie.

»Bin ich ein Mensch. Ich bin genauso wie du, und ich empfinde das Gleiche. Alles andere ist nur noch Erinnerung.«

Jolin spürte die Wärme von Roubens Hand auf ihrer Haut, und ein Zittern ging durch ihren Körper. »Kein wildes Tier mehr?«, krächzte sie.

»Nein«, sagte Rouben entschieden. »Nie mehr.«

»Oh«, murmelte Jolin. Sie schloss die Augen. »Schade eigentlich …«

Für den Augenblick eines Lidschlags herrschte absolute Stille zwischen ihnen.

»Pass auf, eines Tages werde ich dich fressen«, sagte Rouben plötzlich.

Jolin öffnete die Augen und sah in sein verschmitzt grinsendes Gesicht. »Ich kann es kaum erwarten«, sagte sie und reckte ihm ihre Kehle entgegen. »Bitte, bitte, friss mich! Jetzt sofort!«

»Kommt gar nicht in Frage.« Rouben hob abwehrend die Hände. »Nicht, solange du dich nicht verteidigen kannst. Ich bin vielleicht ein wenig ungestüm, aber unfair bin ich nicht.«

»Also übermorgen.« Jolin schnappte nach seiner Unterlippe und nagte provozierend daran.

»So bald schon?«, murmelte Rouben, während er sie wie beiläufig küsste. »Was ist denn übermorgen?«

»Kommt der Gips ab.«

»Du schwindelst.«

»Tu ich nicht«, sagte Jolin. »Übermorgen kannst du mich fressen. Mit Haut und Haaren. Und ich werde mich nicht dagegen wehren. Auch ohne diesen verdammten

Gips nicht. Im Gegenteil, ich erwarte es sogar«, fügte sie dunkel hinzu.

»Ich hoffe, du weißt, worauf du dich einlässt«, wisperte Rouben. Er schlang die Beine um Jolins Hüften, legte seine Arme um ihren Hals und zog sie an sich. Sein Atem verfing sich in ihrem Ohr und kräuselte die Haut in ihrem Nacken. Sie spürte seine Lippen auf ihrem Hals, genau dort, wo ihr Blut am heftigsten pulsierte. Der Gedanke, dass Rouben aus einer anderen Welt kam, dass ein Teil seines innersten Wesens womöglich auf irgendeine Art und Weise noch immer vampirisch sein könnte, machte ihr zum ersten Mal Angst.

»Ich will dich nicht verlieren«, hauchte sie. »Niemals.«

»Ich werde dich immer lieben«, erwiderte Rouben. »Und ich verspreche dir: Vielleicht werde ich dich fressen … irgendwann. Aber ich werde dir niemals mehr weh tun.«

original message
from: *r. v.*
to: *klarisse@hexe.de*
subject: *hi*
klarisse!

original message
from: *klarisse*
to: *r. v. (v-r@gmx.de)*
subject: *re: hi*
kenne ich dich?

original message
from: *r. v.*
to: *klarisse@hexe.de*
subject: *re: hi*
schon möglich

original message
from: *klarisse*
to: *r. v. (v-r@gmx.de)*
subject: *re: hi*
genaueres willst du wohl nicht verraten?

original message
from: *r. v.*
to: *klarisse@hexe.de*
subject: *re: hi*
zum beispiel?

original message
from: *klarisse*
to: *r. v. (v-r@gmx.de)*
subject: *re: hi*
ob männlein oder weiblein …

original message
from: *r. v.*
to: *klarisse@hexe.de*
subject: *re: hi*
dann schon eher ersteres.

original message
from: *klarisse*
to: *r. v. (v-r@gmx.de)*
subject: *re: hi*
okay, und woher hast du meine e-mail-daten?

original message
from: *r. v.*
to: *klarisse@hexe.de*
subject: *re: hi*
sagen wir, von einer guten freundin.

original message
from: *klarisse*
to: *r. v. (v-r@gmx.de)*
subject: *re: hi*
und was willst du von mir?

original message
from: *r. v.*
to: *klarisse@hexe.de*
subject: *re: hi*
du bist mir noch etwas schuldig.

original message
from: *klarisse*
to: *r. v. (v-r@gmx.de)*
subject: *re: hi*
und das wäre?

original message

from: *r. v.*

to: *klarisse@hexe.de*

subject: *re: hi*

das verrate ich dir – vielleicht – beim nächsten mal.

2

Als mein roter Alfa die Stadtgrenze passiert, dämmert es bereits. Der Himmel ist dicht bewölkt und hängt grau und tief über den Bäumen. Seitdem ich die Welt des Zwielichts verlassen habe, mag ich diese Witterung nicht mehr. Irgendwie werde ich das verdammte Gefühl nicht los, dass diese Sache erst dann wirklich abgeschlossen sein wird, wenn der Frühling anbricht und das Licht der Sonne Luft und Boden durchwärmt, wenn die Nächte lau und hell sind und nichts in der Atmosphäre mehr an dunkle Mächte, Vampire und Dämonen erinnert.

Unwillkürlich muss ich an meine Mutter denken, die Vampirin mit dem geheimnisvollen Namen Ramalia, die den Menschen Harro so sehr liebte, dass sie imstande war, ein Kind mit ihm zu zeugen. – Eine Blutschande, die ihre Familie nicht hinnehmen konnte und meine Eltern am Ende das Leben kostete.

Jolin hat recht: Vincent war dazu auserwählt, sich und seinen Vater von dieser Schande reinzuwaschen und ein Mensch zu werden. Doch an seiner Stelle habe ich die Prophezeiung erfüllt. Ich war dazu in der Lage, weil ich mich zu meiner Liebe für Jolin und damit zu meinen menschlichen Gefühlen bekannt habe. Ich frage mich nur, ob das ausreicht. Ob diese Liebe im Grunde nicht genauso verboten ist wie jene meiner Mutter zu Harro Greims – und ob es womöglich so etwas wie eine Prophezeiung hinter der Prophezeiung gibt ... Dann allerdings hätte ich Jolin heute belogen, und dieser Gedanke behagt mir überhaupt nicht.

Jolin fröstelte. Die drahtige Krankenschwester mit den kurzen dunklen Haaren hatte sie in einen kleinen Raum geführt und aufgefordert, auf dem Stuhl neben der Liege Platz zu nehmen. Der Raum hatte eine lange Fensterfront, durch die das Licht des windigen Februarnachmittags hereinfiel und das weiße Mobiliar und den Aluminiumstahl der Apparaturen noch kühler erscheinen ließ.

»Ihnen ist doch nicht kalt!«, sagte die Schwester in einem Tonfall, der weniger wie eine Frage, sondern eher wie ein Befehl klang und keinen Widerspruch zuließ.

»Ein bisschen«, sagte Jolin. Sie schielte auf das Namensschild, das wie üblich an der Stelle des hellblauen Kittels angebracht war, unter der sich beim weiblichen Krankenhauspersonal normalerweise der Busen hervorwölbte. Bei Schwester Ingrit wölbte sich allerdings nichts.

Jolin dachte an Rouben, an seinen Duft und seine Küsse, und augenblicklich stieg eine wohlig prickelnde Wärme in ihr auf.

»Na, sehen Sie«, sagte die Krankenschwester. »Alles halb so wild.«

»Ich habe gerade an meinen Freund gedacht«, sagte Jolin lächelnd.

»Das freut mich für Sie«, erwiderte Schwester Ingrit schroff. Ihr grauer Blick musterte sie abschätzig, fast feindselig. »Der Doktor macht das persönlich«, brummte sie. Offenbar traut er mir das nicht zu, glaubte Jolin herauszuhören. »Einen Moment lang müssen Sie sich allerdings noch gedulden.«

»Vielen Dank«, sagte Jolin und nickte der Schwester freundlich zu, ehe diese den Raum verließ und die Tür geräuschvoll schloss.

Hinter dem Fensterglas trieb der Wind dicke graue Wolken über den Himmel, dazwischen blitzte hier und da ein hoffnungsvolles Stückchen Blau hervor. In genau einer Woche war der Februar zu Ende. Der März begann und damit aus meteorologischer Sicht der Frühling.

Jolin betrachtete ihre Arme. Sie sah Roubens Hände, wie sie zärtlich über den Gips strichen, und fragte sich, warum er gestern nicht bei ihr zu Hause vorbeigekommen war. Nicht dass ihr langweilig gewesen wäre, nein. Anna, Melanie, Susanne und Klarisse hatten sie besucht, und später am Abend hatte sie stundenlang mit Leonhart telefoniert, der wissen wollte, wann sie wieder zur Schule kam, und dann nur noch über Carina geredet hatte. Offenbar gab es Probleme, weil Carina sich nicht wirklich fallen lassen konnte. Dabei hatte sie überhaupt keinen Grund, Leo zu misstrauen. Er war der feinste Kerl unter der Sonne, der Einzige im Übrigen, der Jolin in der dunklen Zeit des vergangenen Jahres beigestanden hatte, und er würde ganz sicher auch Carina nicht im Stich lassen. Dafür hatte er sie viel zu gern.

Jolin seufzte leise. Inzwischen hatte sie Rouben seit fast achtundvierzig Stunden nicht gesehen. Sie fand es zwar albern, aber leider musste sie sich eingestehen, dass er ihr schrecklich fehlte. »Du hättest wenigstens anrufen können«, murmelte sie. Ihr Blick fiel zur Tür, hinter der ihr Vater auf dem Gang stand und wartete. »Und diese blöde Ziege von einer Krankenschwester hätte dich ruhig mit reinlassen können«, fügte sie wütend hinzu.

Wie auf Kommando flog die Tür auf, und Doktor Kehlrand wehte, begleitet von einem kühlen Luftzug, in den Raum. Er war hoch aufgeschossen, und die feinen, ein wenig aus der Form geratenen weißblonden Haare standen wie elektrisiert von seinem Kopf ab.

»Seien Sie mir gegrüßt, mein liebes Fräulein Johansson«, sagte er und streckte Jolin lachend seine Hand entgegen.

Sie zuckte grinsend mit den Schultern, und er schüttelte noch immer lachend den Kopf. »Wie konnte ich mich bloß so vergessen!«, seufzte er und schlug stirnrunzelnd die Krankenakte auf. »Mein werter Herr Kollege ist also der Meinung, dass der Gips herunterkann …«

»Sie nicht?«, fragte Jolin.

»Wenn ich mir den Grad der Zerstörung vor Augen halte und die kurze Zeit, in der das alles verheilt sein soll – nein! … Wenn ich mir allerdings das Röntgenbild von vorgestern ansehe, dann ja. Es sei denn, es liegt eine Verwechslung vor«, fügte er hinzu und schürzte nachdenklich die Lippen.

»Ich hoffe nicht«, sagte Jolin.

»Ist auch eher unwahrscheinlich«, murmelte Doktor Kehlrand. Er klemmte drei Röntgenbilder unter die Metallleiste der Leuchtwand und ließ das Verdunkelungsrollo herunter. »Ausgeschlossen«, sagte er schließlich, nachdem er die Aufnahmen eine Weile eingehend betrachtet hatte. »Das sind ganz eindeutig alles Ihre Knochen.« Nacheinander tippte er mit der Spitze eines Laserpointers auf die

Bilder. »Hier in Form einer aufgeplatzten Dose Leipziger Allerleis, dort vor knapp zwei Wochen während der Kallusbildung am treffendsten wohl mit einer angebissenen Bulette vergleichbar … Und hier so, als hätte ein Kind seine Lieblingsspeise vom Teller geleckt …« Er sah Jolin beinahe vorwurfsvoll an. »Man könnte sogar annehmen, der Teller käme frisch gespült aus dem Schrank.«

»Aber das ist doch gut«, sagte Jolin. »Oder nicht?«

»Natürlich ist das gut, mein Kind«, erwiderte Doktor Kehlrand. Er schaltete die Leuchtwand aus, zog die Röntgenaufnahmen aus der Halterung und ließ das Rollo wieder hoch. »Ein wenig ungewöhnlich vielleicht, aber davon abgesehen ganz wunderbar.«

Eine Viertelstunde später war Jolin wieder allein. Der Gips war ab, und das kreischende Geräusch der Rundsäge hallte ihr noch in den Ohren. Schwester Ingrit hatte die Gipsstücke mit ungerührt finsterer Miene eingesammelt und war dem Arzt sofort und ohne einen einzigen Ton von sich zu geben auf den Gang hinaus gefolgt.

»Und jetzt?«, murmelte Jolin und sah ratlos zur Tür. Ob sie nun gehen könne oder noch warten müsse, hatte ihr nämlich keiner von beiden gesagt.

Kopfschüttelnd senkte sie den Blick und betrachtete ihre Hände. Eigentlich sahen sie genauso aus wie vor dem Unfall oder wie auch immer man den Umstand, der zu ihren Verletzungen geführt hatte, bezeichnen sollte. Natürlich waren sie durch das wochenlange Ruhen im Gipsverband schmaler geworden, aber ansonsten sah man ihnen die unzähligen komplizierten Brüche auch äußerlich nicht an. Alles schien perfekt verheilt zu sein.

Vorsichtig bewegte Jolin die Finger, und auch das funktionierte einwandfrei. Die Muskulatur war allerdings noch ein wenig schlapp, fast fühlten Hände, Handgelenke und Unterarme sich wie Fremdkörper an.

Jolin strich mit den Fingerkuppen über den Stoff ihrer Jeans und ließ sie anschließend über ihren Arm gleiten. Sie schloss die Augen und stellte sich vor, wie sie Rouben berührte. Warum war er jetzt nicht hier? Hätte er sie ins Krankenhaus begleitet, hätten sie sich jetzt in diesem Moment bereits in den Armen halten können. Jolin hätte ihre Hände unter seinen Sweater geschoben und … Bestürzt wurde ihr klar, dass sie völlig vergessen hatte, wie seine Haut sich anfühlte. War sie warm oder kühl? Glatt oder behaart? Jolin wusste es nicht mehr. Die Nähe und Zärtlichkeit und all das Überwältigende, das sie in dieser Dezemberneumondnacht miteinander getan hatten, war wie ausgeblendet.

Jolin seufzte leise, während sie die Augen öffnete, und bemerkte im nächsten Moment das Gesicht ihres Vaters, das sich langsam durch den Türspalt in den Raum schob.

»Störe ich?«

Wie ertappt ließ Jolin die Arme sinken. »Äh … nein.«

Gunnar Johansson trat ein und schloss die Tür hinter sich. »Alles in Ordnung?«, fragte er und musterte seine Tochter besorgt.

»Ja, ja, natürlich«, beeilte sie sich zu sagen. »Alles bestens.«

Ihr Vater nickte. »Dann können wir jetzt also nach Hause fahren?«

»Ich weiß nicht. Sie haben mir nichts gesagt. – Dir?«, fragte Jolin.

Gunnar zuckte mit den Schultern.

»Vielleicht haben sie einfach nicht dran gedacht«, meinte Jolin lächelnd. »Vor lauter Staunen über den mysteriösen Heilerfolg.«

»Mysteriös?« Ihr Vater schüttelte den Kopf. »Ich schätze, du hast einfach außergewöhnlich gutes Heilfleisch.«

Oder es liegt daran, dass ich mir diese Verletzungen in einer Art Parallelwelt zugezogen habe, dachte Jolin, selbst überrascht von diesem Geistesblitz. Es gab noch so viel, was sie nicht wirklich verstanden hatte und worüber sie dringend mit Rouben reden musste.

»Hat er sich schon gemeldet?«, fragte sie leise.

Gunnar sah sie überrascht an. Offenbar konnte er dem plötzlichen Themawechsel nicht ganz folgen.

»Rouben«, half Jolin ihm ungeduldig auf die Sprünge.

»Ach so. Ja klar. Wer sonst?« Ihr Vater lachte kurz, dann runzelte er die Stirn. »Gibt es Probleme?«, fragte er.

»Nein, nein.« Jolin zog ihre Jacke von der Stuhllehne, Gunnar nahm sie ihr ab und half ihr hinein. »Es ist nur …«

»Du hättest ihn heute gerne dabeigehabt.«

»Ja.« Ein unbestimmter Schmerz setzte sich unter ihrem Brustbein fest. Jolin schluckte. Fast hätte sie losgeheult.

»Vielleicht …«, sagte Gunnar, führte den Satz jedoch nicht zu Ende.

»Was?«

»Ich weiß doch auch nicht mehr als du«, sagte er nach einem Zögern, dann legte er seinen Arm um ihre Schultern und drückte sie an sich. »Wir haben schließlich zusammen die Wohnung verlassen.«

»Ja, klar.« Jolin hätte sich in den Hintern beißen können. »Du musst mich für ganz schön bescheuert halten.«

»Und du scheinst dir nicht vorstellen zu können, dass auch ich mal *ziemlich* in deine Mutter verliebt war«, sagte Gunnar.

»Jetzt nicht mehr?«, erwiderte Jolin erschrocken.

»Doch, natürlich bin ich das immer noch«, antwortete er sofort. Sein Blick glitt in die Ferne, und seine Gesichtszüge entspannten sich auf eine Weise, wie es vielleicht ein Körper tut, bevor er voller Vertrauen in den Schlaf hinübergleitet. »Dieses Gefühl ist mit den Jahren immer tiefer geworden. Verliebtsein trägt dich auf Wolken, Liebe umhüllt dich wie ein Mantel.«

Fasziniert musterte Jolin seine Züge. Sie wusste genau, was er meinte. Rouben war beides, die Wolken und der Mantel. Zumindest war er das bis vor zwei Tagen für sie gewesen. Im Augenblick fühlte es sich eher so an, als würde er ihr den Mantel vom Körper ziehen und sie durch die Wolkendecke ins Bodenlose stürzen.

»Können wir zu ihm fahren?«, brach es aus ihr hervor.

»Jetzt gleich?«

Jolin nickte angespannt.

Gunnar Johansson seufzte. »Es wird deiner Mutter nicht gefallen. Sie hat doch heute keine Sendung und garantiert etwas ganz Phantastisches für dich gekocht.«

»Ich muss ihn sehen«, sagte Jolin. Ihre Stimme zitterte, und sie kam sich schrecklich klein und dumm vor, aber das war ihr egal. Wenn sie Rouben nicht innerhalb der nächsten sechzig Minuten in den Arm nehmen konnte, würde sie durchdrehen.

Zum Glück hatte Gunnar sich den Weg bis zu dem Wäldchen, das einige Kilometer außerhalb der Stadt lag, eingeprägt. Jolin hätte nie und nimmer mehr hierhergefunden, nicht einmal an das Holzschild mit der Ähre am Straßenrand hatte sie sich erinnern können, und als nach einer Ewigkeit endlich der Hügel und das kleine einsame Haus in Sichtweite kamen, war sie unendlich froh, dass ihr Vater schon einmal hier gewesen war.

Auf den ersten Blick hatte sich nicht viel verändert. Das Mauerwerk machte nach wie vor einen porösen Eindruck, und noch immer starrte das Haus ihnen aus dunklen Fensterhöhlen entgegen, nicht einmal das Dach hatte Rouben repariert. Jolin presste die Lippen zusammen. Was hatte er bloß die ganzen letzten Wochen hier getan?

Sie beschlich ein ungutes Gefühl, als sie die Beifahrertür öffnete und auf den Schotterweg hinaustrat. Obwohl es nicht besonders kalt war, schob sie fröstelnd die Hände in die Taschen ihres Steppmantels und ging zögernd auf die Gartenpforte zu. Wenigstens hier hatte Rouben die fehlenden Holzlatten ersetzt, und er hatte auch die rostigen Angeln und Beschläge gegen neue, silbrig glänzende ausgetauscht. Bevor Jolin die Pforte öffnete, sah sie sich um. Rouben hatte sich ein Auto zugelegt, einen kleinen blutroten Alfa 147, aber von dem war weit und breit nichts zu sehen.

»Bestimmt sitzt er längst bei uns zu Hause in der Küche und lässt sich von Paula verwöhnen«, sagte Gunnar Johansson, der inzwischen ebenfalls ausgestiegen war.

Jolin nickte. Noch einmal ließ sie ihren Blick über die Vorderfront des Hauses gleiten. »Wieso macht er hier nichts?«, murmelte sie.

»Nichts?«, erwiderte ihr Vater. »Entschuldige bitte, aber ich finde, jetzt bist du ungerecht. Rouben ist dabei, die obere Etage zu renovieren, und außerdem geht er auch noch zur Schule. Vielleicht erinnerst du dich … der zwölfte Jahrgang ist nicht ganz ohne.«

Wem sagte er das! Jolin mochte gar nicht daran denken, was sie alles nachzuholen hatte. Den Unterrichtsmaterialien, die sie von Anna und Rouben bekommen hatte, hatte sie nicht viel Beachtung geschenkt. Natürlich hatte sie hin und wieder hineingesehen und auch ernsthaft versucht, sich darauf zu konzentrieren, doch leider war ihr das nicht recht gelungen. Wenn Rouben bei ihr war, bestand ihr Leben aus ihm, hatte sie Besuch von Anna oder einem der anderen Mädchen, dachte sie an ihn, war sie allein, gehörten ihre Träume ihm, und zwar vollkommen egal, ob sie mit offenen Augen auf ihrem Bett lag oder schlief.

Im Grunde war es im höchsten Maße erbarmungswürdig, wie abhängig sie bereits von ihm war. Aber auch das war Jolin egal. Sie hatte immer von der ganz großen Liebe geträumt, jedoch nicht ernsthaft damit gerechnet, so etwas tatsächlich einmal zu erleben. Und dann war Rouben in ihr Leben gebrochen, kalt und gleichgültig, aber immer präsent. Er hatte ihr keine Wahl gelassen, und er hatte verdammt nochmal recht damit gehabt. Im Nachhinein bereute Jolin nicht eine Sekunde.

Rouben war ein Geschenk, und zwar das kostbarste, das sie sich vorstellen konnte. Vielleicht gehörte er ihr nicht für immer, aber die Zeit, die sie mit ihm verbringen durfte, wollte sie bis in den allerletzten Augenblick hinein auskosten … und dann sterben. Ein Leben ohne ihn konnte Jolin sich einfach nicht mehr vorstellen.

»Für immer …«, flüsterte sie, während ihr Blick über die zerschlagenen Dachziegel glitt. Dort oben hatte er also mit der Renovierung begonnen. Ausgerechnet dort, wo sie ihre bisher einzige Nacht miteinander verbracht hatten.

War seine Erinnerung daran so ernüchternd, dass er *es* lieber vergessen wollte? Sträubte er sich deshalb so, es wieder zu tun?

»Wovor scheust du zurück, Rouben?«

Jolin wollte sich nicht ausmalen, was aus dem Zimmer dort oben geworden war, den alten Möbeln, den Hunderten von Kerzen und dem romantischen Lager, das er für sie bereitet hatte. Wie hatte sie damals nur so blind sein können, dass sie nicht sah, was er ihr damit zeigen wollte. Egal! Es hatte keine Bedeutung mehr. Jetzt war jetzt, die Vergangenheit lag hinter ihnen und würde sie hoffentlich nie wieder einholen.

Jolin wollte nur noch nach vorn sehen, aber genau das machte Rouben ihr nicht gerade leicht.

»Wo bist du?«, flüsterte sie, da bemerkte sie hinter einer der oberen schwarzen Fensterhöhlen einen Schatten. Das kann nicht sein, dachte sie. Schwarz ist schwarz, dunkler geht es nicht. Und trotzdem, sie sah es jetzt ganz deutlich: Da stand jemand. Er war groß und schlank, sein Haar war kurz und verstrubbelt, und sein Gesicht war blass. Viel zu blass!

Rouben sah zu ihr hinunter. Sein Blick hatte etwas Fremdartiges, etwas, das nicht zu ihm passte. Und dann war er auch schon wieder in die Dunkelheit des Hauses zurückgetreten.

»Hast du das auch gesehen?«, fragte Jolin rau, doch ihr Vater schien sie nicht zu hören. Unwillkürlich machte sie einen Schritt nach vorn, und einen Moment später stand sie auf dem brüchigen Plattenweg, der auf die Haustür zuführte.

Es war in hohem Maße unvernünftig, aber sie konnte nicht anders. Irgendetwas hier war nicht, wie es sein sollte, und Jolin musste herausfinden, was es war.

Ihr Herz überschlug sich fast, während sie sich der Tür näherte. Der Knauf war kalt, so kalt, dass die feine Schweißschicht in ihrer Handfläche zu Eis gefror, als sie ihn berührte. Jolin zuckte zurück. Erst jetzt fiel ihr auf, dass die winterwelke Grasfläche des Gartens mit feinen Glitzerkörnchen übersät war. Dem Rhythmus einer stummen Melodie folgend hoben sie sich aus den Halmen hervor, tatsächlich schienen sie wenige Zentimeter über dem Boden zu tanzen, bis urplötzlich eines von ihnen emporschnellte und im Kragen von Jolins Mantel verschwand. Es brannte kurz und heftig wie ein Glutpartikelchen, das aus dem Feuer gesprungen war, und Jolin schlug erschrocken danach. Hektisch riss sie den Reißverschluss auf und zerrte an ihrem Pulli. Der brennende Schmerz war zwar verflogen, aber der Schreck saß ihr noch in den Gliedern.

Die Glitzerkörnchen hatten ihren Tanz beendet und lagen nun wieder nahezu unmerklich vor sich hin funkelnd im Gras. Doch Jolin glaubte verstanden zu haben. Das Gegenspiel von Hitze und Kälte kannte sie viel zu gut, um es je wieder ignorieren zu können. Von tiefer Panik ergriffen, rannte sie los, stürzte stolpernd über den brüchigen Plattenweg zur Pforte zurück, riss die Wagentür auf und ließ sich auf den Sitz fallen.

»Er ist nicht mehr hier!«, stieß sie hervor. Dann brach sie in Tränen aus.

Gunnar Johansson, der gleich nachdem seine Tochter die Gartenpforte geöffnet und sich auf das Haus zubewegt hatte, wieder in den Mondeo gestiegen war, reagierte bestürzt. »Jolin, mein Mädchen, was ist passiert?«, rief er, schlang seine Arme um sie und drückte sein Gesicht so tief in ihre Haare, dass seine Brille auf die Stirn hinaufgeschoben wurde. »Rouben ist nicht mehr hier. – Wie meinst du das?«, setzte er im allmählichen Begreifen überrascht hinzu.

Jolins Tränen versiegten schlagartig. Sie atmete noch einmal tief ein und aus, dann machte sie sich los, richtete sich kerzengerade auf und blickte stur durch die Frontscheibe auf den Schotterweg hinaus.

»Würdest du bitte nach Hause fahren?«, presste sie tonlos hervor. »Sofort!«

»Aber …?« Gunnar schüttelte den Kopf. »Ich …«

Jolin sah ihn nicht an. Sie konnte nicht mit ihm reden, konnte ihm nichts erklären. Niemand außer ihr wusste, wer Rouben wirklich war. Nur sie kannte seine Eltern, seinen untoten Halbbruder und dessen Familie. Wenn ihr Vater oder Paula auch nur ahnten, an wen sie ihr Herz verloren hatte und welcher Gefahr sie dadurch bereits ausgesetzt gewesen war, sie wären wahrscheinlich durchgedreht. Unter Garantie hätten sie sie auf der Stelle weggebracht und in irgendeiner Einöde am Ende der Welt versteckt.

»Bitte, Pa«, wisperte sie. »Es ist schon gut. I-ich bin wohl ein bisschen …«

»Hysterisch?«

Jolin nickte. So etwas durfte auch nur ihr Vater sagen. Wenn dieses Wort aus Paulas Mund gekommen wäre, hätte sie ganz bestimmt nicht ruhig bleiben können. »Du hast recht. Ich habe mir wohl wirklich zu sehr gewünscht, dass er mich ins Krankenhaus begleiten und dabei sein würde, wenn sie mir den Gips abnehmen.«

»Und du verstehst nicht, warum er es nicht getan hat?«

»Nein, das verstehe ich nicht, Pa. Und deshalb möchte ich jetzt auch nicht mehr hier sein, sondern so schnell wie möglich nach Hause.«

»Da seid ihr ja endlich!«, hallte Paula Johanssons Stimme ihnen entgegen, kaum dass sie in den Flur getreten waren. Es klang eher erleichtert als vorwurfsvoll.

Jolin schloss die Tür, und einen Sekundenbruchteil später kam ihre Mutter aus der Küche geschossen. »Wir haben uns schon Sorgen gemacht.«

Wir?

Jolin, die gerade ihren Mantel abstreifen wollte, hielt mitten in der Bewegung inne und sah zur Küchentür hinüber. Rouben lehnte im Rahmen, und zwar so, als ob er schon eine Ewigkeit dort gestanden hätte. Sein Gesicht wirkte ernst und verschlossen, doch als er Jolins Blick einfing, lächelte er.

Anstatt sich zu freuen, hatte Jolin das Gefühl zu ersticken. »Wo kommst du denn jetzt her?«, stieß sie hervor. »Warum bist du gestern nicht hier gewesen und wieso …?« Aus den Augenwinkeln bemerkte sie das Mienenspiel ihrer Eltern, das irgendwo zwischen Betroffenheit und unterdrückter Belustigung lag.

Jolin presste die Lippen aufeinander, zog den Mantel aus und hängte ihn an die Garderobe.

»Möchtest du vielleicht einen heißen Tee?«, hörte sie Paula fragen.

»Nein.«

»Aber er wird dir guttun. Außerdem musst du mir erzählen, wie es war. Ich mache derweil das Essen noch mal warm und …«

»Ich habe keinen Hunger, Ma«, sagte Jolin heftig. »Und ich will jetzt auch nichts erzählen. Alles, was ich will …« Sie warf Rouben einen flüchtigen Blick zu, während sie an ihm vorbei auf ihre Zimmertür zuging. Er folgte ihr unmittelbar. Jolin konnte dem Drang, sich aufs Bett zu werfen und das Gesicht in den Kissen zu vergraben, nur mühsam widerstehen, steuerte auf die gegenüberliegende Wand zu, wo ihr Schreibtisch stand, und ließ sich auf den Stuhl sinken.

Rouben schloss die Tür und lehnte sich mit dem Rücken dagegen.

»Was ist los?«, wollte er wissen.

Jolin schüttelte den Kopf. Sie konnte ihn nicht ansehen, weil sie vor Wut fast überkochte. »Blöde Frage!«

»Entschuldige bitte, wenn ich etwas falsch gemacht haben sollte …«

»Ich habe gestern auf dich gewartet«, fuhr sie dazwischen.

»… dann tut es mir leid«, sagte Rouben sanft.

Jolin schluckte und kämpfte mit aller Macht gegen die aufsteigenden Tränen an. Sie wollte nicht heulen, nicht jetzt, nicht vor ihm. Rouben sollte nicht sehen, wie sehr sie darunter litt, wenn sie sich von ihm verlassen fühlte.

»Der Englischkurs war erst um Viertel vor vier zu Ende, weil Mr Turner noch ein paar *Details*«, er verdrehte die Augen, »wegen der Studienfahrt besprechen wollte. Danach musste ich sofort zum Haus, weil die Lieferung der neuen Fenster für gestern Nachmittag angekündigt war. Ich habe bis halb sechs gewartet, dann bin ich in den Baumarkt gefahren, um mich zu erkundigen, wo sie bleiben. Bei der Gelegenheit habe ich gleich noch ein paar Sachen gekauft, die ich für das Wochenende brauche, und als ich damit fertig war, war es fast sieben, und ich hatte noch keinen Strich für die Bioklausur getan.«

Während Rouben ihr all das erklärte, setzte er sich langsam in Bewegung und blieb erst stehen, als ihre Fußspitzen sich beinahe berührten.

»Ich bin ein Idiot«, krächzte Jolin.

»Allerdings«, sagte Rouben.

Sie hob den Kopf und sah ihn an. Ihre Augen brannten, und eine einzige dusselige Träne stahl sich aus ihrem Auge, rollte um ihren Nasenflügel herum und landete auf ihrer Unterlippe. Hastig leckte Jolin sie fort. »Und wie war sie … die Bioklausur?«, fragte sie.

Rouben starrte auf ihre Lippen. Er atmete geräuschvoll ein und aus. Sein Brustkorb hob und senkte sich wie ein Blasebalg. »Du hast ja überhaupt keine Ahnung.«

»So schlimm?« Jolin brachte ein Lächeln zustande. Es erstaunte sie selbst, wie schnell sie sich wieder gefangen hatte. »Da kann ich ja froh sein, dass dieser Kelch noch mal an mir vorübergegangen ist«, plapperte sie scherzend drauflos.

»Ich meine nicht die Klausur«, erwiderte Rouben. »Ich meine dich. – Dich und deine Augen … dein Haar … deine Lippen …« Langsam ließ er sich auf die Knie herunter, so dass er nun einen Kopf kleiner war als sie. Er hob den Blick. Seine Augen funkelten wie Honig, der vom Sonnenlicht durchflutet wurde. Jolin konnte nicht anders, sie musste ihn ansehen. »… deine Hände …«

Ihr stockte der Atem. »Wir waren bei deinem Haus«, flüsterte sie.

»Unserem ...«, flüsterte Rouben zurück, während er sich allmählich ihrem Gesicht näherte.

»Dein Auto war nicht da.«

»Es steht unten auf der Straße. Schräg gegenüber.«

»Aber ich habe dich hinter einem der Fenster gesehen.«

Rouben schüttelte den Kopf. »Das ist vollkommen unmöglich. Ich bin heute nach der Schule direkt hierhergekommen.«

»Aber ich bin doch nicht blind.«

»Willst du nicht lieber erst mal Luft holen?«, fragte Rouben lächelnd. »Womöglich erstickst du noch, wenn ich dich gleich küsse.«

Jolin wurde schwindelig. Ihre Lungen schmerzten, als sie wieder zu atmen begann. »Warum nimmst du mich nicht ernst?«

»Oh, das tue ich.«

»Dann hör mir doch bitte mal zu!«

Rouben stutzte. Seine Miene war aufmerksam und auch ein wenig besorgt. »Jolin«, sagte er. »Weißt du, was ich glaube?«

Sie schüttelte stumm den Kopf.

»Ich glaube, dass du dir zu viele Gedanken machst – über Dinge, die längst vorbei sind. Außer mir wohnt niemand in unserem Haus. Und wie ich schon sagte: Ich bin heute noch gar nicht dort gewesen. Wenn du also jemanden im Fenster gesehen hast, dann muss dir dein Gehirn einen Streich gespielt haben.«

»Du meinst wohl meine Nerven«, sagte Jolin. Sie senkte

den Kopf und starrte auf ihre Hände, die wie Fremdkörper auf ihren Oberschenkeln lagen. Rouben hatte recht. Es musste an ihren völlig überreizten Nerven gelegen haben. »Ich habe solche Angst, dass all dies mit uns schon bald wieder vorbei sein könnte«, fügte sie mit zitternder Stimme hinzu.

»Warum sollte es?«, erwiderte Rouben. »Die Prophezeiung ist erfüllt, mein Bruder und sein Vater, seine ganze verdammte dunkle Familie, sie alle sind verschwunden. Sie haben keinen Zugriff mehr auf uns.«

»Was macht dich da so sicher?«

»Meine Mutter hätte diese Welt niemals verlassen, wenn sie nicht wüsste, dass uns nichts mehr geschehen kann.«

Jolin hob ihren Blick. »Hat sie das denn?«, fragte sie leise.

»Sie hat mir diese Goldmünzen und einen Brief hinterlassen«, erwiderte Rouben eindringlich. »Sie ist bei klarem Bewusstsein ins Sonnenlicht gegangen. Auf diese Weise konnte sie sich uns wenigstens für den Bruchteil eines Augenblicks wirklich nahe fühlen. Ihr Dasein hat keinen Sinn mehr gehabt. Ramalia war heimatlos, Jolin, sie wollte nicht mehr existieren. Und sie existiert auch nicht mehr.«

»Und du? Was ist mit dir?«

»Wie meinst du das?«

»Was macht dich so sicher, dass du bei mir bleibst? Jetzt, nachdem dein Leben endlich geworden ist, könntest du das Gefühl haben, etwas zu verpassen, wenn du nicht …«

Rouben legte ihr seinen Finger auf die Lippen. »Du weißt nicht, was du da sagst.«

Jolin schluckte.

»Du bist der Grund, warum ich hier bin«, fuhr Rouben

fort. »Ohne dich hätte ich niemals den Wunsch verspürt, das Zwielicht zu verlassen. Wahrscheinlich hätte ich nicht einmal geahnt, dass das überhaupt möglich ist.«

»Du irrst dich«, sagte Jolin. »Deine Mutter hat dich die ganze Zeit geführt. *Sie* wollte, dass du die Prophezeiung erfüllst, und deshalb hat *sie* dafür gesorgt, dass du mich bemerkst. Es hätte genauso gut auch irgendein anderes Mädchen sein können«, brach es aus ihr hervor.

»Nein, das hätte es nicht«, sagte Rouben. »Bitte glaube mir. Zwing mich nicht, dir noch einmal etwas beweisen zu müssen. Ich liebe dich, das ist alles, was ich sagen kann, weil es alles ist, was ich fühle. Es ist einzigartig und endgültig. Ich möchte nie wieder etwas anderes als dies. Verstehst du, Jolin: Du bist mein Leben. Du bist es schon immer gewesen.«

Nachdem das letzte Wort über seine Lippen gekommen war, erfüllte eine Stille den Raum, die Jolin in einer solchen Intensität noch nie empfunden hatte. Es war eine Stille, die die Welt um sie herum ausschloss, die nur ihnen gehörte und die auf eine mit dem Verstand nicht zu erfassende Weise ewig war.

Im nächsten Moment spürte Jolin eine zarte Berührung auf ihrem Handrücken.

»Du ahnst nicht, was es für mich bedeutet, dass du wieder ganz gesund bist«, flüsterte Rouben. Behutsam schloss er seine Finger um ihre Hände, er drehte sie mit den Innenflächen nach oben, und dann legte er ebenso behutsam seine Hände hinein.

Es war ein überwältigendes Gefühl.

Jolin schloss die Augen und nahm Roubens Wärme in sich auf. Innerhalb weniger Atemzüge erfüllte sie ihren ganzen Körper, ließ ihre Zweifel davonfliegen und umarmte ihre Seele. Diese Wärme war das Schönste, was Jolin sich je hatte vorstellen können, und plötzlich wurde ihr klar, dass sie eine Weile brauchen würde, bis sie mehr als diese ganz und gar unglaubliche Berührung ertragen konnte.

»Das bin nicht ich«, hörte sie Rouben murmeln. »Und das ist auch nicht, weil ich immer noch irgendwie magisch bin, falls du das glaubst.«

Jolin hielt die Augen geschlossen und schüttelte den Kopf, obwohl sie sich alles andere als sicher war, ob es sich nicht tatsächlich genauso verhielt.

»Das bist du und das, was ich für dich empfinde«, fuhr Rouben wispernd fort. »Vielleicht wird es mit der Zeit ein wenig nachlassen – nicht, weil meine Liebe für dich weniger wird«, beeilte er sich hinzuzufügen, »sondern weil ich mich allmählich daran gewöhnt habe, ein Mensch zu sein und so zu empfinden. Weil ich es dann einfach besser dosieren kann.«

»Bitte tu das nicht«, flüsterte Jolin.

»Was?«

»Es besser dosieren. Ich will mich nämlich nie daran gewöhnen.«

Rouben seufzte. »Jol?«

»Hmhm?«

»Könntest du bitte die Augen öffnen und mich ansehen?«

»Vielleicht sollte ich das besser nicht tun.«

»Warum nicht?«

»Weil ich garantiert tot umfalle, wenn ich deine Hände und deinen Blick gleichzeitig aushalten muss.«

Rouben lachte leise in sich hinein. »Arme Jolin.« Sein

Atem streifte ihre Wange und spielte mit einer Haarsträhne, die ihr ins Gesicht gefallen war. »Bitte, sieh mich an.«

Jolins Herz stand still. Erst als sie ihre Lider aufgeschlagen hatte und ihr Blick hilflos in seine wunderschönen Augen abgetaucht war, stolperte es wieder los und ging kurz darauf in einen rasanten Galopp über.

»Hey«, sagte Rouben leise.

Sein Gesicht war perfekter denn je.

»Bitte, küss mich jetzt nicht«, flehte Jolin.

»Bist du sicher?«

»Ähm … Nein, nicht ganz.«

Rouben grinste. »Okay«, sagte er, »dann müssen wir es probieren …« Ohne den Blick von ihr zu nehmen, legte er seine Lippen auf ihre und küsste sie so sanft und zärtlich, dass es beinahe nicht mehr als ein Hauch war. »Es ist nicht so, dass ich kein Verlangen mehr spüre«, gestand er, während er sich wieder von ihr löste. »Aber dieses Gefühl von Wärme und Liebe ist so stark, dass ich im Augenblick gar nichts anderes will. Verstehst du das?«

Jolin seufzte. Dann nickte sie. Sie verstand es. Und wie sie es verstand!

original message
from: *r.v.*
to: *klarisse@hexe.de*
subject: *noch da?*
klarisse?

original message
from: *klarisse*
to: *r. v. (v-r@gmx.de)*
subject: *re: noch da?*
was willst du? – etwa, mir endlich dein geheimnis verraten?

original message
from: *r. v.*
to: *klarisse@hexe.de*
subject: *re: noch da?*
ich will dich nicht langweilen.

original message
from: *klarisse*
to: *r. v. (v-r@gmx.de)*
subject: *re: noch da?*
ich gebe es zwar ungern zu, aber das tust du nicht.

original message
from: *r. v.*
to: *klarisse@hexe.de*
subject: *re: noch da?*
dann würde ich dir gerne etwas anderes verraten …

original message
from: *klarisse*
to: *r. v. (v-r@gmx.de)*
subject: *re: noch da?*
nur zu!

original message
from: *r. v.*
to: *klarisse@hexe.de*
subject: *re: noch da?*
du bist siebzehn, du hast duftende schwarze haare, die schönsten augen der welt und lippen, von denen man nur träumen kann.

original message
from: *klarisse*
to: *r. v. (v-r@gmx.de)*
subject: *re: noch da?*
krieg dich wieder ein!

original message
from: *r. v.*
to: *klarisse@hexe.de*
subject: *re: noch da?*
das ist leicht gesagt.

original message
from: *klarisse*
to: *r. v. (v-r@gmx.de)*
subject: *re: noch da?*
oh mann, was bist du bloß für ein spinner! ich sag dir eins: wenn ich die freundin, die dir meine daten gegeben hat, zwischen die finger kriege, dann soll sie sich warm anziehen.

original message
from: *r. v.*
to: *klarisse@hexe.de*
subject: *re: noch da?*
tut mir leid, dass ich dich nun doch langweile.

original message
from: *klarisse*
to: *r. v. (v-r@gmx.de)*
subject: *re: noch da?*
ich weiß auch ohne deine schmeicheleien – oder sollte ich vielleicht eher sagen schleimereien –, wie ich aussehe. die modernen haushalte heutzutage verfügen in der regel über eine ausreichende anzahl von spiegeln.

original message
from: *r. v.*
to: *klarisse@hexe.de*
subject: *re: noch da?*
und ich dachte immer, schönheit sei subjektiv.

original message
from: *klarisse*
to: *r. v. (v-r@gmx.de)*
subject: *re: noch da?*
schönheit und selbstbewusstsein gehören nicht immer zusammen.

original message
from: *r. v.*
to: *klarisse@hexe.de*
subject: *re: noch da?*
bei dir aber schon, oder?

original message
from: *klarisse*
to: *r. v. (v-r@gmx.de)*
subject: *re: noch da?*
weißt du was? du langweilst mich wirklich – und zwar zu tode.

original message
from: *r. v.*
to: *klarisse@hexe.de*
subject: *re: noch da?*
wen wundert's? ich bin ja auch der tod – höchstpersönlich!

3

Heute ist es mir besonders schwergefallen, mich von Jolin zu verabschieden. Am liebsten wäre ich die ganze Nacht über bei ihr geblieben, aber das hätte Paulas guten Willen mit Sicherheit überstrapaziert.

Ihr Verhältnis zu Jolin hat sich seit dem »Unfall« auf der Burg vollkommen verändert, fast könnte man sagen, dass alles anders geworden ist. Der einzige unverrückbare Fels in der Brandung ist und bleibt Gunnar, ihr Vater. Er ist einfach da, wertfrei, voller Vertrauen und ohne Ansprüche. Er ist genau das, was Jolin jetzt braucht. Und mich natürlich.

Ich parke den Alfa wie gewohnt einen knappen Meter von der Pforte entfernt. Der Himmel über mir ist klar und voller Sterne, die Luft kühl, aber nicht mehr frostig.

Das ändert sich allerdings schlagartig, als ich die Pforte öffne und den Plattenweg betrete. Irritiert bleibe ich stehen. Vielleicht ist es nur ein Luftzug gewesen, überlege ich, eine Böe, die sich in den alten Obstbäumen verfangen und einen kalten Wirbel verursacht hat.

Ich schiebe die Unterlippe vor und hauche einen Stoß Atemluft aus. Sofort bildet sich feiner Nebel vor meinem Gesicht. Mein erster Reflex ist, mich umzudrehen und zurückzufahren. Ich könnte auf dem Sitz im Alfa übernachten, unmittelbar vor Jolins Haustür. Am nächsten Morgen würde ich sie dann alle mit frischen warmen Brötchen überraschen. Damit könnte ich vielleicht sogar Paula noch ein wenig mehr für mich einnehmen.

Die Verlockung ist groß, aber ich will kein Feigling sein. Wenn ich mich recht entsinne, habe ich Jolin vorhin schließlich selber noch gesagt, dass sie zu viele Gedanken an das Vergangene verschwendet, dass ihre Nerven ihr einen Streich spielen. Wieso sollte es diesbezüglich bei mir eigentlich anders sein? Meine menschlichen Nerven arbeiten erst seit ein paar Wochen, ich habe viel weniger Übung darin, Reales von Irrealem zu unterscheiden, als sie.

Dies ist mein Haus, das Haus, in dem ich schon sehr bald mit Jolin leben will. Ich werde nicht zulassen, dass es von absurden Befürchtungen und dunklen Gedanken in Besitz genommen wird.

Entschlossen drücke ich die Pforte hinter mir zu. Ich schalte meine Taschenlampe ein und laufe hinter ihrem Lichtkegel her zum Haus hinüber. Morgen kommen die Fenster, danach ist die Elektrik dran. Und die Heizungsanlage. Es gibt noch eine Menge zu tun. Das wird mich ablenken und meine Gedanken ordnen.

Voller Elan werfe ich mich in meine Arbeitsklamotten und verputze die Wände des Treppenflurs unter dem Dach.

Als ich um kurz nach Mitternacht ins Bett falle, bin ich zum ersten Mal wirklich müde. Ich sinke in einen tiefen, bleischweren Schlaf und träume von meinem Bruder.

Das Wochenende verbrachte Jolin damit, sich auf die Schule vorzubereiten. In einem Anfall von Torschlusspanik arbeitete sie sich nun doch durch sämtliche Unterlagen. Alle halbe Stunde rief sie Anna an, weil sie Sachverhalte oder Aufgabenstellungen nicht verstand, und fluchte einmal mehr darüber, dass Rouben so viel Zeit in seinem Haus verbrachte, anstatt mit ihr zu lernen.

»Auf die Idee, dass ich dir vielleicht auch helfen könnte, kommst du wohl nicht?«, meinte Gunnar Johansson, als sie wieder einmal stöhnend das Telefon in die Station zurückgestellt hatte und mit einem Stapel loser Zettel in ihr Zimmer zurückeilen wollte.

»Ach, Pa.« Jolin seufzte. »Hast du wirklich nichts Besseres zu tun?«

»Doch.« Gunnar lächelte seine Tochter entwaffnend an. »Aber nichts Sinnvolleres.« Er legte seine Hand auf ihren Rücken und schob sie sanft in ihr Zimmer. »Vielleicht solltest du dich einen Moment hinlegen«, schlug er vor. »Ich sehe mir derweil schon mal die Aufgaben an.«

»Pa, da geht es um Sinus und Cosinus, um Logarithmen und Stochastik …«

»Stochastik? Na, das ist doch wunderbar!«, freute sich Gunnar. »Zeig her!«

»Mach dir keine Illusionen«, erwiderte Jolin. »In der Elften fand ich es auch noch toll. Damals war der ganze Kurs wie besessen davon, die Lotterie mit den besten Gewinnchancen zu ermitteln. Die meisten verplanten schon ihre ersten Millionen. Am Ende haben sie doch nur ihr Taschengeld versenkt. Und jetzt im zwölften Jahrgang ist Stochastik völlig Banane. Es hat nichts, aber auch gar nichts mit der Realität zu tun.«

»Das ist ja das Entspannende daran«, meinte ihr Vater. »Findest du nicht?« Er hatte sich inzwischen an ihrem über und über mit Büchern, Heften und Infoblättern übersäten Schreibtisch niedergelassen und sich in Jolins Zettelwirtschaft vertieft.

»Pa, vergiss es. Notfalls wiederhole ich. Was ist schon dabei?«

»Nichts«, murmelte Gunnar Johansson. »Außer, dass du noch ein Jahr länger die Schulbank drücken musst und dich später vielleicht doch darüber ärgerst.«

Jolin seufzte. Sie hatte sich auf dem Bett ausgestreckt und die Hände unter dem Kopf verschränkt. Es war ein Genuss, wieder so liegen zu können, ohne dass etwas schmerzte und drückte.

»Vielleicht möchtest du dein Abi ja auch mit Rouben zusammen machen«, hörte sie ihren Vater sagen.

Jolin seufzte noch einmal. »Okay. Du hast gewonnen.« Zehn Sekunden später hockte sie zu Gunnars Füßen am Boden und blätterte ebenfalls in ihren Unterlagen herum. »Hältst du mich eigentlich für unemanzipiert?«, fragte sie.

Ihr Vater sah sie überrascht an. »Auf so eine Idee käme ich gar nicht«, sagte er empört.

»Ich mein ja nur ... wenn ich alles, was ich tue, plötzlich so sehr von Rouben abhängig mache.«

»Das finde ich eher normal. Oder besser gesagt: Ich fände es eher seltsam, wenn es nicht so wäre.« Er zwinkerte seiner Tochter zu. »Weißt du, so wie diese ganzen verbohrten Biofanatiker, die nichts anrühren, was nicht tausendprozentig öko ist, und gleich tot umfallen, wenn sie aus Versehen mal einen gespritzten Apfel essen.«

Auf Jolins Stirn bildete sich eine Steilfalte. »Du meinst,

es ist besser, Fehler zuzulassen, als sie krampfhaft zu vermeiden?«

Ihr Vater machte eine bestätigende Geste. »Schau mal hier«, sagte er und hielt Jolin einen Zettel voller Wahrscheinlichkeitsrechnungen unter die Nase. »Das ist wirklich interessant.«

»Hältst du es für einen Fehler, dass ich mit Rouben zusammen bin?«, fragte Jolin ehrlich überrascht.

Gunnar sah sie über den Rand seiner Brille hinweg an. »Nein«, sagte er. »Natürlich nicht. Eigentlich gibt es keine Fehler«, fügte er hinzu. Sein Blick driftete von ihr weg. Nachdenklich strich er sich über den Bart. »In Maschinen, Computern, technischen Anlagen ja, aber nicht im menschlichen Leben.«

»Das stimmt nicht, Pa«, widersprach Jolin. »Alles, was man tut, hat Konsequenzen. Man muss sich ständig entscheiden, und diese Entscheidungen können immer falsch sein.«

Gunnar wandte sich wieder ihr zu. »Genau das sehe ich anders«, sagte er. »Eine Entscheidung hat Konsequenzen, ja, aber sie ist niemals falsch.«

»Das ist jetzt nicht dein Ernst«, entgegnete Jolin empört. »Wenn ich nicht den Entschluss gefasst hätte, Klarisse zu helfen …«

»Sag ruhig zu retten …«, fügte ihr Vater ein.

»… wäre sie jetzt tot.«

»Ja oder schwer verletzt.«

Oder ein Vampir, dachte Jolin, und ein leises Schaudern lief ihr den Rücken hinunter.

»Stattdessen bist *du* verletzt gewesen«, betonte Gunnar.

»Das ist mir allemal lieber so«, sagte Jolin.

Ihr Vater nickte. »Ich nehme an, Klarisse geht es genauso.«

»Siehst du!« Über Jolins Gesicht huschte ein triumphierendes Grinsen. »Es war also die richtige Entscheidung.«

»Das kann man nie wissen«, erwiderte Gunnar Johansson. »Ich zum Beispiel glaube, dass es immer eine Gegenseite gibt, eine, der ein Nachteil aus einer vermeintlich richtigen Entscheidung erwächst. Diese Gegenseite muss für den Handelnden – in diesem Falle dich – nicht unbedingt klar erkennbar sein. Vielleicht sind es Personen, die in einer Art Parallelwelt leben …«

»An so etwas glaubst du?«, warf Jolin ein. Sie war über alle Maßen erstaunt. Ihr Vater war weltoffen, okay, aber eine spirituelle Neigung hatte sie bei ihm bisher nicht erkennen können.

»Mit glauben hat das wenig zu tun«, entgegnete er. »Wir alle wissen inzwischen, dass unsere Sinne nicht ausreichen, um alles Existente wahrzunehmen. Das heißt aber nicht, dass es diese Dinge nicht gibt. Und noch viel mehr darüber hinaus, nämlich jenseits dessen, was wir uns anhand unseres derzeitigen Kenntnisstands vorzustellen vermögen.«

Jolin verzog das Gesicht. »Das klingt ein wenig kompliziert.«

»Es geht auch einfacher«, meinte ihr Vater. »In Klarisses Fall brauchen wir uns nur vorzustellen, dass sie vielleicht einen Organspendeausweis mit sich trägt und dass ihr Herz, ihre Nieren, ihre Lunge oder ihre Leber einem oder mehreren anderen das Leben erleichtert oder gerettet hätte. Womöglich wären es vier Leben für eines gewesen.«

»Hör auf, Pa!« Jolin presste sich die Hände auf ihre Ohren. »Ich will das nicht hören!«

Sie hatte verstanden, was er ihr klarzumachen versuchte, weiter darüber nachdenken wollte sie aber nicht. Ohnehin hinkte der Vergleich mit Klarisse. Denn ihre Organe wären sowieso nicht brauchbar gewesen. Ein toter blutleerer Körper hätte niemandem gedient, und ein Vampir wäre sogar eine noch größere Gefahr für die Allgemeinheit gewesen. Nein, Jolin war sicher, sie hatte damals die absolut richtige Entscheidung getroffen, da konnte ihr Vater sagen, was er wollte. Theoretisch mochte er recht haben, in der Praxis sah das jedoch völlig anders aus.

Jolin tippte auf die Unterlagen, die Gunnar in der Hand hielt. »Und ich versichere dir, es macht mir nichts aus, wenn ich die Zwölfte wiederholen muss. Das kann meinem Abi im Ergebnis nicht schaden. Und meiner Beziehung zu Rouben auch nicht.«

»Sehr emanzipiert und weise.« Gunnar Johansson lächelte. »Aber lass uns trotzdem mal ausrechnen, wie wahrscheinlich es wäre, dass sich dein Notenspiegel bei einer Wiederholung ohne Rouben in deinen Kursen tatsächlich verbessert.«

Jolin verpasste ihm einen Stupser in die Seite. »Du bist unmöglich«, sagte sie zärtlich.

Gunnar schlang seinen Arm um ihren Nacken und zog sie an sich. Und dann steckten die beiden ihre Köpfe in die Unterlagen und vertieften sich bis weit nach Mitternacht in die Wahrscheinlichkeitsrechnung.

Rouben meldete sich erst am Sonntagabend wieder. Er schickte eine SMS.

soll ich dich morgen früh abholen oder willst du lieber mit anna in der u-bahn fahren?
ild

Jolin fand, dass das eine zwar durchaus rücksichtsvolle, aber äußerst dämliche Frage war.

wer, denkst du, ist der wichtigste mensch in meinem leben? simste sie zurück.

ich?

Jolin grinste.

sieht ganz so aus, antwortete sie.

trotzdem könntest du mit anna fahren wollen.

blöder kerl, ich vermisse dich.

ehrlich?

nein, ich bin wütend, weil du dich schon wieder zwei tage nicht hast sehen lassen. keine sms, kein anruf, nichts. ich könnte tot sein und du wüsstest es nicht mal.

jolin, ich möchte nicht, dass du so etwas sagst, okay?

nicht okay.

ich würde es gerne wiedergutmachen.

vergiss es, ein solches verhalten ist unverzeihlich.

Es dauerte eine Weile, bis Roubens Antwort auf ihrem Display erschien.

na gut, dann fahre ich eben wieder nach hause.

Was? – Mit zwei Sätzen war Jolin am Fenster. Sie zerrte die Gardine zurück und starrte auf die Straße hinunter. Aber dort war nichts zu sehen. Nicht einmal der verdammte rote Alfa stand auf der anderen Seite.

bitte nicht! tippte sie hektisch in ihr Handy. wo bist du?

hier!

wo?

dreh dich um!

Jolins Herz polterte los. Einen Augenblick stand sie wie in Stein gehauen, dann sauste sie herum.

Rouben stand in der Tür und grinste schief.

»Warum habe ich dich nicht gehört?«, stieß sie hervor.

Er zuckte mit den Schultern. »Vielleicht hast du was an den Ohren.«

»Quatschkopf!«

»Ich werde lieber mal nachschauen«, sagte er. Er drückte die Tür zu, kam zu ihr herüber und schob ihr die Haare in den Nacken. Jolin neigte den Kopf, und er ließ seine Nasenspitze über ihre Wange bis zu ihrem Ohr gleiten.

»Bitte verzeih mir. Ich liebe dich«, flüsterte er.

Sie schlang die Arme um ihn und suchte mit ihren Lippen nach seinem Mund. »Ich liebe dich. Ich liebe dich«, murmelte sie. »Ich liebe dich ewig und unendlich, bis ans Ende des Universums und für alle Zeiten.«

Sie streichelte seinen Rücken und spürte seine Hände in ihrem Nacken. Rouben küsste sie sanft. Er küsste ihren Mund, ihre Augen, ihre Wangen und vergrub sein Gesicht schließlich seufzend in ihrer Halsgrube. »Ich möchte dich nie wieder loslassen«, wisperte er und drückte sie an sich.

»Das musst du ja auch nicht«, wisperte Jolin zurück. »Du könntest doch einfach hierbleiben.«

»Was?«, hauchte Rouben. »Die ganze Nacht?«

Jolin nickte.

»Und was ist mit Paula?«

»An Gunnar denkst du wohl gar nicht«, sagte Jolin tadelnd. »Immerhin ist er mein Vater.«

Roubens karamellfarbene Augen wurden dunkel. »Aber ich hab dich doch längst …«

»Und ich dachte, das Thema wäre tabu«, unterbrach Jolin ihn.

»Ist es ja auch«, flüsterte er und hob eine Hand. »Ich schwöre hoch und heilig, dass ich dich nicht anrühren werde.«

»Du bist wirklich grausam«, sagte Jolin leise. »Aber du wirst schon sehen, was du davon hast. Was du kannst, kann ich nämlich schon lange.«

Sie fuhr mit ihren Händen in seine Haare, zog sein Gesicht zu sich herunter und küsste ihn kurz und heftig mit geöffneten Lippen. »So«, sagte sie dann schelmisch. »Das muss für heute genügen.«

Paula verzog keine Miene, als Jolin und Rouben am nächsten Morgen gemeinsam zum Frühstück in der Küche erschienen. Sie hatte allerdings nur für drei gedeckt.

Jolin warf Rouben einen bedeutsamen Blick zu und nahm ein weiteres Gedeck aus dem Küchenschrank.

»Gunnar ist schon weg«, sagte ihre Mutter. Sie füllte warme Milch in Jolins Tasse und sah Rouben fragend an. »Und was trinkst du morgens so?«

»Ähm … am liebsten Tee.«

Paula Johansson nickte. »Das trifft sich gut.« Sie entzündete das Teelicht im Stövchen und platzierte ihre neue blaue Keramikkanne darauf. »Wenn du grünen magst.«

»Danke«, sagte Rouben. Er setzte sich neben Jolin und schenkte ihrer Mutter ein strahlendes Lächeln. »Sehr gern sogar.«

Paula schnitt Brötchen auf. »Stell dir vor, die hat Gunnar heute Morgen geholt. Noch bevor er in den Laden gefahren ist«, plapperte sie drauflos. »Die Lernerei mit dir scheint ihn geradezu beflügelt zu haben.«

»*Den Laden* – ts.« Jolin schüttelte den Kopf. »Mein Vater arbeitet in einem Kaufhaus. Er ist dort Chefeinkäufer in der Haushaltswarenabteilung«, erklärte sie Rouben. »Und die Lernerei war ziemlich anstrengend«, fügte sie an ihre Mutter gewandt hinzu. »Jedenfalls für mich.«

»Du hast es vielleicht ein wenig zu lange aufgeschoben«, meinte Paula, während sie eine Brötchenhälfte mit Schnittkäse belegte. Sie sah blass und übernächtigt aus. Und sehr verletzbar. »Früher hast du dir diese Arbeiten immer recht gut eingeteilt.«

»Früher war ich ja auch noch ein ernstes, folgsames Kind«, entgegnete Jolin bissig.

Sie spürte den kurzen Druck von Roubens Hand auf ihrem Oberschenkel und presste die Lippen aufeinander. Sie wusste, dass sie ihrer Mutter gegenüber ungerecht war, und beschloss, sich in Zukunft ein wenig zusammenzureißen.

»Eigentlich nicht«, sagte Paula. »Du bist schon immer sehr eigenwillig gewesen.«

Jolin ergriff ihre Tasse und leerte sie langsam und in sehr kleinen Schlucken. Nur so schaffte sie es, sich zu beherrschen. Vor den schicksalhaften Ereignissen auf der Burg waren Paula und sie ein Herz und eine Seele gewesen. Nicht einmal mit Anna hatte sie sich jemals so gut verstanden wie mit ihrer Mutter. Und jetzt auf einmal herrschte Krieg zwischen ihnen. Er hatte sich ganz allmählich eingeschlichen, unmerklich, beinahe schon hinterhältig.

»Ich bin ja bald nicht mehr hier.« Jolin wollte das nicht sagen, aber die Milch war ausgetrunken und die Worte rutschten ihr unkontrolliert über die Lippen. »Und deshalb brauchst du auch das alles hier nicht mehr für mich zu machen«, fuhr sie fort und ließ ihren Arm über den Frühstückstisch kreisen. »Warum bleibst du nicht einfach im Bett und schläfst dich aus?«

»Weil ich *das alles hier* gerne für dich mache«, erwiderte Paula. »Das weißt du doch.«

Jolin stieß einen Schwall Luft durch die Nase und nickte. »Vielleicht ist genau das unser Problem«, brummte sie.

Ihrer Mutter misslang ein Lächeln. »Deins«, sagte sie. »Meins nicht.«

Jolin krallte ihre Fingernägel in Roubens Hand, die noch immer auf ihrem Oberschenkel ruhte.

»Hey«, sagte er leise. »Willst du nicht endlich etwas essen? Sonst kommen wir noch zu spät.«

Jolin schüttelte unwillig den Kopf. Außer einem Glas Milch hatte sie morgens noch nie etwas hinunterbekommen. Ruckartig stand sie auf, nahm zwei Schnitten Schwarzbrot aus der Packung, die im Steinguttopf auf der Anrichte lag, und schmierte Frischkäse darauf. Sie teilte sie in der Mitte, wickelte sie in Cellophan und angelte sich noch einen Apfel aus der Schale. »Ich bin fertig.«

»Und was ist mit den schönen Brötchen?«, fragte Paula.

»Die kannst du gerne alle aufessen«, sagte Jolin, stürmte in den Flur und zog ihren Steppmantel über.

»Der ist doch viel zu warm«, meinte Rouben, der Paula Johansson noch einen entschuldigenden Blick zugeworfen hatte, bevor er ihrer Tochter zögernd folgte.

»Ich hab jetzt so schnell nichts anderes«, erwiderte Jolin ungeduldig, schulterte ihre Umhängetasche und riss die Wohnungstür auf.

»Jetzt wartet doch mal!«, rief ihre Mutter aus der Küche.

Jolin verdrehte die Augen.

Paula kam in den Flur geeilt und drückte Rouben ein Päckchen in die Hand. »Ich hoffe, Käse ist dir recht«, sagte sie.

»Ja, danke. Das ist wirklich sehr lieb«, erwiderte er, schob das Päckchen in seine Jackentasche und beeilte sich, Jolin hinterherzukommen, die längst im Treppenhaus verschwunden war.

»Ich glaub einfach nicht, wie sie dich bemuttert!«, schimpfte Jolin, kaum dass sie sich auf den Beifahrersitz des Alfas geworfen hatte.

»Ich finde, sie ist einfach nur nett«, sagte Rouben. Er ließ den Gurt einrasten und startete den Motor.

»Und du bist ein Schleimer.«

»Na hör mal, ich hab doch gar nichts gemacht«, verteidigte er sich. »Hätte ich ihr das Schulbrot wieder zurückgegeben, hätte ich sie tief beleidigt.«

Jolin schob die Hände in die Ärmelsäume ihres Mantels. »Ich fühl mich total zerschlagen«, murmelte sie. »Und kalt ist mir auch.«

»Dabei müsstest du eigentlich glühen, so zornig wie du gerade bist«, sagte Rouben. Er setzte den Blinker, und während er den Wagen in den laufenden Verkehr einfädelte, warf er ihr einen besorgten Seitenblick zu. »Alles in Ordnung?«

»Nein. Meine Hände sind völlig unbrauchbar ...«

»... weil sich die Muskulatur erst wieder aufbauen muss ...«

»Außerdem geht mir meine Mutter auf den Zwirn.«

»Sie meint es doch nur gut«, sagte Rouben.

»Ach, sie soll mich einfach in Ruhe lassen«, knurrte Jolin. »Und dich auch!«

»Ich verstehe dich nicht«, erwiderte er. »Ich wünschte, ich hätte so eine Mutter wie sie gehabt. Ramalia war immer so kalt, und sie hat nur sehr widerwillig für mich gesorgt.«

»Woher willst du das denn wissen?«, erwiderte Jolin. Sie hatte angefangen, in ihrer Tasche zu kramen, weil sie plötzlich das Gefühl überkam, dass sie ihren Taschenrechner vergessen hatte.

Rouben zuckte mit den Schultern. »Egal, was sie mir zu essen gemacht hat, es ist immer roh gewesen. Brot, Fleisch, Gemüse.«

Jolin schüttelte sich. »Rohes Gemüse – igitt. Und Brot erst!« Sie tippte auf das Alupäckchen, das aus Roubens Jackentasche lugte. »Da kann ich ja nur hoffen, dass meine Mutter das Brötchen ordentlich durchgebraten hat.«

Rouben legte den Kopf gegen die Nackenstütze und kicherte. »Du bist wirklich witzig.«

»Überhaupt nicht«, brummte Jolin. »Das ist der reine Sarkasmus. Du merkst es bloß nicht ... Wegen deiner dunklen Vergangenheit.«

»Kann es sein, dass du heute ganz generell etwas streitlustig bist?«, fragte er seufzend.

»Keine Ahnung. Ich glaube, ich bin einfach nur ein bisschen nervös.«

Rouben lachte laut heraus. »Jetzt sag nicht, wegen der Schule?«

»Was ist daran so lustig? Ich war ewig nicht mehr dort.«

Rouben nickte. »Jaaa, du hast ein echtes Defizit.«

»Vor allem hatte ich vor den Weihnachtsferien noch keinen Freund«, entgegnete Jolin. Sie fand den Rechner im Seitenfach und ließ die Tasche stöhnend in den Fußraum zurückgleiten.

»Außerdem warst du ein reizbares, knochiges und alles in allem ziemlich unverträgliches Einzelgängerwesen.«

Was hat denn das eine mit dem anderen zu tun?, lag es Jolin auf der Zunge zu sagen, doch sie schluckte diesen Kommentar hinunter. Sie wollte nicht darüber reden, ohnehin dachte sie nicht gern an die letzten Monate des vergangenen Jahres zurück. Rouben hatte absolut recht: Sie war tatsächlich unausstehlich gewesen, und sie war froh, dass diese Phase, die sie insgeheim ihre Kokonzeit nannte, endlich vorbei war. »Zum Glück bist du gekommen und hast mich daraus befreit«, sagte sie leise.

»Nee, nee«, meinte Rouben kopfschüttelnd. »Das warst du ganz allein. Ich hatte schließlich – wie du weißt – ausreichend mit mir selbst zu tun.«

»Auch ein Glück«, erwiderte Jolin. »Hättest du nämlich mehr Zeit gehabt, mich richtig anzuschauen, hättest du dir die Sache garantiert noch mal überlegt.«

»Für mich bist du das schönste Mädchen der Welt«, sagte Rouben leise.

»Das meine ich doch gar nicht«, sagte Jolin viel zu harsch. Das unerwartete Kompliment hatte sie verlegen gemacht. Sie neigte den Kopf nach unten, damit ihre Haare die Röte auf ihren Wangen verbargen. »Sondern, weil ich so *knochig* war.«

»Hey.« Rouben legte seine Hand unter ihr Kinn und zwang sie, ihn anzusehen. »Du bist humorvoll, mutig, sensibel, eigenständig …«

»Eigen*willig*.«

»Das ist keine schlechte Eigenschaft.«

»Reizbar.«

Rouben lächelte. »Nobody is perfect.«

»Doch, du«, sagte Jolin. Du bist der absolute Wahnsinn, dachte sie. Und deshalb habe ich dich eigentlich auch gar nicht verdient.

Sie sahen sich an, und da war sie plötzlich wieder, die gleiche atemberaubende Wärme, die sie gespürt hatte, als sie zum ersten Mal ihre Hände ineinanderlegten. Jolins Herz klopfte wie verrückt.

Hinter ihnen hupte es. Der Alfa geriet ins Schlingern. Hastig legte Rouben die Hand aufs Lenkrad zurück und gab kräftig Gas, damit der Wagen wieder in die Spur zurückfand.

»Sag mal, wo hast du eigentlich deinen Führerschein gemacht?«, rief Jolin erschrocken.

»So schlecht fahre ich ja nun auch wieder nicht«, verteidigte er sich. »Ich hätte mich bloß besser auf die Fahrbahn konzentrieren sollen, statt mich von deinem Anblick ablenken zu lassen.«

»Entschuldige bitte, aber ich hab das vollkommen ernst gemeint«, erwiderte Jolin.

»Ja, denkst du etwa, ich nicht?«

Jolin sah ihn an. »Du bist auch wunderschön«, krächzte sie. »Trotzdem wüsste ich gerne, wann und wo du so schnell deinen Führerschein gemacht hast«, fügte sie hastig hinzu.

»Ach so.« Seine Augen funkelten, und wieder musste er kichern. »Ich habe einen Crashkurs gemacht«, fuhr er fort und bemühte sich sichtlich um eine ernste Miene. »Nach Weihnachten. Den guten Edmond konnte ich ja leider ebenso wenig behalten wie den schönen C6.«

»Ist sowieso 'n Auslaufmodell«, meinte Jolin abwinkend.

»Ja, leider.«

»Wieso? Ich finde diesen kleinen Alfa sehr chic.«

Rouben nickte. »Ich auch. Und ich schwöre dir, ich liebe ihn fast genauso innig wie dich. Aber später, wenn ich mal ein berühmter Physiker, Architekt oder Geologe bin …«

»Später brauchen wir ein ganz anderes Auto«, unterbrach Jolin ihn. »Weil wir nämlich ziemlich viele Kinder haben werden.«

Jetzt grinste Rouben offen und breit. »Aha. Und an wie viele hast du da so gedacht?«

Jolin kreuzte die Arme vor der Brust und schürzte die Lippen. »Na ja: Robert, Raoul, Renata …«, begann sie mit ihrer Aufzählung.

»… Jana, Jette und Jasper«, fügte Rouben glucksend hinzu.

Jolin merkte, wie sie sich entspannte. Die Flachserei hatte den Groll, den sie gegen ihre Mutter hegte, erfolgreich in den Hintergrund gedrängt. »Ja klar, und alle sehen aus wie du«, meinte sie schmunzelnd.

»Nee, nee, nur die, deren Namen mit R anfangen«, widersprach Rouben. »Jana, Jette und Jasper sehen natürlich dir zum Verwechseln ähnlich.«

Jolin sah ihn an und lachte. »Du bist so … so …«

»Was?«

»… ein alberner Blödmann eben.«

»Na, vielen Dank.« Rouben bremste und lenkte den Wagen an den Straßenrand.

»Was ist denn jetzt wieder los?«, fragte Jolin.

»Nichts weiter.«

Er sah sie an, und seine Augen strahlten wie zwei Bernsteinsonnen.

Jolin wurde schwindelig. Augenblicklich polterte ihr Herz wieder los. »Und warum hältst du dann hier an?«

»Darum«, sagte er leise, strich mit dem Handrücken über ihre Wange und küsste sie zärtlich auf den Mund. »Weil ich so wahnsinnig glücklich bin.«

Sie betraten das alte Gebäude des Albert-Schweitzer-Gymnasiums durch den Hintereingang, da dieser näher bei den

Parkplätzen lag. In den ersten beiden Stunden stand der Englisch-GK bei Mr Turner auf dem Programm.

»Wohin geht eigentlich die Studienfahrt?«, fragte Jolin. Die Abstimmung darüber hatte während ihrer Abwesenheit stattgefunden, und bis zu dieser Sekunde hatte sie sich auch nicht für das Resultat interessiert.

»Rumänien«, sagte Rouben trocken.

»Was?«

»Ja, Schloss Dracula.«

»Aber das stand doch gar nicht zur Auswah…« Jolin brach ab. Grimmig verzog sie das Gesicht und boxte ihn in den Bauch. »Duuu!«

Rouben stöhnte theatralisch auf. »Was ist los? Warum schlägst du mich?«

»Das weißt du ganz genau: Weil du es verdient hast.«

»Finde ich nicht.«

»Arroganter Kerl!«

»Ich finde, ich habe etwas ganz anderes verdient«, sagte Rouben und drückte sie an sich.

»Okay, aber erst, wenn du mir verrätst, wo die Reise tatsächlich hingeht«, beharrte Jolin und bog ihren Hals zurück, damit er sie nicht einfach küssen konnte.

»Irland.«

»Dublin?«

»Ja, als festen Standort.«

»Das ist aber teuer«, sagte Jolin. »Ich weiß gar nicht, ob sich das jeder leisten kann.«

Rouben hob die Schultern. »Es wurde so beschlossen. Sogar mit einer Zweidrittelmehrheit. Ach, übrigens«, setzte er hinzu. »Wer will, kann in diesem Halbjahr Wipo zusätzlich belegen.«

Jolin zog eine Schnute. »Zusätzlich? Ich weiß nicht«, sagte sie gedehnt.

»Ich hab mich eingeschrieben«, sagte Rouben. »Und Anna auch.«

»Anna?« Jolin spürte einen feinen Stich unter dem Brustbein. Sie wusste, dass es dumm und albern war. Rouben liebte sie, und Anna würde ihr niemals dazwischenfunken. Nicht einmal Klarisse würde das noch tun – da war Jolin sich nahezu hundertprozentig sicher. Und trotzdem: Die letzten Herbstwochen, in denen unter den Mädchen in ihrer Stufe ein regelrechter Wettstreit um ihn entfacht war, saßen ihr immer noch in den Knochen.

»Du glaubst gar nicht, wie engagiert sie ist«, erzählte Rouben, und sein Blick sprühte vor Begeisterung.

»Ha! *Du* wirst es nicht glauben, aber ich *weiß* es sogar«, erwiderte Jolin spitz. »Früher wollte Anna mal Tierfilmerin werden und …«

»Mhm, das will sie immer noch.«

Der Stich wanderte tiefer. »Du weißt ja gut Bescheid«, presste sie hervor.

»Ja, ich habe viel Zeit mit Anna verbracht«, sagte Rouben leichthin.

Jolin bekam keine Luft mehr. Stocksteif stakste sie in seinem Arm neben ihm her auf den Englischraum zu. Sie waren wahrscheinlich spät dran, die Tür stand zwar noch offen, aber es war niemand mehr auf dem Gang zu sehen.

»Man kann sich wirklich toll mit ihr unterhalten«, fuhr Rouben fort. »Du kannst dich freuen, dass sie deine Freundin ist.«

»Hey, was soll das?«, knurrte Jolin. »Warum machst du auf einmal solche Werbung für Anna?«

»Na jaaa …« Rouben stoppte und setzte eine ernste Miene auf. »Ich muss dir etwas gestehen …«

Jolin starrte ihn an. Sie hatte das Gefühl, als ob sich der Boden und die Wände von ihr entfernten, doch einen Augenblick später hatte sie sich bereits wieder im Griff. Warum – zum Teufel! – ließ sie es immer wieder zu, dass er sie derartig aus der Fassung bringen konnte? Sechs Wochen war er nun schon fast täglich mit Anna, Klarisse und den anderen Mädchen hier in der Schule zusammengetroffen und bisher hatte sie nicht eine Sekunde auch nur den Anflug von Eifersucht in ihrem Herzen gespürt, da musste sie ja wohl nicht ausgerechnet heute damit anfangen!

»Wipo liegt Freitag in der siebten und achten Stunde«, hörte sie Rouben sagen.

»Ja und?«

»Na ja«, druckste er. »Ich hab nicht drüber nachgedacht … Es ist der einzige Tag in der Woche, an dem ich nur bis mittags Unterricht habe. Noch dazu vor dem Wochenende, an dem man so richtig viel schaffen kann.«

Jolin legte ihre Stirn in Falten. Sie konnte ihm nicht ganz folgen.

»Ach, du meinst wegen deiner Bauerei am Haus«, platzte sie schließlich heraus.

»*Bauerei*«, brummte Rouben. »Du hast wirklich keine Ahnung, wie zeitaufwendig das ist.«

»Entschuldige«, sagte Jolin. »Von außen ist ja nun wirklich noch nicht viel zu sehen. Das Dach ist noch immer kaputt … und von innen willst du es mir ja leider nicht zeigen.«

»Nein. Und dabei bleibt es auch«, sagte Rouben entschieden. »Ich will nicht, dass du einfach hineingehst …

Ich möchte dich über die Schwelle tragen, und zwar erst dann, wenn es fertig ist.« Er wandte den Blick ab, und plötzlich überschattete ein noch ernsterer, beinahe ängstlicher Ausdruck sein Gesicht.

»Was ist los?«, wisperte Jolin erschrocken. »Was hast du?«

»N-nichts.« Rouben zwang sich zu einem Lächeln. »Ich wünschte nur, es wäre schon so weit.«

»Ich auch, das kannst du mir glauben.« Es platzte aus ihr heraus, wie etwas, das aus den tiefsten Tiefen ihrer Seele kam und nur auf diese Gelegenheit gewartet hatte. Und es hatte nicht einmal so sehr mit Paula zu tun, zu der Jolin sich dringend ein wenig mehr Abstand wünschte, oder mit ihrer Sehnsucht nach einer leidenschaftlichen Liebesnacht mit Rouben, sondern vielmehr mit dem Gefühl, dass es noch etwas anderes gab, das ihrem Einzug in dieses Haus im Wege stand. Und zwar etwas Undefinierbares, Unlogisches, das auf eine unerklärliche Weise jedoch immer greifbarer wurde und in Jolin eine diffuse Angst entfachte.

Sie wollte es gerade ansprechen, da ertönte die Schulglocke. Aus dem Englischraum waren plötzlich laute Stimmen zu hören, und einen Augenblick später traten Anna und Rebekka auf den Gang heraus.

»Bist du ganz sicher, dass sie heute …?«, fragte Rebekka. »Oh, da ist sie ja!«

»Siehst du, so schnell wird man zur Nebensache«, raunte Rouben Jolin ins Ohr und machte hastig einen Schritt zur Seite, damit Anna und Rebekka ihr ungehindert um den Hals fallen konnten.

»Mensch, wieso kommst du denn erst jetzt?«, rief Anna und küsste Jolin inbrünstig auf beide Wangen.

»Tut mir leid, aber ich bin unschuldig«, sagte Jolin und deutete auf Rouben. »Wir sind mit seinem Auto gefahren.«

»Ja und?«, wunderte sich Rebekka.

»Na ja, Rouben hat ja noch nicht so wahnsinnig viel Fahrpraxis«, meinte Jolin. Sie bedachte ihn mit einem Augenzwinkern und wandte sich achselzuckend wieder Rebekka zu. »Crashkurs in den Weihnachtsferien.«

»Oh, dann ist er ein Naturtalent«, erwiderte die. »Mein Bruder hat das nämlich auch versucht. Und der hat vorher wirklich total viel geübt. Aber seinen Führerschein hat Linus immer noch nicht.«

»Irgendwann wird er es schon schaffen«, sagte Anna. Sie hakte sich bei Jolin unter und zog sie auf den Englischraum zu. »Jetzt komm doch erst mal rein«, drängte sie.

»Warum bist du überhaupt hier?«, fragte Jolin. »Du bist doch im LK.«

»Überraschung«, sagte Anna und küsste Jolin auf die Wange.

»Wie ich schon sagte: Nebensache«, murmelte Rouben. Er ließ die schnatternden Mädchen vorbei und folgte ihnen grinsend.

Jolin hatte die Tür noch nicht ganz passiert, da prasselte ein Regen aus buntem Konfetti, schillernden Luftschlangen und ohrenbetäubendem Getröte auf sie ein. Rechts und links von ihrem Platz standen Melanie und Klarisse, schwenkten ein Transparent aus orangefarbenem Seidenstoff, auf das mit Perlen und kleinen Stoffrosetten WILLKOMMEN gestickt war, und sangen nach Leibeskräften WELCOME BACK von Mase gegen das Trötengetöse an.

Jolin stand da, als ob die Sohlen ihrer Stiefel eine chemische Verbindung mit dem Linoleumboden eingegangen wären. »Ihr seid ja verrückt«, sagte sie. »Ihr seid echt total wahnsinnig geworden.«

»Das kann ich nur bestätigen«, ertönte Mr Turners Stimme hinter ihr. Er schob sich an Jolin vorbei, steuerte auf seinen Tisch zu und sah sich lächelnd um. »So etwas müsste mir mal passieren«, meinte er und kratzte sich an der Stirn. »Passiert aber nicht, da mach ich mir gar keine Hoffnungen.«

Die Tröten verstummten, und bis auf Melanie und Klarisse sanken alle auf ihre Stühle.

»Oaaah, armer Mr Turner!«, erschallte es im Chor.

»Kein Problem«, sagte der Englischlehrer. Er legte seine Aktentasche auf den Tisch und streckte Jolin die Hand entgegen.

»Meinerseits ebenfalls ein herzliches Willkommen. Ich freue mich, dass Sie wieder vollständig hergestellt sind.«

»Vielen Dank.« Jolin errötete ein wenig und huschte hastig hinter Rouben, Rebekka und Anna her auf ihren Platz unter dem Transparent.

»Und was ist mit Ihnen beiden, meine Damen?«, fragte Mr Turner, nachdem er ein paar Unterlagen hervorgeholt und seine Tasche anschließend wie gewohnt auf den Boden gestellt und gegen das Tischbein gelehnt hatte.

Weder Melanie noch Klarisse zeigten irgendeine Reaktion. Die gesamte Doppelstunde über blieben sie reglos wie Statuen neben Jolin stehen. Nur ihre Münder öffneten sich von Zeit zu Zeit, um den Refrain von WELCOME BACK zu singen. Alle anderen beteiligten sich wie gewohnt am Unterricht, und nach anfänglicher Irritation demonstrierte Mr Turner überraschend seine Anpassungsfähigkeit und seinen Humor, indem er die immer wiederkehrenden Gesangseinlagen geschickt in die Englischstunde integrierte.

Als um halb zehn schließlich der Pausengong ertönte, ließen Melanie und Klarisse das Transparent wie auf Kommando fallen, stürzten sich auf Jolin und drückten sie an sich. Untermalt wurde die Szene von einem neuerlichen, diesmal allerdings ein wenig unkoordiniert klingenden Trötenkonzert.

Mr Turner packte hastig seine Sachen zusammen und verließ fluchtartig den Raum.

»Du ahnst nicht, wie glücklich wir sind«, sagte Klarisse und küsste Jolin überschwänglich, wie es ihre Art war, auf beide Wangen.

»Ihr spinnt doch«, erwiderte sie. »Wir haben uns jede Woche gesehen, wir haben ständig telefoniert … Ihr wusstet, dass es mir gutgeht.«

»Ja, aber du warst nicht hier in der Schule«, wandte Melanie ein. »Wir haben dich vermisst. Außerdem ist Rouben ohne dich nur halb so interessant.«

»Wusst ich's doch«, brummte Jolin. Sie fischte ihre Geldbörse aus der Umhängetasche und sprang auf.

»Was?«, fragte Klarisse.

»Dass ihr unverbesserliche Egoistinnen seid. Alles richtet sich immer nur nach dem Unterhaltungswert.«

Der Sarkasmus in ihrer Stimme war kaum zu überhören.

Klarisse zuckte mit den Schultern. »Was dachtest du denn? Glaubst du etwa, ich hätte mich auch nur das klitzekleinste bisschen verändert?«

Jolin sah sie an und grinste. Die Art und Weise, in der sie miteinander kommunizierten, lief tatsächlich noch immer über die alte Schiene. Der Unterschied war nur, dass sie es jetzt nicht mehr ernst meinten. Auch Jolin ging es mittlerweile um den Unterhaltungswert. Nach wie vor war Klarisse nicht ihre beste Freundin, und wahrscheinlich würde sie es auch nie werden, trotzdem konnte sie nicht leugnen, dass sie Klarisses Art irgendwie ins Herz geschlossen hatte. Das bedeutete allerdings noch lange nicht, dass sie ihr jemals vorbehaltlos vertrauen würde.

»Doch, das hast du«, sagte Jolin. »Zumindest äußerlich hast du dich verändert.«

Klarisses Haare waren noch immer schwarz, inzwischen trug sie anstelle ihrer früheren Mähne allerdings einen kinnlangen, glänzenden Pagenschnitt. Ihre Augen waren weniger auffällig dunkel umrandet, und auch ihr Kleidungsstil hatte sich gewandelt. Schwarz war nicht mehr dominierend, stattdessen gaben Bluejeans, Zwanziger-Jahre-Blusen und Chucks den Ton in ihrer Garderobe an.

»Vielen Dank«, erwiderte Klarisse. »Es geht mir trotzdem gut.«

»Und ich bin echt von den Socken«, sagte Jolin. Sie breitete die Arme aus und wiederholte es noch einmal laut und deutlich, damit es auch wirklich jeder mitbekam: »Hey, Leute, ich bin echt total von den Socken!«

Beifall ertönte. Ein paar der Jungs johlten. Intuitiv suchte Jolin Leonharts Blick, und als sie ihn schließlich fand, zuckte sie unwillkürlich zusammen. Natürlich freute sie sich, dass auch er zu ihrer Begrüßung gekommen war, denn eigentlich belegte er den Spanischkurs. Allerdings sah Leo alles andere als fröhlich aus, sondern blass und ernst. Um seine Augen lag ein tiefer Schatten, und mit einem Schlag wurde ihr klar, dass sie in ihren Telefonaten immer um den heißen Brei herumlaviert waren. Rouben hatten sie mit keiner Silbe erwähnt, sondern nur über Carina gesprochen. Insgeheim war Jolin davon ausgegangen, dass diese ihren Schock inzwischen überwunden hatte und längst wieder zur Schule ging. Der Umstand, dass Leo alleine hier erschienen war, konnte allerdings bedeuten, dass das möglicherweise nicht so war. Höchste Zeit also, dass sie endlich mal ganz in Ruhe miteinander redeten, vor allem auch deshalb, damit sie sämtliche Zweifel, die ihn vielleicht noch immer plagten, so schnell wie möglich ausräumen konnte.

Die Gelegenheit dazu ergab sich am Ende der achten Stunde, als Rouben überraschend verkündete, dass er den Sportunterricht schwänzen würde, um noch ein paar Handgriffe am Haus zu erledigen, bevor es dunkel wurde.

»Du bist doch nicht böse, wenn ich dich nicht nach Hause bringe, oder?«

»Natürlich bin ich das«, sagte Jolin. »Jede Sekunde, die du nicht bei mir bist, ist …«

»… nur halb so interessant?«

»Du hast das mitbekommen?«, fragte sie erstaunt.

»Melanie hat nicht gerade geflüstert«, meinte Rouben.

»Hm«, machte Jolin. »Willst du die Wahrheit wissen?«

Lächelnd legte Rouben seinen Arm um ihren Nacken. »Aber immer.«

»Jede Sekunde, die du nicht bei mir bist, ist eine verlorene Sekunde«, flüsterte Jolin und küsste seinen Hals. »Ich weiß, das klingt extrem unemanzipiert, und deshalb ist es bestimmt auch nicht klug gewesen, es dir zu verraten, besonders weil du ja eigentlich völlig anders über mich denkst.«

»Keine Sorge«, flüsterte Rouben zurück. »Unemanzipiert liebe ich dich fast noch mehr.«

»Du wünschst dir also ein willenloses kleines Frauchen?«, erwiderte Jolin und schenkte ihm einen betont schmachtenden Blick.

Rouben berührte mit seinen Lippen flüchtig die ihren. »Was hast du denn von jemandem mit einer dunklen Vergangenheit erwartet?«

»Dummerweise habe ich mir darüber bisher keine Gedanken gemacht«, seufzte sie.

»Das war bestimmt ein Fehler«, murmelte Rouben und küsste sie abermals eher flüchtig.

»Meinst du wirklich?«

»Auf jeden Fall.«

Jolin schlang ihre Arme um seine Hüften und schmiegte sich gegen seine Brust. »Wie auch immer … jetzt ist es jedenfalls zu spät.«

»Wirklich dumm gelaufen …«, sagte Rouben. »Für dich …«

»Ja, aber vielleicht könntest du mich ja ein wenig versöhnlich stimmen …«

»So?« Rouben runzelte die Stirn. »Und wie?«

»Zum Beispiel indem du mich endlich richtig küsst.«

»Kommt überhaupt nicht in Frage!«

»Und warum nicht?«

»Weil ich dich unmöglich küssen kann, wenn du es willst. Mir passt es nämlich gerade gar nicht in den Kram.«

»Aha«, sagte Jolin und ließ ihn augenblicklich los. »Na, wenn du meinst. Ich will dir wirklich nicht die Laune verderben. Ich werde mich einfach wieder meinen Fans widmen, bis es dir genehm ist, deine wertvolle Zeit mit mir zu verbringen«, fügte sie spitz hinzu und machte ein paar schnelle Schritte von ihm weg.

»Hey!« Mit einem Satz war Rouben hinter ihr. Er fasste sie am Arm, drehte sie zu sich herum und schob sie sanft, aber bestimmt mit dem Rücken zur Wand. »Vielleicht hörst du mir noch einen kleinen Moment zu …«, sagte er und stützte seine Hände rechts und links von ihren Schultern ab.

»Ja?«

Jolin sah ihn an, versenkte sich im leuchtenden Karamell seiner schönen Augen und war einmal mehr der sich überschlagenden Frequenz ihres Herzschlags hilflos ausgeliefert.

»Du hast gewonnen«, sagte Rouben. Er stupste seine Nasenspitze gegen ihre und näherte sich dann in unerträglich langsamer Weise ihren Lippen.

Natürlich hätte Jolin ihn einfach küssen können. Doch stattdessen wich sie ebenso langsam zurück, bis ihr Hinterkopf schließlich die Wand berührte. Sie liebte diese Spiele, die ihr einen Hitzeschauer nach dem anderen über den Rücken jagten und die Schmetterlinge in ihrem Bauch zum Tanzen brachten. Und diesmal trieb Rouben es sogar noch auf die Spitze, indem er wenige Millimeter vor ihren Lippen in seiner Zeitlupenbewegung verharrte.

Jolin spürte seinen Atem an ihrer Wange. Ihr Blick lag noch immer in seinen Augen, und ihr Herz klopfte so laut, dass man es bis ins oberste Stockwerk des Schulgebäudes hören musste.

»Glaubst du, mir geht es anders als dir?«, fragte Rouben leise. Er tastete nach ihrer Hand und legte sie auf seine Brust. Jolin fühlte den kräftigen Schlag unter seinen Rippen. »Ich liebe dich«, flüsterte er. »Spürst du, wie sehr ich dich liebe?« Seine Fingerspitzen liebkosten ihren Hals und strichen zärtlich ihre Schlüsselbeine entlang, bevor auch er seine Handfläche gegen ihr Brustbein drückte. Er umschloss Jolins Beine mit seinen Knien und lehnte seinen Körper sanft gegen sie, so dass ihre Hände beieinander und zugleich zwischen ihren Herzschlägen waren. Und dann küsste er sie.

Hinterher wunderte sich Jolin, dass sie es überlebt hatte.

Und leider wurde sie viel zu schnell in die Realität zurückgerissen, denn in der Sekunde, als Rouben und sie sich voneinander lösten, bemerkte sie Leonhart. Er lehnte an der Wand gegenüber, nur wenige Schritte von ihnen entfernt.

»Stehst du schon lange da?«, stammelte Jolin erschrocken.

Leo hob die Schultern. »Ein, zwei Minuten.«

Rouben warf ihm einen kurzen Blick zu, dann berührte er noch einmal sanft Jolins Lippen. »Ich bin dann mal weg.«

»Kommst du heute Abend noch vorbei?«

»Ich denke, eher nicht.«

Jolin schluckte. Das »schade« verkniff sie sich.

»Ich ruf dich aber auf jeden Fall an«, hauchte Rouben in ihr Ohr. »Bis später.«

Dann wandte er sich ab und lief mit langen geschmeidigen Schritten davon. Jolin sah ihm viel zu lange hinterher. Und als sie sich wieder Leonhart zuwandte, spürte sie eine warme Welle der Verlegenheit in ihrem Nacken.

»Eines Tages bringt er dich um«, sagte Leo.

»Schon möglich«, murmelte Jolin. Sie hatte sich noch immer nicht wieder ganz gefangen.

»Ich meine das wirklich ernst.«

Jolin nickte und schüttelte gleich darauf den Kopf. »Es ist nicht so, wie du denkst.«

Leos hellbraune Augen funkelten hinter den schmalen Brillengläsern. »Wie ist es dann?«

»Rouben ist kein Vampir.«

»Ach, auf einmal nicht mehr?«

»Er ist nie einer gewesen, Leo. Das Ganze war die reine Hysterie. Verstehst du, wir alle hatten uns da in was reingesteigert.«

»Wenn du das glaubst ...«

»Ich glaube es nicht, ich weiß es.«

Jolin bemühte sich, ihre Stimme fest und entschieden klingen zu lassen, doch leider gelang es ihr nicht. Sie senkte den Blick und tat so, als suchte sie etwas in ihrer Manteltasche, damit sie ihm nicht in die Augen sehen musste.

Leo war einer der ganz wenigen gewesen, die sich im letzten Jahr nicht von besagter Hysterie um Rouben hatten anstecken lassen. Distanziert und augenzwinkernd, aber ohne jegliche Vorurteile, ganz so wie es eben seine Art war, hatte er das Treiben beobachtet. Bis der Überfall auf Carina passiert war. Von diesem Zeitpunkt an hatte sich seine Meinung ins genaue Gegenteil verkehrt.

»Du bist ihm hörig«, sagte Leo kühl. »Schau dich doch an, dieser Typ hat dich ja vollkommen in der Hand. Früher hättest du dich nie ...«

»Was?«

Leonhart sog geräuschvoll Luft in seine Lungen, bevor er mit seiner Antwort herausrückte. »... mitten auf dem

Schulgang derart ungeniert abknutschen lassen«, presste er angewidert hervor.

Jolin wusste nicht, was sie darauf entgegnen sollte. Sie hatte keine Lust, ihm zu erklären, wie verliebt Rouben und sie ineinander waren, und noch weniger wollte sie sich dafür rechtfertigen, dass sie ihre Gefühle füreinander nicht versteckten und auch in der Schule Zärtlichkeiten austauschten. Wäre Jolin nicht absolut davon überzeugt gewesen, dass Leo Carina ehrlich liebte, hätte sie diese Wortattacke glatt für einen Eifersuchtsanfall gehalten.

»Hör zu«, sagte sie, machte einen Schritt auf ihn zu und zwang sich, ihm direkt in die Augen zu sehen. »Rouben hat eine ungewöhnliche Vergangenheit, das stimmt. Aber er ist kein Vampir. Er fühlt sich weder kalt noch hart an, seine Lunge atmet die gleiche Luft wie wir, und in seinen Adern fließt Blut. Menschliches Blut. Man könnte es jederzeit genetisch untersuchen lassen und würde nichts Bemerkenswertes daran entdecken.«

Leonhart wich zurück. »Was heißt denn das – eine ungewöhnliche Vergangenheit, he? Was soll ich mir darunter vorstellen? Dass er mal ein Untoter war und durch deine Liebe zu einem Menschen geworden ist?« Er schüttelte den Kopf. »Das ist nicht nur kitschig, Jolin, sondern vor allem völlig unmöglich.«

»Du meinst, weil nur Menschen in Vampire verwandelt werden können und nicht umgekehrt?«

»Wenn es anders ist, dann erklär es mir halt.«

»Sinnlos«, sagte Jolin knapp. »Mensch, Leo, ich sehe dir doch an, dass du mir nicht glauben wirst. Du hast deine eigene Wahrheit …«

»Carinas Wahrheit«, fuhr er dazwischen. »Sie hat ihn

gesehen, Jolin. Er hat sich diesen Hund gegriffen und seine Zähne in dessen Hals geschlagen. Er hat ihn ausgesaugt und ihn anschließend weggeschmissen wie einen abgenagten Knochen. Als er merkte, dass Carina ihn dabei beobachtet hatte, als sie voller Entsetzen zu schreien begann und fortlaufen wollte, da hätte er sich beinahe auch noch auf sie gestürzt.«

»Das mag ja alles sein, aber es ist nicht Rouben gewesen«, sagte Jolin.

Leonharts Nasenlöcher blähten sich. »Carina hat ihn erkannt«, stieß er hervor. »Und zwar eindeutig!«

Jolin schüttelte den Kopf. »Carina stand unter Schock. Sie hat diesen Kerl mit Rouben verwechselt.«

»Du machst dir was vor«, erwiderte Leo aufgebracht. »Und ich habe Angst, dass wir alle eines Tages dafür bezahlen müssen.«

»Du spinnst doch!«, schnaubte Jolin. Sie wandte sich ab und wollte weggehen, doch ihr war natürlich klar, dass ihr Freund keine Ruhe geben würde. Sie durfte ihn nicht so zurücklassen. Sie musste ihm die Wahrheit sagen.

»Rouben hat einen Bruder«, begann sie. »Er heißt Vincent – und der ist tatsächlich ein Vampir.«

In ihrem Rücken war Stille. Dann hörte sie Leos Schritte, hörte, wie er langsam näher kam.

»Das verstehe ich nicht«, hauchte er.

»Ja, also …«, fuhr Jolin stockend fort. »Vincent ist nur ein Halbbruder. Rouben und er haben dieselbe Mutter, aber verschiedene Väter. Roubens Vater ist ein Mensch gewesen. Er hieß Harro Greims, lebte in der Containersiedlung, und er …«

»Bei den Asylbewerbern?«

»Genau. Und er wurde im letzten Herbst von Vincent getötet.«

Leonhart keuchte leise.

»Vincent und Rouben sehen sich sehr ähnlich. Sogar ich habe die beiden miteinander verwechselt«, erklärte Jolin ihm weiter. »Ich weiß ja selber, dass es total kitschig klingt, und genau genommen war auch noch eine gewisse Portion Magie dabei, aber letztendlich ist tatsächlich unsere Liebe füreinander der Grund, warum Rouben aus diesem Halbdunkel, in dem er bis dahin existieren musste, flüchten konnte.«

»Und jetzt ist er ungefährlich?«

Jolin drehte sich um. »Er ist nie gefährlich gewesen, Leo«, beschwor sie ihren Stufenkameraden. »Er hat kein Blut getrunken, nicht einmal das von Tieren. Nie und nimmer hätte er einem Menschen etwas angetan.« Davon war sie tatsächlich bis tief in ihr Inneres überzeugt.

Leonhart starrte sie an. Das natürliche Leuchten seiner Augen war verschwunden, seine Lippen hatte er zu einer harten, geraden Linie zusammengepresst, und das Kinn ragte trotzig über seinen Jackenkragen hervor. Leos ganze Haltung drückte Ungläubigkeit und Abwehr aus, und Jolin fing bereits an zu bereuen, dass sie ihm Roubens Geheimnis anvertraut hatte.

»Okay«, sagte Leo schließlich. »Und was ist mit diesem Vincent geschehen? Ist der jetzt auf einmal verschwunden, oder was?«

»Ja«, sagte Jolin schlicht. »Das ist er.«

Leonhart presste die Lippen noch fester aufeinander und schüttelte den Kopf.

»Das hat alles mit irgendwelchen Gesetzmäßigkeiten zu

tun, die der Vampirwelt angehören«, versuchte Jolin ihm zu erklären. Es hörte sich nicht besonders glaubwürdig an, das empfand sie selbst auch nicht anders, aber es war nun mal die Wahrheit. Niemand wusste das besser als sie.

In einem Anflug von Verzweiflung streckte sie Leonhart ihre Hände entgegen. »Die sind nicht von einem Felsen zertrümmert worden.«

»Davon bin ich auch nie ausgegangen.«

»Sondern?«

»Ich war immer der Meinung, dass Rouben sie dir gebrochen hat.«

Jolin blickte ihn forschend an. »Und das bist du auch jetzt noch, stimmt's?«

»Warum sollte ich dich anlügen?«

»Warum sollte ich das tun?«

Leos Augen wurden schmal. »Dazu fallen mir gleich mehrere Gründe ein«, sagte er.

»Nämlich?«

»Du bist verrückt nach diesem Kerl und willst ihn schützen.«

»Ts!« Jolin schüttelte den Kopf und machte ein paar Schritte auf und ab. »Das ist doch unlogisch, Leo. Warum sollte ich verrückt nach jemandem sein, der mir die Arme gebrochen hat?«

»Keine Ahnung. Vielleicht war's ein Versehen. Vampire sollen ja angeblich sehr stark sein.«

Wieder schüttelte Jolin den Kopf. Wenn die Situation nicht so ernst gewesen wäre, hätte sie jetzt wahrscheinlich laut herausgelacht. »Okay«, sagte sie stattdessen. »Und weiter? Welche Gründe gibt es deiner Meinung nach noch für mich, dich zu belügen?«

»Dass du …« Er machte eine abwehrende Geste und wich einen Schritt zurück. »… ach, ich weiß auch nicht …«

»Trau dich, Leo. Ich bin ein Mädchen, ich werde dir schon nicht den Kopf abreißen.«

»Ts.« Er sah sie kurz an, doch dieser Moment reichte für Jolin völlig aus, um zu kapieren, was in seinem Kopf vorging.

»Du denkst, dass er mich verwandelt hat!«, stieß sie fassungslos hervor. »Oh, Mann, das denkst du tatsächlich!«

Keuchend wich Leo einen weiteren Schritt zurück.

»Deshalb also traust du dich nicht näher an mich heran«, schlussfolgerte Jolin und wunderte sich zugleich, dass sie nicht schon längst darauf gekommen war. »Und darum hast du mich auch die ganze Zeit nicht besucht, sondern immer nur angerufen. Aber die Telefonate haben dir natürlich nicht weitergeholfen. Du hast einfach nicht herausfinden können, ob ich noch ein Mensch bin oder vielleicht doch schon ein Vampir. – Hab ich recht?«

Leonhart schluckte. Ihm war sämtliche Farbe aus dem Gesicht gewichen. Panisch blickte er sich um.

»Da ist niemand«, sagte Jolin. »Wir sind ganz allein.«

Leos Kopf flog geradezu in ihre Richtung zurück. »D-das wirst du nicht tun«, stammelte er.

Jolin lächelte. »Hast du denn deinen Metallsplint gar nicht dabei?«, fragte sie. »Nein? – Wie schade! Du hättest ihn mir jetzt so schön ins Herz stoßen können.« Sie ließ diese Worte betont spöttisch über ihre Lippen kommen, weil sie hoffte, dass Leo die Absurdität hinter dieser Provokation erkannte. Aber das Gegenteil war der Fall.

»Ich warne dich!«, zischte er. »Und wenn du Carina auch nur ein Haar krümmst …«

»Sei nicht albern, Leo. Das war doch nicht ernst gemeint.«

»Erzähl mir nichts. Erzähl mir nie wieder was.« Leonhart hob den Arm und deutete auf ihren Hals, der vom Kragen ihres Rollis verdeckt war. »Am Abend nach der Geoexkursion hast du dort geblutet, Jolin. Und wer weiß … Vielleicht hat Rouben dich eben gar nicht geküsst, sondern gebissen.«

Wegen der Auseinandersetzung mit Leo kam Jolin zu spät zum Sportunterricht, worüber die stets überaus korrekte Gabriele Selleck alles andere als begeistert war.

»Momentan laufen die Vorbereitungen für das Basketballturnier«, sagte sie streng.

»Aber da bin ich doch sowieso nicht dabei«, erwiderte Jolin. »Die Muskulatur meiner Hände muss erst wieder aufgebaut werden. Ich kann ja nicht einmal einen Stift länger als zehn Minuten halten.«

»Darum geht es nicht«, herrschte die Sportlehrerin sie an. »Ihre Mannschaftskameradinnen haben jegliche Form der moralischen Unterstützung verdient. Ich verstehe Sie nicht, Fräulein Johansson. Bisher sind doch gerade Sie in diesem Dingen immer ganz groß gewesen.«

Es war wie ein Schlag in die Eingeweide. Völlig unvorbereitet und äußerst schmerzhaft. Außer Anna, Klarisse, Melanie und ihren anderen Freundinnen – und Gunnar und Rouben natürlich – schien es auf diesem Planeten offenbar niemanden zu geben, der ihre Veränderung begrüßte.

Doch Jolin wollte sich nicht unterkriegen lassen, schon gar nicht von der Selleck, die außer von Mannschaftssportregeln von kaum etwas eine Ahnung hatte, und so rang sie sich ein Lächeln ab und sagte: »Es rührt mich wirklich zutiefst, wie sehr Sie um mein Wohl besorgt sind, bin ich doch tatsächlich der Meinung gewesen, dass Sie mir jetzt, da ich erst kürzlich einer Freundin das Leben gerettet habe, diese kleine einmalige Unregelmäßigkeit nachsehen würden. – Wie dumm von mir!« Mit Genugtuung beobachtete sie, wie sich die Miene im hageren Gesicht ihrer Sportlehrerin allmählich veränderte. Die ohnehin schon hohlen Wangen fielen nun noch mehr ein, und die dunklen Augen begannen nervös zu flackern.

»So war das ja nicht gemeint«, sagte Gabriele Selleck hastig.

»Oh, Sie brauchen sich wirklich nicht zu entschuldigen«, erwiderte Jolin ebenso schnell. »Sie haben ja recht. Bedauerlicherweise wurde ich eben von einem Stufenkameraden gebeten, ihm etwas zu den Biologiehausaufgaben zu erläutern«, log sie, ohne auch nur anflugsweise rot zu werden.

Die Sportlehrerin schüttelte den Kopf und hob abwehrend die Hände. In ihren Augen lag nun ein aufrichtiger Ausdruck des Bedauerns, doch Jolin war noch nicht fertig.

»Ich muss einfach lernen, mich nicht mehr so sehr auf die Belange anderer einzulassen«, setzte sie hinzu. »Soziales Engagement zahlt sich eben nicht aus.« Noch einmal lächelte sie, und diesmal ging es ihr sehr viel leichter über die Lippen. »Von daher bin ich Ihnen wirklich sehr dankbar, dass Sie mich daran erinnert haben.«

»Ich glaube, Sie haben mich völlig falsch verstanden«, versuchte Gabriele Selleck sich zu rechtfertigen.

»Kein Problem«, meinte Jolin. »Hauptsache, ich weiß,

worum es in Zukunft geht. Sie haben mir wirklich sehr geholfen.«

Großmütig erklärte sie sich bereit, den Schiedsrichterposten zu übernehmen. Die Sportlehrerin brauchte allerdings noch eine Weile, um sich wieder zu fangen. Mit einer gewissen Schadenfreude registrierte Jolin, dass Gabriele Selleck vorübergehend nicht nur die Kontrolle über ihre zackigen Bewegungen, sondern auch über den Spielstand verloren zu haben schien.

Doch schon bald glitten ihre Gedanken wieder zu Leonhart zurück, und ein beklemmendes Gefühl machte sich in ihr breit. Vielleicht wäre es gut, mit Rouben über die Sache zu reden, vielleicht war es aber sogar noch besser, genau das nicht zu tun. Leos Zweifel, oder treffender ausgedrückt, seine offene Feindseligkeit, hatten Hilflosigkeit und eine neuerliche unbestimmte Angst in ihr ausgelöst. Wie konnte er bloß ernsthaft glauben, dass Rouben sie in einen Vampir verwandelt hatte!

Eigentlich hätte sie ihn auffordern müssen, ihren Arm oder ihre Wange zu berühren. Dann hätte er ihre Wärme und ihre Lebendigkeit gespürt und wäre vielleicht gleich eines Besseren belehrt worden. Aber wahrscheinlich hätte er sich vehement geweigert, sich ihr zu nähern. Ja, verdammt, Leo wollte sich im Moment einfach nicht überzeugen lassen, damit musste sie sich wohl abfinden. Andererseits durfte sie es auf keinen Fall zulassen, dass er sich weiter in diese Geschichte hineinsteigerte und seine Theorien womöglich sogar unter die Leute brachte. Anna hatte diesbezüglich zum Glück noch nichts erwähnt, was sie ganz sicher getan hätte, wenn Leonhart mit diesen irrwitzigen Behauptungen tatsächlich bereits hausieren ging.

Trotzdem wollte Jolin die Angelegenheit so schnell wie möglich bereinigen. Und wenn Leo sich nicht bekehren ließ, dann musste sie es eben mit Carina versuchen.

»Ist dir der Abschied von Rouben so schwergefallen?«, säuselte Anna ihr ins Ohr, als sie anderthalb Stunden später durch die Sporthallentür in die kühle Spätnachmittagsluft hinaustraten. Der Himmel hatte sich mittlerweile zugezogen, und es wehte ein zwar nur leichter, dafür aber sehr unangenehmer Wind. Jolin zog den Reißverschluss ihres Steppmantels rasch bis oben hin zu.

»Der Abschied von Rouben fällt mir immer schwer«, seufzte sie. »Obwohl das natürlich idiotisch ist. Schließlich sind wir selten mehr als achtundvierzig Stunden voneinander getrennt.«

»Ich finde das gar nicht idiotisch«, entgegnete Anna. »Ich an deiner Stelle hätte wahrscheinlich ständig Angst, dass er genauso plötzlich wieder verschwinden könnte, wie er aufgetaucht ist.«

Jolin vergrub ihr Kinn im Stehkragen ihres Mantels und lief schweigend neben der Freundin her bis zum Ende des Schulgeländes.

»Oh, da hab ich wohl ins Schwarze getroffen«, sagte Anna nach einer Weile.

»Er wird schon nicht einfach verschwinden«, meinte Jolin. »Schließlich bin ich ihm nicht ganz unwichtig.«

»Sehe ich auch so«, meinte Anna, »aber ein bisschen geheimnisvoll ist das Ganze ja schon.«

Jolin warf ihr einen überraschten Blick zu. »Wie meinst du das?«

»Na ja, über seine Herkunft erzählt er nicht viel. Oder

besser gesagt, eigentlich gar nichts. Kein Mensch weiß, wer seine Eltern sind …«

»Doch, ich«, fiel Jolin ihr ins Wort. »Sie sind beide tot.«

»Oh, das hab ich nicht gewusst!«, rief Anna. Betroffenheit breitete sich in ihrem Gesicht aus.

»Niemand hat das gewusst«, sagte Jolin. »Rouben redet nicht gern darüber. Und jetzt, da er volljährig ist, interessiert sich ja auch keiner mehr dafür – vonseiten der Behörden und so, meine ich natürlich.«

»Okay, dann hat er dieses Haus, in dem ihr zusammenleben wollt, also geerbt?«

Jolin nickte. »Hör mal …«, begann sie dann. »Ich muss noch was erledigen … allein … Ich hoffe, du bist nicht böse …«

Anna zog einen Flunsch. »Und ich hab mich so darauf gefreut, dass wir endlich mal wieder zusammen nach Hause fahren.«

Jolin zog die Schultern bis zu den Ohren hoch. Es tat ihr ehrlich leid, dass sie ihrer Freundin einen Korb geben musste. »Ich ja auch«, sagte sie, »aber weißt du, ich möchte selbst Rouben nicht dabeihaben …«

Anna grinste. »Schon kapiert … Sag mal, hat er dir eigentlich von dem neuen Wipo-Kurs erzählt?«

»Ja, hat er.«

»Und?« Anna lehnte ihren Kopf gegen Jolins Schulter und blinzelte sie an. »Springst du für ihn ein?«

»Hm«, machte Jolin. »Es muss echt hart für dich sein, dass du nicht mehr mit ihm zusammenarbeiten kannst.«

»Ich gebe es ja nur ungern zu, aber es ist in der Tat niederschmetternd«, erwiderte Anna und wechselte gekonnt vom Dackel- zum Schmachtblick. »Andererseits hätte ich ihn wohl sowieso nur die ganze Zeit über angestarrt, und er hätte die Arbeit vollkommen allein machen müssen.« Sie nickte entschieden vor sich hin. »Insofern hat er die einzig richtige Entscheidung getroffen.«

»Du bist wirklich tapfer«, meinte Jolin und drückte ihr schmunzelnd einen Kuss auf die Wange. »Und allein schon aus diesem Grund hast du es verdient, dass ich Rouben ersetze.«

»Oooh, Jol!« Anna schlang die Arme um Jolins Hals und drückte sie überschwänglich. »Du ahnst nicht, wie unendlich glücklich du mich damit machst. Endlich mal wieder etwas mit dir zusammen zum Wohle der Welt zu organisieren, davon träume ich schon seit Wochen!«

Nachdem sie sich mit Anna zu einem abendlichen Projekttelefonat verabredet hatte, überquerte Jolin mitten im dichtesten Verkehrsstrom die vierspurige Lessingallee, huschte über den kleinen Parkplatz auf der gegenüberliegenden Seite und bog in das Mühlengässchen ein.

Es war ein seltsames Gefühl, nach so langer Zeit wieder hier zu sein. Das letzte Mal hatte Jolin diese Gasse und das kleine Antiquariat vor ungefähr drei Monaten besucht, und damals hatte sie dort nicht den dünnen alten Inhaber Ansgar Lechtewink angetroffen, sondern Ramalia, Roubens Mutter – und eigentlich hatte sie gedacht, dass sie nie wieder hierherkommen würde.

Jolin verzögerte ihren Schritt. Langsam ging sie an den windschiefen Häusern mit den schmucken Ladenlokalen vorbei, atmete den Duft von frisch gebackenem Mohnkuchen ein, der der kleinen Bäckerei entströmte, und stand schneller vor dem Antiquariat, als sie es erwartet hatte.

Als ob es mir entgegengekommen wäre, schoss es Jolin durch den Kopf. Oder mich jemand von hinten angeschoben hätte. Ein verrückter Gedanke! Amüsant und unheimlich zugleich.

Nachdenklich betrachtete Jolin die Auslage in dem kleinen, vom letzten Regen noch etwas schmutzigen Fenster. Ob sie wohl etwas für Carina finden würde? Alte Bücher waren nicht jedermanns Geschmack, andererseits konnte man nur hier noch seltene kleine Schätze entdecken. Und sie wollte Carina schließlich etwas Besonderes mitbringen.

Entschlossen setzte sie ihren Fuß auf die Steinstufe und öffnete die Tür. Die Glocke läutete, und Jolin richtete ihren Blick sofort auf den alten verschnörkelten Holztresen, auf dem neben einigen Bücherstapeln die imposante vorsintflutliche Registrierkasse stand, die noch mit einer Handkurbel bedient werden musste. Der Laden war leer, und trotzdem hatte Jolin sofort das Gefühl, von jemandem beobachtet zu werden.

Sie reckte den Hals und spähte an der Kasse vorbei.

»Herr Lechtewink? Sind Sie da?«

»Ja, ja«, erwiderte eine etwas genervte Stimme, die Jolin noch nie gehört hatte. »Sehen Sie sich ruhig schon ein wenig um. Ich komme gleich, um Ihnen bei der Auswahl behilflich zu sein.« Es war eindeutig eine Männerstimme, aber es war keinesfalls die von dem Antiquar, den sie kannte.

Jolins erster Reflex war, den Laden so schnell wie möglich wieder zu verlassen. Ohnehin war es ein törichter Einfall gewesen, ausgerechnet hier noch mal herzukommen.

Genauso gut hätte sie auch der alten Burgruine einen Besuch abstatten können. Und dort kriegten sie garantiert keine zehn Pferde mehr hin.

Doch Jolin wollte auch nicht feige sein. Das Mühlengässchen war zwar ein Relikt aus den letzten Jahrhunderten, aber es lag immerhin mitten in der Stadt. Und man konnte es auch nicht unbedingt als unbelebt bezeichnen.

Hastig wandte Jolin sich dem Fenster zu und warf einen Blick auf die schmale, mit Katzenköpfen gepflasterte Straße hinaus. Gerade ging eine Gruppe fröhlich schnatternder junger Frauen vorbei. Und auf der anderen Seite standen zwei Männer und ein älteres Ehepaar mit einem kleinen Hund und unterhielten sich angeregt.

Plötzlich hörte sie hinter sich ein Geräusch. Es klang wie ein Rascheln, dem ein paar schnelle Schritte folgten.

Jolin wirbelte herum und bemerkte einen Schatten, der sich blitzschnell hinter die Kasse duckte. Nur den Bruchteil einer Sekunde später kroch eine feine eisige Kälte in ihre Hosenbeine, leckte an ihren Knöcheln und tastete sich an ihren Waden entlang nach oben. Im ersten Moment glaubte Jolin, ohnmächtig zu werden. Wie hypnotisiert starrte sie auf die schwarze Registrierkasse. Ihr Herz raste, ihre Muskeln waren gespannt wie Drahtseile, und das Atmen tat ihr weh. Raus hier!, schrie alles in ihr. Sofort raus!

Doch ihre Neugier war stärker. Jolin musste nachsehen, wer sich hinter dem Tresen versteckte. Sie musste sicher sein können, dass die Erinnerung ihr nur einen Streich spielte, dass es bloß wieder ihre Angst war, die all diese Ereignisse inszenierte, keine Realität also, sondern nur ein Abbild ihrer Furcht.

Sie zitterte am ganzen Körper, als sie langsam, Schritt für Schritt, auf die Registrierkasse zuging. Weiter!, zwang sie sich in Gedanken, nicht überlegen, nicht zögern, sondern gehen, gehen, gehen … Und dann stand sie vor dem Tresen. Sie hätte sich nur ein wenig nach vorn beugen und in die Dunkelheit auf der anderen Seite spähen müssen, aber das, was sie sich so fest vorgenommen hatte, brachte sie nun in dieser letzten entscheidenden Sekunde doch nicht fertig.

Jolin machte eine Kehrtwende. Sie spürte die eisige Kälte an ihren Knien, und Panik krallte sich wie ein kleiner Teufel in ihrem Nacken fest. »Rouben!«, brach es verzweifelt aus ihrer Kehle hervor. Sie stolperte zur Tür und flog geradezu auf den Bürgersteig hinaus.

Die Kälte glitt von ihren Beinen ab und erzeugte einen eisigen Sog, der einen kleinen Zettel durch den Spalt der zufallenden Tür stieb und um Jolin herumwirbelte.

Wer im Zwielicht lebte
und durch die Liebe eines Menschen
daraus erlöst wurde,
wird ein Wesen
von besonderer Gabe sein,
aber immer
einen Teil der Dunkelheit
in sich tragen

las Jolin, nachdem der Zettel sanft hin und her tänzelnd zu Boden geschwebt war und schließlich vor ihr auf den Pflastersteinen liegen blieb. Die dunkelroten Lettern erinnerten sie an getrocknetes Blut, und Jolin erkannte auf den ersten Blick, dass es sich um dieselbe Schrifttype handelte wie in der Prophezeiung.

Wie in Trance hob sie den Zettel auf, schob ihn in ihre Manteltasche und rannte los.

original message
from: *klarisse*
to: *r. v. (v-r@gmx.de)*
subject: *re: noch da?*
hallo, tod, wo steckst du? du bist doch nicht etwa beleidigt?

original message
from: *r. v.*
to: *klarisse@hexe.de*
subject: *re: noch da?*
sorry, aber ich musste mich ein wenig um mein nächstes opfer kümmern …

original message
from: *klarisse*
to: *r. v. (v-r@gmx.de)*
subject: *re: noch da?*
interessant! – verrätst du mir, wer die unglückliche ist?

original message
from: *r. v.*
to: *klarisse@hexe.de*
subject: *re: noch da?*
du bist ganz schön naiv!

original message
from: *klarisse*
to: *r. v. (v-r@gmx.de)*
subject: *re: noch da?*
entschuldige, aber ich glaube, ich kann dir nicht ganz folgen.

original message
from: *r. v.*
to: *klarisse@hexe.de*
subject: *re: noch da?*
das musst du auch nicht.

original message
from: *klarisse*
to: *r. v. (v-r@gmx.de)*
subject: *re: noch da?*
okay, dann streichst du meine daten vielleicht besser aus deinem gedächtnis.

original message
from: *r. v.*
to: *klarisse@hexe.de*
subject: *re: noch da?*
ach, meine schöne, wenn du nicht ein so wundervolles wesen wärst und deine seele nicht so vielschichtig und mir in vielerlei hinsicht so ähnlich wäre würde ich mir ja gar nicht die mühe machen, dich in meine pläne einzuweihen.

original message
from: *klarisse*
to: *r. v. (v-r@gmx.de)*
subject: *re: noch da?*
ich wäre dir wirklich dankbar, wenn du dich einen tick klarer ausdrücken könntest.

original message
from: *r. v.*
to: *klarisse@hexe.de*
subject: *re: noch da?*
du wirst mir noch für ganz andere dinge dankbar sein.

original message
from: *klarisse*
to: *r. v. (v-r@gmx.de)*
subject: *re: noch da?*
zum beispiel?

original message
from: *r. v.*
to: *klarisse@hexe.de*
subject: *re: noch da?*
dafür, dass ich dich verschone …

4

Es gibt Dinge, die sind so unmittelbar spürbar präsent, dass sie sich nicht wirklich zeigen müssen, um von ihrer Existenz zu überzeugen.

In dem Augenblick jedenfalls, als ich den Motor ausgestellt und den Schlüssel abgezogen habe, weiß ich, dass Jolin sich nicht geirrt hat.

Vielleicht liegt es daran, dass ich inzwischen in der Lage bin, Wärme und Kälte voneinander zu unterscheiden, vielleicht ist mir aber auch meine alte Welt einfach noch allzu vertraut, um deren Unbarmherzigkeit überhaupt übersehen zu können.

Es ist nicht das Haus, nicht das Grundstück. Im Gegenteil, beides wirkt still und friedlich und trotz der offensichtlichen Mängel beinahe einladend.

Ich starre es an, suche mit meinem Blick die dunklen Fenster ab und versuche gleichzeitig, die Gefühle und Gedanken, die in mir toben, zu beschwichtigen. Denn ich muss eine Entscheidung treffen, bevor es zu spät ist.

Erst als Jolin in der U-Bahn saß, kam sie allmählich wieder zu sich. Die beiden Frauen auf der Bank gegenüber musterten sie unverhohlen, offenbar merkte man ihr an, dass sie ziemlich durcheinander war.

Der Zettel brannte in ihrer Manteltasche. Hastig strich

Jolin darüber, um sich davon zu überzeugen, dass er nicht tatsächlich jede Sekunde in Flammen aufging, doch der helle Steppstoff fühlte sich genauso kühl an wie sonst auch.

»… ein Wesen von besonderer Gabe … aber immer einen Teil der Dunkelheit …«, murmelte sie vor sich hin, und mittlerweile war es ihr egal, dass beide Frauen sie anstarrten. Jolin musste nicht darüber nachdenken, was diese Worte bedeuteten. Die entscheidende Frage war doch: Wer hatte ihr diesen Zettel zugespielt? Und warum? Ramalia konnte es nicht gewesen sein, sie war tot, im Sonnenlicht zu Staub zerfallen. – Zumindest wenn sie Rouben glaubte. Und aus welchem Grund sollte sie das nicht tun?

Jolins Finger zitterten, als sie die Umhängetasche nach ihrem Handy durchwühlte. Sie würde ihn anrufen und fragen. Sie kannte ihn nun lange, vor allem aber intensiv genug. Wenn er sie anlog, würde sie es merken.

Ein Wesen von besonderer Gabe … Welche Gabe?

Jolin ertastete das Handy, zog es hervor und schob es auf. Sie holte Roubens Nummer aus dem Speicher und drückte die Wahltaste. Nach dem dritten Klingelzeichen meldete sich die Mailbox. »Bitte ruf mich an, ich muss mit dir reden«, hauchte sie, kappte die Verbindung und ließ das Handy in die Tasche zurückgleiten.

Jolin sah aus dem Fenster. Der dunkle U-Bahn-Schacht, ein dicker Kabelstrang und ein paar quaderförmige Stützpfeiler rasten vorbei, in den Scheiben spiegelten sich die blassen, teilnahmslosen Gesichter der Fahrgäste. Kaum einer redete, viele hatten sich durch die Kopfhörer ihrer MP3-Player von der Außenwelt abgeschottet, die meisten wirkten müde und unglücklich.

Jolin schloss die Augen. Sie wollte nicht an Vincent denken, aber er drängte sich mit aller Macht in ihren Kopf. Die eisige Kälte und dieses gierige Tasten auf ihrer Haut. – Das konnte nur er gewesen sein.

Vincent war die Kälte, Ramalia die Hitze und Rouben die Liebe. So einfach und doch so kompliziert.

Vincent war in die Welt der Untoten zurückgerissen worden. Er konnte nicht mitten am Tag in der Gegend herumlaufen und ihr irgendwelche Zettel hinterherwerfen. Er hatte keinen Zugriff mehr auf sie. Rouben hatte die Prophezeiung erfüllt, der Spuk war vorbei. – Das zumindest hätte sie sich gerne eingeredet.

Und wenn es gar nicht Vincent war, sondern irgendjemand anderer aus der Welt der Vampire, genauso kalt wie er?, überlegte Jolin weiter. Jemand, der sie warnen wollte, der es gut meinte und sie daran erinnerte, dass Rouben die Welt, aus der er kam, niemals ganz vergessen würde … und sie ihm somit auch niemals ganz vertrauen durfte? Nein, Letzteres sprach eher für Missgunst, dafür, dass jemand aus der kalten Welt sie um das Glück mit Rouben beneidete. Jemand, der ihr aber hoffentlich nur Angst machen und nicht wirklich etwas antun wollte oder konnte.

Der schrille Ton ihres Handys riss sie jäh ins Hier und Jetzt zurück. Jolins Puls schnellte nach oben, hektisch wühlte sie das Handy hervor, registrierte Roubens Namen auf dem Display und atmete erleichtert auf. Wem sollte sie vertrauen, wenn nicht ihm?

»Jol, was ist passiert?«

Seine Stimme klang dunkel und warm.

»Kannst du bitte zu mir nach Hause kommen?«

»Jetzt sag mir doch erst mal, was los ist.«

»Nein, nicht jetzt … Ich sitze in der U-Bahn, ich …«

»Jolin, bitte!«

»Okay …« Sie zögerte. Sie hörte ihr Herz klopfen, und sie wusste nicht, wo sie anfangen sollte. »Es ist wieder etwas passiert …«, presste sie schließlich hervor.

»Etwas passiert?«, erwiderte Rouben ein wenig ungeduldig. »Was meinst du damit?«

»Leo …«

»Was ist mit ihm?«

»Er denkt immer noch, dass du ein Vampir bist.«

Die letzten drei Wörter waren nur ein Flüstern, und dennoch hatte Jolin das Gefühl, dass die beiden Frauen ihr gegenüber jede Silbe verstanden hatten. Sie hörte Rouben leise lachen. »Dieser verrückte, unverbesserliche Kerl.«

»Das ist nicht witzig«, sagte Jolin. »Er denkt nämlich auch, dass ich …«

»Was? Du auch? – Oh, dann sollten wir uns morgen vielleicht Hand in Hand ins Sonnenlicht stellen und vor seinen Augen zu Staub zerfallen.«

»Rouben …«, das ist wirklich nicht witzig, wollte sie wiederholen, doch sie merkte, dass seine Heiterkeit ihre Anspannung ein wenig löste. »Ich meine das ganz ernst«, fuhr sie fort. »Er könnte es rumerzählen.«

»Soll er. 'ne Weile ist das vielleicht interessant, aber das verläuft sich auch wieder. Schon bald werden alle merken, dass wir ein ganz normales Pärchen sind. Total aufeinander fixiert und vollkommen ungefährlich für die anderen.«

»Ich liebe dich«, wisperte Jolin.

»Was hast du gesagt?«

»Ich liebe dich.«

»Kannst du nicht lauter sprechen?«, erwiderte Rouben. »Ich verstehe dich wirklich kaum.«

»Hey, ich sitze in der U-Bahn!«

»Es darf also keiner wissen, dass du mich liebst?«, fragte er provozierend.

»Doch, natürlich, aber …«

»Wer sitzt dir gegenüber?«, unterbrach Rouben sie.

»Zwei Frauen.«

»Wie alt?«

»Schwer zu schätzen. Vielleicht dreißig oder fünfunddreißig.«

»Ich wette, sie sehen frustriert aus«, sagte Rouben.

Jolin kicherte. »Stimmt. Sie scheinen tatsächlich sehr unglücklich zu sein.«

»Und du?«, fragte er rau. »Bist du auch unglücklich?«

»Nein, Rouben, aber ich muss trotzdem mit dir reden.«

Offenbar dachte er nicht daran, darauf einzugehen. »Du bist also glücklich?«, fragte er stattdessen eindringlich.

»Ja, im Prinzip schon.«

»Bist du's oder bist du's nicht?«

»Ich bin's.«

»Und warum?«

Seine Stimme war jetzt so warm und weich wie dunkelblauer Samt.

Jolin schluckte. Sie hätte losheulen können. Und zwar weil sie alles war: glücklich und unglücklich, mutig und panisch, gelöst und angespannt. »Weil du mich liebst«, krächzte sie leise.

»Willst du's hören?«, fragte Rouben ebenso leise.

»Mhm.«

»Ich liebe dich«, sagte er zärtlich. »Und jetzt halt mal

dein Handy hoch«, forderte er sie auf, »damit die anderen, die Frustrierten, es auch hören können.«

»Du bist ja verrückt«, sagte Jolin.

»Natürlich bin ich das«, sagte Rouben. »Verrückt nach dir.«

Jolin schloss die Augen und schmiegte ihre Wange gegen das Handy. Nichts wünschte sie sich in diesem Augenblick sehnlicher, als dass er hier bei ihr wäre, anstelle der beiden verkniffenen Frauen auf der Bank gegenüber säße, ihr sein unwiderstehliches Lächeln schenkte und das Bernsteinfunkeln aus seinen Augen.

»Bitte alle mal herhören!«, schmetterte Rouben in ihr Ohr.

»Autsch!« Jolin riss die Augen wieder auf und das Handy ein Stück von ihrem Ohr weg.

»Selber schuld«, sagte Rouben neckend.

»Aber ich kann doch nicht …«, wollte Jolin widersprechen.

»Natürlich kannst du. Los, jetzt mach schon.«

Zögernd hob Jolin das Handy in die Höhe und senkte zugleich peinlich berührt den Kopf.

»Hallo, du traurige Welt da draußen«, ertönte Roubens Stimme über ihr. Sie war nicht besonders laut und klang zudem ziemlich verzerrt, dennoch drehten sofort alle, die in unmittelbarer Nähe standen oder saßen, ihre Gesichter zu ihr hin. »Ich liebe Jolin Johansson. Das ist dieses wunderschöne blonde Mädchen hier vor Ihnen!«, rief Rouben. »Ich liebe sie über alles!«

Ein Raunen ging durch das Abteil. Jolin hob den Blick und sah, dass einige von den Leuten, die eben noch blass und müde wirkten, nun strahlende Augen und ein Lächeln auf dem Gesicht hatten. Einige tuschelten miteinander, manche lächelten sie an, und ein junger Türke, nicht viel älter als sie, hob lachend den Daumen und zwinkerte ihr zu.

So einfach war das also.

»Nächste Woche fahre ich mit einem Megaphon durch die Stadt«, sagte Rouben, nachdem Jolin das Handy wieder gegen ihr Ohr gedrückt hatte.

»Untersteh dich!«

»Für dich würde ich noch ganz andere Dinge tun.«

»Ach, Rouben«, seufzte Jolin. »Ich wünschte wirklich, du …«

Er ließ sie nicht ausreden. »Bei allem, was ich tue, denke ich immer nur an dich«, sagte er. »Du bist in meinen Gedanken und in meinem Herzen, bis ich einschlafe. Und sobald ich eingeschlafen bin, träume ich von dir. Ich bin wirklich immer bei dir, Jol.« Er seufzte ebenfalls. »Trotzdem kann ich es kaum erwarten, dich morgen früh endlich wieder in die Arme zu nehmen. Ich warte vor dem Haus auf dich. Bitte sei pünktlich, ja?«

Jolin war pünktlich. Sie hatte die ganze Nacht kein Auge zugekriegt und sah schrecklich aus. Zum Glück war Paula ganz gegen ihre Gewohnheit noch nicht auf gewesen, als Jolin in die Küche kam. Und Gunnar war wie fast immer schon längst aus dem Haus.

Jolin hatte ein Glas Milch getrunken und etwas Obst eingesteckt. Sie war in ihren Mantel geschlüpft und die acht Treppen bis ins Erdgeschoss hinuntergestürzt.

Rouben hatte eine Lücke direkt vor der Tür gefunden. Er lehnte an seinem Wagen und lächelte sie an.

»Rouben, wir müssen wirklich reden!«, platzte Jolin heraus.

»Schsch«, murmelte er und küsste sie sanft. Dann schloss er seine Arme um sie und drückte sie an sich. Sein Gesicht sank in ihre Halsbeuge, und sein warmer Atem drang in den Ausschnitt ihres Pullis und rieselte über ihre Haut.

»Ich will dich nicht verlieren«, wisperte Jolin. »Niemals.«

Ihre Hände fuhren über seinen Rücken.

»Du wirst mich nicht verlieren«, flüsterte Rouben. »Niemals.«

Er sagte es voller Überzeugung, und trotzdem klang es zum ersten Mal so, als ob er seinen eigenen Worten nicht traute.

Jolin zwang sich, nicht darüber nachzudenken, sondern versuchte sich einzureden, dass sie mittlerweile an jeder Ecke die Flöhe husten hörte. Sie ging Leo, der seinerseits ebenfalls gebührend Abstand hielt, sie allerdings nicht aus den Augen ließ, aus dem Weg, konzentrierte sich auf den Unterricht und hockte in den Pausen mit Anna zusammen, um Ideen für das Wipo-Projekt zu sammeln und aufzuschreiben.

»Puh, ich hab mir das echt leichter vorgestellt«, sagte Anna nach der Biostunde. »Ich schlage vor, wir telefonieren heute oder morgen noch mal. Bis spätestens Freitag muss uns etwas eingefallen sein, sonst hinken wir den anderen total hinterher.« Sie wandte sich Rouben zu, der gerade hinter sie getreten war. »Da hast du uns vielleicht was angetan.«

»Tut mir leid«, meinte er und kniff die Mundwinkel ein.

»Jolin hätte auch nein sagen können, dann wäre ich jetzt gezwungenermaßen wieder mit im Boot.«

»Na, du hast vielleicht eine Arbeitsmoral«, erwiderte Anna grinsend. Ganz offenbar war sie ihm nicht böse, obwohl sie wirklich allen Grund dazu gehabt hätte.

… ein Wesen von besonderer Gabe …

»Du könntest dir ja vielleicht trotzdem Gedanken machen«, erwiderte Jolin. »Dann hättest du die Verantwortung zumindest nicht ganz abgegeben.«

»Ich gebe die Verantwortung nie ab«, entgegnete Rouben mit ernster Miene.

Jolin spürte einen feinen Stich in der Brust. Sie wusste ja selber nicht, warum sie das gesagt hatte. Ihre Bemerkung war alles andere als fair gewesen. Außer ihrem Vater fiel ihr in der Tat niemand ein, der sich so verantwortungsbewusst verhielt wie Rouben. »Es tut mir leid«, sagte sie so leise, dass man es eigentlich kaum hören konnte.

»Schon gut«, murmelte Rouben ihr von hinten ins Ohr. Er legte den Arm um ihre Taille und küsste ihre Haare.

… ein Wesen von besonderer Gabe …

Anna verdrehte die Augen. »Ihr seid wirklich schrecklich …«

»Was?«, fragte Rouben lachend. »Verliebt?« Er küsste Jolins Haar noch einmal. »Da könntest du recht haben.«

Anna lachte ebenfalls. »Okay, die Frage, ob du heute wieder mit der Bahn nach Hause fährst, kann ich mir wohl schenken«, meinte sie augenzwinkernd.

»Allerdings«, sagte Rouben und zog Jolin hinter sich her auf den Gang hinaus.

»Hab ich diesbezüglich auch noch was zu sagen?«, erwiderte sie.

Rouben lächelte und küsste sie ein drittes Mal, diesmal auf die Wange. »Nein.«

»Vielleicht hab ich ja noch was vor.«

»Hast du nicht.«

»Woher willst du das denn wissen?«, versuchte Jolin zu flachsen, doch Rouben ging nicht darauf ein. »Weil ich das Wichtigste in deinem Leben bin«, sagte er und sah plötzlich wieder ernst aus. »Oder nicht?«

»Oder weil du ein Wesen von besonderer Gabe bist?«, murmelte Jolin.

Rouben blieb so abrupt stehen, dass Anna ihm in die Hacken lief.

»Hey, könnt ihr eure Knutschanfälle nicht ein bisschen mitmenschenfreundlicher ausleben!«, rief sie und zwängte sich, als ihr klar wurde, dass keiner von beiden auf sie achtete, an ihnen vorbei und eilte kopfschüttelnd in Richtung Hauptausgang davon.

»Was hast du gesagt?«, wisperte Rouben. »Ein *Wesen* von besonderer Begabung?« In seinem Blick spiegelten sich Fassungslosigkeit und Unverständnis wider. »Ich bin nicht irgendein Wesen, Jol. Ich bin ein Mensch.«

Jolin schluckte. »Ich weiß«, hauchte sie. »Ich weiß. Es ist nur …« Hastig schob sie die Hand in ihre Manteltasche. Mit einem Mal hatte sie Angst, dass der Zettel verschwunden sein könnte.

»Warum sagst du dann so etwas?«, fuhr Rouben sie an.

Jolin zuckte zusammen, und plötzlich kochte Wut in ihr hoch. »Weil du mir nicht zuhörst!«, erwiderte sie und schob ihn von sich weg. »Weil du dich immer wieder herauswindest. Weil du ablenkst.«

»Von was?«

»Das wüsste ich auch gerne«, sagte Jolin. »Seit gestern Nachmittag liege ich dir in den Ohren, dass ich mit dir reden muss, du allerdings …«

»Aber das hast du doch«, fiel Rouben ihr verwundert ins Wort. »Sind wir uns nicht darüber einig geworden, dass wir auf Leos Vermutungen nichts zu geben brauchen?«

»Nein, das sind wir nicht«, entgegnete Jolin. »Du hast das so beschlossen. Aber du siehst den Ernst der Lage nicht. Carina ist immer noch nicht wieder in der Schule. Vielleicht, weil sie krank ist, vielleicht aber auch, weil sie Angst hat, dir zu begegnen! Ich verstehe einfach nicht, wie du so auf Zeit setzen kannst.«

»Weil es das Beste ist, Jol«, sagte Rouben eindringlich. »Tatsache ist doch: Keiner von uns beiden ist ein Vampir. Irgendwann werden auch Leonhart und Carina das kapiert haben.«

Jolin atmete tief ein und aus und versuchte so, ein wenig von ihrem Zorn und ihrer Anspannung abzubauen. »Kann sein«, sagte sie. »Aber das ist noch nicht alles. Ich war gestern in dem kleinen Antiquariat im Mühlengässchen«, fuhr sie fort, während sie nun hektisch auf und ab zu laufen begann.

Rouben starrte sie ungläubig an. »Was? In dem kleinen Buchladen, in dem Vincent damals deine Spur aufgenommen hat?«

Jolin nickte. »Ich wollte Carina besuchen, mit ihr reden. Ich wollte ihr etwas mitbringen. Irgendwas Nettes.«

»Irgendwas Nettes?«, wiederholte Rouben. »Ich verstehe dich nicht, Jol. Warum gehst du dann ausgerechnet dorthin?«

»Keine Ahnung. Ich mag dieses Antiquariat. Es war mal mein Lieblingsladen.« Jolin hatte das Gefühl, sich verteidigen zu müssen.

»Toll!«, sagte Rouben nur. »Toll!«

»Warum regst du dich denn so auf?«, erwiderte sie. »Ich denke, es droht uns keine Gefahr mehr.«

Rouben zog die Lippen kraus. »Stimmt«, sagte er. »Und deshalb gibt es auch keinen Anlass, in der Vergangenheit herumzuwühlen.«

»Das habe ich auch nicht!«

»Ach ja? Du bist also ohne jede Beklemmung, ohne das geringste komische Gefühl dorthin spaziert und …«

»Nein, das bin ich nicht«, unterbrach Jolin seinen aufgebrachten Redeschwall. »Im Gegenteil: Ich war schrecklich nervös … und ich hatte recht damit.«

»Wie meinst du das?«

Sie blickte zu Boden, dann an die Wand gegenüber, und schließlich richtete sie ihren Blick direkt in seine Augen. »Ich glaube, Vincent war dort«, flüsterte sie. »Oder irgendjemand anderer aus seinem Clan.«

Roubens Augen verengten sich. Die Bernsteinsonne verschwand, und auch von dem warmen Karamellton war nicht mehr viel zu erkennen. »Wie kommst du darauf?«

»Der Laden war leer. Von dem Antiquar fehlte jede Spur. Und es war kalt, Rouben. Eiskalt.« Jolins Stimme überschlug sich fast. »Jemand hat nach mir getastet. Und dann habe ich einen Schatten gesehen. Ich bin sofort weggerannt, raus aus dem Laden. Aber der, der sich dort versteckt hielt, hat mir einen Zettel hinterhergeworfen.« Langsam zog sie ihre Hand aus der Manteltasche. »Diesen hier.«

Roubens Stirn legte sich in Falten. Zögernd griff er nach dem Zettel und betrachtete ihn nachdenklich von allen Seiten. »Der wurde aus einem Buch herausgerissen«, sagte er schließlich.

»Es ist die gleiche Schrifttype wie in der Prophezeiung und in den Botschaften, die Ramalia mir während der Burgparty auf den Laptop geschickt hat«, sagte Jolin.

Rouben schüttelte den Kopf. »Das heißt gar nichts.«

»Du glaubst also nicht, dass mir damit jemand etwas über dich mitteilen will?«, fragte Jolin und deutete auf den Zettel.

»Das habe ich nicht gesagt.« Rouben sah sie traurig an. »Ein Wesen«, sagte er. »Ein Wesen … und ich dachte …« Er presste die Lippen zusammen und blickte zur Decke hinauf.

Jolin trat an ihn heran und legte zaghaft ihre Hand auf seinen Unterarm. »Und wenn es nicht aus einem Buch ist …«, begann sie. »Wenn jemand aus dem dunklen Clan, jemand, der neidisch auf dich, auf *uns* ist, sich diesen Text ausgedacht hat, wenn das alles frei erfunden ist …« Ihre Blicke trafen sich. »… dann bist du nicht einfach bloß ein Wesen. Für mich sowieso nicht«, fügte sie leise hinzu.

»Du hast recht«, sagte Rouben. »Es gibt eine Erklärung.« Er schob den Zettel in ihre Umhängetasche und nahm ihre Hand. »Komm. Ich muss nämlich auch mit dir reden.«

Ohne ein weiteres Wort miteinander zu wechseln, eilten sie durch das Gebäude auf den Hintereingang zu, wo sie allerdings von Klarisse, Rebekka und Susanne aufgehalten wurden, die ihnen voller Enthusiasmus verkündeten, dass sie ihnen beiden, vor allem aber Jolin zu Ehren, eine Party organisieren wollten.

»Keine Party«, sagte Jolin.

»Keine gute Idee«, bestätigte Rouben. »Auch wenn es lieb gemeint ist, aber von Partys haben wir erst mal so ziemlich die Nase voll.« Er zuckte bedauernd die Schultern und zog Jolin weiter.

»Aber ich schwöre!«, rief Klarisse ihnen nach. »Ich werde mich ganz bestimmt nicht wieder …«, sie stockte kurz, bevor sie ihren Satz beendete, »… in Lebensgefahr begeben …«

»Als ob sie das kontrollieren könnte«, sagte Rouben und lächelte schief.

»Was meinst du?«, fragte Jolin.

»Klarisse. Als ob sie darüber entscheiden könnte, wann ihr Leben zu Ende ist.«

»Was redest du denn da?«

»Ach, nichts«, sagte Rouben. »Vergiss es.«

Er entriegelte die Schlösser des Alfas über Funk, öffnete die Beifahrertür und wartete, bis Jolin eingestiegen war. Dann lief er um den Wagen, sprang hinters Steuer, startete den Motor und bog zügig auf die Straße ab.

Für Jolins Geschmack fuhr er viel zu schnell, sie sagte aber nichts, sondern starrte genau wie er stumm zur Frontscheibe hinaus und wartete geduldig auf die von ihm angekündigte Erklärung.

»Wohin fahren wir eigentlich?«, fragte sie schließlich, nachdem Rouben eine nordöstliche Richtung eingeschlagen hatte.

»Zum Friedhof.«

»Zum Friedhof? Aber …«

»Ich bin noch nie am Grab meines Vaters gewesen«, sagte Rouben.

»Ts! Und *du* bittest mich, nicht in der Vergangenheit herumzuwühlen«, erwiderte Jolin kopfschüttelnd.

Rouben bremste ab und lenkte den Wagen an den Straßenrand. »Wenn du nicht willst … Ich dachte bloß, weil du mit ihm befreundet warst … damals, als Kind.«

Jolin nickte. »Ist schon okay. Fahr weiter. Hauptsache, du erklärst mir alles.«

Es dauerte eine Weile, bis sie das Grab gefunden hatten. Es lag ein wenig abseits in einer kleinen Senke, die von einer Gruppe Birken umgeben war, und bestand aus einem schlichten schwarzen Stein, in dem der Name *Harro* eingraviert war, und einem Meer von Schneeglöckchen, die herzförmig in den vom Winter noch braunen Rasen gepflanzt waren.

»Das gibt es doch gar nicht!«, platzte Jolin heraus. »Ich hätte nie gedacht, dass die Stadt für einen Obdachlosen so viel Geld ausgibt!«

»Nicht die Stadt, Jol«, entgegnete Rouben. »Das hat natürlich meine Mutter veranlasst.«

»Sie muss ihn wirklich sehr geliebt haben.«

»Ja, das hat sie. Obwohl sie eine gefühllose Untote war.«

»Vampire sind gefühllos?«, fragte Jolin verwundert.

»Nein, sind sie nicht«, gab Rouben zu. »Im Gegenteil: Sie sind sogar ganz groß darin, wenn es um Hass und Rache geht. In dieser Hinsicht übertreffen sie die Menschen um ein Vielfaches. Was Ramalia für Harro empfunden hat, ist in der dunklen Welt so selten, dass es eigentlich nicht vorkommt. Und wenn es passiert, ist diese Liebe einzig und allein an diesen einen Menschen gebunden. Für mich, Vincent oder dessen Vater hat meine Mutter nie etwas Vergleichbares empfunden.«

»Das kann ich mir nicht vorstellen«, erwiderte Jolin. Sie war neben Rouben in die Hocke gegangen und ließ ihre Hand über den Schneeglöckchenteppich gleiten. »Ich glaube sogar, dass ich es besser weiß. Wenn Ramalia dich nicht geliebt hätte, hätte sie dich getötet und nicht über siebzehn lange Jahre vor den Vampiren versteckt gehalten.«

»Das tat sie sicher nicht um meinetwillen«, sagte Rouben, »sondern nur, weil ich eine Frucht ihrer Liebe zu meinem Vater gewesen bin. Sie hätte mich niemals getötet, weil sie Harro das niemals hätte antun können.«

»Trotzdem«, beharrte Jolin. »Ich bin sicher, dass sie Vincent und dich geliebt hat. Auf ihre vielleicht sehr spezielle Weise. Ich würde sogar schwören, dass nicht Harro der Grund war, weshalb sie wollte, dass du die Prophezeiung erfüllst …«

Rouben sah sie mit offener Neugier an. »Sondern?«

»Aus einem Gefühl der Gerechtigkeit«, sagte Jolin.

»Das verstehe ich nicht«, entgegnete er. »Was soll denn daran gerecht sein, wenn man einen seiner Söhne bevorzugt? Nicht, dass ich nicht unendlich dankbar dafür wäre, dass sie das für mich getan hat«, setzte er leise hinzu und ließ seine Fingerspitzen flüchtig über Jolins Wange streichen.

»Aber das hat sie nicht«, widersprach sie. »Ramalia hat dich nicht bevorzugt. Sie wollte nur, dass du eine Existenz hast. Damals hat sie mir gesagt, dass es Vincent in der Dunkelheit besser geht als dir im Zwielicht. Und deshalb war es in ihren Augen nur gerecht, dass du in die menschliche Welt herüberkamst und nicht er.«

Um Roubens Mundwinkel spielte ein skeptischer Zug. »Ich weiß nicht«, sagte er. »Ich hätte um keinen Preis mit ihm tauschen wollen.«

Jolin sah ihn an. »Kann es sein, dass das mit mir zu tun hat?«

»Es hatte und hat immer alles nur mit dir zu tun«, sagte er.

»Aber wenn du ein Vampir gewesen wärst, hättest du mich vielleicht gar nicht getroffen …«

Rouben fuhr ihr mit der Hand durch die Haare und umfasste eine Strähne in ihrem Nacken. »Ich hab dich aber getroffen«, sagte er rau. Seine Augen wurden schmaler, und seine Pupillen verdunkelten sich. »Du kannst dir nicht vorstellen, wie schwer es für mich gewesen ist, mich von dir fernzuhalten, dich immer nur anschauen zu dürfen … Es ist ein solches Verlangen gewesen, eine so tiefe Sehnsucht …«

Jolin starrte ihn an, und wieder einmal bekam sie kaum noch Luft. »Ich weiß, du hast es mir ja schon erklärt …«, hauchte sie.

»Gar nichts weißt du«, erwiderte Rouben, während er mit der einen Hand die Strähne in ihrem Nacken nun fest umschloss und die Finger der anderen die Konturen ihres Gesichts nachzeichneten. »Das unbändige Verlangen ist verschwunden, aber die Sehnsucht in mir ist geblieben. Sie zerreißt mich geradezu, wenn ich allein in unserem Haus bin, und sie bringt mich erst recht um den Verstand, sobald du bei mir bist und ich deine Wärme und deinen Duft spüre. Ich will mir gar nicht vorstellen, was ich mit dir gemacht hätte, wenn ich dir in der Eigenschaft eines echten Vampirs begegnet wäre.«

»Ich nehme an, du hättest mich auf der Stelle umgebracht.«

Jolin wollte der Situation durch diesen Scherz ein wenig die Ernsthaftigkeit nehmen, doch das schien Rouben nicht zu realisieren. Er ließ seinen Blick einem Heißluftballon folgen, der die Stadt von Süden nach Norden überquerte. Schließlich wandte er sich wieder Jolin zu und lächelte gequält. »Ich hätte niemals in deinen Augen baden können …«, flüsterte er, »… nie deinen Atem auf meiner Haut oder die Süße deiner Lippen auf meinen gespürt. Vor allem aber hätte ich niemals erfahren, wie es sich anfühlt, was Menschsein bedeutet, frei zu sein, einen warmen Herzschlag zu haben, lachen und weinen und so sehr lieben zu können …« Sein Blick glitt über ihren Mund und das Kinn bis zu ihrem Hals hinunter. »Es ist wahr, an Vincents Stelle hätte ich dich sofort umgebracht. Ich hätte dir meine Zähne in die Hauptschlagader gebohrt und dich bis auf den letzten Tropfen ausgetrunken. Wahrscheinlich wäre es ein unvergleichliches Vergnügen gewesen, aber natürlich viel zu schnell vorbei.« Langsam hob er seinen Blick und versenkte ihn wieder in ihre Augen. »Das ist aber nicht das, wovon ich träume und wonach ich mich sehne, Jol … Ich könnte es nur zu gut verstehen, wenn Vincent mich um all das beneidet.«

»Ich will nicht über ihn reden«, sagte Jolin entschieden. Sie war wütend, weil Rouben aufgehört hatte, all diese wunderbaren Dinge über sie zu sagen. Okay, diesmal hätte sie vielleicht wirklich endgültig keine Luft mehr bekommen und wäre in seinen Armen gestorben, aber es wäre ganz sicher der schönste Tod gewesen, den sie sich vorstellen konnte.

»Doch, genau das willst du.« Das Lächeln in Roubens Gesicht war jetzt fast ein bisschen spöttisch. »Schon vergessen?«

Jolin wandte den Kopf und umschlang mit beiden Armen ihre Knie. »Ich will deine Erklärung hören«, korrigierte sie ihn. »Deine ganz persönliche Erklärung für das, was gestern Nachmittag im Antiquariat geschehen ist.«

Rouben nickte. »Bist du schon mal auf die Idee gekommen, dass Vincent den Inhaber gebissen haben könnte?«, fragte er.

Jolin stieß einen Schwall Luft aus. »Allerdings«, sagte sie. »Damals hab ich das verdrängt, weil ich … na ja …«

»Weil du befürchtet hast, dass ich es gewesen bin«, half er ihr auf die Sprünge.

»Ja«, sagte Jolin ein wenig ungeduldig.

Rouben lachte leise. »Du bist also da schon in mich verliebt gewesen!«

»Nein!«

»Ach komm, gib es doch zu! Was ist denn schon dabei?«

»Du warst ekelhaft, kalt, gemein! In einen wie dich hätte sich ein normales Mädchen überhaupt nicht verlieben können«, brach es aus Jolin hervor.

»Du bist aber kein normales Mädchen«, sagte Rouben sanft.

Jolin ballte die Fäuste. »Jetzt lass uns wenigstens dieses eine Mal ein ernstes Thema zu Ende abhandeln, okay?«

»Nicht okay«, sagte Rouben und grinste siegesgewiss.

»Ich will es jetzt wissen. Danach können wir dann reden über was auch immer du willst.«

»Ph.« Jolin schüttelte unwillig den Kopf. »Was willst du denn hören? Dass ich fast ohnmächtig geworden bin, als ich dich das erste Mal sah? Dass meine Hände zitterten, als ich dir ein paar Blätter von meinem Kollegblock gegeben habe? Dass ich den Gedanken daran, dass du womöglich ein verdammter Blutsauger bist und all diese Hunde getötet hast, vehement verdrängt habe – bloß weil ich … weil ich …«

»Sag es«, wisperte Rouben. »Was ist daran so schwer?«

»Schwer daran ist, dass ich mich für diese albernen Gefühle gehasst habe, weil ich nicht vernünftiger gewesen bin als Klarisse, Rebekka und die anderen, dass selbst ich dermaßen bescheuert war und auf dein Aussehen und dein geheimnisvolles Getue reingefallen bin.« Jolin presste die Fingernägel so fest in ihre Handballen, dass sie vor Schmerz beinahe aufgeschrien hätte.

»Aber das stimmt doch alles gar nicht«, sagte Rouben, der noch immer hinter ihr hockte und sie nun in seine Arme zog. »Ich bin immer ehrlich zu dir gewesen, du aber warst viel *zu* vernünftig.« Er nahm ihre Fäuste in seine Hände und küsste sie, bis sie sich entspannten. »Und sich zu verlieben ist ja wohl alles andere als albern.«

»Du irrst dich. Es ist sogar sehr albern«, erwiderte Jolin. »Man tut lauter idiotische Dinge.«

»Zum Beispiel sich in den Armen halten.«

Jolin legte den Kopf in den Nacken und lächelte ihn an. »Genau.«

»Oder sich küssen.« Rouben streichelte über ihre Kehle bis zu ihrem Kinn hinauf und schob ihr Gesicht weiter auf seines zu.

»Nix da!«, sagte Jolin. »Jetzt wird nicht geküsst. Jetzt reden wir endlich über Ansgar Lechtewink. Ich verstehe nicht, warum du bei diesem Thema ständig ausweichst.«

»Ich erinnere mich einfach nicht gern an diese Zeit«, erwiderte Rouben dumpf, und nun war es Jolin, die ihre Finger zwischen seine gleiten ließ und seine Arme fest um ihren Körper schloss. Wange an Wange hockten sie da, blickten auf den schwarzen Grabstein von Harro Greims und schwiegen.

»Ich habe die Bisswunden an seiner Hand gesehen«, begann Jolin schließlich. »Es waren zwei relativ weit auseinanderliegende rote Punkte. Außerdem hat er sich plötzlich ziemlich merkwürdig verhalten. Er ist der Sonne ausgewichen und hat sich fast nur im Schatten des Verkaufstresens herumgedrückt. Als er merkte, dass ich die Blutpunkte anstarrte, behauptete er, dass es ein Hund gewesen sei. Das war das letzte Mal, dass ich ihn sah. Glaubst du, er ist tot?«, fragte sie leise.

»Ich denke nicht.«

»Dann ist er jetzt also ein Vampir?«

»Das glaube ich auch nicht«, antwortete Rouben. »Es passiert sehr selten, dass ein Vampir einen Menschen in seinesgleichen verwandelt. Entweder er tötet ihn oder er vergiftet sein Blut. Die meisten drehen dann irgendwann durch«, fügte er mit gepresster Stimme hinzu.

»Was heißt das, sie drehen durch?«

»Na ja, die bilden sich ein, verfolgt zu werden, hören Stimmen oder werden gewalttätig.«

»Und kommen dann in die Psychiatrie?«

Rouben nickte. »Mhm. Deshalb fällt es ja auch kaum jemandem auf, dass es tatsächlich Vampire gibt.«

»Sind es denn so viele?«, fragte Jolin entsetzt.

»Schwer zu sagen«, meinte Rouben. »Die meisten von ihnen leben zeitversetzt. Sie sind so alt, dass sie sich sowohl in der Vergangenheit als auch in der Gegenwart bewegen können. Allerdings gibt es da gewisse Gesetzmäßigkeiten, mit denen ich mich nicht so genau auskenne.«

»Weißt du denn überhaupt, aus welcher Zeit Ramalia stammt?«

»Sie wurde siebzehnhundertachtundfünfzig in Spanien geboren.«

»Als Vampir oder als Mensch?«

»Als Mensch natürlich«, sagte Rouben. »Zwei Vampire können sich nicht miteinander fortpflanzen.«

»Aber dann …«

»… ist Vincent nicht Ramalias und Antonins leibliches Kind.« Rouben nickte. »Genau. Sie haben ihn sich sozusagen ausgesucht und dann zu dem gemacht, was er jetzt ist.« Er lachte bissig. »In der Hinsicht verhalten sich Vampire nicht viel anders als Menschen, die keine Kinder bekommen können und sich ein hübsches kleines dunkelhäutiges Baby aus einem anderen Teil dieser Welt in ihr Leben holen.«

»Das kannst du doch überhaupt nicht vergleichen«, sagte Jolin empört. »Sie tun das schließlich nicht aus Egoismus …«

»Nicht?«

»Na ja«, lenkte Jolin ein. »Zumindest nicht nur. Sie helfen diesen Kindern immerhin auch, indem sie ihnen ein besseres Umfeld und damit auch bessere Chancen für ihr späteres Leben bieten.«

»Sie reißen diese Kinder aus ihren Familien, aus ihrer

Umgebung, aus ihrer Kultur. Sie nehmen ihnen ihre Wurzeln. Hast du darüber schon mal nachgedacht?«

»Nein«, gab Jolin zu. »Hab ich nicht.« Sie seufzte leise. »Du bist übrigens schon wieder vom Thema abgeschweift.«

»Du lässt dich eben zu leicht ablenken«, foppte Rouben sie.

»Jetzt nicht mehr«, sagte Jolin entschieden. Sie wollte gerade dazu ansetzen, das Gespräch auf die von ihr gewünschte Bahn zurückzuführen, da schoss ihr ein weiterer erschreckender Gedanke durch den Kopf. »Bist du eigentlich sicher, dass Ramalia dich wirklich ausgetragen hat? Ich meine, sie könnte *dich* schließlich auch zu dem gemacht haben, was du damals warst.«

»Nein.« Rouben schüttelte den Kopf. »Ich bin tatsächlich ein Sonderfall. Zwielichte entstehen nur aus der Verbindung zwischen einem Menschen und einem Vampir und sind höchst selten. Ich sagte dir ja schon, dass die Gefühle, die meine Mutter für meinen Vater empfand, eigentlich nicht vorkommen. Und dass sie es dann sogar noch geschafft haben, ein Kind zu zeugen, grenzt an ein absolutes Wunder.«

»Oder einfach Liebe«, sagte Jolin leise. »Vielleicht sollte das alles ja genau so sein«, fuhr sie murmelnd fort. »Dass Harro und Ramalia sich trafen, damit du und ich jetzt zusammen sind.«

»Weil die Liebe sich uns gewünscht hat?«, flüsterte Rouben.

»Ja.« Jolin senkte den Kopf auf seine Schulter, ließ sich von seiner Wärme umfangen und betrachtete mit rasendem Herzen sein perfektes Profil.

»Das ist ein … ganz wundervoller Gedanke«, wisperte er. »Und eigentlich müsste ich dich jetzt endlich dafür küssen dürfen«, fügte er lächelnd hinzu.

»Nein, das darfst du erst, wenn du alle meine Fragen beantwortet hast«, erwiderte Jolin standhaft.

»Das ist Folter«, hauchte Rouben in ihr Ohr. »Und ich nehme an, du weißt, dass diese unmenschlichen Methoden in unserem Land verboten sind.« Er küsste sanft die Stelle neben ihrem Nasenflügel. »Insbesondere, wenn sie der Informationsbeschaffung dienen.« Seine Lippen tasteten sich auf ihren Mundwinkel zu.

»Darf ich dich daran erinnern, dass wir uns auf einem Friedhof befinden«, mahnte Jolin. »Hier tut man so etwas nicht.«

»Tatsächlich?«, murmelte Rouben und legte seine Lippen auf ihren Mund. »Kann ich mir fast nicht vorstellen.«

»Fragt sich, wer hier gerade wen foltert«, stöhnte Jolin.

Wieder einmal blieb ihr nichts anderes übrig, als sich zu ergeben. Und diesmal war es ein außergewöhnlich süßer und betörender Kuss, dessen Dauer offensichtlich Rouben allein bestimmen wollte, denn immer, wenn Jolin sich von ihm lösen und ihr Gesicht wegzudrehen versuchte, küsste er sie einfach weiter. Ihre Knie begannen zu schmerzen, und sie fragte sich allmählich, wie er es aushielt, so lange in der Hocke zu sitzen und dabei nicht nur sein Gleichgewicht, sondern auch nahezu ihr ganzes Körpergewicht zu halten.

… ein Wesen von besonderer Gabe …

»Du bist mir ausgeliefert«, murmelte er schmunzelnd und drückte seine Lippen noch ein letztes Mal zärtlich auf ihren Mund. »Ist dir das eigentlich klar?«

»Eine Verantwortung, mit der du sehr umsichtig umgehen solltest«, bestätigte Jolin. »Mir ist total schwindelig.«

»Das tut mir leid.«

»Lügner!«

»Ich fass es nicht: So harte Worte aus einem so wunderbar weichen Mund.« Rouben schüttelte den Kopf. »Aber okay. Dein Wunsch sei mir Befehl.« Er legte die Arme noch ein wenig enger um sie und hob sie beide mühelos in den Stand hinauf. »Und jetzt schieß los!«

»Wie hast du das gemacht?«, fragte Jolin verdattert.

»Was?«

»Uns hingestellt.«

»Mit eisernem Willen.«

»Quatschkopf.«

Er lächelte schief. »Na ja, ein bisschen Muskelkraft war wohl auch dabei.«

»Angeber!«

»Bist du jetzt fertig?«

»Ja.«

»Gut.« Er zog sie weiter. »Dann können wir ja gehen.«

»Wohin?«

»Jeder in sein Heim, natürlich.«

»Und was ist mit ihm?« Jolin deutete auf das Grab.

»Was soll mit ihm sein?«

»Warum sind wir überhaupt hergekommen?«

Rouben seufzte leise. »Du bist also doch noch nicht fertig.«

»Womit?«

»Mit deinen Fragen.«

»Oah!« Jolin trommelte auf seine Brust ein. »Du bist wirklich das Allerletzte!«

»*Der* Allerletzte«, betonte Rouben. »Der dir so nah sein darf.«

»Du bist der Einzige«, sagte Jolin. »Vor dir gab es keinen, und nach dir wird es keinen geben.«

»Gut.« Rouben gab ein zufriedenes Grunzen von sich. »Was willst du wissen?«

»Hast du Gefühle für deinen Vater?«

Rouben blickte nachdenklich auf den schwarzen Stein, den eingemeißelten Schriftzug und das Herz aus Schneeglöckchen.

»Nein, ich glaube nicht«, sagte er schließlich.

»Für deine Mutter?«

Er legte den Kopf in den Nacken. »Jep.«

»Bist du traurig, dass sie tot ist?«

»Mhm. Aber ich weiß, dass es so besser für sie ist«, fügte er hastig hinzu. »Ohne Harro, auf ewig in dieser dunklen, kalten Welt gefangen, verfolgt vom Hass ihres Ehemanns …«

»… den sie sich ausgesucht hatte.«

»Nein, Antonin ist ein knappes Jahrhundert älter gewesen als sie.«

»Er hat also sie entwurzelt?«

Rouben nickte. »So darfst du es nennen.«

»Vielleicht hat sie nie vergessen, wie es war, ein Mensch zu sein«, sagte Jolin. »Vielleicht hat sie Harro deshalb so sehr geliebt.«

»Gut möglich.«

»Okay. Und was ist mit Vincent? Wie alt ist er?«

»Er war achtzehn, als sie ihn verwandelten. Ich glaube, es war Anfang des neunzehnten Jahrhunderts in Wien.«

»Wer von ihnen beiden hat es getan?«

»Ramalia.«

Jolin seufzte leise. »Ist das der Grund, weshalb ihr euch so ähnlich seht, obwohl ihr gar nicht miteinander verwandt seid?«

»Du bist ganz schön schlau«, sagte Rouben mit ehrlicher Anerkennung.

»Vampirische Genetik«, meinte Jolin abwinkend. »Kaum etwas ist einfacher als das. Was mir jedoch nicht in den Kopf will, ist der Umstand, warum gerade er für die Erfüllung der Prophezeiung auserwählt war. Es muss in der dunklen Welt doch eine Menge Achtzehnjährige geben, die sich um diese Chance, ein begehrtes menschliches Leben zu bekommen, gerissen haben.«

»Gab es sicher auch«, bestätigte Rouben. »Aber, und das sage ich jetzt zum dritten und letzten Mal: Es kommt nicht alle Tage vor, dass sich ein Vampir in einen Menschen verliebt und ein Kind mit ihm zeugt. Eine solche Schande lag zu dieser Zeit wohl nur über Antonins Familie.«

»Und da liegt sie noch immer«, sagte Jolin. »Was spricht dagegen, dass sie es erneut versuchen?«

»Nichts. Allerdings müssten sie damit mindestens eintausendzweihundert Jahre warten.«

Die Prophezeiung! Natürlich. Jolin nickte. Jedes einzelne Wort dieses uralten, schicksalsschweren Textes aus der Welt der Vampire hatte sich unauslöschbar in ihr Gedächtnis eingebrannt.

»Einmal nur in eintausendzweihundert Jahren, sobald Vollmond und Wintersonnenwende sich einander nähern …«, begann sie zu rezitieren, »… wird es geschehen, dass die Zukunft sich an die Vergangenheit erinnert und ein Jüngling ans Tageslicht tritt, der in seinem neunzehnten Lebensjahr um Punkt Mitternacht vor dem Antlitz des vollen Mondes zwölf jungfräuliche Mädchen küsst, um die Blutschande seiner Anverwandten reinzuwaschen und hernach für immer von den Untoten aufzuerstehen … Sollte es geschehen, dass ein Jüngling, der die Prophezeiung zu erfüllen imstande ist, im Zwielicht lebt, aber ein Bruder von reinem Blute in seinem Alter ist, so möge es geschehen, dass jener die Familie von ihrer Schande erlöst«, beendete sie stockend das Zitat. »Es stand also allein Vincent zu, seine Familie von der Schande zu befreien.«

»Stimmt«, erwiderte Rouben. »Aber unsere Sehnsucht nacheinander war stärker als die Magie dieser uralten Gesetzgebung aus der dunklen Welt. Die Menschen sind den Vampiren überlegen, weil sie im Licht leben und lieben können.«

»Das weiß ich doch alles«, erwiderte Jolin. »Ich kann es nur nicht wirklich glauben.« Sie umfasste seine Schultern und blickte ihm in die Augen. »Hast du deinen Bruder jemals so angesehen?«

Rouben schüttelte den Kopf. »Nicht bewusst.«

»Aber ich«, sagte Jolin. »Und deshalb weiß ich, dass er sich rächen wird. Er wird diese Schmach niemals auf sich sitzen lassen.«

»Schon möglich. Allerdings vergisst du dabei eine Kleinigkeit: Vincent ist nicht mehr hier. Er kam aus der Vergangenheit, und dorthin musste er auch wieder zurück. Der Wechsel zwischen den Zeiten geschieht nicht nach eigenem Belieben.«

»Er müsste also auf die nächste passende Gelegenheit warten?«

»Ja.«

»Und ob es noch einen anderen Weg für ihn gäbe, außer weitere eintausendzweihundert Jahre abzuwarten, weißt du nicht?«

»Nein.«

Jolin presste die Lippen zusammen. Sie war sich nicht sicher, ob sie ihm das glauben sollte. »Ramalia hat dir alles Mögliche erzählt, und ausgerechnet das nicht?«

Rouben zuckte mit den Schultern. »Wahrscheinlich ist dieser Fall so unwahrscheinlich, dass sie es schlichtweg für unnötig gehalten hat.«

»Okay, okay.« Jolin begann auf und ab zu gehen. So konnte sie die Gedanken, die lose in ihrem Kopf umherschwirrten, am besten in eine Richtung lenken. »Nehmen wir also an, dass weder Vincent noch Antonin oder sonst jemand aus ihrem Clan die Gelegenheit hatte, hier in unsere Zeit und in diese Stadt zurückzukehren … Wer war dann der Schatten hinter dem Tresen im Antiquariat, und wer hat mir den Zettel zugespielt?«

Rouben seufzte leise. »Ist dir das wirklich noch immer nicht klar?«, fragte er.

Zuerst schüttelte Jolin den Kopf, doch dann stutzte sie plötzlich und sah ihn ungläubig an. »Du tippst doch nicht etwa auf Ansgar Lechtewink, den Inhaber?«

»Natürlich tue ich das«, sagte Rouben. »Es gibt überhaupt keine andere logische Erklärung.«

»Also gut«, sagte Jolin und konzentrierte sich weiter auf die sich daraus ergebenden Schlussfolgerungen. »Vincent hat ihn gebissen, und daraufhin ist Ansgar Lechtewink durchgedreht, hat Angst vor dem Licht, fühlt sich verfolgt …«

»… hat irgendwelche Eingebungen«, fuhr Rouben fort.

»Er träumt wirres Zeug, liest in seinen Büchern, reimt sich irgendwas zusammen. Wahrscheinlich hat er nicht nur dich, sondern schon eine ganze Reihe seiner Kunden erschreckt.«

Jolin blähte die Backen und nickte. »Ich hoffe, du hast recht«, sagte sie. »Für Herrn Lechtewink ist es natürlich tragisch, aber ich muss leider zugeben, dass es mir so am liebsten wäre.«

Rouben nahm ihr Gesicht in seine Hände. »Glaub mir, Jolin. Es ist genau so.« Er küsste sie sanft, dann grinste er, und seine Augen leuchteten schelmisch. »Es tut mir leid, aber ich kann es einfach nicht lassen.«

»Was?«

»Das«, murmelte er. Er nahm ihre Unterlippe zwischen seine Zähne und streichelte mit der Zunge darüber. »Wenn du meinen Lippen einen Haustürschlüssel von deinen Lippen geben würdest, würden sie einziehen, abschließen und den Schlüssel aus dem Fenster werfen.«

»Und wenn es einen Zweitschlüssel gäbe?«, keuchte Jolin.

»Und wenn es tausend Zweitschlüssel gäbe«, wisperte Rouben, während er sie weiter küsste.

»Wir würden verhungern«, flüsterte Jolin.

»Stimmt«, sagte Rouben. »Irgendwann würden wir das.« Er küsste sie ein letztes Mal, dann legte er seinen Arm um ihre Schultern und zog sie auf den Kiesweg zurück, der um die Senke herum und zum Kern des Friedhofs führte. »Gut, dass du so vernünftig bist. Ich wüsste wirklich nicht, was ich täte, wenn es anders wäre«, setzte er noch breiter grinsend hinzu.

»Du verdrehst aber auch alles«, erwiderte Jolin. »Nicht

ich bin vernünftig, sondern du. Wenn es nach mir ginge …«

»Ich weiß«, unterbrach Rouben sie. »Du würdest mir jetzt und hier und auf der Stelle die Klamotten vom Leib reißen und …« Er brach ab und sah sie mit tiefschwarzen Augen an.

In Jolins Kopf fing sich alles an zu drehen. Ja, zum Teufel nochmal, das würde ich, dachte sie und fiel …

Als sie wieder zu sich kam, saß sie im Wagen. Rouben hatte die Rückenlehne ein wenig zurückgestellt. Sein Gesicht war direkt vor ihrem, auf seiner Stirn hatte sich eine Steilfalte gebildet, und seine bernsteinfarbenen Augen musterten sie besorgt. In ihrem Nacken spürte sie etwas Kaltes, Feuchtes.

»Was ist passiert?«, murmelte sie.

»Keine Ahnung. Du bist plötzlich ohnmächtig geworden.«

»Und du hast mich über den ganzen Friedhof bis hierher zum Auto geschleppt?«

»Ts.« Rouben schüttelte den Kopf. »Du tust ja fast so, als ob das das eigentlich Besorgniserregende wäre.«

»Ist es das nicht? Immerhin wiege ich achtundfünfzig Kilo. Außerdem könnte es jemand beobachtet haben.«

»Und wenn schon«, sagte Rouben unwillig.

»Der hat dann bestimmt gedacht, du klaust eine Leiche.«

»Sehr witzig, Jolin«, sagte er. »Ehrlich.« Seine Stimme klang äußerst verärgert. »Sag mir lieber, wie es dir geht.«

Sie lächelte. »Gut.«

Rouben schien das nicht zu überzeugen. »Vielleicht

sollte ich dich vorsichtshalber ins Krankenhaus fahren«, schlug er vor.

»Nicht nötig.« Jolin tastete nach dem feuchten Ding in ihrem Nacken. »Was ist denn das?«

»Mein T-Shirt. Ich habe es mit kaltem Wasser getränkt.«

»Du hast dein T-Shirt ausgezogen?«

Rouben zuckte mit den Schultern. »Ja.«

»Auf dem Friedhof?«

»Was hätte ich denn sonst tun sollen?«, erwiderte er aufgebracht. »Du hattest einen Kreislaufzusammenbruch.«

Jolin nickte. »Stimmt«, sagte sie. »Mir war plötzlich ganz schrecklich heiß.«

»Zuerst hab ich gehofft, du kommst wieder zu dir, wenn ich dich noch mal küsse.«

Jolin sah ihn mit großen Augen an. »Du hast mich geküsst, während ich ohnmächtig war?«, fragte sie vorwurfsvoll.

»Ich hab einen Riesenschreck bekommen«, verteidigte sich Rouben. »Ich wusste ehrlich nicht, was ich tun sollte.«

»Was für eine Verschwendung!«

»Wie bitte?«

»Mich zu küssen, wenn ich gar nichts davon mitbekomme.«

»Da irrst du dich aber gewaltig«, brummte Rouben. »Ich hatte das verdammte Gefühl, dass es dadurch nur noch schlimmer wurde.«

»Ts.« Jolin lächelte in sich hinein. Ihr Blick fiel auf den silbern glänzenden Reißverschluss seiner Sweatshirtjacke. »Und du hast wirklich kein T-Shirt mehr an?« Sie tastete nach dem Zipper und zog ihn langsam nach unten. »Auch kein Unterhemd?« Stück für Stück kam olivfarben schimmernde Haut zum Vorschein. »Möchtest du, dass ich noch mal ohnmächtig werde?«, flüsterte sie.

»Nein, das möchte ich ganz sicher nicht«, sagte Rouben energisch. Er griff nach ihrer Hand, löste ihre Finger vom Zipper und zog den Reißverschluss wieder zu. »Und ich verspreche dir, und zwar hoch und heilig, dass ich mich in Zukunft zusammenreißen werde.« Mit einem Handgriff stellte er die Rückenlehne wieder auf, legte ihr den Gurt an und sicherte sich anschließend selbst. Dann startete er den Motor und lenkte den Alfa auf die Straße.

»Ich will aber nicht, dass du dich zusammenreißt«, schmollte Jolin.

Rouben entgegnete nichts, es war ihm jedoch anzusehen, wie sehr es in ihm arbeitete. Seine Brauen schlugen Wellen, seine Lippen schoben sich in Richtung Nase, und seine Kieferknochen traten in unregelmäßigem Rhythmus hervor.

»Und ich will nicht, dass du meinetwegen ohnmächtig wirst«, sagte er nach einer Weile.

»Es war aber gar nicht schlimm«, erwiderte Jolin.

»Das sagst du, weil du nicht dabei warst!« Er schüttelte den Kopf. »Mehr als eine Viertelstunde ohne Bewusstsein, und du findest das nicht schlimm!« Rouben umklammerte das Lenkrad und seine Miene verdunkelte sich zusehends.

»Nicht dabei!« Jolin musste lachen. »Du hast vielleicht Ideen! Ich war die Hauptperson.«

»Genau«, sagte Rouben und jetzt klang seine Stimme wirklich wütend. »Und die Hauptperson war ganz eindeutig abwesend.« Wieder schüttelte er den Kopf. »Noch niemals zuvor habe ich eine solche Angst gehabt.«

Jolin musterte ihn nachdenklich. »Vielleicht sollten wir es einfach tun«, sagte sie leise. Am besten heute Abend, fügte sie im Stillen hinzu. »Dann wäre der Druck raus. So ist es doch kaum noch zu ertragen.«

Rouben schwieg und bearbeitete mit seinen Fingern weiter das Lenkrad. »Ich hab eine bessere Idee«, meinte er.

»Und die wäre?«

»Das erkläre ich dir, wenn wir dort sind.«

»Wenn wir wo sind?«

»Das wirst du schon sehen.«

Jolin öffnete den Mund, um ihren Missmut zu äußern, da erstarrte Rouben plötzlich. »Edmond«, krächzte er und schlug sich vor die Stirn.

Jolin schüttelte den Kopf. »Dein Fahrer? Was ist mit ihm?«

»Das frage ich mich auch.«

»Oh Gott!« Jolin stockte der Atem. »Du denkst doch nicht, dass er …?«

»Ramalia hat einen Vampir aus ihm gemacht. Und zwar mit einem einzigen Biss.«

»Aber er war doch nicht bösartig«, wandte Jolin sofort ein. »Okay, er sah nicht besonders freundlich aus, aber …«

Wieder fiel Rouben ihr ins Wort.

»Mach dir nichts vor«, sagte er. »Es gibt keine freundlichen Blutsauger. Sie denken alle immer nur an das eine.«

»Deine Mutter nicht«, widersprach Jolin sofort. »Ramalia hat mich beschützt.«

»Ja, aber nur, weil sie ein Ziel hatte.«

»Und Edmond?«, fragte Jolin, und als Rouben nicht gleich antwortete, setzte sie hinzu: »Er hat mich jedenfalls nicht angerührt, obwohl er die Gelegenheit dazu gehabt hätte.«

»Das hätte er nicht gewagt«, sagte Rouben. »Ramalia hätte ihn in Stücke gerissen.«

»Ich halte deine Theorie mit dem durchgedrehten Antiquar trotzdem für wahrscheinlicher«, entgegnete Jolin.

Rouben nickte. »Wenn mir nur einfiele, in welchem Jahr meine Mutter Edmond verwandelt hat«, murmelte er, während er den Alfa ein wenig abbremste, den Blinker setzte und in eine holperige Nebenstraße abbog. »Ich glaube, ich war fünfzehn oder sechzehn …«

»Dann lebt er wieder in der Zeit von vor zwei oder drei Jahren«, ergänzte Jolin voller Überzeugung. »Und er hat überhaupt keinen Grund, in unsere Zeit zurückzukommen.«

»Das hoffe ich«, sagte Rouben und beschleunigte wieder.

Jolin richtete ihre Aufmerksamkeit auf die Umgebung. Mehrstöckige Häuser, überfüllte Mülltonnen und rostige, zerbeulte Autos bestimmten nun das Straßenbild. »Irgendwo hier hab ich mal gewohnt«, murmelte sie.

»Ich weiß«, sagte Rouben.

Jolin sah ihn an. »Willst du etwa in die Containersiedlung?«

»Jep.«

»Und warum?« Sie sah ihn von der Seite an und registrierte mit Erleichterung, dass er lächelte.

»Das wirst du schon sehen«, sagte er sanft.

Rouben stellte den Wagen auf einem Parkplatz ab, nur wenige Schritte von Jolins altem Wohnhaus entfernt. Nachdem die Autotür ins Schloss gefallen war, ließ sie ihren Blick über den grauen zehnstöckigen Kasten gleiten, und ein beklemmendes Gefühl breitete sich in ihr aus. »Ich bin froh, dass meine Eltern hier nicht mehr leben müssen.«

»Ich wette, deine Eltern werden auch in ihrer jetzigen Wohnung nicht mehr lange bleiben«, sagte Rouben. »Sobald du ausgezogen bist, werden sie sich was Neues suchen.«

Jolin sah ihn überrascht an. »Woher weißt du das?«

»Deine Mutter hat es mir gesagt …«

»Paula?«

»Gunnar weiß allerdings noch nichts davon«, beeilte Rouben sich hinzuzufügen. »Du solltest es also besser noch eine Weile für dich behalten.«

Jolin schüttelte fassungslos den Kopf. »Ma schmiedet Zukunftspläne über den Kopf meines Vaters hinweg, und mir versucht sie einzureden, dass ich einen Fehler mache, wenn ich mit dir zusammenziehe.«

»Das tut sie nicht«, widersprach Rouben. »Und jetzt komm.« Zögernd ergriff er ihre Hand und zog sie auf den Mülltonnenunterstand am Ende des Parkplatzes zu, wo zwei Jungen abwechselnd einen ausgeleierten Fußball gegen ein Garagentor schossen. »Es ist ihre Art, Abschied zu nehmen.«

»Na, du kennst sie ja gut«, sagte Jolin.

Rouben zuckte die Achseln. »Ich hatte die eine oder andere Gelegenheit, mich mit ihr zu unterhalten. Sie war immer sehr offen.« In seinen Augen blitzte es. »Ich glaube, sie mag mich.«

»Und du sie auch …«

»Sie ist deine Mutter, Jol. Sie ist klug, sensibel, macht einen tollen Job. Außerdem sieht sie super aus«, fügte er zwinkernd hinzu. »Fast so schön wie du.«

Sie sahen sich an, und Jolin spürte, dass sie errötete. Wie einfach und vor allem – wie wunderbar! – wäre es gewesen, wenn er sie jetzt einfach in den Arm genommen und geküsst hätte. Es war ja schließlich nicht so, dass sie jedes Mal ohnmächtig wurde.

»Das auf dem Friedhof ist doch bloß passiert, weil du mich so angeschaut hast«, stammelte sie. »So anders als jetzt … ohne diese Grenze in deinem Kopf …« Sie kniff die Mundwinkel ein. »Ach, ich weiß auch nicht.«

»Ich werde es nicht wieder tun«, sagte Rouben. »Versprochen.«

»Doch! … Bitte!« Jolin fühlte sich wie ein kleines Kind, dem man mit einer begehrten Süßigkeit vor der Nase herumwedelte. Eigentlich war es erbärmlich, dass sie ihn derartig anflehte, aber sie konnte nicht anders. »Du benimmst dich wie ein Schokoriegel«, platzte sie heraus.

Rouben sah sie amüsiert an. »Toller Vergleich! Ein Schokoriegel – yeah! Das wollte ich schon immer mal sein!«

»Ein Schokoriegel, den man geschenkt bekommt, der einem aber wieder weggenommen wird, bevor man das Papier abgerissen hat«, fuhr Jolin ihn an. »Und der zu allem Überfluss auch noch in einen Schrank eingeschlossen wird mit dem Hinweis, dass man ihn erst genießen darf, wenn man kein Milchgebiss mehr hat, weil dann die Gefahr, Karies davon zu bekommen, nicht mehr so groß ist.«

»Also gut, dann hör mir jetzt mal zu, meine Praline«, sagte Rouben. »Vielleicht war es dumm von mir, dass ich die Cellophanverpackung entfernt habe, dass ich die kandierte Erdbeere abgeknabbert und sogar vom Krokantüberzug gekostet habe, aber …«

»Du hast nicht nur vom Überzug gekostet«, fiel sie ihm ins Wort. »Du hattest die Füllung bereits im Mund!«

»Ich rede nicht von der Neumondnacht, Jolin«, stellte Rouben klar, »sondern von jetzt, von unserer gemeinsamen Zeit nach den Ereignissen in der Burg. Damals war ich kein Mensch, das solltest du nicht vergessen. Damals war meine Liebe, meine Sehnsucht nach dir eine andere. Gewissermaßen wusste ich nicht, was ich tat.«

»Eine reizende Art, sich herauszureden«, sagte Jolin.

»Himmel nochmal, Jol, ich hab dir das alles doch schon so oft erklärt!«, stieß Rouben hervor und begann, unruhig auf und ab zu laufen.

»Dann habe ich es wohl noch immer nicht verstanden«, erwiderte sie trocken.

Rouben blieb stehen und machte eine hilflose Geste. »Ich weiß aber nicht, wie ich es anders … wie ich es *besser* ausdrücken soll.«

»Sag doch gleich, dass du es gar nicht willst«, schnaubte Jolin.

»Ja klar! Genau das ist es!«, brach es nun beinahe zornig aus ihm hervor. »Du bist klug, geistreich, witzig und sensibel, du bist wunderschön und ich liebe dich mehr als mein Leben, da ist es ja geradezu logisch, dass ich nicht mit dir schlafen will!«

Betroffen registrierte Jolin die Verzweiflung und die Qual, die in seinem Blick lagen. Und obwohl sie nicht verstand, was in ihm vorging, tat es ihr nun schrecklich leid, dass sie ihn mit diesem Thema nicht in Ruhe gelassen hatte.

»Glaub mir … bitte … nichts auf der Welt wünsche ich mir mehr als das … als dir so nahe zu sein«, fuhr Rouben stockend fort. »Aber ich kann meine Gefühle nicht einschätzen … Noch nicht. Ich habe Angst, dass ich es – vielleicht – nicht aushalte und dir womöglich wieder weh tue.«

Jolin starrte ihn an. Sie musste furchtbar begriffsstutzig wirken.

»Du hattest fast achtzehn Jahre Zeit, das zu werden, was du jetzt bist«, sagte Rouben rau. »Ich hatte dazu bisher nur ein paar Wochen. Und selbst du verlierst das Bewusstsein bei der bloßen Vorstellung, so mit mir zusammen zu sein.« Er schüttelte hilflos den Kopf. »Du hast wirklich keine Ahnung, wie es in mir aussieht.«

Jolin blickte zur Seite. Am liebsten wäre sie im Boden versunken. Die Entschuldigung für ihre Dummheit und ihren Egoismus lag ihr bereits auf den Lippen, doch ihr Hals fühlte sich wie zugeschnürt an. Sie brachte keinen Ton heraus, und schließlich fing sie an zu zittern.

»Alles in Ordnung?«, fragte Rouben. Seine Stimme klang besorgt, doch der Blick aus seinen karamellfarbenen Augen war plötzlich seltsam distanziert.

Jolin nickte – eine Geste, die alles andere als ehrlich war, das war ihnen beiden klar, und ebenso spürten sie, dass der Boden unter ihren Füßen soeben einen feinen Riss bekommen hatte. Nun standen sie da, sahen einander an und wussten nicht, wie sie sich wieder aufeinander zubewegen sollten.

»Komm«, sagte Rouben schließlich, und Jolin folgte ihm wie eine Marionette durch den schmalen Durchschlupf, der sich zwischen der Mauer am Ende der Garagenzeile und dem Mülltonnenunterstand befand.

Die Container, in denen die Asylbewerber untergebracht waren, lagen mit der Rückseite zu ihnen und wirkten im bleichen Licht des späten Nachmittags noch trostloser, als Jolin sie in Erinnerung hatte. Der dritte von rechts jedoch stach nach wie vor aus allen anderen heraus. Leuchtend blau war er gestrichen und unzählige gelbe Sonnen mit langen Strahlen und weißem Innenkörper waren darübergemalt. Harro Greims war kein Künstler gewesen, aber er hatte es verstanden, sich sein bescheidenes und im Grunde unglückliches Leben so fröhlich wie irgend möglich zu gestalten.

Rouben verlangsamte seinen Schritt, doch Jolin lief zügig weiter auf Harros Container zu und ließ ihre Fingerspitzen über das kühle Metall gleiten. Während sie ihn umrundete, warf sie einen Blick in das an der Seitenwand eingelassene Fenster, aber wie immer war der Vorhang zugezogen.

Auch draußen vor dem Container hatte sich nichts verändert. Der Hocker, der kleine runde Tisch, die Blumentöpfe, alles stand nach wie vor so dort, als ob es in den vielen Wochen seit Ende November nicht angerührt worden wäre, und Jolin dachte schon, dass der Container gar nicht wieder bezogen worden sei, da bemerkte sie, dass die Tür einen Spalt offen stand und aus dem stockdunklen Inneren ein Augenpaar argwöhnisch zu ihr herausstarrte. Jolin blieb unvermittelt stehen.

»Hallo?«, fragte sie. »Entschuldigen Sie bitte … sprechen Sie Deutsch?«

Unter leisem Quietschen verbreiterte sich der Spalt, und nun konnte Jolin das Gesicht einer Frau erkennen. Sie hatte dünne, schwarzgefärbte Haare und trug einen abgewetzten Mantel aus grünem Tweed, löchrige Männerstrümpfe, die ihr bis über die Knie reichten, und weiße Hausschlappen.

»Oh, Sie sind das!«, rief Jolin überrascht. »Wohnen Sie jetzt hier? Sie und ihr Mann?«

Die Frau stieß die Tür nun ganz auf. »Was wollen Sie denn schon wieder hier? Können Sie uns nicht einfach in Ruhe lassen?« Doch plötzlich hellte sich ihre Miene auf. »Du meine Güte, Kindchen, ich hätte Sie fast nicht erkannt!«

»Hallo«, sagte Jolin noch einmal.

Die großen neuen Mantelknöpfe, die vom Farbton überhaupt nicht zu dem grünen Tweed passten, fielen ihr sofort ins Auge.

Verlegen ließ die Frau ihre schmale Hand darübergleiten. »Manchmal ist er schon ein bisschen warm, aber ich trage ihn immer noch gern.« Ihre dunkel geränderten Fingernägel wanderten fahrig von Knopf zu Knopf.

»Sie sind sehr hübsch«, sagte Jolin lächelnd.

»Ja, ich dachte, eine auffällige Farbe …« Die Frau hob die Schultern. »Meinem Mann gefallen sie nicht besonders, aber ich …«

»Sie sind wirklich schön«, sagte Jolin noch einmal.

»Und sie waren sehr günstig. Herabgesetzt. Ich hatte noch eine ganze Menge Geld übrig.« Die Frau machte eine abwehrende Geste. »Sie haben mir damals ohnehin viel zu viel gegeben.«

»Sie haben mir sehr geholfen«, erwiderte Jolin. »Und ich freue mich, dass Sie jetzt in Harros Container wohnen.«

»Da sind Sie wohl so ziemlich die Einzige, Kindchen«,

erwiderte die Frau. »Alle anderen hier behaupten, wir hätten uns was angeeignet, was uns nicht zusteht. Dabei war er doch unser Freund.«

»Es tut mir leid, dass Sie Ärger haben«, sagte Jolin und ließ ihren Blick über das Gelände gleiten. »Dabei wäre es doch so einfach«, murmelte sie. »Man bräuchte nur ein bisschen Farbe und ...«

»Ach, es ist ihnen ja ganz recht, wenn wir nicht miteinander auskommen. Und mit denen da drüben in der Siedlung schon gar nicht.«

Jolin schüttelte verständnislos den Kopf. »Was meinen Sie damit?«

»Die Leute vom Amt. Die uns das alles zuteilen. Sie liegen Herbert und mir in den Ohren, dass wir hier nicht bleiben können, weil wir ja keine Ausländer sind. Wir müssen ins Obdachlosenheim. Aber das wollen wir nicht, wir sind gerne hier. Und bis Harro gestorben ist, war das auch für alle in Ordnung.«

Jolin runzelte die Stirn. »Und jetzt ist das nicht mehr so?«, fragte sie. Sie hatte noch immer nicht verstanden, worauf die Frau eigentlich hinauswollte.

»Natürlich nicht!«, schnaubte die. Ihre dunklen Augen verengten sich, und ihre Brauen tanzten zornig auf und ab. »Aber vielleicht können Sie sich das nicht vorstellen, Kindchen, in Ihrer schönen Welt, in der jeder alles hat, was er sich wünscht ...«

»Sie irren sich«, sagte Jolin. »Das ist in unserer Welt auch nicht so.« Sie blickte über ihre Schulter und sah, dass Rouben sich langsam näherte. »Egal, wie schön man lebt oder wie reich man ist, es gibt immer Dinge, die man sich wünscht«, setzte sie leise hinzu.

Die Frau hob das Kinn. »Aha«, sagte sie. »Na ja … Ich hab davon wirklich keine Ahnung. Herbert und ich, wir wollen einfach nur hier wohnen, in diesem Container. Wir sind sicher, dass Harro das sehr recht wäre.«

»Das bin ich auch«, sagte Jolin. »Welches Amt kümmert sich denn darum?«, erkundigte sie sich.

»Ordnungsamt! Ausländerbehörde!« Die Frau warf wütend ihre Arme in die Luft. »Lauter Wichtigtuer! Leute, die sich nicht in einen hineinversetzen wollen, denen es egal ist, wie man sich fühlt, wenn man nirgendwo zu Hause sein darf. Aber jetzt kommen sie nicht mehr. Seit ein paar Wochen schon war niemand von denen mehr hier. Die hoffen, dass die anderen das erledigen.«

»Wen meinen Sie? Und was sollen die erledigen?«, fragte Jolin.

»Die aus den Nachbarcontainern. Die sollen uns die Hölle heiß machen, bis wir freiwillig abhauen. Kapierst du, Kindchen? Bis Herbert und ich unsere Habseligkeiten zusammenpacken und ins Obdachlosenheim verschwinden. Dort schläft man getrennt, sogar als verheiratete Leute. In Zimmern mit vier Betten, wenn man Pech hat, sogar acht. Glauben Sie mir, ich will nicht viel vom Leben, aber da geh ich dann lieber auf die Straße und schlafe im Freien. Wenn Herbert nicht diesen schrecklichen Husten hätte, hätten wir das ja vielleicht schon längst getan. Dann hätten wir unsere Ruhe. Ruhe, das ist nämlich auch etwas Schönes.« Das ohnehin schon schmale Gesicht der Frau fiel noch mehr in sich zusammen. Betreten senkte sie den Kopf und nestelte wieder an ihren Mantelknöpfen herum.

»Vielleicht könnte ich mal mit den Leuten vom Amt sprechen«, bot Jolin ihr an.

»Das würden Sie tun, Kindchen?«

»Ja, natürlich. Warum denn nicht?«

Die Frau nickte. Jolin bemerkte, wie ihre Augen kurz aufleuchteten, dann von ihr wegglitten und mit wachsendem Erstaunen etwas hinter ihr fixierten. Im selben Augenblick vernahm Jolin Roubens Schritte. Sie drehte sich kurz um und sagte: »Das ist übrigens …«

»Harro«, sagte die Frau. »Er sah zwar nicht so gut aus. Aber er war es.«

»Nein, also …« Jolin fing an zu stottern. »Das ist Rouben. Er ist Harros Sohn.«

Die Frau nickte. »Da sieh mal einer an.« In ihrem Blick lag tiefe Bewunderung und auch so etwas wie Ehrfurcht. »Schade, dass mein Herbert gerade nicht da ist. Er wollte nur mal schnell Zigaretten holen.« Sie hob sich auf die Zehenspitzen und reckte den Hals in Richtung Wohnsiedlung. »Manchmal hab ich richtig Angst, dass er gar nicht mehr zurückkommt.« Dann schüttelte sie den Kopf und wandte sich wieder Jolin und Rouben zu. »Ach was! Man muss ja nicht immer gleich an das Schlimmste denken im Leben«, fuhr sie fort und lächelte. »Sie sehen wirklich verdammt gut aus, junger Mann! – Aber deshalb müssen Sie ja nicht gleich mit Heulen anfangen.«

Jolin zuckte zusammen. Sie traute sich kaum, ihren Blick auf Rouben zu richten, und als sie es schließlich doch tat, ging ihr das Herz über.

Rouben stand wie festgewachsen da, im fahlen Licht des herandämmernden Abends so schön und unwirklich wie ein Engel, den Blick auf den Container und die Frau und zugleich nach innen gerichtet, die Farbe seiner Augen so dunkel und glänzend wie flüssiger Kakao und mit einem

Zug um den Lippen, den Jolin noch nicht kannte, weich und verletzlich und von einer Zartheit, die kaum zu ertragen war.

Du hast ihn ja doch geliebt, dachte Jolin. Und du hast ihn besser gekannt, als du zugibst. In Wahrheit bist du also nicht immer ehrlich zu mir gewesen. Diese Erkenntnis tat so weh, dass ihr ebenfalls die Tränen in die Augen schossen. Hastig senkte sie den Kopf und stand weiter unschlüssig da, obwohl sie am liebsten auf der Stelle geflüchtet wäre.

»Er war ein feiner Kerl, Ihr Vater«, hörte sie die Frau sagen. »Aber glauben Sie's ruhig: Dort, wo er jetzt ist, ist er genauso glücklich oder unglücklich wie hier. Der Harro, der war nämlich so einer.«

»Ich weiß«, sagte Rouben. »Vielen Dank.«

»Und dass Sie die kleine Jolin kennen, das hätte ihn sehr gefreut«, fuhr die Frau fort. »Er hat immer so schön von ihr gesprochen … Ach ja … Sie sind aber nicht zusammen … Nein? … Sie wären so ein schönes Paar.«

Jolins Brustkorb drohte auseinanderzuplatzen. Mit schnellen Schritten lief sie vor Rouben her, der Herzschlag pulsierte in ihren Ohren, in ihren Kniekehlen, in ihren Fingern, an ihrem Hals, und die Fragen fuhren Achterbahn in ihrem Kopf. Sie wollte schreien, schimpfen, betteln, flehen, doch das würde alles ja bloß noch schlimmer machen, also ließ sie es. Oh, ja, sie konnte vernünftig sein, wenn sie es wollte. Die alte Jolin war noch nicht ganz verschwunden, sie ließ sich durchaus hervorholen und als Schutzschild vor die neue, so viel verletzlichere stellen. Rouben sollte ihr nun wirklich nicht vorwerfen können, dass sie ihn in irgendeiner Weise unter Druck setzte.

»Warte doch mal«, sagte er plötzlich überraschend dicht hinter ihr, und im nächsten Moment spürte sie auch schon seine Hand, die sich zaghaft auf ihre Schulter legte. »Ich möchte dir etwas vorschlagen.«

Jolin blieb so abrupt stehen, dass er nicht rechtzeitig abbremsen konnte und gegen sie stieß. Hastig machte er einen Schritt zurück.

»Entschuldige.«

»Schon gut«, sagte Jolin. »Damit komme ich klar.«

»Und womit kommst du nicht klar?«

»Wenn du mich belügst.«

»Das tue ich nicht.«

»Du hast mir nicht gesagt, dass du Harro kanntest.«

»Aber das ist doch nicht wahr, Jol! Im Gegenteil, ich habe es nie bestritten, ich wusste nur bis eben nicht, dass er mir etwas bedeutet hat.« Wieder berührte er ihre Schulter. »Könntest du mich bitte ansehen?«

Jolin schloss kurz die Augen. Sie wusste nicht, ob sie es ertrug, und gleichzeitig wollte sie nichts mehr als das. Schließlich drehte sie sich zögernd zu ihm um.

»Bitte versteh mich doch. Jeden Morgen, wenn ich aufwache, hat sich meine Perspektive schon wieder ein wenig verschoben. Manche Empfindungen haben sich verstärkt, andere sind abgeschwächt, und einiges ist völlig neu für mich. Ich habe gespürt, dass sich auch die Gefühle für meinen Vater verändern«, erklärte Rouben ihr. »Und ich wollte es ausprobieren, ich konnte aber überhaupt nicht einschätzen, wie ich reagieren würde, wenn ich sein Grab und den Wohncontainer sehe.« Seine Augen waren noch immer feucht. »Und deshalb wollte ich es nicht alleine tun. Ich wusste, dass ich mich sicherer fühle, wenn du dabei bist. Es tut mir sehr leid, wenn ich dich damit überfordert habe. Ich hätte es vorher mit dir besprechen sollen.«

Jolins Herz fühlte sich an, als ob es davonfliegen wollte. Was war sie nur für ein dummes Schaf!

»Schon gut«, sagte sie. »Es ist alles meine Schuld. Nicht du überforderst mich, sondern ich dich. Bitte verzeih mir, dass mir das erst jetzt klargeworden ist. Ich verspreche dir hoch und heilig …« Sie wollte ihm die Arme um den Hals legen, doch Rouben entzog sich ihr durch einen kleinen Schritt zur Seite.

»Ich finde, wir sollten keinen Wettstreit im Verzeihen, Verstehen und Versprechen beginnen«, erwiderte er. »Ich brauche Zeit für mich, Jol. Ich muss mich ein wenig besinnen. Das heute alles zusammen, das war eindeutig zu viel für einen Neugeborenen wie mich.« Er versuchte ein Grinsen, was ihm jedoch gründlich misslang. »Und deshalb mein Vorschlag: Die Arbeit am Haus tut mir gut, dabei kann ich meine Gedanken und Gefühle ordnen und mich auf die Zukunft mit dir freuen. Ich möchte es so schnell wie möglich fertigbekommen.«

Jolin nickte. »Okay, und was bedeutet das?«, presste sie hervor. Eine leichte Übelkeit überfiel sie, denn sie ahnte bereits, wie seine Antwort ausfallen würde.

»Das bedeutet, dass wir uns nicht mehr so oft sehen.«

Sein Tonfall war unbeteiligt, seine Stimme viel zu kühl.

Jolin schluckte. Wie in Trance schob sie die Hände in die Manteltaschen und krampfte sie langsam zu Fäusten zusammen. »Wie oft nicht?«

»Na ja, die Tage werden länger. Ich werde bis in die Abendstunden hinein im Haus sein.«

»Und danach nicht mehr bei mir vorbeikommen?«

»Wahrscheinlich nicht.«

»Und was ist mit den Wochenenden?«

»Ich weiß noch nicht. Je nachdem, was gerade zu tun ist.« Er sah ihr in die Augen, doch sein Blick galt nicht ihr, er war jetzt auf eine beunruhigende Weise nach innen gerichtet. »Wir werden das jedes Mal gemeinsam entscheiden … Okay?«

Wieder nickte Jolin. »Ich könnte dir helfen«, sagte sie leise.

»Ich glaube nicht, dass du deine Hände schon so belasten solltest«, erwiderte Rouben.

Jolin setzte sich in Bewegung. Sie konnte nicht mehr einfach so dastehen und sich diesen ganzen Unsinn anhören. Ja, in ihren Ohren klang es wie Unsinn, wie etwas, das diametral zu all dem verlief, was sie in den letzten Wochen miteinander erlebt hatten. Es war, als hätte Rouben ihr das Herz eingefroren. Sie begriff durchaus, warum er das tat, aber sie verstand nicht, dass er überhaupt in der Lage war, es zu tun. Sie selbst hätte niemals die Kraft dazu aufgebracht.

»Und wie lange wird es dauern?«, fragte sie, während sie auf den Durchschlupf zusteuerte.

»Ich weiß es nicht«, sagte er. »Ich kann es nicht …«

»… einschätzen?«

»Ja. Ich möchte dich nicht mit Dingen belasten, die allein meine Angelegenheit sind. Je mehr Zeit du mir dafür gibst, umso schneller werde ich hoffentlich damit durch sein.«

Inzwischen waren sie bei dem Durchschlupf angekommen. Unschlüssig drehte Jolin sich zu ihm um. »Und bis dahin wirst du mich nicht mehr in den Arm nehmen?«, fragte sie mit zitternder Stimme.

»Ach, Jol.« Rouben deutete ein Lächeln an. Man musste schon sehr genau hinsehen, um es überhaupt wahrzunehmen. Dann schlang er die Arme um ihre Schultern und strich mit seinen Lippen flüchtig über ihre Wange. »Natürlich werde ich das.«

Jolin schloss die Augen und drückte gewaltsam die Tränen zurück. Sie hielt still und versuchte, ihm zu glauben, aber sie spürte es ganz deutlich: Der Riss unter ihren Füßen war eindeutig breiter geworden.

original message
from: *r. v.*
to: *klarisse@hexe.de*
subject: *nur ein spiel?*
hab ich dich erschreckt?

original message
from: *klarisse*
to: *r. v. (v-r@gmx.de)*
subject: *re: nur ein spiel?*
allerdings. ich steh nicht auf solche spielchen – falls du das denkst.

original message
from: *r. v.*
to: *klarisse@hexe.de*
subject: *re: nur ein spiel?*
in der tat, ich dachte wirklich, du liebst inszenierungen.

original message
from: *klarisse*
to: *r. v. (v-r@gmx.de)*
subject: *re: nur ein spiel?*
kommt darauf an …

original message
from: *r. v.*
to: *klarisse@hexe.de*
subject: *re: nur ein spiel?*
was am ende dabei rausspringt? – nun, in diesem fall wäre es ein ganz besonderer leckerbissen.

original message
from: *klarisse*
to: *r. v. (v-r@gmx.de)*
subject: *re: nur ein spiel?*
weißt du, du strapazierst meine nerven. warum redest du nicht einfach tacheles? dann sehen wir schon, ob ich dabei bin.

original message
from: *r. v.*
to: *klarisse@hexe.de*
subject: *re: nur ein spiel?*
also schön. der leckerbissen heißt rouben varescu.

original message
from: *klarisse*
to: *r. v. (v-r@gmx.de)*
subject: *re: nur ein spiel?*
du bist wirklich geschmacklos! rouben liebt jolin. sie ist eine freundin

von mir, hat mir das leben gerettet, also werde ich ihr ganz bestimmt nicht weh tun.

original message
from: *r. v.*
to: *klarisse@hexe.de*
subject: *re: nur ein spiel?*
ich sag ja, du bist naiv. jolin hat dir dein leben nicht gerettet, sie hat es gestohlen. du warst ganz nah am paradies, aber nicht einmal das scheinst du mehr zu wissen. ich werde wohl nie vergessen, wie es war, dich in meinen armen zu halten.

original message
from: *klarisse*
to: *r. v. (v-r@gmx.de)*
subject: *re: nur ein spiel?*
was redest du denn da?

original message
from: *r. v.*
to: *klarisse@hexe.de*
subject: *re: nur ein spiel?*
ich will nicht mehr reden, klarisse, ich will dich treffen ... wenn du dich traust.

original message
from: *klarisse*
to: *r. v. (v-r@gmx.de)*
subject: *re: nur ein spiel?*
wenn du dich traust ... deinen spott kannst du dir sparen ... also gut, wann?

original message
from: *r. v.*
to: *klarisse@hexe.de*
subject: *re: nur ein spiel?*
sonntagabend

original message
from: *klarisse*
to: *r. v. (v-r@gmx.de)*
subject: *re: nur ein spiel?*
und wo?

original message
from: *r. v.*
to: *klarisse@hexe.de*
subject: *re: nur ein spiel?*
um halb acht vor deiner haustür.

original message
from: *klarisse*
to: *r. v. (v-r@gmx.de)*
subject: *re: nur ein spiel?*
du weißt, wo ich wohne?

original message
from: *r. v.*
to: *klarisse@hexe.de*
subject: *re: nur ein spiel?*
ich weiß mehr, als du ahnst, denn ich bin der tod, also sei bitte pünktlich.

3

Ich bin froh, dass es ein trüber Tag gewesen ist, mit einer tiefen grauen Wolkendecke und einer frühen Abenddämmerung, so dass keinem der Insassen in den Fahrzeugen hinter und neben mir auffällt, in welcher Verfassung ich mich befinde.

Es ist eine Qual für mich, Jolin belügen zu müssen, selbst das Wissen darum, dass es eine absolute, unabdingbare Notwendigkeit ist, tröstet mich nicht. Im Gegenteil: Es zerreißt mir das Herz, mit ansehen zu müssen, wie sehr sie leidet, da spielt der Umstand, dass ausgerechnet ich es bin, der ihr das antut, fast nur noch eine Nebenrolle.

Harro Greims war ein guter Mensch, aber er bedeutet mir nichts. Ich bin nicht an sein Grab und in die Containersiedlung gefahren, um mir über meine Gefühle für ihn klarzuwerden – nein, diese kleine Odyssee hatte ganz andere Gründe, und ich bin wirklich sehr sicher, dass mein Plan aufgehen wird. Ich kenne Jolin in- und auswendig, ich sehe ihre Seele tanzen, wenn sie lacht, und der Schmerz ihres Herzens potenziert sich in meinem, wenn sie unglücklich ist.

Nichts wünsche ich mir mehr, als jetzt in diesem Moment bei ihr sein zu können, sie in den Armen zu halten, ihre Küsse auf meiner Haut zu spüren und sie mit meiner Liebe zu durchfluten. Mein Verlan-

gen nach ihr würde mir die Sinne rauben und mich unberechenbar machen, aber das ist inzwischen nicht mehr das Entscheidende für mich. Wenn Jolin mich auch nur ansatzweise so sehr liebt wie ich sie, würde sie nach einer weiteren Liebesnacht mit mir an der bevorstehenden, unumgänglichen Trennung endgültig zerbrechen. Ihr so etwas angetan zu haben, würde ich mir niemals verzeihen.

Die Liebe meiner Mutter zu einem Menschen ist reiner Irrsinn gewesen. Mich in die Welt zu setzen war falsch, Ramalias größter Fehler aber war, dass sie Vincents Verwandlung verhindert hat. Sie hätte weder Jolin schützen noch die Ereignisse beeinflussen dürfen.

Aber das Schicksal kennt keine Gnade, ich kann ihm nicht entfliehen, im Gegenteil, es hat mich längst schon wieder eingeholt.

Die Tränen, die mich in der Containersiedlung überwältigt haben, galten nicht meinem Vater, sondern Jolin. Die Erinnerung daran, wie es war, als ich sie dort zum ersten Mal sah, hat mich komplett umgehauen, und während ich nun über die Stadtautobahn rase, läuft alles, was ich bisher mit ihr erlebt habe, im Zeitraffer ab. Die Bilder haben eine vollständige Geschichte, einen Anfang, eine Mitte und ein Ende. Es geht nicht mehr um uns und schon gar nicht um mich, sondern einzig darum, wie ich Jolins Leben jetzt noch retten kann.

Diesmal parke ich den Wagen hinter dem Haus, ich steige über den Zaun und nähere mich zögernd der Eingangstür, und obwohl ich ihn genau hier in *dieser Sekunde und an dieser Stelle erwartet habe, erwischt seine Stimme mich eiskalt.*

»Möchtest du dich vielleicht an meiner Brust ausweinen, kleiner Bruder?«

»Jolin, bist du das?«, rief Paula Johansson aus der Küche.

Jolin antwortete nicht. Leise zog sie die Tür zu, stellte ihre Schuhe ab und hängte den Mantel an die Garderobe. Es war warm, es roch nach Essen, alles war so, wie es immer war und wie sie es über viele Jahre so sehr geschätzt hatte. Ihre Mutter, ihr Zuhause, Wärme, Liebe, Geborgenheit.

»Jolin?«

Sie zog den Riemen ihrer Umhängetasche etwas strammer über die Schulter und versuchte ihre Chancen einzuschätzen, unbemerkt an der offenen Küchentür vorbeizuhuschen. Natürlich waren sie gleich null, denn bereits in der nächsten Sekunde tauchte Paulas Gesicht auf. »Warum sagst du denn nichts?«

Jolin zuckte mit den Schultern. Sie wollte nicht reden. Nicht jetzt und schon gar nicht mit ihrer Mutter. Doch so einfach ließ Paula ihre Tochter nicht entkommen.

»Geht es dir nicht gut?«, fragte sie besorgt. »Du bist so blass. Und wo hast du Rouben gelassen? Ist er gar nicht mitgekommen?«

»Früher hast du nicht so viele Fragen auf einmal gestellt«, erwiderte Jolin. Sie schob sich an der gegenüberliegenden Wand entlang auf ihr Zimmer zu, so als fürchtete sie, ihre Mutter könnte urplötzlich wie eine Spinne auf sie zuspringen und sie in die Küche zerren.

Tatsächlich ließ Paulas Blick sie nicht los.

»Früher habe ich ja auch so viele Antworten von dir bekommen, dass ich überhaupt keine Fragen stellen musste«, sagte sie sanft, doch der Vorwurf war nicht zu überhören.

»Ma, mir ist nicht gut. Ich muss noch eine Zusammenfassung für Geschichte schreiben und Deutsch und Mathe machen.«

Paula runzelte die Stirn. »Jetzt gleich?«

»Ja.« Hastig ging Jolin an ihr vorbei und drückte die Tür zu ihrem Zimmer auf.

»Aber vorher isst du noch was.«

»Nein – ich habe keinen Hunger.«

»Dann bringe ich dir eben später etwas. – In einer Stunde?«

»Ma, das ist nicht nötig. Ich melde mich schon.« Jolin sah ihre Mutter eindringlich an. Lass mich in Ruhe, wollte sie damit ausdrücken, und es schien zu gelingen.

»Also gut«, gab Paula nach. »Dann bis später.«

Jolin nickte und schloss die Tür. Sie drehte den Schlüssel herum, warf sich aufs Bett und ließ ihren Tränen freien Lauf.

Am nächsten Morgen sahen die Dinge schon etwas anders aus. Jolin hatte viel geweint und kaum geschlafen, doch mit der einsetzenden Dämmerung hatte sich schließlich ein Gefühl der Nüchternheit in ihr ausgebreitet, das den tiefen Schmerz in ihrem Herzen betäubte und sie alles ein wenig klarer sehen ließ.

Wenn Rouben diesen Abstand so sehr brauchte, dann sollte er ihn auch bekommen. Jolin wollte nicht schwach sein. Vor allem aber wollte sie nicht, dass er das von ihr glaubte. Er sollte wissen, dass sie sehr geduldig sein und er sich voll und ganz auf sie verlassen konnte.

Entschlossen schlug sie die Decke zurück und tastete mit den Zehen nach ihren Schlappen, die unters Bett gerutscht waren. Ihre Klamotten lagen ebenfalls achtlos über den Boden verteilt, und auf ihrem Schreibtisch herrschte das totale Chaos.

»Jolin Johansson, erinnerst du dich noch? In deinem früheren Leben bist du ein sehr ordentlicher Mensch gewesen«, murmelte sie. »Und es wäre gar nicht so unklug, wenn du dir zumindest ein wenig davon bewahren könntest«, ermahnte sie sich, während sie vom Bett aufstand und mehr oder weniger planlos ein paar Unterlagen zusammensuchte und in ihrer Umhängetasche verstaute. Sie schaffte es nicht einmal, sich zu vergegenwärtigen, ob sie am Abend noch irgendwelche Hausaufgaben gemacht hatte, sie wusste nur noch, dass Paula einige Male an ihre Zimmertür geklopft hatte und sie zum Essen überreden wollte. Irgendwann hatte Jolin dann Gunnars Stimme vernommen, danach hatte ihre Mutter endlich Ruhe gegeben.

Ja, es war wirklich höchste Zeit, dass sie hier rauskam. Jolin brauchte Platz zum Atmen, zum Leben, zum Essen und Sein, und zwar wie und wann *sie* es wollte. Und deshalb war es gut, dass Rouben seine freie Zeit von jetzt ab hauptsächlich in das Bewohnbarmachen ihres neuen Heims investierte. Je eher das Haus fertig war, desto besser.

Wieder einmal kam sie sich schrecklich kindisch vor, weil sie gestern so ein Drama veranstaltet hatte. Was mochte Rouben bloß von ihr denken! Schließlich hatte er sie nicht verlassen. Er würde sie in den nächsten Wochen weniger umarmen und küssen, okay, das war schmerzlich, aber es würde sie nicht umbringen. Umso schöner würde es sein, wenn sie endlich ganz allein mit ihm wohnte und sich all ihre Sehnsüchte erfüllten … Lächelnd schloss Jolin die Augen. Sie stellte sich vor, wie sie den Reißverschluss seiner Sweatshirtjacke öffnete und ihre Hände über seine weiche olivfarbene Haut streichen ließ. Fast glaubte sie seine Wärme unter ihren Fingerspitzen zu fühlen … Jolin taumelte nach vorn. Sie riss die Augen auf und fing sich in letzter Sekunde am Fensterbrett ab. Grinsend schüttelte sie den Kopf.

»Mademoiselle Johansson, Sie sind wirklich ein Schaf!«

Ihre Hände griffen in die Vorhänge und zogen sie mitsamt der Gardine auf. Jolin drückte ihre Stirn gegen die Scheibe, sah auf die Straße hinunter und ertappte sich dabei, dass sie den roten Alfa suchte.

»Sag ich doch: ein Schaf.« – Und was für eins!

Sie wollte die Gardine gerade wieder zuziehen, da bemerkte sie einen Schatten, der blitzschnell über den Bürgersteig der gegenüberliegenden Seite huschte. Ohne den Boden zu berühren, flog er über die Pflastersteine hinweg und tauchte schließlich in einen dunklen Torweg ab.

Jolin erstarrte. Das Herz klopfte ihr bis zum Hals. Wie gebannt starrte sie auf den Torweg, doch der Schatten blieb verschwunden.

»Schaf, Schaf, Schaf!«

Es musste ein Vogel gewesen sein. Vielleicht lag es aber auch ganz einfach daran, dass sie zu wenig geschlafen hatte und ihr Gehirn noch nicht richtig funktionierte.

Jolin legte den Griff um, öffnete das Fenster und tat einen tiefen Atemzug. Der Himmel war noch immer dämmrig, die aufgehende Sonne ließ sich hinter den Häusern allenfalls erahnen, und die Luft, die ihr entgegenschlug, war klirrend kalt. Wie gut, dass sie den Steppmantel noch nicht gegen ihre Cordjacke ausgetauscht hatte. Es würde wohl noch ein wenig dauern, bis der Frühling den Winter endgültig fortgejagt hatte.

»Guten Morgen, mein Schatz«, sagte Gunnar. »Möchtest du auch einen Kaffee? – Ausnahmsweise?«

Jolin blickte sich in der Küche um. »Wo ist denn Ma?« Vor lauter Verwunderung vergaß sie glatt, den Gruß ihres Vaters zu erwidern. Dass sie ihre Mutter nun schon zum wiederholten Mal morgens nicht in der Küche antraf, war wirklich ungewöhnlich.

Gunnar zuckte die Achseln. »Schläft.«

»Was?«

»Ja, du hast ganz richtig gehört.«

Jolin ließ sich auf ihren Stuhl sinken. »Und was machst du hier?«

»Ich fahre ein wenig später. Inzwischen bin ich in diesem Laden wichtig genug, um einen Teil meiner Arbeit hin und wieder anderen überlassen zu können.« Lächelnd deutete er auf Jolins Tasse. »Wie war das jetzt? – Wolltest du Kaffee oder nicht?«

Jolin lächelte zurück. »Ausnahmsweise.«

Gunnar Johansson hatte Milch aufgeschäumt und verteilte sie auf zwei große Tassen, die er anschließend mit von Hand gefiltertem Kaffee auffüllte.

»Hmmm!« Jolin atmete den herrlich aromatischen Duft ein. »Eine Küche am Morgen ohne Ma ist …«

Ihr Vater zwinkerte ihr zu. »… auch mal ganz schön, oder? Ich habe ihr gesagt, – nein, ich habe ihr befohlen, heute einmal auszuschlafen.«

»Wir sollten aufpassen, dass wir sie nicht völlig verdrängen«, sagte Jolin übermütig.

»Das hatte ich eigentlich nicht vor.« Gunnar sah seine Tochter forschend an. »Ich liebe deine Mutter.«

Jolin hob die Tasse an ihre Lippen und senkte den Blick. »Klar. Das tu ich ja auch.«

»Du kannst es im Moment nur nicht so zeigen, stimmt's?«

Jolin stellte die Tasse auf den Tisch zurück, ohne einen Schluck getrunken zu haben. »Pa, ich weiß auch nicht, was mit mir los ist.«

»Ich vermute mal, das Gleiche wie mit deinen alten Herrschaften«, erwiderte ihr Vater lächelnd. »Wir stehen alle vor einem neuen Lebensabschnitt. Das ist aufregend, aber auch schmerzlich. Und hin und wieder macht es sogar ein bisschen Angst.«

Jolin nickte. Ihr Vater hatte recht. Er ahnte nicht einmal, wie sehr.

»Wenn ich nicht mehr da bin«, tastete sie sich vorsichtig vor, »werdet ihr dann hier in der Wohnung bleiben?«

»Ich glaube, nicht.« Gunnar schnitt ein Brötchen auf und hielt ihr die obere Hälfte hin.

Jolin schüttelte den Kopf. »Ich krieg erst in der Pause was Festes runter.« Sie nahm ihren Teelöffel und trug ein wenig von dem cremig weißen Schaum ab. »Habt ihr schon darüber gesprochen?«, fragte sie, bevor sie den Löffel in den Mund schob.

»Das brauchen wir nicht«, sagte ihr Vater. »Ich spüre

einfach, dass es Paula in dieser Hinsicht genauso geht wie mir.«

Jolin presste unmerklich die Lippen aufeinander. Das ist der Unterschied, dachte sie traurig. Rouben und ich, wir spüren nicht, wie es dem anderen geht. Er hat keine Ahnung, wie weh es mir tut, dass er sich für eine Weile zurückziehen will, und ich kann nicht nachempfinden, warum er das ausgerechnet jetzt, wo wir doch endlich glücklich miteinander sind, so sehr braucht.

Jolin hatte im Traum nicht damit gerechnet, dass Rouben sie abholen würde. Umso überraschter war sie, als sein Wagen vor der Haustür stand. Er stieg aus, um ihr die Beifahrertür zu öffnen.

»Hey«, sagte er und küsste sie flüchtig.

Jolin sah gleich, dass er blasser war als sonst. Sie ließ sich auf den Sitz fallen und öffnete ihren Mantel. Der Himmel hatte sich zugezogen und ließ der Sonne keine Chance. Trotzdem war es wärmer, als sie angenommen hatte, viel wärmer.

»Hast du schlecht geschlafen?«, fragte sie, nachdem Rouben den Alfa in den Verkehr eingefädelt hatte.

Er nickte. »Hmm.«

Jolin musterte ihn verstohlen. Seine Wangen wirkten ungewohnt schmal und kantig, und unter seinen Augen lagen dunkle Schatten.

»Ich übrigens auch«, sagte sie.

Rouben nickte. »Am Sonntag ist Neumond. Danach geht es wieder aufwärts.«

Sie sah ihn überrascht an. »Womit?«

»Mit allem. Zunehmender Mond eben.«

Jolin hatte keine Lust, drum herumzureden. »Ich habe schlecht geschlafen, weil ich traurig war«, sagte sie mit fester Stimme. »Ich akzeptiere deinen Wunsch, und ich will dir auch wirklich nicht auf die Nerven gehen, aber …«

»Dann lass uns nicht mehr drüber reden, okay?«, fiel er ihr ins Wort. Seine Stimme war noch dunkler als sonst, aber nicht samtig, sondern kühl.

»Tust du mir absichtlich weh?«

Jolin hatte das nicht fragen wollen, es fand ganz allein seinen Weg über ihre Lippen.

»Was?« Er warf ihr einen erschrockenen Blick zu. »Nein. Natürlich nicht. Entschuldige bitte … Ich denke nur, dass es besser ist, wenn wir es nicht weiter zerreden. Das macht es nämlich nicht einfacher.«

»Ich verstehe nicht, warum es überhaupt schwierig sein muss, Rouben«, erwiderte Jolin heftig. »Bitte, glaub mir, ich hatte mir echt vorgenommen, nicht wieder davon anzufangen, sondern dir Zeit zu geben und einfach abzuwarten. Aber jetzt, wo ich hier neben dir sitze und mit dir rede, da fühlt es sich total verkehrt an.«

Rouben antwortete nicht, sondern hielt den Blick stur auf die Straße gerichtet.

»Warum hast du mich überhaupt abgeholt?«

»Weil wir gestern Abend nichts anderes verabredet hatten«, erwiderte er. »Ich wusste ja nicht, ob du damit rechnest.«

»Ich hätte mit Anna in der U-Bahn fahren können.«

»Die hättest du doch gar nicht mehr gekriegt.«

»Wenn ich gerannt wäre, schon.«

Er seufzte leise und rückte ein Stück von Jolin ab.

»Morgen gehst du einfach fünf Minuten eher aus dem Haus.«

»Du hättest mir außerdem eine SMS schicken können«, sagte sie trotzig und drückte ihre Tasche, die sie auf dem Schoß hielt, etwas fester gegen ihre Brust. »Aber jetzt wissen wir ja Bescheid. Ab morgen fahre ich mit Anna. Sie freut sich bestimmt.«

»Ja«, sagte Rouben nur.

Jolin spürte, wie sich ihre Nackenmuskeln versteiften. »Ich verstehe einfach nicht, warum das alles so sein muss.«

»Verdammt nochmal, Jol, jetzt hör endlich auf damit!«, erwiderte er. »Es muss sein, weil ich so bin, wie ich bin!«

Jolin hielt den Atem an. »Wie bist du denn?«, flüsterte sie.

»Ein knapp drei Monate alter Achtzehnjähriger«, sagte Rouben. »Das bin ich.«

Jolin schüttelte den Kopf. Sie wusste, dass es ein Fehler war, weiter in ihn zu dringen, aber sie konnte nicht anders. »Das warst du gestern auch«, brach es aus ihr hervor. »… und vorgestern und vor einer Woche und vor einem Monat.« Ihre Stimme überschlug sich geradezu.

»Wie auch immer«, entgegnete Rouben aufgebracht. »Jetzt kann ich jedenfalls nicht mehr so weitermachen.« Zornig schlug er mit der Hand auf das Lenkrand ein, dabei rutschte der Ärmel seiner Jacke ein wenig nach oben und gab den Blick auf einen frischen weißen Verband frei.

»Hast du dich verletzt?«, rief Jolin erschrocken. Sie wollte nach seinem Arm greifen, doch Rouben zog ihn blitzschnell zu sich heran.

»Ich bin mit dem Meißel abgerutscht«, sagte er. »Ist aber halb so wild.«

»Mit dem Meißel?«

»Ja, stell dir vor, so etwas passiert!«

Jolin umklammerte die Henkel ihrer Tasche. »Bist du im Krankenhaus gewesen?«

Rouben stieß ein Lachen aus. Es war abfällig und kalt.

»Oder wenigstens bei einem Arzt?«

»Jolin, ich bin erwachsen. Ich weiß, was ich tue.«

»Ach ja?«, fuhr sie ihn an. »Und ich dachte, das seist du erst seit drei Monaten.«

Der Alfa kam mit quietschenden Reifen zum Stehen. Hinter ihnen hupte es. Rouben starrte mit zusammengekniffenen Augen zur Frontscheibe hinaus. »Steig aus!«, zischte er.

Jolin sah ihn ungläubig an. »Was?«

»Du sollst aussteigen!«

»Aber das kannst du nicht machen.«

Rouben krallte seine Finger um das Lenkrad. Seine Augen funkelten, und seine Kiefermuskeln traten hervor. »Da vorne ist die U-Bahn-Station. Es ist besser, wenn du jetzt aussteigst.« Sein Tonfall wurde allmählich wieder etwas sanfter. »Bitte«, wisperte er.

Jolin starrte ihn an.

»Ich verstehe dich nicht«, sagte sie mit bebender Stimme. Dann öffnete sie die Beifahrertür und stürzte auf die Straße hinaus.

»Wo kommst du denn jetzt her?«, wunderte sich Anna, als Jolin sie auf der Rolltreppe zur Lessingallee hinauf einholte.

»Ich war in der Bahn«, stieß sie nach Atem ringend hervor. »Ganz hinten. I-ich hab verschlafen.«

Anna grinste. »Das sieht dir ähnlich.«

»Hör mal, ich hab eine Idee«, sagte Jolin, als sie ein Stück gegangen waren und sie wieder besser Luft bekam. »Für unser Wipo-Projekt.«

»Apropos …«, erwiderte Anna zögernd. »Leo hat mich gestern angerufen.«

»Und? Was hat er mit unserem Projekt zu tun?«

»Na ja …« Anna zuckte mit den Schultern. »Irgendwie scheint er mitgekriegt zu haben, dass Rouben mich allein damit sitzenlassen wollte.«

»Aber das ist doch nicht wahr. Zuerst hat er mich gefragt, ob ich einspringen würde. Dann erst hat er dir abgesagt.« Jolin wusste selber nicht, warum sie ihn verteidigte.

»Ja«, sagte Anna ungeduldig. »Ist doch nicht so wichtig, oder? Jedenfalls hat er mich gefragt, ob wir nicht zusammenarbeiten sollen.«

»Was? Du und Leo?«

»Ja, wieso nicht?« Anna schüttelte lachend den Kopf. »Es ist doch kein Beziehungsprojekt.«

Jolin stöhnte leise. Offenbar machte es ihrer Freundin tatsächlich zu schaffen, dass sie schon länger keinen Freund mehr gehabt hatte. »Leo ist mit Carina zusammen.«

Anna nickte. »Eben. Übrigens … es geht ihr gar nicht gut«, fing sie an zu erzählen. »Die Ärzte haben ihr Blut untersucht und festgestellt, dass ihre Heparinwerte zu hoch sind.«

»Heparinwerte?«, erwiderte Jolin. »Gibt es das überhaupt? Ich kenne nur ein Medikament, das Heparin heißt. Es blockiert die Blutgerinnung.«

»Das ist es ja«, bestätigte Anna. »Angeblich hat Carina

ein solches Medikament nie bekommen. Und jetzt rätselt man, wie es in ihren Körper gelangt ist.«

Der Gedanke durchzuckte Jolin wie ein Blitz, aber er war zu flüchtig, als dass er sich in ihrem Gehirn hätte festsetzen können.

»Leo ist total fertig«, drang Annas Stimme wie aus der Ferne zu ihr vor. »Deshalb konnte ich auch nicht nein sagen. Ich dachte mir, dass du nichts dagegen hast. Bestimmt können wir das auch zu dritt machen.«

»Mit wem hat Leo denn vorher zusammengearbeitet?«, fragte Jolin mechanisch.

»Mit niemandem«, sagte Anna. »Er wusste bisher nicht genau, ob er den Kurs überhaupt belegen soll.«

»Ah ... und jetzt weiß er es?«

Jolin begann darüber nachzudenken, ob Leonhart wohl auch mitbekommen haben könnte, dass sie für Rouben eingesprungen war, und er in Wahrheit nur nach einer Möglichkeit suchte, sie zu kontrollieren.

»Du hast doch nichts dagegen, oder?«, fragte Anna. »Ich meine, du magst Leo doch?«

»Ja, das ist schon okay«, sagte Jolin mehr zu sich selbst. Schließlich war es im Umkehrschluss auch eine Möglichkeit für sie, ihm zu demonstrieren, wie absurd seine Vermutungen waren. So wie er sich ihr gegenüber aufgeführt hatte, erstaunte es sie allerdings, dass er nun plötzlich ihre Nähe suchte. »Er weiß es doch auch?«, fragte sie.

»Was?«

»Na, dass wir zu dritt sind ... Dass ich dabei bin ...«

»Äh ... Nein. Ich hab es ihm nicht gesagt«, erwiderte Anna. Sie sah Jolin kopfschüttelnd an. »Wo ist das Problem?« Sie stupste sie in die Seite. »Ich weiß, du magst ihn auch. Im letzten Halbjahr habt ihr total viel zusammengehangen.«

»Quatsch!«

»Oder denkst du etwa, dass Rouben eifersüchtig ist? Ich glaube, das muss er wirklich nicht«, fügte sie verlegen lachend hinzu. »Ganz sicher gibt es weit und breit auf der Welt keinen Menschen, der so schön ist wie er.«

Und so unberechenbar, dachte Jolin. Undurchschaubar.

»Außerdem bist du in ihn verliebt und ...«

»Anna, können wir bitte über was anderes reden?«, unterbrach Jolin sie und deutete auf das Gebäude der Albert-Schweitzer-Schule, das inzwischen in Sichtweite gekommen war. »Wir sind gleich da, und ich habe dir noch gar nichts von meiner Idee erzählt.«

»Okay, lass hören.«

»Rouben und ich, wir waren gestern in der Containersiedlung, dort wo die Asylbewerber untergebracht sind.«

»Wo du früher mal gewohnt hast?«

Jolin nickte. »Wir haben dort mit einer Frau gesprochen. Eigentlich ist sie eine Obdachlose. Sie hat gar keinen Antrag laufen. Aber sie will trotzdem mit ihrem Mann dort wohnen bleiben. Allerdings werden sie von den Leuten auf der Behörde wohl ziemlich schikaniert. Ich dachte mir, dass man die Aufmerksamkeit der Menschen in der Stadt etwas mehr auf diese Siedlung und die Umgebung drum herum lenken müsste.«

»Keine schlechte Idee«, sagte Anna. »Ich denke, dafür wäre auch Leo zu haben. Er hat ein ziemlich soziales Herz.«

Tatsächlich war Leonhart sofort Feuer und Flamme für dieses Projekt. Und es schien ihm auch überhaupt nichts auszumachen, dass Jolin dabei war. Zu ihrer großen Überraschung verhielt er sich ihr gegenüber sogar ziemlich normal, fast so, als ob es den unerfreulichen Zwischenfall vor zwei Tagen gar nicht gegeben hätte.

In der ersten großen Pause setzte Jolin sich mit Anna, Klarisse, Rebekka und Susanne in die Cafeteria. Sie zwang sich, nicht nach Rouben Ausschau zu halten. In der Doppelstunde Geschichte war sein Platz leer geblieben, und Jolin hatte das untrügliche Gefühl, dass er gar nicht zur Schule gekommen, sondern gleich nachdem er sie an der U-Bahn-Station abgesetzt hatte, wieder nach Hause gefahren war. Und natürlich fiel es auch den anderen auf, dass er fehlte.

»Schön, dass du mal Zeit für uns hast«, sagte Rebekka und stieß sie mit der Schulter an.

»Jetzt lass sie doch«, meinte Anna. »Schließlich ist sie erst seit drei Tagen wieder hier.«

»Ja, aber davor hat Rouben sie jeden Tag gesehen«, wandte Susanne ein und machte eine theatralische Geste. »Wir durften vielleicht mal mit ihr telefonieren.«

»Red keinen Quark«, erwiderte Jolin. »Ihr hättet mich alle gerne öfter besuchen können.«

»Klar«, sagte Klarisse. »Um euch beim Knutschen zuzugucken.«

Rebekka kniff sie in den Arm. »Ach, du bist ja bloß neidisch«, gickerte sie.

Klarisse schob die Unterlippe vor, und ihr Blick verfinsterte sich. »Ich bin drüber weg«, sagte sie knapp.

»Oh, du musst nicht so tun als ob«, entgegnete Susanne.

»Ich fände es Jolin gegenüber nur fair, wenn du zugeben würdest …«

»Falls es euch interessiert, ich habe ein Date«, unterbrach Klarisse sie. »Und zwar nicht mit Rouben.« Sie richtete ihre dunklen Augen auf Jolin. »Ehrlich, ich würde niemals mehr …«

»Du hättest eh keine Chance«, meinte Anna grinsend.

Rebekka sah zur Decke. »Oh, das ist bitter.«

»Also, auch wenn ihr mehr auf Schadenfreudengesang aus seid …«, begann Susanne, »aber mich interessiert wirklich, wann und mit wem sie ein Date hat.«

Klarisses Schultern spannten sich. Sie reckte ihren schmalen hellen Hals heraus und sah triumphierend in die Runde. »Mit dem Tod höchstpersönlich«, gurrte sie dunkel.

Jolin zuckte zusammen und richtete den Blick auf ihr halbes, mit Käse und Gurkenscheiben belegtes Brötchen, das noch immer unangetastet auf einer Papierserviette vor ihr auf dem Tisch lag. Die anderen sahen sich an.

Rebekka kicherte. »Ja, klar. Mit wem sonst?«

»Er hat sich tatsächlich so ausgegeben«, sagte Klarisse.

»Versteh ich das richtig?«, vergewisserte sich Susanne. »Du hast ihn noch gar nicht gesehen?«

Klarisse nickte. »Noch nicht.«

»Na, ich wüsste ja nicht, ob ich mich mit so einem treffen würde«, sagte Anna.

»Du ganz bestimmt nicht«, bestätigte Rebekka. »Und ich auch nicht, für sie scheint er aber genau der Richtige zu sein.« Sie wandte sich Klarisse zu. »Woher kennst du ihn eigentlich? Schüler-VZ? Facebook?«

»Nein, er hat mir gemailt.«

»Moment mal …«, sagte Anna. »Wie das? Ich meine, woher hat er deine Adresse?«

Klarisse hob die Schultern. »Keine Ahnung.«

»Oh, oh.« Susanne grinste breit. »Das ist *der* Kick. Hab ich recht?«

Eine leichte Röte legte sich auf Klarisses Gesicht. »Na ja, er behauptet, dass wir uns schon mal begegnet sind. Ich kann mich allerdings nicht daran erinnern, wann und wo das gewesen sein soll.«

»Ts.« Rebekka schüttelte den Kopf. »Ich wette, in Wahrheit ist das irgend so ein Langweiler, der schon seit der siebten Klasse hinter dir her ist und unter normalen Umständen null Chancen bei dir hätte.«

»Wenn das so ist, wird er sich wohl auch nicht zu erkennen geben«, orakelte Susanne. »Dann treibt er das Spiel garantiert so weiter.«

Rebekka verdrehte die Augen. »Und holt sich in seinem Spießerzuhause einen runter.«

»Wir werden ja sehen«, sagte Klarisse.

»Und wann, sagtest du, will er dich treffen?«, fragte Jolin.

»Sonntagabend.« Klarisse hob die Hände. »Ihr braucht euch also keine Sorgen zu machen. Ich hab schon im Kalender nachgesehen, das ist eine Neumondnacht. Der Tod hat bei mir also absolut keine Chance.«

Das Thema Vampir war offenbar noch immer nicht abgehakt, und Jolin fragte sich besorgt, ob bei den Zwölftklässlern nicht doch irgendetwas von den unheimlichen Ereignissen auf der Burgparty hängengeblieben war.

Rouben tauchte den ganzen Tag nicht auf, und so fuhr Jolin am späten Nachmittag in Begleitung von Anna, Rebekka und Klarisse mit der U-Bahn nach Hause. Keine der drei verlor ein Wort über Roubens Abwesenheit, wofür Jolin ihnen unendlich dankbar war.

Doch kaum hatte sie daheim den Fuß über die Schwelle gesetzt, klingelte bereits das Telefon. Jolin ließ ihre Umhängetasche auf den Boden fallen und nahm das Mobilteil aus der Station. »Frag mich nicht«, sagte sie. »Ich weiß es selber nicht.«

»Was weißt du nicht?«, entgegnete Rouben.

Jolins Herz machte einen Satz, dann stolperte es unregelmäßig weiter. »Oh, ich dachte, du wärst Anna«, stieß sie hervor.

»Das ist keine Antwort«, erwiderte er.

»Mein Statement war ja auch nicht für dich gedacht.« Jolin freute sich, dass sie trotz der Aufregung so schlagfertig war.

»Würdest du mir trotzdem antworten?«

Sie seufzte leise. »Kannst du es dir nicht denken?«

»Ach so. Sie haben sich gefragt, warum ich heute nicht in der Schule war.«

»Nicht nur sie.«

»Ich werde auch morgen und Freitag nicht kommen«, sagte Rouben. »Das wollte ich dir nur sagen … Und dass es mir leidtut, dass wir heute früh so gestritten haben.«

Ja, das tut mir auch leid, dachte Jolin. »Könntest du nicht noch kurz vorbeischauen?«, bat sie. »Gunnar hat bis abends im Kaufhaus zu tun, und Paula ist heute im Studio. Ich bin ganz allein in der Wohnung und würde dich gerne sehen.«

Am anderen Ende der Leitung herrschte Schweigen.

»Bis Montag«, sagte Rouben schließlich, dann war nur doch das Klacken der Unterbrechung zu hören.

Jolin starrte das Telefon an. Sollte das eine Entschuldigung sein, eine Information – oder beides? Warum rief er sie überhaupt noch an! Nur um sie zu quälen?

»Du bist ungerecht«, murmelte sie. »Und du wirst dich jetzt verdammt nochmal endlich zusammenreißen«, ermahnte sie sich. Sie stellte das Telefon zurück, hob ihre Tasche auf und ging in ihr Zimmer. Nachdem sie ihren Schreibtisch aufgeräumt, die herumliegenden Kleidungsstücke in den Schrank zurückgelegt und geduscht hatte, ging es ihr besser. Sie brachte es sogar fertig, sich ein wenig von dem Auflauf, den Paula im Kühlschrank deponiert hatte, aufzuwärmen und sich über deren kurze Nachricht zu freuen.

Jolin, Schatz,
ich fänd es schön, wenn wir versuchen würden, besser miteinander auszukommen.
Ich will dich nicht bevormunden, und du musst mir auch nicht mehr alles erzählen, aber lass mich dich doch noch ein wenig bemuttern – ja?
Ma (ich hab dich lieb)

Kurz nach halb neun meldete Anna sich auf dem Handy.

»Alles in Ordnung mit dir?«, fragte sie.

»Nein«, sagte Jolin wahrheitsgemäß. »Rouben und ich, wir haben unseren ersten Beziehungsstress.«

»Das kommt in den besten Familien vor … würde meine Mutter jetzt sagen«, meinte Anna. »Willst du drüber reden?«, setzte sie nach einer kleinen Pause hinzu.

»Das klärt sich schon«, erwiderte Jolin. »Ich war sauer, weil ich ihm nicht am Haus helfen darf.«

»Sind deine Hände denn dafür überhaupt schon wieder zu gebrauchen?«

»Natürlich nicht.«

»Siehst du«, sagte Anna. »Recht hat er. Er meint es nur gut.«

Jolin schnaubte leise. »Er bestimmt die Richtung.«

»Das musst du nicht zulassen.«

»Werde ich auch nicht«, sagte Jolin entschieden. »Ich konzentriere mich jetzt auf mich. Auf die Schule und …«

»Auf mich?«, fragte Anna hoffnungsvoll. »Ich meine, nachdem ich es war, die sich von dir abgewandt hat, habe ich eigentlich kein Recht, aber …«

»Es geht doch nichts über eine gesunde Portion Selbstkritik«, meinte Jolin schmunzelnd. Es tat ihr gut, mit Anna zu reden und zu hören, dass sie der Freundin wichtig war.

»Ja, ja, ja«, knurrte Anna. »Mach mich nur fertig! Ich hab es schließlich nicht anders verdient.«

Jolin musste lachen. »Jetzt hör schon auf. Lass uns lieber über erfreulichere Dinge reden.«

»Über das Containersiedlungsprojekt vielleicht?«

»Findest du das erfreulich?«

»Na ja«, meinte Anna. »Wenn es zu einem guten Ergebnis für die Bewohner führt, natürlich schon. Außerdem freue ich mich auf die Zusammenarbeit mit Leo.«

»Ach ja?« Jetzt war Jolin wirklich erstaunt. »Es geht dir also gar nicht so sehr um mich?«

Anna stöhnte. »War ja klar, dass du das gleich wieder in den falschen Hals kriegst«, sagte sie. »Natürlich freue ich mich in erster Linie darauf, es mit dir zu machen. Aber Jol, das wirklich Feine daran ist, dass wir damit auch an Leo ein gutes Werk tun können.«

»Wie das?«, fragte Jolin noch erstaunter, mal abgesehen davon, dass sie sich alles andere als sicher war, ob sie das überhaupt wollte.

»Na ja …« Anna druckste. »Es ist wegen Carina.«

»Sie hat doch nicht etwa Schluss gemacht?«, platzte Jolin heraus.

»Also, ich glaube nicht, dass sie im Moment überhaupt an so etwas denkt.«

»Ja klar, wie dumm von mir … Ist sie eigentlich noch immer in psychologischer Behandlung?«, tastete Jolin sich vorsichtig vor.

»Keine Ahnung«, erwiderte Anna. »Irgendwie fällt es mir schwer, mit Leo darüber zu reden. Er … er reagiert immer gleich so impulsiv, wenn man davon anfängt. Dabei will ich doch nur wissen, wie es Carina geht. Ich meine, sie findet doch jetzt kaum noch Anschluss an den Unterrichtsstoff.«

»Wahrscheinlich wäre es sowieso das Beste, wenn sie die Stufe wiederholt«, sagte Jolin. »Aber du hast mir immer noch keine richtige Antwort gegeben«, setzte sie ein wenig ungeduldig hinzu. Alles, was Carina und Leonhart betraf, interessierte sie natürlich brennend, und es bereitete ihr große Mühe, dieses Interesse nicht allzu deutlich zu zeigen.

Anna schien mit sich zu kämpfen.

»Okay, also … eigentlich habe ich Leo versprochen, es nicht gleich in der ganzen Welt zu verbreiten«, begann sie schließlich.

»Na hör mal – hallo!«, antwortete Jolin empört. »Hab

ich jemals irgendjemandes Intimitäten über den Globus verteilt?«

»Was? Nein! Tut mir leid«, sagte Anna zerknirscht. »Ich weiß ja, dass solche Dinge bei dir immer noch am besten aufgehoben sind. Aber es ist nun mal so, dass ich … Na ja, ich mag Leo und …«

»Du hast dich in ihn verliebt? – Ts!« Jolin warf ihren Kopf in den Nacken. »Als hätte ich es nicht geahnt!«

»Es ist nicht so, wie du denkst«, versuchte Anna das Unglück abzumildern, doch da war sie bei Jolin an der falschen Adresse.

»Im Gegenteil: Es ist *genau so*, wie ich denke«, widersprach sie ihrer Freundin. »Und es ist gut, dass ich es weiß.«

Anna seufzte. »Dann weißt du mehr als ich.«

»Das soll unter besten Freundinnen vorkommen.«

»Verdammt nochmal, Jol«, blaffte Anna. »Ich bin nicht in ihn verliebt! Ich mag ihn einfach sehr gern. Du bist schließlich auch mit ihm befreundet.«

»Stimmt. Ich hab mich allerdings noch nie dermaßen für ihn ins Zeug gelegt wie du.«

»Er ist mit Carina zusammen«, sagte Anna so, als ob sie ihre Freundin an etwas erinnern müsste, das in Vergessenheit geraten war. »Er liebt sie, und ich würde den Teufel tun und versuchen, ihn ihr auszuspannen. Ganz besonders jetzt, wo es ihr so schlechtgeht.«

»Also doch«, sagte Jolin nur, und an Annas Schweigen erkannte sie, dass sie recht hatte. Aber darum ging es ihr gar nicht. Ebenso wenig, wie es letztendlich eine Rolle spielte, ob Anna Carina Leo ausspannte oder nicht. Seitdem Jolin in Rouben verliebt war, wusste sie nur allzu gut, dass man getrost alle Vorsätze und Regeln über Bord werfen konnte, wenn es um echte, tiefe Gefühle ging. »Willst du mir nicht endlich sagen, was ihr fehlt?«, fügte sie sanft hinzu.

»Okay … Du lässt ja sowieso nicht locker.«

»Stimmt. Also raus mit der Sprache. Ich werde schon nicht gleich zu Leo laufen und es ihm brühwarm erzählen.«

»Es ist wegen ihres Bluts«, begann Anna zögernd.

Jolin spürte einen plötzlichen Druck auf ihrer Kehle. »Aha? Und was heißt das?«

»Hab ich dir doch heute Morgen schon erzählt. Es gerinnt nicht.«

»Ist das etwas Besonderes?«, fragte Jolin irritiert, und mit einem Schlag wurde ihr bewusst, dass sie tief in ihrem Inneren mit etwas bedeutend Schlimmerem gerechnet hatte.

»Nicht, wenn man ein Bluter ist«, sagte Anna. »Oder wenn man ein Antihämostatikum einnimmt.«

»Ein was?«

»Ein Mittel, das die Blutgerinnung verhindert.«

»Ach so …« Jetzt erinnerte sich Jolin auch an diese Heparingeschichte.

»Bei Carina ist weder das eine noch das andere der Fall«, erklärte Anna ihr. »Die Bluterkrankheit ist erblich. Man kann sie sich also nicht zuziehen wie eine Grippe, die durch einen Virus ausgelöst wird.«

»Hm, und ein solches Medikament, das die Blutgerinnung verhindert, nimmt sie natürlich auch nicht ein«, schlussfolgerte Jolin.

»Eben. Das habe ich dir übrigens ebenfalls bereits erzählt.«

Es klang ziemlich vorwurfsvoll, aber Jolin wollte nicht darauf eingehen. »Wie hat man es denn überhaupt gemerkt?«, fragte sie stattdessen.

»Carina hat sich geschnitten, und die Wunde hörte nicht auf zu bluten. Im Gegenteil, es wurde immer schlimmer«, sagte Anna. »Bis Carina in der Notfallklinik war und die Ärzte endlich ein Mittel fanden, das anschlug, hat sie vermutlich über einen Liter Blut verloren. Das tritt selbst bei einer normalen Bluterkrankheit selten so dramatisch auf.«

»Du meine Güte! Und wie erklärt man sich das?«

»Gar nicht. Leo betont immer wieder, dass die Ärzte vor einem Rätsel stehen. Ich habe allerdings das Gefühl, dass er eine gewisse Vermutung hat.«

»Eine gewisse oder eine bestimmte?«, erwiderte Jolin. Plötzlich schlug ihr das Herz bis zum Hals.

»Siehst du, du denkst es auch!« Anna klang beinahe erleichtert.

»Was?«, fragte Jolin, denn sie hielt es vorläufig für klüger, sich dumm zu stellen.

»Na, dass es mit dem Überfall zu tun hat, den Carina im Winter beobachtet hat.«

»Das ist Blödsinn, Anna!« Jolin sagte es so, als ob sie es tagelang geübt hätte. »Dieser Typ damals – wer auch immer es gewesen ist –, er hat sie nicht angerührt.«

»Und wenn doch? Wenn Carina sich nur nicht getraut hat, es zu erzählen, weil alle sie dann mit ziemlicher Sicherheit für wahnsinnig erklärt hätten?«

Jolin schwieg, denn Anna hatte recht, aber das war nicht der Punkt. Vielmehr ging es um die Vermutung, die sich dahinter verbarg.

»Es ist Blödsinn«, wiederholte sie. »Und das weißt du auch.«

»Entscheidend ist nicht, was *ich* denke«, erwiderte Anna nun beinahe flüsternd.

Jolin schluckte. Ihr Puls raste jetzt in einem Höllentempo, und ihre Finger fingen an zu schwitzen. Sie musste sich mit aller Macht darauf konzentrieren, dass ihr das Handy nicht aus den Fingern rutschte. »Was denkst du denn?«, fragte sie leise.

»Dasselbe wie du.«

»Dass es ein Vampir gewesen ist?« Jolin würgte ein Lachen hervor. »Anna, das glaube ich schon lange nicht mehr.« Sie hoffte inständig, dass sie es einigermaßen überzeugend rüberbrachte. »Außerdem habe ich noch nie gehört, dass der Biss eines Vampirs die Blutgerinnung blockiert. – Moment mal. Hat Carina überhaupt eine Bisswunde?«

»Keine Ahnung, Jol, echt nicht.«

Jolin ließ langsam einen Schwall Luft entweichen. Ihr Herz flatterte noch, aber ihr Puls beruhigte sich allmählich wieder. »Dann sollten wir mit diesen irrsinnigen Spekulationen aufhören, bis wir es genau wissen«, sagte sie.

Anna seufzte.

»Vielleicht bekommen wir ja auch aus Leo noch ein wenig mehr heraus«, sagte Jolin.

»Es interessiert dich also schon?«

»Na ja, es wäre eine ziemlich aufregende Sache, oder?« Jolin bemühte sich darum, locker zu klingen, ihrer Stimme sogar etwas von Klarisses typischem Ist-es-nicht-absolut-sensationell?-Unterton zu verleihen. »Ich meine, wenn man mal außer Acht lässt, dass es Carina ziemlich beschissen geht«, fügte sie hastig hinzu, »... gehen *muss*, wenn sie ständig in der Angst lebt, an einem aufgekratzten Mückenstich zu krepieren.«

»Jol, das ist nicht witzig«, sagte Anna.

»Oh, ich meine das vollkommen ernst.«

»Okay … Lass uns von etwas anderem reden.«

»Über unser Projekt?«, schlug jetzt Jolin vor.

»Gute Idee.«

Und obwohl Jolins Gedanken ständig abschweiften und sie ihr gesamtes Hab und Gut darauf verwettet hätte, dass es Anna nicht anders ging, brachten sie tatsächlich so etwas wie eine Grundplanung zustande. Nun musste Leonhart es nur noch absegnen, und sie konnten starten.

Eigentlich hatte Klarisse sich fest vorgenommen, sich keine Mühe zu geben. Sie wollte aussehen wie in der Schule, ja nicht einmal extra duschen hatte sie auf dem Plan gehabt. Und dann stand sie am Sonntagabend um kurz nach sieben doch eingehüllt in ihren aktuellen Lieblingsduft aus orientalischen Blumen und den aufreizendsten Klamotten, die ihr Kleiderschrank derzeit hergab, vor dem Spiegel.

Ihre Haare waren lässig zerzaust, die Augen hatte sie so geschminkt, dass sie einer Raubkatze glichen, und ihre vollen roten Lippen glänzten dank des neuen kussfesten Gloss ausnehmend verführerisch.

Besonders stolz aber war Klarisse auf ihr schönes Dekolletee, das in der schwarzen Spitzenkorsage ungemein gut zur Geltung kam. Der Hauch von einem Voileshirt, das sie darübergezogen hatte, tat dem Ganzen keinen Abbruch, im Gegenteil, es machte die Sache nur noch spannender. In der Hoffnung, dass der Tod sie in ein romantisches Restaurant ausführen würde, trug Klarisse zwischen dem Saum der Hotpants aus violet-

tem Lack und den schwarzen Overknee-Stiefeln nichts als ihre nackte Haut.

Nur um ihrer Mutter einen Gefallen zu tun, schlüpfte sie vor dem Verlassen des Hauses in ihre Jeansjacke.

Natürlich war sie viel zu früh dran, als sie sich betont lässig am Rand des Lichtkegels, den die Außenlampe auf den Plattenweg warf, gegen die Hauswand lehnte. Strategisch gesehen war es ziemlich unklug, andererseits demonstrierte sie so schließlich auch ihren Mut.

Mut! Klarisse legte den Kopf in den Nacken, schloss die Augen und grinste in sich hinein. Nein, Mut hatte sie bisher noch bei keinem Date gebraucht. Ihren ersten Kuss hatte sie sich selbst im zarten Alter von elf Jahren verordnet und die Pille hatte sie sich gleich einen Tag nach ihrem vierzehnten Geburtstag von der Gynäkologin ihrer Mutter verschreiben lassen. Tatsächlich hatte es nicht lange gedauert, bis sie ihr erstes Opfer fand. Es war der hübsche blonde Moritz aus dem Jugendclub gewesen. Klarisse hatte den damals schon Siebzehnjährigen mit nach Hause genommen, ihm sicherheitshalber ein Kondom in die Hand gedrückt und gehofft, eine Menge von ihm zu lernen.

Sie war immer offen für alles gewesen und hatte innerhalb der letzten dreieinhalb Jahre bestimmt schon mehr ausprobiert, als die Vorstellungskraft ihrer Eltern zuließ. Nein, Sex, in welcher Form auch immer, war für Klarisse nun wirklich kein Thema. – Liebe allerdings schon.

Liebe war das, wonach sie sich sehnte, etwas, das immer nur anderen vergönnt war und ihr, nachdem Rouben sie so demonstrativ hatte abblitzen lassen, endgültig und absolut unerreichbar erschien. Rouben, dem Ersten und Einzigen, dem es bisher gelungen war, ihren Verführungskünsten zu widerstehen, der neben dem Verlangen, ihn zu besitzen und zu beherr-

schen, noch ein anderes Gefühl in ihr entfacht hatte, nämlich den Wunsch nach etwas ewig Währendem.

»Idiotisch«, murmelte Klarisse. Dabei war es im Grunde nur folgerichtig und selbst für jeden Hobbypsychologen einfach zu durchschauen. Derjenige, den sie sofort haben konnte, wurde ihr nach kurzer Zeit langweilig, jener jedoch, der sich ihr entzog, war so aufregend, dass sie sich ein langes gemeinsames Leben mit ihm vorstellen konnte.

Dieses wundervolle, aufregende und gemeinsame Leben mit Rouben war nun Jolin vergönnt, bitter für Klarisse, aber nicht zu ändern. Niemals käme sie auf die Idee, einen neuen Versuch zu starten. So verrückt es sich auch für sie noch immer anfühlte, aber Klarisse hatte Jolin ins Herz geschlossen. Es war auf eine plötzliche, unerklärliche Weise geschehen, und es hatte nicht nur mit der Tatsache zu tun, dass Jolin ihr das Leben gerettet hatte. Genau das war nämlich etwas, an das Klarisse sich partout nicht mehr erinnern konnte. Sie wusste nur noch, dass nahezu die ganze Stufe auf Roubens Burgparty gewesen und es laut und schrill zugegangen war. Der volle Mond hatte vom Himmel in den Hof hinuntergeschienen, als jemand sie in den Arm genommen hatte.

»Es ehrt mich, dass du das nicht vergessen hast«, sagte eine samtweiche Stimme neben ihr.

Klarisse zuckte zusammen, öffnete die Augen aber nicht gleich, sondern genoss die elektrisierende Anwesenheit des Unbekannten für einen Moment. »Du kannst also Gedanken lesen«, sagte sie so, als ob dieser Umstand nichts wirklich Überraschendes hätte.

»Reduzieren wir es auf deine.*«*

»Hm«, machte Klarisse, wandte sich ihm langsam zu und sah direkt in seine Augen. Sie waren so dunkel, wie die von

Rouben einmal gewesen waren, und auch sonst sah er ihm frappierend ähnlich. »Der Tod bist du nicht«, sagte sie. »Obwohl du sehr blass ...«, mit einer lässigen Geste berührte sie seine Hand, »... und eiskalt bist.«

»Was macht dich da so sicher?«, fragte er.

Klarisse zuckte die Schultern. »Kann ich nicht erklären.«

»Du meinst, du hast es im Gefühl?«

Wieder zuckte sie mit den Schultern.

»Dann täuscht es dich, dein Gefühl«, erwiderte er, legte seinen Arm um ihre Schultern und drückte seine kühle Stirn gegen ihre Schläfe. »Es gibt mich nur, weil sich jemand danach sehnt zu sterben.«

Sein Atem streifte ihr Ohr, fuhr an ihrem Hals entlang und legte sich auf ihr Dekolletee.

»Und dieser Jemand bin ich?«, keuchte sie.

»Du?« Aus den Augenwinkeln sah Klarisse, dass er lächelte. »Nicht dass ich wüsste. Es sei denn, du änderst deine Meinung noch.«

Klarisse beschloss, nicht darauf einzugehen. Auch wenn es ihr durchaus gefiel, dass der Tod ihr seine Spielregeln aufzwang, war sie nicht bereit, sich ihm vollkommen unterzuordnen.

»Ist Rouben dieser Jemand?«, fragte sie.

»Wie kommst du ausgerechnet auf den?«

»Weil ihr wie Brüder ausseht.«

»Nun ja ... das sind wir auch ... gewissermaßen.«

Klarisse runzelte die Stirn. »Gewissermaßen?«

Der Tod schüttelte den Kopf. »Weißt du, es gibt nichts, was mich mehr langweilt als dieses Thema.«

Klarisse bemerkte ein leises Flackern in seinen schwarzen Augen, mit überwältigendem Verlangen registrierte sie das schwarze Mal auf seiner Wange, das auch Rouben zierte, und seinen atemberaubend schön geschwungenen Mund.

»Oder findest du ihn etwa interessanter als mich?«

»Ganz und gar nicht.«

Klarisse biss sich auf die Unterlippe. Die Antwort war eindeutig zu schnell gekommen. Wenn sie nicht aufpasste, würde sie bereits in wenigen Augenblicken die Kontrolle verloren haben.

»Gut«, sagte der Tod. »Würdest du mir vielleicht verraten, warum du dich auf dieses Treffen eingelassen hast?«

»Nun, ich war neugierig … gewissermaßen«, versuchte Klarisse sich interessant zu machen.

»Neugierig?«

Sie senkte ihre Augenlider auf Halbmast und nickte.

»Das ist ein ziemlich … langweiliger *… Grund«, sagte der Tod.*

Klarisse spürte sofort die Enge in ihrem Hals. Sie musste sich zwingen, ihm weiter in die Augen zu sehen, ihm zu zeigen, dass sie nicht gewillt war, sich von ihm demütigen zu lassen. »Was ist denn deiner?«, erwiderte sie.

»Hab ich dir das nicht gesagt?«

»Scheint zumindest nicht überzeugend rübergekommen zu sein«, erwiderte sie betont träge.

»Liebe«, sagte der Tod.

Klarisse hörte auf zu atmen. Er hatte ihr exakt den richtigen Köder vor die Füße geworfen. Sie konnte sich nicht erklären, woher und warum, aber offensichtlich kannte er sie sehr gut. Ihr Widerstand brach, weil sie es nicht anders wollte. Ihr lag nichts mehr am Pokern, sie war bereit, alles auf eine Karte zu setzen.

»Liebe zu wem?«, presste sie hervor. Es klang hilflos, fast bettelnd, aber das war ihr in diesem Moment völlig egal.

»Schsch!«, flüsterte er und legte ihr sanft einen Finger auf die Lippen.

Klarisse musste sich beherrschen, ihn nicht zu küssen. Sie ließ ihren Blick auf seinem wunderschönen Gesicht ruhen und stellte sich vor, dass er Rouben war, natürlich nicht Rouben selbst, denn der gehörte ja zu Jolin, sondern eher so etwas wie sein Schatten, eine Art dunkle Seite seiner Seele, die er an seinem achtzehnten Geburtstag abgestreift hatte wie eine alte Haut und die sich im Grunde ihres Herzens genauso nach Geborgenheit sehnte wie er selbst.

Der Tod erwiderte ihren Blick noch eine Weile, dann berührten seine Lippen ihre Wange und hauchten seinen kalten Atem an ihrem Ohr entlang unter ihren Haaransatz.

Eine Gänsehaut rauschte über ihren Körper, ihre Brustwarzen stellten sich auf, und nicht mal der Bruchteil einer Sekunde verging, und sie spürte seine Hände genau dort.

Der Tod küsste sie gierig, er zerriss ihre Pants, grub ihr seine Fingernägel tief in die Haut und tauchte ihren Unterleib in eisige Kälte.

»Liebe zu mir«, hauchte er ihr zum Abschied ins Ohr.

Es war nicht einmal fünf nach halb acht, und Klarisse war wieder allein.

Jolin hatte bis weit nach Mitternacht im offenen Fenster gesessen und in die Neumondnacht hinausgestarrt. Der mattschwarze Himmel faszinierte sie. Ohne Mond und ohne Sterne war er wie eine samtweiche Decke, die man nur wegziehen musste, um das Geheimnis dahinter zu entdecken.

Wie schön wäre es, wenn sie jetzt Schulter an Schulter mit Rouben im Dachbodenzimmer sitzen und ihre Gedanken mit ihm teilen könnte. Mehr wollte Jolin ja gar nicht, sie würde nicht mal erwarten, dass er sie küsste, sie wollte einfach nur bei ihm und sich seiner gewiss sein.

Weil es aber nicht so war, blickte sie allein in den Himmel und träumte sich in die Zweisamkeit mit Rouben hinein. Sie spürte seine Schulter, lauschte seinem Atem und sog seinen Duft in ihre Lungen.

Jolin merkte nicht, wie hart das Sims gegen ihren Steiß drückte, und auch nicht, wie sehr sie fror. Sie stellte sich vor, wie sie ihren Körper einfach hier in der Stadt zurückließ und über das Land bis zu Roubens Haus schwebte. Alles war so friedlich. Alles war gut.

Selig lächelnd lehnte Jolin sich zur Seite, dorthin, wo nichts weiter war als die kühle Nachtluft, das sanfte Licht der Laternen – und das Motorengeräusch eines vorbeifahrenden Autos. Jolin zuckte zusammen. Sie verlor den Kontakt zum Sims und dem Rahmen in ihrem Rücken. Bis ins Mark erschrocken, tastete sie nach irgendetwas, doch da war nichts mehr, an dem sie sich festhalten konnte. Sie registrierte noch, dass ihre linke Ferse an der Fensterbank hängen blieb, sie spürte auch den Ruck in ihrem Kreuz, als die Schwerkraft sie in die Tiefe riss, und den Schmerz an ihrer Hand, die viel zu lange über den rauen Putz scheuerte – und dann wurde es mit einem Schlag stockdunkel um sie herum.

»Es tut mir so leid«, hörte sie Rouben flüstern.

Jolin stöhnte leise. Ihr Körper fühlte sich eiskalt an, ihr Kopf brummte, und ihre Hand schmerzte entsetzlich. Außerdem war ihr übel. Und dann fiel es ihr wieder ein: Sie war aus dem Fenster ihres Zimmers gestürzt und auf den Pflastersteinen vor ihrer Haustür aufgeschlagen. Wahrscheinlich war sie jetzt tot. Aber das war ihr völlig egal, Hauptsache, ihre Eltern hatten nichts davon mitbekommen.

»Was hast du dir bloß dabei gedacht?«

Jolin versuchte, die Augen zu öffnen, und wunderte sich darüber, wie leicht es ging. Sie sah eine helle Zimmerdecke über sich und darunter schemenhaft und verschwommen Roubens besorgtes Gesicht.

»Bist du in Ordnung?«, fragte er leise.

»Ja«, sagte Jolin. Wenn er nur bei ihr war, zählte alles andere nicht mehr.

»Du hättest tot sein können«, sagte Rouben. Die Schemenhaftigkeit seines Gesichts verlor sich allmählich, und plötzlich traten seine Züge ganz deutlich hervor. Jolins Herz machte einen Sprung. Sie war noch immer überwältigt von seiner Schönheit.

»Bin ich das nicht?«, fragte sie zaghaft.

»Nein!«

»Oh, und ich dachte schon …«

»Was?«

»Na ja, dass wir uns jetzt nicht mehr trennen müssen, sondern für immer zusammen sein können.«

»Jolin«, sagte Rouben nur. »Jolin.« Er streichelte ihr über die Haare, und sein Daumen berührte dabei flüchtig ihre Stirn. Seine Hände fühlten sich ungewöhnlich kühl an, und ja, wenn man es genau nahm, waren Roubens Augen auch ungewöhnlich dunkel, beinahe schwarz.

»Was ist passiert?«, krächzte Jolin.

»Was passiert ist?« Er stieß einen Schwall kühler Atemluft aus. »Du hast dich aus dem Fenster gestürzt und …«

»Hab ich nicht. Ich bin gefallen.«

»Jolin, ich bitte dich!« Rouben schüttelte den Kopf. »Man fällt doch nicht einfach aus dem Fenster. Wenn man ein kleines Kind ist vielleicht, aber du …«

»Ich habe dort oben gesessen und von dir geträumt«, wisperte sie. »Der Himmel war so schön, und die Luft hat mir so gutgetan. Ich halte es in meinem Zimmer manchmal so wahnsinnig schlecht aus ohne dich.«

»Ich weiß«, murmelte Rouben. »Ich weiß.« Zärtlich, aber mit einer gewissen Unruhe blickte er in ihre Augen. »Es ist meine Schuld, aber deshalb darfst du doch nicht so unvorsichtig sein. Wenn ich nicht dort unten gewesen wäre …«

»Du warst bei mir?«

Er wandte den Kopf zur Seite und presste die Lippen aufeinander. »Ja, ich bin unten vor eurem Haus gewesen – zufällig.«

»Zufällig? Mitten in der Nacht?« Jolin versuchte sich aufzusetzen. »Wie spät ist es überhaupt?«

»Kurz nach drei.«

»Was?« Sie kniff die Augen zusammen. Das Brummen unter ihrer Schädeldecke wurde von einem stechenden Schmerz verdrängt, der sich bis in ihr Augeninneres hineinzog. Sie fasste sich an die Schläfe und sah, dass ihre Hand in einem Verband steckte.

»Besser, du legst dich wieder hin«, sagte Rouben. »Ich fürchte nämlich, dass du eine Gehirnerschütterung hast. Eigentlich müsste ich dich ins Krankenhaus bringen.«

»Nein. Nicht schon wieder«, protestierte Jolin. »Ich habe wirklich genug von Klinikgerüchen und den erbarmungslosen Blicken der Krankenschwestern.«

»Ich bin froh, dass du deinen Humor noch nicht verloren hast«, sagte Rouben und drückte sie sanft, aber bestimmt ins Kopfkissen zurück. »So schlimm kann es also nicht sein.«

Jolin sah ihn ernst an. »Es ist sogar sehr schlimm«, sagte sie leise. »Es ist, als würde mir jemand langsam das Herz herausreißen.«

In Roubens Blick flackerte es, und wieder wandte er sich von ihr ab. »Aber ich werde sogar das überleben«, fuhr sie beinahe trotzig fort. »Solange ich mich daran klammern kann, dass es eines Tages wieder anders wird. Sobald das Haus fertig ist … oder wenn …« Sie brachte es nicht über sich, diesen Satz zu Ende zu formulieren, zu sehr war sie sich in diesem Moment ihrer eigenen Hoffnungslosigkeit bewusst. Rouben hatte recht. Man fiel nicht einfach so aus dem Fenster, aber sie hatte auch nicht wirklich sterben wollen. Es fühlte sich bloß alles so dumpf und so wenig greifbar an.

»Wie kommt es, dass ich nicht tot bin?«, fragte sie. »Wieso bin ich nicht querschnittsgelähmt oder habe mir zumindest ein paar Knochen gebrochen. Warum ist nur meine Hand verletzt?«

»Du wärst also lieber ein Krüppel gewesen?«

»Nein, ich kann mir bloß nicht erklären, warum ich mit einer verletzten Hand und einer Gehirnerschütterung davongekommen bin.«

»Du hast eben sehr viel Glück gehabt«, sagte Rouben.

»Weil du zufällig dort unten gewesen bist?«

»Ja, das vielleicht auch.«

»Was soll das heißen … vielleicht? Eben hast du noch gesagt, dass alles viel schlimmer sein könnte, wenn du nicht dort gewesen wärst …«

Rouben sah sie wieder an. Sein Gesicht wirkte wie eine Maske.

»So habe ich das nicht gesagt«, erwiderte er.

Jolin hasste dieses Um-den-heißen-Brei-Herumgeeiere und stieß ein unwilliges Knurren aus, das Rouben ein schlappes Lächeln entlockte.

»Willst du damit sagen, dass du mich aufgefangen hast?«, fauchte sie ihn an und musste unwillkürlich an den Zettel in ihrer Manteltasche denken.

Ein Wesen von besonderer Gabe …

»Nein«, erwiderte Rouben und strich ihr sanft mit seinen kühlen Fingern über die Wange. »Damit will ich sagen, dass du vielleicht noch immer auf dem Sims sitzt und in die Nacht hineinträumst.«

6

Das Beruhigende ist, dass Jolin tatsächlich glauben wird, alles nur geträumt zu haben.

In ihrem Kopf wird nur die Ahnung eines Schmerzes zurückbleiben, und auch von der Verletzung an ihrer Hand wird morgen früh nicht mehr viel zu sehen sein.

Ich bin sehr froh, dass ich meinem Verlangen nachgegeben habe und noch einmal in die Stadt gefahren bin. Ohne mich wäre sie jetzt vielleicht wirklich tot, und mein Bruder hätte seinen Willen bekommen.

Ich parke den Wagen wieder auf der Rückseite des Hauses. Es ist eine reine Vorsichtsmaßnahme, weil ich jederzeit damit rechnen muss, dass Jolin es plötzlich nicht mehr aushält und hier aufkreuzt. Sie soll, nein, sie muss denken, dass ich nicht hier bin. Sie darf das Haus auf keinen Fall betreten. – Sie wird es nie mehr betreten können.

Vincent öffnet mir die Tür. Wie immer kann er es kaum erwarten, dass ich »nach Hause« komme.

»Kleiner Bruder!«, begrüßt er mich und lächelt böse. »Wie war dein Abend?«

»Als ob du das nicht wüsstest!«, knurre ich, schiebe mich an ihm vorbei und halte auf die Treppe zu.

»Warte«, sagt Vincent. Ich höre, wie er die Tür

schließt, und spüre seine Kälte in jeder Pore, als er hinter mich tritt.

»Nur zu«, sage ich, drehe mich um und sehe in seine kalten schwarzen Augen. »Bringen wir es hinter uns.«

»Tut mir leid, aber ich bin für die beschauliche Variante«, erwidert er leise. »Und deshalb legen wir jetzt erst einmal eine kleine Pause ein.«

Ich zucke die Achseln. »Du bestimmst die Regeln.«

»Natürlich.« Er pustet mir seinen modrigen Atem ins Gesicht. »Wer sonst?«

Mir ist klar, dass er versucht, mich zu provozieren, aber das wird ihm nicht gelingen. Ich werde ihn weder nach seinen Plänen fragen noch mit ihm über Jolin reden, sondern einfach abwarten. Noch bin ich ihm unterlegen, aber ganz egal, wie lange er es hinzieht, irgendwann wird sich das ändern, und es wird der Zeitpunkt kommen, an dem ich ihm ebenbürtig bin.

»Ich hatte übrigens einen äußerst amüsanten Abend«, sagt er.

»Das ist schön für dich«, entgegne ich gelangweilt.

»Es war Neumond, du erinnerst dich?«

Natürlich spielt er auf meine Dezembernacht mit Jolin an. Gierig wie ein hungriger Wolf den Wald nach Beute durchforstet, sucht er mein Gesicht nach einer Gefühlsregung ab. Aber auch den Gefallen tue ich ihm nicht. Inzwischen kann ich wirklich von Glück sagen, dass meine Existenz als Zwie-

licht erst wenige Wochen zurückliegt und ich somit keine Mühe habe, meine Gefühle hinter einer undurchdringlichen Maske aus Gleichgültigkeit zu verbergen.

»Ja, ich hatte wirklich Spaß mit der Kleinen«, fährt er lächelnd fort. »Und ich freue mich schon auf das nächste Mal ... Dann allerdings mit Jolin.«

Am nächsten Morgen fühlte Jolin sich völlig zerschlagen. Ihr Kopf brummte, und sie war viel zu müde, um ihren schweren, trägen Körper ins Badezimmer und unter die Dusche zu schleppen. Unter großer Anstrengung schob sie die Bettdecke beiseite, und während sie sich aufzusetzen versuchte, fiel ihr Blick aufs Fenster, dessen Vorhänge fein säuberlich geschlossen waren.

Alle Achtung, Rouben hatte wirklich an alles gedacht. Aber leider war er viel zu schnell verschwunden.

»Ich bin aus dem Fenster gefallen«, murmelte Jolin. »Er hat mich aufgefangen und mir einen Verband angelegt ...« Sie betrachtete ihre Hände. Weder an der rechten noch an der linken zeigte sich die geringste Spur einer Verletzung, geschweige denn ein Verband. Okay, wenn man sehr genau hinsah, gab es da unterhalb des Mittelfingerknöchels eine winzig kleine Abschürfung, aber die stammte eher von einem scharfgefeilten Fingernagel als von einer rauen Hauswand. Hatte sie das Ganze also nur geträumt?

Aber warum war sie dann so dermaßen erledigt?

»Weil es ein sehr intensiver, aufregender Traum gewesen ist, du Dummkopf«, sagte sie zu sich selbst. »Immerhin hast du Rouben gesehen. Er hat deine Wange gestreichelt!« Dass sie zuvor vier Stockwerke in die Tiefe gestürzt war, spielte da natürlich nur noch eine nebensächliche Rolle.

Jolin lächelte in sich hinein. Ja, es musste ein Traum gewesen sein, und diese Erkenntnis erleichterte sie, denn sie war der Beweis dafür, dass Rouben nach wie vor ein Mensch war – ohne besondere Gabe und ohne etwas Animalisches oder gar Blutrünstiges an sich zu haben.

Jolin hievte die Beine über die Bettkante und stand auf. Sie reckte ihre Arme hoch über den Kopf und beugte sich zuerst zur einen und dann zur anderen Seite. Anschließend schlurfte sie zum Fenster und zog die Vorhänge auf. Der Himmel war noch recht dunkel, aber nach Osten hin zeigte sich über den Dächern bereits ein heller Schimmer. Dieser erste Montag im März versprach ein schöner Tag zu werden.

Und plötzlich spürte Jolin, wie ihre Lebensgeister erwachten. Sie würde Rouben sehen – immerhin.

Und sie würde sich mit Anna und Leo zusammensetzen und sich auf das Wipo-Projekt stürzen. Vielleicht gab es Neuigkeiten von Carina, vielleicht war alles ja nur halb so schlimm.

Als Jolin aus dem Badezimmer in den Flur trat, verabschiedete Gunnar sich gerade von seiner Frau. Er umarmte Paula zärtlich und winkte Jolin kurz zu, bevor er aus der Wohnungstür schlüpfte. »Tschüs, mein Schatz.«

Er verzichtete offenbar ganz bewusst darauf, ihr einen Kuss zu geben. Jolin war nicht böse, sie konnte sich denken, warum.

»Ich hab dir Milch warm gemacht«, sagte Paula. »Ich hoffe, es ist okay.«

»Danke.« Jolin folgte ihr in die Küche und setzte sich auf ihren Stuhl.

Ihre Mutter goss sich Kaffee nach, umschloss die Tasse mit beiden Händen und pustete in den Milchschaum. »Schlimm, wenn ich mich noch ein wenig hinlege und lese?«, fragte sie.

Jolin, die gerade nach ihrem Becher greifen wollte, hielt in ihrer Bewegung inne. Völlig egal, was sie jetzt antwortete, es konnte nur falsch sein.

»Weißt du, ich habe festgestellt, dass es mir guttut, wenn ich morgens nicht immer gleich parat stehen muss.«

Jolin nickte. »Ja, klar«, sagte sie. »Das ist in Ordnung. Du brauchst auf mich keine Rücksicht zu nehmen.«

Paula nickte ebenfalls. »Du bist ja auch ganz gerne für dich.«

Jolin fixierte ihren Becher. Sie atmete langsam aus und versuchte sich zu entspannen. »Was liest du denn gerade?«, fragte sie.

»Ein Kochbuch«, sagte Paula.

Sie sahen sich an und prusteten los. Der Milchkaffee in Paulas Tasse wogte heftig hin und her und schwappte schließlich über den Rand.

»Pass auf, du verbrennst dich noch!«, rief Jolin.

»Nein, nein, keine Sorge, die Milch war gar nicht mehr richtig heiß.«

Ihre Mutter setzte sich ihr gegenüber an den Tisch.

»Die Wahrheit ist: Ich lese diesen neuen Roman von Sybille Berg, der mittlerweile schon gar nicht mehr sooo neu ist.«

»Ach, der mit dem schlafenden Mann«, erwiderte Jolin. »Ist der nicht schrecklich frustrierend?«

Paula nickte. Sie strich sich die weichen braunen Locken hinters Ohr und schaute mit übertrieben gerunzelter Stirn in ihre Tasse. »Ja, das ist er.«

»Ma, du bist so irrsinnig komisch«, sagte Jolin. »So warst du früher nicht.«

»Du hast schließlich nicht das alleinige Recht, dich zu verändern«, sagte Paula grinsend. »Nein, aber mal im Ernst«, fuhr sie fort. »Dieses *überaus frustrierende* Buch hat mich dazu gebracht, ein paar Dinge ein wenig lockerer zu sehen. Ehrlich gesagt, weiß ich inzwischen gar nicht mehr so richtig, was in mich gefahren war.«

»Ich nehme an, du hast dir Sorgen um mich gemacht«, sagte Jolin. »Zu viele und über einen zu langen Zeitraum hinweg.«

Ihre Mutter nahm einen Schluck aus ihrer Tasse. Der Milchschaum hinterließ einen schmalen Bart über ihrer Oberlippe. »Ehrlich gesagt, mache ich mir im Moment viel mehr Sorgen um dich als zu der Zeit, als du noch den Gips hattest«, sagte sie mit angespannter Miene.

»Tut mir leid«, kicherte Jolin, »aber mit diesem Schnäuzer da kann ich dich einfach nicht ernst nehmen.«

Paula hob die Augenbrauen und wischte sich schließlich mit dem Handrücken über den Mund. »Besser?«

»Viel besser.«

»Okay, also …« Paulas Hände flogen gestikulierend in der Luft herum, so wie immer, wenn sie sich mit dem, was sie ihrem Gegenüber sagen wollte, schwertat, »… es ist, wie du dir vielleicht denken kannst, wegen Rouben. Ich mag ihn wirklich, und ich verstehe dich auch sehr, sehr gut …«

»Maha«, unterbrach Jolin sie. »Ma, ich weiß selbst, dass

ich viel zu sehr in ihn verliebt bin. Aber er wird mir nicht weh tun.«

»Hmm.« Paula nickte. »Viel wichtiger finde ich allerdings, dass du dir nicht selbst weh tust.«

Es ist zumindest der Ansatz eines guten Gesprächs gewesen, versuchte Jolin sich einzureden, während sie durchs Treppenhaus eilte und auf den Bürgersteig hinaustrat. Ein kurzer Blick auf die in unmittelbarer Nähe parkenden Autos, und ihr war sofort klar, dass Rouben sie heute nicht abholen würde. Sie versuchte den Stich in ihrer Brust zu ignorieren und lief weiter in Richtung U-Bahn-Station. Es war immerhin möglich, dass er woanders auf sie wartete. Und wenn nicht, fuhr sie genauso gern mit Anna in der Bahn. Rouben hatte ihr schließlich nichts versprochen. Im Gegenteil, es war ihre eigene Schuld, wenn sie sich Hoffnungen machte. Und mit einem Mal wusste sie, wie sie Paulas letzte Bemerkung zu verstehen hatte.

Es ist mehr als nur der Ansatz eines guten Gesprächs gewesen, dachte sie, es war ein gutes Gespräch. Ihre Mutter und sie hatten sich endlich wieder annähern können, sie hatten miteinander gelacht und mit wenigen Worten wichtige, tiefgreifende Dinge erörtert. Paula war allerdings einen Schritt zu weit gegangen. Nach allem, was in den letzten Tagen zwischen ihnen vorgefallen war, hätte sie Jolin nicht zeigen dürfen, dass sie noch immer in ihr las wie in einem offenen Buch. Es war typisch für Paula. Sie konnte sich einfach nicht zurückhalten. Jolin seufzte. Sie musste ihren eigenen Weg finden, damit umzugehen.

Als die U-Bahn-Station in Sichtweite kam, blickte sie sich noch einmal nach dem roten Alfa um, doch sie entdeckte nur Anna, die am Treppenabgang stand und ihr zuwinkte.

»Wir haben heute schon nach der sechsten Schluss«, begrüßte sie Jolin.

»Woher weißt du das?«

»Hab im Internet nachgesehen. In der siebten und achten ist eine Konferenz, und danach …«

»… wäre Sport.«

Anna nickte und schob Jolin auf die Rolltreppe zu. »Wir müssen uns beeilen. Die Bahn kommt in ein paar Sekunden.«

Sie hasteten die fahrenden Stufen hinunter und erreichten den Bahnsteig genau in dem Moment, als der Zug seine Türen öffnete.

»Ich geh nicht zu Sport«, sagte Anna, nachdem sie nebeneinander auf eine Zweierbank gefallen waren.

»Und warum nicht?«

»Weil du nicht gehst.«

»Das wird die Selleck nicht akzeptieren.«

»Muss sie ja auch nicht.«

»Du hast also vor zu schwänzen«, sagte Jolin. Die Missbilligung in ihrer Stimme war nicht zu überhören.

Anna lehnte ihren Kopf zurück und grinste in sich hinein.

»Ich hab was Besseres vor«, sagte sie schließlich.

»Ach ja? Und was?«

»Überraschung.«

Jolin schüttelte den Kopf. »Keine Überraschung.«

»Wieso?«, fragte Anna. »Hast du etwa auch schon was vor?«

»Nein.«

»Ja, dann.«

»Anna, keine Überraschung!«, sagte Jolin eindringlich.

»Also gut, dann nicht«, schmollte die Freundin. »Wir treffen uns mit Leo. Fahren mit ihm in die Siedlung und sehen es uns mal an. Schließlich bist du bisher die Einzige, die die Gegebenheiten dort kennt.«

»Siehste. Dann brauche ich ja auch nicht mitzukommen.«

»Aber du musst uns alles zeigen«, setzte Anna zum Widerspruch an. »Nur du kannst uns erklären, wie es früher war und was sich alles verändert hat, seitdem du von dort weggezogen bist.«

»Gar nichts hat sich verändert«, brummte Jolin. »Es ist bloß alles nur noch schlimmer geworden.«

»Okay …« Anna zog einen Kollegblock und einen Kuli aus ihrer Tasche und begann, sich Notizen zu machen. »Damit meinst du bestimmt kaputter und verwahrloster …«

»Ja. Außerdem waren die Anwohner damals noch nicht so anti. Jedenfalls hab ich es nicht so empfunden. Aber ich war ja auch noch ein Kind.« Jolin machte eine unwillige Geste. »Hör zu: Kannst du heute nicht einfach mit Leo allein dorthin fahren?« Wieder öffnete Anna den Mund zum Protest, aber Jolin ließ sie nicht zu Wort kommen. Sie wusste schon, wie sie die Freundin überzeugen konnte. »Es ist doch gut, dass ihr die Siedlung noch nicht kennt. So könnt ihr euch ganz unvoreingenommen einen Eindruck von der Situation dort machen, du könntest sogar ein paar Fotos schießen … Dann hätten wir für unsere Präsentation später den Vorher-nachher-Effekt.«

»Also gut«, sagte Anna. »Und du …?«

»Wir setzen uns später zusammen, damit ich meinen Senf an Vorwissen dazugeben kann.«

»Das meine ich nicht«, erwiderte Anna. »Ich wollte wissen, was du heute Nachmittag vorhast.«

Jolin schüttelte den Kopf. »Noch keinen Plan.«

»Glaub ich dir nicht.«

Jolin stöhnte. »Wenn du auf Rouben anspielst …«

»Tu ich.«

»Du weißt doch, dass er keine Zeit für mich hat, weil er das Haus fertigkriegen will.«

»Bullshit«, sagte Anna. Sie tippte sich an die Stirn. »Das ist doch unnormal. Natürlich hat er Zeit für dich. Ihr seid frisch verliebt.«

»Schon …«

»Aber …?«

»Mensch, Anna, ich weiß es doch auch nicht.«

»Dann solltest du es in Erfahrung bringen.« Anna schob den Kollegblock in ihre Tasche zurück, klemmte den Kuli an die Lasche und legte Jolin einen Arm um den Hals. »Ich jedenfalls weiß jetzt, was du heute Nachmittag vorhast.«

»Ach, tatsächlich?«

»Ja. Du wirst zu eurem Haus rausfahren und dir anschauen, was er inzwischen schon alles renoviert hat.«

»Aber ich war doch vor kurzem erst dort«, erwiderte Jolin. »Mit meinem Vater. Ich weiß, wie es da jetzt aussieht.«

»Hm«, machte Anna. »Du glaubst also nicht, dass Rouben sich freut, wenn du ihm einen Überraschungsbesuch abstattest?«

»Er will es nicht.«

»Und warum nicht?«

»Er will, dass ich es erst zu sehen bekomme, wenn es fertig ist. Wahrscheinlich will er mich über die Schwelle tragen oder so was in der Art.« Jolin musste grinsen. »Er ist eben so.«

»Ein bisschen altmodisch?«

»Eher romantisch.«

Anna verdrehte die Augen. »Okay, Jol, das ist ja alles gut und schön. Ich begreife allerdings nicht, was es für einen Sinn haben soll, wenn du bis dahin noch wochenlang vor dich hin leidest.«

»Ich leide nicht!«

»Doch, das tust du, Jol. Ich kenne dich viel zu gut, um es übersehen zu können.«

»Hör bloß auf«, knurrte Jolin. »Meine Mutter ist mir damit auch schon auf die Nerven gegangen.«

»Und? Hat sie recht oder nicht?«

»Das ist nicht der Punkt«, sagte Jolin. »Entscheidend ist, dass es meine Entscheidung ist.«

»Ja, aber solltest du dich gegen dich entscheiden, dann darfst du dich nicht wundern, wenn ich dich nicht in Ruhe lasse.«

Jolin schloss die Augen und stieß ein dunkles Grollen aus.

»Jetzt sag bloß nicht, dass du dich nach der Zeit zurücksehnst, als mit uns Ebbe war und du ständig allein rumgehangen hast«, meinte Anna. Breit lächelnd drückte sie Jolin einen Kuss auf die Wange, und die stieß einen langgezogenen Seufzer hervor.

»Okay, ich überleg's mir.«

»Jaaa«, sagte Anna. »Aber dir ist schon klar, dass du nur zwei Möglichkeiten hast: Entweder du fährst mit Leo und mir in die Containersiedlung oder zu *eurem* Haus.«

Jolin verstand sofort, warum sie das so betonte. Nicht zu Roubens Haus, nein, zu *eurem* Haus. Du sollst auch da leben und dich wohl fühlen, wollte sie ihr damit sagen, und Jolin kam nicht umhin, ihr recht zu geben. Nicht laut, sondern im Stillen. Anna dachte genau so wie sie selbst, und Paula dachte das auch. Genau genommen hätte Jolin noch einmal mit Rouben darüber reden müssen, aber eigentlich wusste sie bereits, was er antworten würde. »Ich kenne deinen Geschmack und deine Wünsche. Du könntest mir ruhig zutrauen, dass ich unser Haus so herrichte, dass du nie wieder an einem anderen Ort sein willst.«

Auf ein solches Statement würde es nichts zu erwidern geben, und deshalb konnte sie auch gleich mit in die Containersiedlung fahren.

Rouben fehlte die ersten beiden Stunden, und Jolin zwang sich, das nicht überzubewerten. Ganz sicher hatte es nichts mit ihr zu tun. Es lag an ihm und dem emotionalen Durcheinander, das das Gewöhnen ans Menschsein mit sich brachte. So hatte er ihr das erklärt, und so wollte sie ihm das glauben. Es gab ja auch keinen Grund, es nicht zu tun.

Klarisse war ebenfalls nicht aufgetaucht, was an diesem Vormittag weit mehr Aufmerksamkeit erregte als Roubens Abwesenheit.

»Hoffentlich ist ihr nichts passiert«, äußerte Susanne sich beunruhigt, als sie, Rebekka, Katrin, Anna, Jolin und ein paar andere Mädchen sich in der ersten Pause am großen runden Tisch in der Cafeteria niederließen.

»Quatsch«, sagte Katrin. »Sie hat eine heiße Nacht hinter sich und muss sich ein wenig länger ausschlafen.«

»Hmm.« Rebekka biss in ihr Käsebrötchen. »Du vergisst allerdings eine Kleinigkeit. Ihre Mutter ist vormittags zu Hause. Sie würde darauf bestehen, dass sie zur Schule fährt.«

Melanie zuckte mit den Schultern. »Dann ist sie eben krank.«

Katrin kniff Rebekka in den Arm. »Krankgevögelt oder was?«, kicherte sie.

Anna hob den Blick zur Decke. »Oh, ich liebe diese vornehme Art, sich auszudrücken.«

Susanne zog ihr Handy hervor. »Ich schreib ihr mal 'ne SMS. Vielleicht antwortet sie ja.« Ihre Daumen flogen über die Tasten, anschließend legte sie das Handy vor sich auf den Tisch und heftete den Blick darauf, als wollte sie es hypnotisieren.

Jolin fand es ebenfalls merkwürdig, dass Klarisse nicht da war, und sie konnte ihr Gehirn nicht davon abhalten, einen möglichen Zusammenhang zwischen ihrem und Roubens Fehlen herzustellen.

Vielleicht war er derjenige, der sie angemailt hatte. Für ihn wäre es überhaupt kein Problem gewesen, Klarisses Adresse aus Jolins Fach zu holen, schließlich hatte er freien Zugang zu ihrem PC.

Vielleicht war er der Tod, jener geheimnisvolle Typ, der sich am vergangenen Abend mit ihr getroffen hatte. Und zwar ausgerechnet in einer Neumondnacht!

Schlagartig wurde Jolin speiübel. Sie sprang von ihrem Stuhl hoch und stürzte auf den Gang hinaus. Natürlich war Anna sofort bei ihr.

»Was ist los?«

»Mir ist schlecht.«

»Wegen Klarisse?«

»Wohl kaum«, stöhnte Jolin. »Vielleicht war die Milch nicht in Ordnung, die ich zum Frühstück getrunken habe.«

Anna umschlang ihre Taille. »Okay, dann bring ich dich jetzt mal zum Klo.«

Jolin schüttelte den Kopf, wovon ihr allerdings noch kodderiger wurde. »Ich wäre lieber ein paar Minuten allein.«

»Kommt überhaupt nicht in Frage«, sagte Anna energisch und schob sie auf die Pausenhalle zu.

Es war nicht besonders voll dort, die meisten Schüler schienen von der sanft wärmenden Vorfrühlingssonne nach draußen gelockt worden zu sein. Und deshalb konnte Jolin sich auch nicht erklären, wieso sie Rouben erst bemerkte, als er unmittelbar vor ihnen stand.

»Dich schickt der Himmel!«, rief Anna. »Ich glaube, es wäre Balsam für Jols geschundene Seele, wenn du dich ein wenig um sie kümmerst.«

»Klar«, sagte Rouben. »Kein Problem.«

Jolin wollte Anna noch einen sanften Fußtritt verpassen, bevor diese sie freigab, aber ihr fehlte die Kraft. Sie bekam einfach ihr Bein nicht hoch, sondern fiel Rouben buchstäblich in die Arme. Sein Reflex, sie aufzufangen, kam verspätet. Jolin musste sich an seiner Jacke festkrallen, um zu verhindern, dass sie vor ihm auf die Knie ging.

»Doch kein Engel«, meinte Anna kopfschüttelnd. »Mann! Wo bist du denn mit deinen Gedanken!«, blaffte sie ihn an.

»Schon gut«, sagte Jolin. »Schon gut.« Sie drückte die Knie durch und schob ihren Arm unter Roubens Achsel. »Ich wette, in seinem Kopf schwirrt es nur so von Zahlen und Berechnungen. Größen von Ziegeln, Latten, Gipsplatten und so weiter«, versuchte sie zu scherzen, die Freundin machte allerdings nicht den Eindruck, als würde sie es besonders erheiternd finden.

»Nur zu deiner Information: Ihr ist schlecht«, sagte sie zu Rouben. »Wahrscheinlich muss sie sich übergeben.«

»Ach so, und ich soll jetzt also zu diesem Zweck mit ihr auf die Jungstoilette gehen?«, erwiderte er. Möglicherweise sollte es ebenfalls scherzhaft klingen, Jolin hörte allerdings nur die Abweisung heraus. Und auch bei Anna kam die Bemerkung überhaupt nicht gut an. »Ich glaube, in diesem Fall wäre es für niemanden ein Problem, wenn du sie aufs Mädchenklo begleitest«, entgegnete sie bissig.

»Schon gut«, wiederholte Jolin. »Ich glaube, ich brauche nur ein bisschen frische Luft.« Hoffnungsvoll sah sie Rouben an. »Kommst du mit raus?«

»Klar, tut er das«, sagte Anna und sah die Freundin unter hochgezogenen Augenbrauen mahnend an.

Ich weiß selbst, dass ich mich wie ein Kaninchen auf Liebesentzug benehme, dachte Jolin und erwiderte den Blick entsprechend.

»Na, dann komm«, sagte Rouben. Beinahe schüchtern legte er seinen Arm um Jolins Schultern und zog sie sanft von Anna weg. »Hast du's ihr erzählt?«, fragte er, als sie außer Hörweite waren.

»Was? Dass du früher ein Vampir warst und zurzeit noch unter Umstellungsschwierigkeiten leidest?«

»Jol, bitte. Das ist nicht witzig«, stöhnte Rouben.

Er drückte die Tür auf und ließ sie zuerst hinaustreten. Jolin hatte das Gefühl, dass es ihm sehr gelegen kam, sie dafür loslassen zu müssen. Jedenfalls machte er danach keine Anstalten mehr, sie erneut zu berühren, sondern schien ganz im Gegenteil geradezu darauf bedacht zu sein, ihr nicht zu nahe zu kommen.

»Find ich auch«, sagte Jolin.

Rouben sah sie verständnislos an. »Wie oft soll ich es dir denn noch erklären …?«, begann er schließlich ziemlich ungehalten.

»Du brauchst es mir nicht zu erklären«, fuhr Jolin ihm dazwischen. »Ich habe es kapiert! Ich verstehe es nur nicht.«

Rouben öffnete in einer hilflosen Geste seine Arme.

»Das musst *du* mir erklären.«

»Das kann ich aber nicht!«, fauchte sie. »Es ist nämlich ein Gefühl, Rouben. Etwas, das man mit dem Verstand nicht begreift. Ich sehe nur, dass du dich immer merkwürdiger verhältst!«

»Das stimmt nicht, Jol«, sagte er sanft. Er berührte sie nun doch mit den Fingerspitzen am Jackenärmel, ließ seine Hand jedoch gleich wieder sinken.

»Doch, Rouben, es stimmt! Innerhalb weniger Tage ist zwischen uns alles anders geworden. Beinahe ist es so, als ob wir nie zusammen gewesen wären.« Es kostete Jolin eine unglaubliche Anstrengung, sich zusammenzureißen. Die Übelkeit war wie auf Knopfdruck verschwunden, jetzt spürte sie nur noch Wut und Verzweiflung. Ihr war nach Losheulen zumute, nach Rumschreien oder Umsichschlagen. »… so, als ob wir uns nie geliebt hätten«, brach es aus ihr hervor.

Rouben sah sie bestürzt an. »Aber ich liebe dich«, sagte er. »Ich habe dich immer geliebt, und ich werde es bis in alle Ewigkeit tun.«

Jolin starrte ihn an. Seine Augen waren dunkel, allerdings auf eine andere Weise als früher. Nicht warm und sanft, sondern kalt. Nicht sehnsüchtig, sondern abweisend. Die Schatten darunter schienen seit der vergangenen Woche noch tiefer zu liegen, wie auch das schmale Gesicht noch blasser geworden war.

»Das Problem ist nur, dass ich davon überhaupt nichts mehr merke«, sagte sie leise.

»Das tut mir leid, Jolin«, wisperte Rouben. »Wirklich, aber bitte glaub mir, im Augenblick geht es nicht anders.«

Sie presste die Lippen zusammen, damit sie nicht mehr so zitterten. Wieder und wieder schüttelte sie den Kopf. »Und wie lange wird es dauern?«, fragte sie. »Wird es vorbei sein, wenn das Haus fertig ist? Oder ist die Wahrheit vielleicht eine ganz andere?«

Das erschrockene Flackern in seinem Blick entging ihr nicht. Volltreffer!, dachte Jolin. Augenblicklich wurde es eiskalt in ihrer Brust. »Wo warst du letzte Nacht?«, fragte sie rau.

»Nirgends …« Rouben hob abwehrend die Hände.

»Warum verteidigst du dich dann?«

Sofort nahm Rouben seine Hände wieder herunter. »Du verstehst das völlig falsch«, sagte er. »Ich war wirklich nirgendwo, außer in meinem Haus.«

»Aber ich habe geträumt …«

Jolin biss sich auf die Lippe. Sie hatte ihm angesehen, dass er log. Aber alles Gerede hatte ja ohnehin keinen Sinn. Rouben würde ihr nicht die Wahrheit sagen. Und das empfand sie beinahe schon wieder als tröstlich. Wenn er sein nächtliches Date verheimlichen wollte, konnte das – hoffentlich! – nur bedeuten, dass ihm immer noch etwas an ihr lag.

»Was hast du geträumt?«

»Ach, nichts«, sagte Jolin. »Komm, lass uns reingehen. Mir geht es schon wieder viel besser.«

Sie rang sich ein Lächeln ab, öffnete die Tür zur Pausenhalle und ließ ihn einfach stehen.

Nach dem Matheunterricht in der sechsten Stunde warteten Jolin und Anna darauf, dass Leonhart mit dem Zusammenpacken seiner Sachen fertig wurde.

»Oh, Mann!« Anna ließ sich gegen den Türrahmen fallen und stieß einen langgezogenen Seufzer aus. »Was hat er bloß? Er ist doch sonst nicht so bummelig.«

»Vielleicht hat er Angst vor dir«, meinte Jolin grinsend.

»Vor mir?« Anna schüttelte den Kopf. »Wieso vor mir?«

Jolin zuckte die Achseln. »Na ja, oder vor mir.«

Anna zog die Stirn kraus. »Versuch gar nicht erst, es mir zu erklären«, sagte sie dann. »Ich muss dermaßen dringend aufs Klo, ich kann mich auf nichts anderes mehr konzentrieren.«

»Dann geh doch, um Gottes willen!« Jolin sah zu Leo hinüber, der gerade einen ganzen Stapel Hefte aus seinem Rucksack holte. »Sonst passiert noch ein Unglück.«

»Okay«, sagte Anna. Sie schulterte ihre Tasche und eilte mit leicht zusammengekniffenen Beinen los.

Jolin trat ebenfalls auf den Gang hinaus und lehnte sich neben der Tür gegen die Wand. Irgendwie hatte sie das Gefühl, dass Leo ihretwegen so trödelte. Wenn er merkte, dass sowohl sie als auch Anna verschwunden waren, kam er vielleicht endlich auf Trab.

»Bis morgen!«, rief Rebekka ihr zu, die als Erste mit Katrin und Melanie im Schlepptau an ihr vorbeilief.

Jolin nickte. »Irgendwas von Klarisse gehört?«, fragte sie Susanne. Den Blick fest auf ihr Handy gerichtet, folgte die ihren drei Freundinnen mit etwas Abstand.

»Nee.« Susanne schüttelte den Kopf. »Ich fahr jetzt bei ihr vorbei.«

»Gut. Ruf mich an, wenn was ist.«

Susanne lächelte. »Süß, dass du dir auch solche Gedanken machst. Mellie, Kat und Bekka scheinen zu denken, dass jemandem wie Klarisse nichts passieren kann.« Sie nickte Jolin noch einmal kurz zu. »Ich sag dir auf jeden Fall Bescheid.«

Jolin lächelte zurück. »Tschüs.«

Susanne legte einen Schritt zu, und als Nächstes erschien Rouben in der Tür. »Wartest du auf mich?«, fragte er mit einer Mischung aus Erstaunen und Missbilligung.

Jolin bemühte sich, locker zu bleiben. »Nur keine Panik«, sagte sie.

Rouben öffnete den Mund, um etwas zu erwidern, doch im selben Moment trat Leonhart auf den Gang, der bei ihrem Anblick unwillkürlich zurückzuckte.

Rouben bedachte ihn mit einem finsteren Blick, dann wandte er sich wieder Jolin zu und sagte: »Also, dann bis morgen.« Sein Gesicht zeigte nicht die geringste Regung. Er drehte sich um, lief mit langen eleganten und erstaunlich schnellen Schritten davon und ließ Jolin mit einem tauben Gefühl im Magen und einem Frösteln auf der Haut zurück.

»Ähm … er hat doch hoffentlich nichts dagegen, dass ich bei eurem Projekt mitmache?«, fragte Leo zögernd.

»Wenn es so wäre, hätte er dir bestimmt schon längst ein Loch in den Hals gebissen«, erwiderte Jolin. Kaum hatte sie es ausgesprochen, tat ihr diese sarkastische Bemerkung schon wieder leid. »Entschuldige bitte«, murmelte sie.

Leonhart sah sie unentschlossen an.

»Mir tut es auch leid«, sagte er leise. »Es ist natürlich absurd, zu glauben, dass …«

»… ich ein Vampir bin?«, half Jolin ihm auf die Sprünge. »Oder dass er …« Sie nickte in die Richtung, in die Rouben verschwunden war, »… einer ist?«

Leo antwortete nicht. »Hat Anna dir das von Carina erzählt?«, fragte er schließlich.

»Das mit ihrem Blut? Ja.« Jolin nickte.

Leo nickte ebenfalls. Er behielt sie noch einige Sekunden im Blick, dann richtete er seine Augen auf die Wand und strich nervös mit den Sohlen über den Linoleumboden. Jolin interpretierte seine Haltung so, als erwartete er eine Erklärung, und sagte: »Wenn du mal ganz logisch nachdenkst, dann wird dir schnell klarwerden, dass man noch nie etwas davon gehört hat, dass Vampire einem Menschen eine gerinnungshemmende Substanz ins Blut spritzen können.«

»Und wenn *du* mal ganz logisch nachdenkst, wirst du bestimmt ebenso schnell drauf kommen, dass es zumindest ziemlich hilfreich sein könnte, wenn ein Vampir in der Lage wäre, dem Menschen, den er aussaugen will, ein solches Mittel zu verabreichen.«

Jolin wusste sofort, dass er mit dieser These richtig lag, schließlich hatte sie selbst bereits denselben Gedanken gehabt.

»Ja, vielleicht«, gab sie zu, weil sie es für besser hielt,

nicht gleich wieder auf Konfrontationskurs zu gehen. »Allerdings wäre das bei einer Blutspende dann ebenso sinnvoll. Was ich damit sagen will, Leo, ist, dass ich glaube, dass ein Vampir nur ein paar Sekunden braucht, um einem Menschen sein gesamtes Blut abzuzapfen.«

Leonhart atmete geräuschvoll ein und aus. »Schon möglich, dass du recht hast. Andererseits könnte ich mich natürlich auch fragen, warum du so gut darüber informiert bist.«

»Bin ich doch gar nicht«, erwiderte sie. »Oder warum sagte ich wohl: *ich glaube?*«

Leo betrachtete sie nachdenklich. »Ich glaube auch nicht, dass *du* ein Vampir bist, aber Carina …«

»Jetzt hör aber auf!«, fuhr Jolin dazwischen.

»Jedenfalls wird sie immer blasser, immer dünner und immer kälter.«

»Kälter?«

»Ja, ihre Haut … und ihr Atem ebenfalls. Außerdem riecht sie jeden Tag ein bisschen weniger nach sich selbst.«

Diese Beschreibung ließ Jolin natürlich sofort aufhorchen, denn auch Rouben hatte keinen Duft verströmt, bevor er sich in einen Menschen verwandelt hatte. Energisch schob sie die Erinnerung daran beiseite. Es war zwar nicht auszuschließen, dass Vincent damals nicht nur den Hund getötet, sondern auch Carina etwas angetan hatte, allerdings hatte es dafür bisher keinen einzigen Hinweis gegeben. Außerdem konnte man die Sache mit dem veränderten Körpergeruch auch anders erklären.

»Weißt du, Leo, vielleicht liegt das ganz einfach daran, dass sie krank ist«, sagte Jolin. Mitfühlend legte sie ihre

Hand auf seinen Unterarm, und anders als in der letzten Woche zuckte er diesmal nicht zurück. »Bestimmt werden die Ärzte bald herausfinden, was ihr fehlt. Sie braucht dich«, fuhr sie, ihre eigene Geschichte mit Rouben vor Augen, eindringlich fort. »Gerade jetzt. Und deshalb darfst du sie auf keinen Fall im Stich lassen.«

Es fiel ihr wirklich nicht leicht, das zu sagen, musste sie dabei doch auch an Anna denken und daran, was die Freundin mit ziemlicher Wahrscheinlichkeit für Leonhart empfand.

»Ich hoffe so sehr, dass du recht hast«, sagte er. »Das Problem ist nur … ich … Also …«

»Wir müssen nicht darüber sprechen, wenn du nicht willst«, meinte Jolin.

»Ja …« Um Leonharts Lippen zuckte es. Schließlich gab er sich einen Ruck und richtete seinen Blick fest in ihre Augen. »Ich muss einfach mit jemandem darüber reden, sonst werde ich noch verrückt.«

Jolin nickte. »Okay …«

»Also …«, begann er aufs Neue. »Ich weiß, es wird sich in deinen Ohren ziemlich gemein anhören, aber es ist nun mal so, dass ich mir über meine Gefühle nicht mehr ganz im Klaren bin. Carina ist nicht mehr dieselbe wie vorher.«

»Moment mal, Leo«, hakte Jolin ein. »Wenn ich mich richtig erinnere, seid ihr erst zusammengekommen, *nachdem* sie überfallen wurde.«

»Das stimmt.«

»Dann verstehe ich ehrlich gesagt nicht, was du damit meinst.«

Leonhart zuckte mit den Schultern.

»Aber du brauchst dich mir gegenüber wirklich nicht zu rechtfertigen«, setzte Jolin hinzu. »Es ist ganz allein deine Sache.«

»Schon. Aber es fällt mir eben auch schwer, sie ausgerechnet jetzt zu verlassen«, sagte er mit entwaffnender Ehrlichkeit. »Andererseits kommt es mir manchmal so vor, als ob sie mich gar nicht mehr um sich haben will.« Der Blick hinter seinen schmalen Brillengläsern nahm einen lauernden Ausdruck an. »So ähnlich, wie es mit Rouben und dir anfangs auch gewesen ist.«

»Das kannst du nicht miteinander vergleichen«, wiegelte Jolin den erneuten Versuch, auf die Vampirgeschichte zurückzukommen, ab. »Ich war damals noch weit davon entfernt, mit Rouben befreundet zu sein.«

»Trotzdem hätte er netter zu dir sein können.«

»Er hatte seine Gründe«, sagte Jolin. »Und zwar sehr private«, fügte sie betont hinzu, damit Leo gar nicht erst auf die Idee kam, dass sie irgendwelche näheren Details darüber preisgeben würde.

»Wahrscheinlich wusste er, dass er nicht ungefährlich ist«, sagte Leonhart beinahe beiläufig, und Jolin schüttelte innerlich den Kopf über seine Hartnäckigkeit.

»Rouben war nie gefährlich«, sagte sie. »Klarisse war diejenige, die ihn für einen Vampir gehalten hat. Und sie hat die Geschichte damals super aufgebauscht. Am Ende ist aber nicht das Geringste dran gewesen.«

Leo hob die Augenbrauen. »So wie jetzt?«

»Was meinst du?«

»Na ja, dieses Date, das sie gestern Abend hatte …«

»Wieso weißt du davon?«, fragte Jolin erstaunt.

»Na ja, Klarisse eben«, erwiderte Leonhart. »Es ist nahezu unmöglich, nichts von ihren Eskapaden mitzubekommen. Und ich sehe nicht ein, ständig mit iPod-Stöpseln oder Ohropax durch die Gegend zu laufen.«

»Ja, schon gut.« Jolin stöhnte leise. Das Gespräch fing allmählich an, ihr auf die Nerven zu gehen.

Doch dann tauchte zum Glück Anna am Ende des Ganges auf und gab den Erlösungsengel. »Tut mir leid, dass es so lange gedauert hat«, entschuldigte sie sich, während sie auf sie zugeeilt kam.

»Kein Problem«, sagte Jolin. »Leo und ich haben gerade eben erst angefangen, uns zu streiten.«

»Das ist nicht wahr«, widersprach er sofort. »Wir haben uns überhaupt nicht gestritten.«

Anna schenkte ihm ein Lächeln und hakte sich bei Jolin unter. »Und? Hast du eine Entscheidung getroffen?«

»Jep.«

»Und die wäre?«

»Ich komme nicht mit euch.«

»Oh, das ist aber schade!«, rief Leo.

»Das sagt er nur, damit du wirklich glaubst, dass wir nicht gestritten haben«, raunte Jolin Anna ins Ohr.

»Ich habe meinen iPod zu Hause vergessen«, meinte Leonhart und zupfte sich grinsend am Ohrläppchen. »Außerdem mag ich Jolin viel zu sehr, um mit ihr zu streiten.«

»Hört, hört«, sagte Anna und wurde ein wenig blass um die Nase.

»Vergiss einfach, was er sagt«, riet Jolin ihr. »Rede am besten erst wieder mit ihm, wenn ihr in der Siedlung seid. Sonst fängt er mit dir womöglich auch noch Streit an, und ihr kommt nicht mehr zum Arbeiten.«

»So ein Quatsch«, knurrte Leo. »Warum hörst du nicht

auf, diesen Unsinn zu reden? Ich würde niemals mit Anna streiten.«

»Ach ja?« Jolin grinste breit. »Und warum? Etwa, weil du sie dazu viel zu gern hast?«

Schlagartig verschwand die Blässe um Annas Nase und wich einer leuchtenden Röte, die sich von einer Sekunde auf die andere über ihr ganzes Gesicht ausbreitete. »Vielen Dank auch«, zischte sie Jolin zu, die sie sofort in die Arme nahm und überschwänglich drückte.

»Ich hoffe, du hast deine Kamera nicht vergessen«, sagte sie laut, während sie Leonhart über Annas Schulter hinweg ansah und mit einer gewissen Zufriedenheit bemerkte, dass auch seine Wangen mit einem zarten Rosa überzogen waren. Na wunderbar! Wenn er Carina tatsächlich nicht mehr liebte, sollte er ihr gegenüber auch nicht so tun, als ob. Und vielleicht lag er ja sogar richtig mit seiner Einschätzung, dass sie seinen Beistand ohnehin nicht wollte oder brauchte. Dann jedenfalls sprach nichts dagegen, dass Anna nicht davon profitierte.

»Alles klar?«, murmelte Jolin in deren Jackenkragen. »Hast du dich wieder abgekühlt?«

Sie hatte es noch nicht ganz ausgesprochen, da spürte sie bereits den sanften Stoß, den Anna ihr in die Seite verpasste.

»Mach dir keine Gedanken«, erwiderte sie klar und laut. »Leo und ich, wir schaffen das schon. Und du, meine Liebe … bloß nicht klein beigeben, hast du verstanden?«

»Ich werde dich nicht enttäuschen«, sagte Jolin.

»Es geht nicht um mich«, erwiderte Anna und küsste die Freundin zum Abschied nachdrücklich auf beide Wangen.

Als Jolin eine knappe halbe Stunde später am Hauptbahnhof angekommen war und den Abfahrtsplan unter die Lupe nahm, musste sie feststellen, dass sie die S-Bahn nach Lienenthal um wenige Minuten verpasst hatte und die nächste erst in einer knappen halben Stunde fuhr.

Weil sie keine Lust hatte, die ganze Zeit am Bahnsteig herumzustehen, und dadurch womöglich noch dazu verleitet wurde, ihr Vorhaben in Zweifel zu ziehen, steuerte Jolin kurzerhand einen Sandwichstand an und kaufte ein Käsebaguette zum Sofortessen und zwei Chickenwraps, die sie sich von der kleinen Vietnamesin, die kaum über die Theke sehen konnte, in Alufolie einwickeln ließ.

In einem Minisupermarkt in der Nähe des Eingangsbereichs erstand sie zudem eine Flasche Cider und eine kleine karierte Papiertischdecke und war somit perfekt ausgerüstet für ein kleines Überraschungspicknick. Mit einem Lächeln auf den Lippen schlenderte sie noch ein wenig an der Ladenzeile entlang. Ja, je länger sie darüber nachdachte und sich vorstellte, wie sie mit den Sachen vor Roubens Haus stand, desto überzeugter war sie, dass er sich letztendlich über ihren Besuch freuen würde.

»Gib es schon zu, Rouben Varescu, du liebst mich«, murmelte sie und schwenkte die Tüte mit den Wraps locker um ihr Handgelenk. »In Wahrheit hast du nämlich bloß Angst vor der eigenen Courage, du geheimnisvoller Zwielichtmensch. Aber weißt du, es ist mir völlig egal, wenn du niemals so wie ich, meine Freunde und meine Familie sein wirst.«

Die Fahrt mit der S-Bahn dauerte vierzig Minuten, anschließend stieg Jolin in den Bus, von dem sie annahm, dass er in die Richtung fuhr, in die sie wollte, und nach einer weiteren halben Stunde kam hinter einer Nadelbaumgruppe tatsächlich Roubens Haus in Sicht.

Jolin drückte den Knopf für das Haltesignal und stellte sich in den Mittelgang. Das Haus glitt an ihr vorbei, und es dauerte noch eine Weile, bis der Bus die nächste Haltestelle ansteuerte. Jolin seufzte. Sie würde nun also auch noch ein ganzes Stück zu Fuß zurücklegen müssen.

Nachdem sie ausgestiegen und der Bus weitergefahren war, stellte sie fest, dass sie sich in einer Senke befand. Ratlos sah sie sich um und versuchte sich zu orientieren. Zunächst einmal musste sie natürlich zurücklaufen, und wenn sie Glück hatte, traf sie vielleicht schon bald auf die Einmündung der Straße, die auf den schmalen Weg und schließlich auf das Haus zuführte. Und wenn sie richtig großes Glück hatte, erreichte sie Rouben vielleicht sogar jetzt gleich schon auf dem Handy. Dann würde er sie abholen – und alles war gut.

Hoffnungsvoll kramte Jolin das Mobilteil aus ihrer Tasche, holte Roubens Nummer aus dem Speicher und stellte fest, dass sie kein Netz hatte. Verdammt! Offenbar musste sie erst einmal aus dieser Senke heraus.

Jolin rannte los. Es war kälter geworden, der graue, diesige Himmel schien sich wie eine Decke, die jemand aufgeschüttelt hatte, auf das Land herabzusenken. Nach einer Weile vergrößerte sich der Landschaftsradius, doch nun sah hier plötzlich alles so gleich aus, dass Jolin noch immer nicht genau sagen konnte, hinter welchem Hügel oder Wäldchen sich das Haus befand.

Also versuchte sie es noch einmal mit dem Handy, und jetzt schien es mit der Verbindung auch zu klappen, zumindest ertönte nach dem Durchwählen das ersehnte Piepen. Doch leider meldete sich niemand, weder Rouben noch seine Mailbox.

»Du verdammter Kerl, wo steckst du?«, knurrte Jolin. »Ich stehe hier in der Pampa, und du meldest dich nicht.«

Genervt ließ sie das Handy in ihre Tasche zurückgleiten und stapfte weiter. Okay, dafür, dass sie sich auf diese Überraschungs-Odyssee begeben hatte, konnte er natürlich nichts, das war ihr eigenes Ding und allerhöchstens noch Anna ein Stück weit anzulasten. Aber die würde ihr jetzt auch nicht helfen können, da weder sie noch Leo einen Führerschein geschweige denn ein Auto besaßen.

Na toll! Die Wraps waren mittlerweile bestimmt schon lauwarm und durchgeweicht. Und sowieso war es wahrscheinlich das Beste, wenn sie auf der Stelle umdrehte und in die Stadt zurückfuhr. Jolin wollte es gerade tun, da fiel ihr ein, dass sie genauso gut auch zur nächsten Haltestelle vor wie zur letzten zurücklaufen konnte. Es würde wohl ohnehin noch eine Weile dauern, bis sich wieder ein Bus in diese Gegend verirrte.

»Du bist wirklich ein blödes Schaf!«, beschimpfte sie sich selbst. Fröstelnd zog Jolin den Hals ein und legte noch einen Zahn zu. Notfalls würde sie eben zu Fuß bis zur S-Bahn-Station gehen. Auf ein bisschen Quälerei mehr oder weniger kam es nun auch nicht mehr an.

Und so lief sie einfach weiter wie ein auf irgendein idiotisches Ziel programmierter Roboter, bis sie nach einer Ewigkeit die Einmündung einer Querstraße erreichte. Jolin stoppte, um sich zu vergewissern, dass kein Auto herangeschossen kam, und wollte gerade hinüberlaufen, da bemerkte sie das Holzschild mit der Ähre drauf. War ihr dieses

Ding nicht schon beim letzten Mal aufgefallen, als sie mit Gunnar hergefahren war? Jolin war sich nicht wirklich sicher, trotzdem keimte erneut Hoffnung in ihr auf. Wie weit mochte es jetzt noch sein? Einen Kilometer Straße und ein paar hundert Meter Feldweg vielleicht? Das konnte in einer Viertelstunde zu schaffen sein.

»Okay«, murmelte sie. »Zehn Minuten. Spätestens dann musst du dir sicher sein, dass du hier richtig bist und das Haus nicht mehr weit entfernt liegt.«

Jolin schob den Jackenärmel zurück und sah auf ihre Armbanduhr. Himmel nochmal, es war schon fast vier! In zwei Stunden würde es dunkel sein. Bis dahin musste sie entweder Rouben angetroffen oder die S-Bahn-Station erreicht haben, sonst würde sie sich hier noch vollkommen verlaufen.

Entschlossen schlug sie den Jackenkragen hoch und ging mit zusammengebissenen Zähnen an dem Schild vorbei und weiter die schmale Straße hinunter, die hinter einer langgezogenen Kurve an einem Tannenwäldchen entlangführte, in dessen unmittelbarer Nähe sie auf einen Feldweg traf. Kein Zweifel, hier war sie richtig!

Jolin fing an zu rennen, was garantiert weder den Wraps noch dem Cider guttat, aber das war ihr inzwischen völlig egal. Und dann endlich tauchte tatsächlich Roubens Haus auf dem kleinen Hügel vor ihr auf.

Jolin sah sofort, dass er ein Riesenstück vorangekommen war. Die neuen Fenster waren eingebaut, die Risse verputzt und der Zaun instand gesetzt, aber leider konnte sie den roten Alfa nirgendwo entdecken.

»Bitte, bitte, lass mich nicht umsonst hierhergekommen

sein«, sagte sie, öffnete das Holztor und betrat den Plattenweg.

Noch bevor der Riegel wieder eingerastet war, fingen die glitzernden Körnchen auf dem Boden an zu tanzen. Jolin blieb wie erstarrt stehen. Es war genau wie beim letzten Mal mit dem einzigen Unterschied, dass diese verdammten Dinger sich diesmal nicht aus den Halmen erhoben, sondern sich auf einer kleinen Fläche genau vor ihren Füßen zusammenballten.

»Ramalia?«, wisperte Jolin. »Bist du das?«

ja

Jolin keuchte. Ihr Herz klopfte wie verrückt. Das kann nicht sein, schoss ihr durch den Kopf, das ist ganz und gar unmöglich, aber inzwischen wusste sie schließlich nur zu gut, *was* alles möglich war.

»Okay«, murmelte sie. »Okay … Willst du mir etwas sagen?«

ja

Jolin schloss die Augen. Sie ist es, dachte sie. Sie ist es tatsächlich! Logisch! – Wer oder was hätte es auch sonst sein sollen?

»Und was?«, stieß sie hervor, nachdem sie die Augen wieder geöffnet und ihren Blick erneut auf die wogende Glitzerfläche gerichtet hatte.

lauf weg

Jolin starrte auf die Worte und schüttelte wieder und wieder den Kopf. »Warum?«, fragte sie. »Ist Rouben nicht da?«

Die Fläche löste sich auf, die Körnchen wirbelten durcheinander und setzten sich blitzschnell zu einem neuen Wort zusammen.

sofort

»Aber ich muss mit ihm reden!«, protestierte Jolin. Sie sah zur Haustür und wollte einen weiteren Schritt darauf zumachen, da stach ihr ein glühender Schmerz in den Hals.

Jolin stöhnte auf. Sie wich zurück und starrte auf das *sofort* aus Glitzerstaub. Plötzlich heulte hinter dem Haus ein Motor auf, der rote Alfa schoss die Straße herunter und kam mit quietschenden Reifen zum Stehen. Eine Gestalt sprang heraus, stieß das Tor auf und packte Jolin am Arm.

»Los komm! Weg hier!«

»Rouben!«

Ja, es war Rouben, und er zerrte sie hinter sich her auf das Auto zu, drückte ihren Kopf grob herunter und schob sie durch die offene Wagentür auf den Beifahrersitz. Der Gurt rastete ein, die Tür schlug zu, und zwei Sekunden später saß Rouben bereits neben ihr und trat das Gaspedal durch.

Der Wagen flog geradezu über den Feldweg, drehte sich auf der schmalen Straße einmal um die eigene Achse und raste am Tannenwald vorbei und durch die Kurve auf die Hauptstraße zu, bis er nach einer Vollbremsung kurz vor der Einmündung stehen blieb.

»Bist du wahnsinnig!«, brüllte Jolin. »Willst du uns umbringen!«

»Hatte ich eigentlich nicht vor«, erwiderte Rouben. Er schlug das Lenkrad ein und parkte den Alfa am Straßenrand, dann sah er Jolin an. Sie registrierte seine zusammengepressten Lippen und das wütende Funkeln in seinen Augen, doch sie war fest entschlossen, sich davon nicht beeindrucken zu lassen.

»Wo bist du gewesen?«, zischte sie.

»Im Haus.«

»Und dein Wagen?«

»Dahinter«, sagte Rouben. »Ich parke ihn immer dahinter. Das ist praktischer, wenn ich etwas ein- oder ausladen will.«

»Ach, erzähl mir doch keinen Scheiß!«

Rouben schlug mit dem Handballen auf das Lenkrad. »Glaub doch, was du willst«, knurrte er. Er wandte den Blick auf die Straße. Um seine Augen und die Mundwinkel zuckte es.

»Warum bist du so wütend?«

Er antwortete nicht.

»Was ist mit dem Haus?«, schrie Jolin ihn an.

Wieder keine Antwort.

»Deine Mutter hat mit mir gesprochen.«

Rouben holte tief Luft. »Ich weiß. Sie will dich beschützen.«

»Und wovor? Etwa vor dem Haus, das sie dir geschenkt hat?«

Rouben presste die Lippen zusammen. Er schüttelte kaum merklich den Kopf.

»Oder vor Klarisse?«

Jetzt sah er sie erstaunt an. »Wieso ausgerechnet vor Klarisse?«

»Weil sie gestern Abend ein mysteriöses Date hatte und heute nicht in der Schule war.«

»Was hab ich damit zu tun?«, erwiderte er hart.

»Das weiß ich nicht, Rouben. Sag's mir einfach.«

»Klarisse hat nicht das Geringste damit zu tun!«

»Okay. Wer dann?«

»Niemand.«

»Und wovor will Ramalia mich dann beschützen?«, fragte Jolin. »Etwa vor dir?«

Roubens Wangenknochen traten hervor, und seine Hände spannten sich um das Lenkrad.

»Also vor dir«, wiederholte sie ihre Frage als Feststellung.

Rouben schwieg.

»Das ist Unsinn«, sagte Jolin. Sie musterte seine blasse Haut und die dunklen Schatten unter seinen Augen, ließ den Blick über sein wundervolles Profil gleiten und den perfekt geformten Brustkorb, und augenblicklich überfiel sie das heftige Verlangen, ihn zu berühren. »Und das weißt du auch«, setzte sie hinzu, während sie ihre Hände in die Jackentaschen schob, damit sie der brennenden Versuchung nicht nachgab. »Ramalia liebt *dich* und nicht mich. Eher würde sie *dich* vor *mir* schützen, als …« Jolin stockte.

»Komm einfach nicht mehr hierher, okay?« Rouben sah sie an, löste eine Hand vom Lenkrad und strich flüchtig über ihren Jackenärmel. »Ich bring dich jetzt nach Hause«, sagte er, startete den Motor und lenkte den Alfa auf die Fahrbahn zurück.

original message
from: *r. v.*
to: *klarisse@hexe.de*
subject: *danke, mein engel*
das war einfach der hammer mit dir!

original message
from: *klarisse*
to: *r. v. (v-r@gmx.de)*
subject: *re: danke, mein engel*
was ich leider nicht behaupten kann.

original message
from: *r. v.*
to: *klarisse@hexe.de*
subject: *re: danke, mein engel*
okay, es war vielleicht ein bisschen überstürzt, das tut mir leid, aber das lag nur daran, dass du mich fast um den verstand gebracht hast.

original message
from: *klarisse*
to: *r. v. (v-r@gmx.de)*
subject: *re: danke, mein engel*
das ist eine ziemlich schlappe erklärung. egal, was euch scheiß selbstverliebten typen passiert, immer soll frau schuld sein. das kannst du steckenlassen!

original message
from: *r. v.*
to: *klarisse@hexe.de*
subject: *re: danke, mein engel*
okay, ich gebe zu, ich stehe auf kicks dieser art.

original message
from: *klarisse*
to: *r. v. (v-r@gmx.de)*
subject: *re: danke, mein engel*
deine sache, lass mich gefälligst aus dem spiel.

original message
from: *r. v.*
to: *klarisse@hexe.de*
subject: *re: danke, mein engel*
das geht leider nicht.

original message
from: *klarisse*
to: *r. v. (v-r@gmx.de)*
subject: *re: danke, mein engel*
ich werde meinen e-mail-account löschen.

original message
from: *r. v.*
to: *klarisse@hexe.de*
subject: *re: danke, mein engel*
... und woanders hinziehen?

original message
from: *klarisse*
to: *r. v. (v-r@gmx.de)*
subject: *re: danke, mein engel*
lass mich einfach in ruhe!

original message
from: *r. v.*
to: *klarisse@hexe.de*
subject: *re: danke, mein engel*
und wenn ich dir verfallen bin?

original message
from: *klarisse*
to: *r. v. (v-r@gmx.de)*
subject: *re: danke, mein engel*
ist dir eigentlich klar, dass du mich fast getötet hättest?

original message
from: *r. v.*
to: *klarisse@hexe.de*
subject: *re: danke, mein engel*
jetzt übertreibst du aber! ich weiß, dass ich gefährlich bin, aber ich respektiere dich viel zu sehr, als dass ich deinen willen brechen würde.

original message
from: *klarisse*
to: *r. v. (v-r@gmx.de)*
subject: *re: danke, mein engel*
ach ja, und den kennst du, meinen willen?

original message
from: *r. v.*
to: *klarisse@hexe.de*
subject: *re: danke, mein engel*
wir mögen zwar aus verschiedenen welten kommen, aber im grunde sind wir aus dem gleichen holz geschnitzt. ich zumindest weiß, was

dein innigster wunsch ist, und ich bin mir ganz sicher, du wirst schon sehr bald dahinterkommen, wonach ich mich in wahrheit sehne. das schicksal hat uns füreinander bestimmt, klarisse, davor kannst du nicht weglaufen. denn wir sind unabdingbar bis über den tod hinaus miteinander verbunden.

7

Inzwischen kann ich den Unterschied zwischen Jolin und mir ganz deutlich spüren. Ihre Wärme füllt den ganzen Wagen aus und macht mir nur allzu deutlich klar, dass ich niemals so sein werde wie sie.

Diese Erkenntnis ist von derselben Kälte, die auch das Herz meines Bruders umgibt, er scheint sehr genau zu wissen, was er mir antut. Meine Selbstbeherrschung schwindet von Tag zu Tag. Mittlerweile kann ich es kaum noch ertragen, Jolin anschauen zu müssen, ohne sie berühren zu dürfen. Meine Sehnsucht nach ihr ist grenzenlos und unstillbar. Und mit jedem Tropfen Blut, den Vincent mir stiehlt, mit jedem Quantum Gift, das meine gerade erst erwachte Seele tötet, tötet er auch einen Teil von Jolins.

Heute war ich kurz davor, ihr alles zu sagen und sie mit mir fortzunehmen, irgendwohin, für die wenige Zeit, die uns noch bleibt.

Aber das würde Vincent niemals zulassen. Gerade jetzt, da der Mond wieder zunimmt, ist er unbeherrschter denn je.

Und so bleibe ich im Wagen sitzen und sehe, wie Jolin im Haus verschwindet, die Tür hinter ihr ins Schloss fällt und das Licht im Treppenhaus anspringt. Ich spüre, wie ihr mit jeder Stufe die Kraft schwindet, und ich schwöre hoch und heilig, dass ich sie – solange ich noch irgendwie dazu in der Lage bin – keine Nacht mehr unbewacht lassen werde.

Jolin hatte sich nie Gedanken darüber gemacht, was sie für Ramalia empfand. Dankbarkeit, Freundschaft oder sogar Zuneigung? Sie konnte es nicht sagen. Die wenigen persönlichen Begegnungen, die sie mit Roubens Mutter gehabt hatte, gehörten ganz ohne Zweifel zu den außergewöhnlichsten, unheimlichsten und bedeutsamsten, aber auch berührendsten ihres Lebens. Die Risiken, die Ramalia für ihre Liebe zu Harro Greims, für seinen Schutz und für Roubens Zukunft auf sich genommen hatte, waren erheblich gewesen, ganz sicher konnte man hier von absoluter Selbstlosigkeit sprechen. Und trotzdem. Die Art und Weise, wie sie ihre Handlungen geplant, und die Kompromisslosigkeit, mit der sie sie anschließend ausgeführt hatte, gaben dem Ganzen auch etwas Kaltes, Berechnendes.

Ramalia hatte ihre Macht immer zu gebrauchen gewusst, und daran schien sich auch nach ihrem physischen Tod nichts geändert zu haben. Ihr Geist, oder wie immer man das nennen wollte, was von ihr übriggeblieben war, wachte weiterhin über Roubens Entwicklung und hielt mit Entschlossenheit alles von ihm fern, was ihm schadete.

Und im Moment war ganz offensichtlich sie das, Jolin.

Inzwischen war sie im vierten Stock angekommen. Sie hatte sich die Treppen hinaufgearbeitet, als ob es darum ginge, die letzten hundert Meter des Mount Everest zu erklimmen. Mit letzter Kraft schleppte sie sich zur Tür. Das Deckenlicht ging aus, ehe sie den richtigen Schlüssel aus dem Bund gezogen hatte.

Zitternd lehnte Jolin sich mit dem Rücken gegen die Wand und ließ den Tränen, gegen die sie schon so lange so verbissen angekämpft hatte, freien Lauf. Langsam rutschte sie an dem rauen Putz entlang bis auf den Boden hinunter, zog die Beine an den Körper und presste die Stirn leise schluchzend auf ihre Knie.

Eine ganze Weile saß sie da, einen brennenden Schmerz im Herzen, und versuchte, ihre Gedanken zu ordnen und zu verstehen, was in und mit Rouben vorging. Innerhalb der letzten Tage hatte er sich genauso stark verändert wie zwei Monate zuvor nach den Ereignissen auf der Burg.

Damals war aus Rouben, dem Zwielicht, Rouben, der Mensch, geworden, und soweit Jolin sich zurückerinnerte, hatte er zu diesem Zeitpunkt noch keine gravierenden Anpassungsschwierigkeiten gehabt. Glaubte sie ihm – und eigentlich gab es keinen Grund, das nicht zu tun –, hatte er erst viel später Probleme mit seiner Umwandlung bekommen.

Offenbar machte es ihm Angst, dass er seine Gefühle für sie nicht kontrollieren konnte, aber war das ein Grund, sich gleich so radikal von ihr abzuwenden? Hätten sie sich nicht auch versprechen können, aufmerksamer miteinander umzugehen und sich einander langsamer zu nähern? Zumindest hätten sie es versuchen können. Aber genau davon hatte Rouben nie etwas wissen wollen.

Jolin hob den Kopf und hämmerte mit den Handballen gegen ihre Stirn. – Warum? Warum? Warum?

Weil die ganze Prophezeiung ein verdammter Irrtum war und Rouben niemals ein Mensch sein würde, sondern für immer ein Wesen der Dunkelheit blieb? Ein Wesen mit einer besonderen Gabe? Einer dunklen Gabe, die durch sie und ihre Liebe zu ihm in irgendeiner Weise begünstigt wurde? Konnte Rouben durch sie, Jolin, dazu veranlasst werden, Böses zu tun? War er vielleicht schon jetzt unberechenbar? Und war es das, wovor Ramalia ihn bewahren wollte, hatte sie Jolin deshalb von seinem Grundstück gejagt, und wusste auch er womöglich längst, wie es um ihn stand?

Wollte Rouben sie nicht mehr, weil es tatsächlich für alle das Beste war, wenn sie sich von ihm fernhielt?

»Nein«, wisperte Jolin. »Bitte, bitte nicht! Ich kann das nicht. Ich – kann – das – nicht.«

Sie wollte aufspringen, rumschreien, gegen die Wand treten, stattdessen biss sie in ihre Jeans und kreischte lautlos in sich hinein. Nein! Nein! Nein!

Unaufhaltsam quollen Tränen aus ihren Augen und sickerten in ihren Jackenärmel. Jolin umschlang ihre Knie, so fest sie konnte, und wiegte sich langsam hin und her. Sie musste aufhören zu weinen, sie musste sich beruhigen, Gunnar und Paula durften sie auf keinen Fall so vorfinden.

»Halt mich doch, Rouben, halt mich«, wisperte sie. »Wie soll ich denn leben ohne dich? Wie soll ich das alles ertragen?«

Aber ich bin doch da, hörte sie ihn sagen. *Ich bin bei dir. Ich lasse dich nicht allein*. Sein warmer Körper schmiegte sich gegen ihren Rücken, seine Arme umschlangen sie, und seine Wange berührte die ihre. Jolin konnte ihn atmen hören, ja sie konnte ihn sogar riechen. Selig schloss sie die Augen, tastete nach seinen Händen und verschränkte ihre Finger mit seinen. Gemeinsam wiegten sie sich hin und her. Sanft und still. Zu einer Einheit verschmelzend. Für immer.

Jolin erwachte am frühen Morgen. Sie lag in ihrem Bett, aber sie konnte sich nicht mehr erinnern, wie sie in ihr Zimmer gekommen war. Hatten ihre Eltern sie gefunden? War Rouben wirklich bei ihr gewesen?

Sie sah zum Fenster hinüber. Durch den Vorhangspalt fiel ein schmaler Lichtstreifen über die Zimmerdecke. Der rechte Store wölbte sich unter einer sanften Windböe und fiel wieder zurück.

Nur der rechte?

Mit einem Ruck saß Jolin kerzengerade im Bett. Sie schlug die Decke beiseite, hastete zum Fenster und riss den Vorhang auf. Das Fenster war geschlossen, und der Griff ließ sich nur mit äußerster Kraftanstrengung umlegen.

Als Jolin den Fensterflügel endlich aufbekam und auf die dunkle Straße hinuntersah, bemerkte sie unterhalb des Simses einen Schatten, der blitzschnell an der Hauswand hinabglitt und in der Nische hinter einem Regenrohr mit der Dunkelheit verschmolz.

Jolin stolperte zurück und starrte auf das offene Fenster. Ihr Herz hämmerte sie fast um den Verstand. Schließlich nahm sie ihren ganzen Mut zusammen und wagte einen zweiten Blick hinaus.

Der Schatten blieb verschwunden, aber genau gegenüber auf der anderen Straßenseite stand zwischen einem Kleinlaster und einem alten Volvo der rote Alfa. Jolin atmete auf.

Rouben war da. Er würde sie nicht allein lassen.

Das zweite Mal an diesem Dienstagmorgen wurde Jolin von einem durchdringenden Klingelton geweckt. Sie schreckte hoch und blickte verwirrt um sich. Es dauerte eine Weile, bis sie kapierte, dass ihr Handy diesen Rabatz veranstaltete.

Fluchend warf sie sich über die Bettkante und klaubte es vom Boden auf. Auf dem Display stand Annas Name.

Jolin drückte die Verbindungstaste, und die Freundin trompetete sofort los. »Mann, wo steckst du denn?«

»Wieso?«

Anna schnaubte. »Du hast doch nicht etwa verpennt!«

Mit einem Schlag war Jolin hellwach. »Wie spät ist es überhaupt?«

»Wie spät es ist? Oh, Mann, ich fass es nicht! Hat dein Wecker einen Kreislaufkollaps, oder was?«

»Äh … nein …« Jolin warf einen Blick auf ihren Nachttisch, aber dort lagen neben der Lampe nur das Wipobuch und ein Päckchen Papiertaschentücher. Der Wecker musste heruntergefallen sein. Sie wollte sich gerade bücken und unter dem Bett nachsehen, da quietschte Anna ihr ins Ohr. »Oh, du hast bei Rouben übernachtet!«

»Hab ich nicht«, erwiderte Jolin. »Von wo aus rufst du eigentlich an?«

»Aus der Schule natürlich. In fünfeinhalb Minuten beginnt die dritte Stunde. Aber mach dir nichts draus. Rouben und Klarisse sind auch nicht da.«

Rouben und Klarisse …?

»Ich hab tatsächlich verschlafen«, murmelte Jolin. »Das ist mir noch nie passiert.«

»Ja, du bist in der Tat kaum wiederzuerkennen«, bestätigte Anna. »Ich hoffe, es hat sich wenigstens gelohnt.«

»Was?«, fragte Jolin verwundert. Sie war inzwischen aufgestanden und sammelte nun wahllos ein paar herumliegende Klamotten auf.

»Na, was wohl!«

»Erzähl ich dir später«, sagte Jolin. »Ich muss mich jetzt

sputen, damit ich es wenigstens noch zur Vierten schaffe.« Sie würgte Annas Stöhnen ab, indem sie die Verbindung unterbrach und das Handy in ihre Tasche steckte. Dann eilte sie in fliegender Hast ins Bad und zehn Minuten später ebenso schnell aus dem Haus.

Der Alfa war verschwunden, und wieder einmal zwang sich Jolin, dem keine Bedeutung beizumessen. Sie spürte, dass Rouben bei ihr war – *irgendwie*, insofern hatte sich die Fahrt zu seinem Haus sogar tatsächlich *gelohnt*, aber sie hatte nicht die geringste Ahnung, wie es nun weitergehen würde, und wenn sie ehrlich war, wollte sie es auch gar nicht so genau wissen. Besser war es zu hoffen, dass sie sich irrte, die falschen Schlüsse gezogen hatte und es viel weniger dramatisch um Rouben stand, als sie befürchtete.

Jetzt galt es, nach vorn zu sehen und den Tag rumzubringen. Jolin musste sich Antworten für die zu erwartenden bohrenden Fragen von Anna überlegen, vor allem aber musste sie eine Möglichkeit finden, sich abzulenken, damit ihre Gedanken nicht ständig nur um Rouben kreisten. Denn das würde sie zweifellos schon sehr bald völlig um den Verstand bringen.

Jolin erreichte die U-Bahn-Station und stürmte die Treppe zum Bahnsteig hinunter. Auf der Anzeigentafel wurde ihr Zug in zwei Minuten angekündigt, und so zwängte sie sich hastig an den Wartenden vorbei, um möglichst weit vorn einsteigen zu können.

Die Lautsprecherstimme ertönte, und die Leute drängten auf den weißen Markierungsstreifen zu. Jolin rannte noch ein Stück weiter, sie wusste so ungefähr, wo die Bahn halten würde, und stieß beinahe mit Klarisse zusammen, die urplötzlich hinter einer Anzeigentafel hervorkam.

»Ooops, was machst du denn hier?«, platzte sie heraus.

»Ich schätze, dasselbe wie du«, erwiderte Klarisse. Sie sah blass aus, und ihre Stimme klang müde.

»Gut, dann sind wir wenigstens zu zweit«, versuchte Jolin zu scherzen, aber ihre Stufenkameradin schien nicht in der richtigen Stimmung zu sein.

»Ich habe ein Attest«, sagte sie. »Du auch?«

»Nein, stell dir vor, ich habe verpennt.« Jolin hob die Schultern. »Das erste Mal in meinem Leben.«

»Wow, darauf kannst du echt stolz sein«, sagte Klarisse und reckte den Daumen.

Jolin stieg hinter ihr in die Bahn und ließ sich ihr gegenüber auf einen freien Viererplatz fallen. Sie wusste nicht recht, wie sie den Kommentar einordnen sollte. »Und du hast schon lange nicht mehr so spöttisch geklungen«, sagte sie geradeheraus.

Klarisse hob die Augenbrauen. »Ach, jetzt tu doch nicht so harmlos, du kannst das schließlich auch ganz gut.«

Jolin seufzte. »Ich dachte, wir wären Freunde.«

Klarisse sah sie kurz an und richtete ihren Blick dann zum Fenster.

»Elektrokabel, Betonpfeiler, Lichtreflexe, Spiegelbilder«, zählte Jolin auf. »Findest du das alles interessanter, als dich mit mir zu unterhalten?«

»Natürlich nicht«, erwiderte Klarisse und starrte weiter aus dem Fenster. »Es ist nur so, dass …« Sie brach ab, und Jolin sah, wie sich die Finger an ihren beiden Händen zur Faust ballten.

»Dein Date nicht so abgelaufen ist, wie du es dir vorgestellt hast?«, fragte sie tastend.

Klarisse zuckte die Achseln. »Er ist überhaupt nicht gekommen.«

»Oh.«

»Ich hab mit nix anderem gerechnet«, erwiderte Klarisse betont lässig. »Weißt du, auf diese Typen, die ihre Klappe dermaßen aufreißen, kann man sowieso nichts geben.«

»Aber gehofft hast du trotzdem …?«

»Ja, verdammt! Ich blöde Kuh, habe mir eine geschlagene halbe Stunde vor unserer Haustür den Arsch abgefroren!«

»Und dir eine Erkältung geholt?«

»Mhm, an der Blase.«

»Deshalb bist du gestern also nicht in der Schule gewesen«, sagte Jolin. »Wir haben uns schon Sorgen gemacht.«

Klarisse zog eine Grimasse. »Ach, gib's doch zu«, brach es aus ihr hervor. »Ihr habt euch garantiert allesamt das Maul zerrissen. Das war doch ein gefundenes Fressen für euch. Klarisse trifft den Tod und er …« Nun sah sie Jolin doch an und machte mit der Hand eine Geste, als wollte sie sich die Kehle durchschneiden.

Jolin schüttelte den Kopf. »Das ist absoluter Quatsch, und das weißt du auch.«

»Überhaupt nicht«, knurrte Klarisse. »Glaub mir, ich kenne meinen Unterhaltungswert nur zu gut.«

Jolin streckte ihre Beine aus, nahm Klarisses Füße zwischen ihre und drückte sie sanft. »Ich mag dich«, sagte sie leise. »Ich glaube, ich mochte dich schon immer. Ich wollte es mir nur nicht eingestehen.«

»Schon klar. Weil ich dir zu oberflächlich bin.«

»Das bist du eben gerade nicht«, sagte Jolin. »Ich glaube, du bist einfach nur ein bisschen unzufrieden.«

Klarisse verdrehte die Augen. »Vielen Dank für die Analyse«, stöhnte sie.

Jolin grinste. »Keine Ursache.«

Schweigend sahen sie sich an.

»Ich konnte dich früher nicht leiden«, sagte Klarisse schließlich. »Du warst mir einfach zu fade. Und wenn ich es mir genau überlege, bist du auch ein ziemlicher Kotzbrocken gewesen.«

»Danke gleichfalls.«

»Vielleicht warst du ja auch unzufrieden«, meinte Klarisse.

Jolin nickte. »Und wie!«

»Und jetzt hast du Rouben und bist glücklich.«

»Nein.«

Wieder hob Klarisse die Brauen. »Was soll das heißen?«

»Das heißt, dass das eine nur indirekt vom anderen abhängt«, beeilte Jolin sich zu sagen.

Um ein Haar wäre ihr die Wahrheit herausgerutscht, und das wäre Klarisse betreffend ganz sicher noch einen Tick zu früh gewesen.

»Jetzt spiel nicht gleich wieder die Intellektuelle«, äußerte die Freundin ihren Unmut.

Jolin grinste schlapp. »Ich spiele es nicht, ich bin's.«

»Meinetwegen«, brummte Klarisse. »Aber dann lass es gefälligst nicht so raushängen. Das steht dir nämlich nicht.«

»Okay, ich glaube, unsere Unterhaltung läuft sowieso in die falsche Richtung«, lenkte Jolin ein.

»Du meinst, sie ist ein kleines bisschen schräg.«

»Wir sind es eben nicht gewohnt, *allein* miteinander zu reden«, betonte Jolin.

Klarisse beugte sich vor und zog einen theatralischen Bettelflunsch. »Erklärst du's mir trotzdem?«

»Was?«

»Das mit dem indirekten Glück. Irgendwie habe ich das Gefühl, es könnte mir weiterhelfen.«

»Ach so … Na ja … das ist gar nicht so einfach.« Jolin ließ den Blick umherschweifen, so als hoffte sie in einem der müden Vormittagsgesichter eine Antwort zu finden. »Ich war nicht zufrieden, bevor ich Rouben kannte, aber das hatte nichts mit ihm zu tun«, begann sie schließlich mit ihrer Erklärung. »Als wir dann zusammengekommen sind, war ich glücklich, das stimmt. Aber ich war es nicht, weil ich nun plötzlich wusste, dass er mich mag, sondern weil *ich mir* eingestanden habe, dass *ich ihn* mag.«

»Du redest von Liebe.«

»Ja, natürlich.«

»Dann sag nicht, dass du ihn magst, sondern dass du ihn *liebst*«, erwiderte Klarisse.

»Okay, wenn du dich dann besser fühlst.«

»Ich fühle mich überhaupt nicht gut damit«, sagte Klarisse finster. »Und ich will auch nicht mehr so tun, als ob es so wäre. Die Wahrheit ist: Ich finde Rouben immer noch wahnsinnig spannend. Und du kannst mir glauben, ich wäre glücklich, wenn ich es wäre, die er liebt.«

Ein ungutes Gefühl machte sich in Jolin breit. »Was willst du damit sagen? Dass du noch immer versuchen wirst, ihn …«

»Stopp!«, fuhr Klarisse sofort dazwischen. »Das werde ich natürlich nicht. Ich habe akzeptiert, dass er sich für dich entschieden hat. Stell dir vor, mir ist sogar klargeworden, dass ich nie eine echte Chance bei ihm hatte. Das war alles nur blöde Einbildung. Verstehst du, Jolin, ich dachte immer, ich sei wahnsinnig interessant. Ein Scheißdreck bin ich, und diese Erkenntnis macht mich in der Tat *ein bisschen unzufrieden.*«

Das Gespräch mit Klarisse hatte Jolin irritiert. Zwar war es absolut typisch für ihre Stufenkameradin verlaufen, aber das Entscheidende waren auch nicht Klarisses Worte oder ihr Verhalten, sondern der Umstand, dass Jolin mit ihrer Einschätzung offenbar den Nagel auf den Kopf getroffen hatte. Klarisse war viel weniger selbstbewusst, als es den Anschein hatte. Ihre auffälligen Outfits, ihr ganzes Auftreten war nichts weiter als eine Maske, hinter der sich die echte, die unbekannte, aber auf jeden Fall viel verletzlichere Klarisse versteckte. Rouben hatte an dieser Maske gekratzt, sie hatte Risse bekommen und Jolin einen kleinen Einblick in Klarisses Seele gewährt.

»Sag mal, was ist gestern eigentlich zwischen euch abgelaufen?«, fragte Anna, die Jolin gleich nach der Deutschstunde zur Seite genommen hatte. »Warum hast du verschlafen? Und wieso ist Rouben heute schon wieder nicht da?«

»Wir haben bis in die frühen Morgenstunden geredet«, log Jolin. »Ich war erst um kurz vor fünf im Bett. Und Rouben ist sowieso fix und fertig von der Plackerei.«

»Kommt er wenigstens voran?«

Jolin dachte an die neuen Fenster und die vielen Außenreparaturen und nickte. »Ziemlich gut sogar.«

»Na, dann wollen wir mal fest daran glauben, dass das Haus bald fertig ist und der ganze Spuk ein Ende hat«, meinte Anna seufzend. »Dein Anblick ist nämlich kaum noch zu ertragen.«

»Das wird jetzt alles besser«, versprach Jolin. »Wir haben gestern eine Übereinkunft getroffen.«

»Hm.« Anna runzelte die Stirn. »Ich hoffe ja sehr, du kommst darin ebenfalls vor.«

»Natürlich«, sagte Jolin. Sie bemühte sich darum, dass ihre Miene möglichst viel Zuversicht ausstrahlte und kein verdächtiges Zucken sie verriet. »Wir sehen uns jeden Tag. Entweder in der Schule oder abends bei mir … Oder im Haus«, setzte sie hastig hinzu, damit die Freundin hier nicht gleich wieder einen Grund zum Nachhaken fand. »Wir erledigen die Hausaufgaben zusammen und erarbeiten uns den Stoff für die Klausuren.«

»Wow, das klingt wirklich romantisch«, seufzte Anna.

»Na ja, Rouben wird die nächsten Wochen nicht immer in der Schule sein …«

»Stell dir vor, das hab ich mir schon fast gedacht.«

»Er ist wirklich gut, er kann es sich leisten«, sagte Jolin trotzig.

Anna zuckte mit den Schultern. »Der Direx wird ihn rausschmeißen, wenn er zu oft fehlt.«

»Das wird er nicht wagen, solange Roubens Punktekonto in Ordnung ist. Er ist zwar nicht mehr schulpflichtig, aber ein Recht auf Bildung hat er trotzdem. Und wenn die Aussicht besteht, dass er ein gutes Abi macht …«

Anna hob abwehrend die Hände. »Wahrscheinlich hast du recht«, sagte sie. »Trotzdem finde ich, dass das ganze eher nach einer optimalen Geschäftsbeziehung als nach einer Liebesgeschichte klingt.«

»Oh, ich versichere dir, das kommt ganz bestimmt nicht

zu kurz«, sagte Jolin. Sie zauberte ein vielsagendes Lächeln in ihr Gesicht. »Rouben hat einfach keine Lust mehr, das in aller Öffentlichkeit zur Schau zu stellen … Und ich ehrlich gesagt auch nicht«, fügte sie nachdrücklich hinzu. Sie war wirklich stolz darauf, dass sie sich Anna gegenüber so glorreich geschlagen hatte. »Wir stehen hier doch wie auf dem Präsentierteller.«

»Mhm«, bestätigte die Freundin. »Und jetzt hat er diesen Platz wieder für sich allein.« Sie sah Jolin durchdringend an. »Vielleicht ist es das, was er will.«

»Ganz sicher nicht«, erwiderte Jolin entgegen ihrer eigenen Überzeugung. »Im Gegenteil. Er rechnet fest damit, dass sich schon bald kaum einer mehr dafür interessiert, was er macht«, krönte sie ihre Lügengeschichte. »Und jetzt lass uns noch einen Moment an die Luft gehen, okay?«

»Okay …«, meinte Anna zögernd. »Aber Jol, das eine sag ich dir jetzt schon: Ich lasse nicht locker. Wenn sich deine Gemütsverfassung in den nächsten Tagen nicht deutlich verbessert, werde ich Rouben gegenüber mit meiner Meinung nicht mehr hinter dem Berg halten.«

original message
from: *klarisse*
to: *r. v. (v-r@gmx.de)*
subject: *frage*
würdest du mir eine frage beantworten?

original message
from: *r. v.*
to: *klarisse@hexe.de*
subject: *re: frage*
jede … oder sagen wir mal, fast jede …

original message
from: *klarisse*
to: *r. v. (v-r@gmx.de)*
subject: *re: frage*
würdest du mir sagen, was du bist?

original message
from: *r. v.*
to: *klarisse@hexe.de*
subject: *re: frage*
dein gegenstück.

original message
from: *klarisse*
to: *r. v. (v-r@gmx.de)*
subject: *re: frage*
das ist keine antwort.

original message
from: *r. v.*
to: *klarisse@hexe.de*
subject: *re: frage*
es ist vielleicht nicht die antwort, die du dir erhofft hast, aber es ist die einzige, die du momentan von mir bekommen kannst.

original message
from: *klarisse*
to: *r. v. (v-r@gmx.de)*
subject: *re: frage*
dann erklär mir wenigstens, was du mit gegenstück meinst.

original message
from: *r. v.*
to: *klarisse@hexe.de*
subject: *re: frage*
aber nur, weil du heute so sanftmütig bist …
also hör gut zu: du bist das leben und ich bin der tod … hast du dir das nicht schon gedacht? wir gehören zusammen, obwohl wir keine gemeinsame zukunft haben. verstehst du, klarisse, meine sehnsucht nach dir ist unendlich und unerfüllbar. ich weiß, dass ich dich niemals besitzen kann, aber ich wollte dich wenigstens dieses eine mal spüren. es tut mir leid, wenn ich dich damit verletzt habe, aber das gehört zu meinem wesen. der tod ist unerbittlich – einfach ausgedrückt, mein engel: ich werde dir niemals glück bringen und du mir auch nicht, denn wir sind wie magnete mit gleichen polen. aber ich würde dir gerne ein geschenk machen.

original message
from: *klarisse*
to: *r. v. (v-r@gmx.de)*
subject: *re: frage*
heißt das, ich darf mir etwas wünschen?

original message
from: *r. v.*
to: *klarisse@hexe.de*
subject: *re: frage*
das hast du doch schon längst, klarisse. ich bin nicht so töricht zu glauben, dass du mich jemals lieben wirst. das leben begehrt sich selbst und der tod das leben, doch er bekommt nur das, was ihm bereits geweiht ist.

original message
from: *klarisse*
to: *r. v. (v-r@gmx.de)*
subject: *re: frage*
hast du nicht versprochen, es einfach auszudrücken?

original message
from: *r. v.*
to: *klarisse@hexe.de*
subject: *re: frage*
also gut, machen wir es kurz: mein geschenk an dich ist rouben.

original message
from: *klarisse*
to: *r. v. (v-r@gmx.de)*
subject: *re: frage*
und was ist der preis dafür?

original message
from: *r. v.*
to: *klarisse@hexe.de*
subject: *re: frage*
geschenke haben keinen preis, sie kommen von herzen.

8

Der obere Teil von Jolins Fenster liegt im Schatten der Dachtraufe. Ich warte bis weit nach Mitternacht. Erst wenn alle Lichter im Haus verloschen, der Verkehr auf der Straße zur Ruhe gekommen und kaum noch ein Fußgänger anzutreffen ist, verlasse ich den Wagen. Die Temperaturen sinken in der Nacht auf ungefähr sechs Grad, doch die Kälte macht mir inzwischen kaum noch etwas aus.

Nachdem ich mich vergewissert habe, dass sich auch wirklich niemand auf dem Bürgersteig befindet, hangele ich mich auf das schmale Vordach über der Haustür und springe dann blitzschnell von Sims zu Sims, bis mich der Traufenschatten verschluckt.

Ich drücke das Fenster auf und setze mich vorsichtig auf Jolins Bettkante. Ihr blondes Haar glänzt im fahlen Licht, das von der Straßenbeleuchtung heraufscheint, ihre Lider flackern, und auf ihrem blassen Gesicht liegt der Ausdruck stummen, verbissenen Schmerzes.

»Kleine, tapfere, wunderschöne Jolin«, murmele ich. »Es tut mir so unendlich leid, dass ich dir all das antun muss. Ich habe es so viel besser als du … denn ich kann deinen Anblick jede Nacht genießen …« Zögernd strecke ich meine Hand aus und berühre sanft die zarte Haut ihrer nackten Schulter. »… dich streicheln … dich einfach lieben, ohne an *dir zu zweifeln … dich bewachen und mein Leben für dich geben.«*

Meine Fingerkuppen wandern ihren Hals entlang bis unter den Haaransatz in ihrem Nacken. Ich spüre das Pulsieren ihres Blutes, und ein heftiges trockenes Brennen breitet sich wie ein hungriges Feuer in meiner Kehle aus.

Die Versuchung ist nahezu übermächtig, aber ich werde ihr nicht erliegen. Die Wärme meiner Liebe wird hoffentlich immer größer sein als das Verlangen des Egos in meinem allmählich kälter werdenden Herzen.

Ich würde Jolin niemals ihr menschliches Leben nehmen, nur um sie an mich zu binden. Eher würde ich mich vom Licht der Sonne zerstören lassen.

Langsam beuge ich mich zu ihr herunter, streiche die gequälten Linien auf ihrer Stirn glatt und lege meinen Mund sanft auf ihre weichen rosigen Lippen.

Ich liebe dich, Jolin, das ist alles, was ich bin und was ich jemals sein möchte.

Die kommenden Wochen bis zum Monatsende verliefen besser, als Jolin befürchtet hatte. Obwohl Rouben in dieser Zeit nur viermal in der Schule erschien und sie kaum ein Wort miteinander wechselten, fühlte sie sich ihm auf eine unerklärliche Weise nahe.

Die dennoch immer wieder aufkommenden Zweifel an seiner Liebe kämpfte Jolin erfolgreich nieder. Rouben würde sie niemals belügen. Er würde ihr immer die Wahrheit sagen – sofern er sie selber kannte –, dessen zumindest versuchte sie sich sicher zu sein.

Ungeachtet dessen, was ihre Mutter oder Anna sagten, blieb Jolin im Augenblick einfach nichts anderes als ihre Hoffnung, und die wollte sie auf keinen Fall aufgeben. Sie konnte doch mit eigenen Augen sehen, dass es auch Rouben alles andere als gutging. Es war sein persönlicher innerer Kampf gegen die Dunkelheit, mit dem sie es hier zu tun hatten, davon war Jolin inzwischen überzeugt, und vielleicht verhielt es sich ja tatsächlich so, dass erst das Haus fertig werden musste, bevor er diesen Kampf gewinnen und in ihrer Welt ankommen konnte. Er tat es für sie beide, und er durfte dabei nicht gestört werden. Wahrscheinlich hing wieder einmal alles an einem seidenen Faden, und auch diesmal wachte Ramalia darüber, dass er nicht zerriss.

Diese Betrachtungsweise tröstete Jolin. Inzwischen hätte sie sich am liebsten dafür geohrfeigt, dass sie sich in den Wochen zuvor wie ein Kleinkind benommen und Rouben nicht in Ruhe gelassen hatte.

bitte verzeih mir, aber ich habe einfach meine zeit gebraucht, um das alles zu verstehen. ich verspreche dir, ich werde nicht mehr in dich dringen, sondern geduldig warten, bis alles vorbei ist.

schickte sie ihm als Nachricht aufs Handy und bekam zwei Tage später tatsächlich eine Antwort von ihm.

ich liebe dich, jolin, mehr als alles auf der welt.

Diese Worte waren wie ein Anker für sie. Jolin las sie wieder und immer wieder, und während sie das tat, merkte sie, wie sie tief in ihrem Inneren allmählich ruhiger und klarer wurde. Schließlich machte sie drei Kopien davon, damit sie ihr ganz sicher nicht durch versehentliches Löschen abhandenkamen und sie sie jederzeit, sobald neue Zweifel in ihr aufbrachen, lesen und sich daran festhalten konnte.

Zum Glück ließ Anna sie mit ihren Fragen und Kommentaren in Ruhe, und das tat ein Übriges, um Jolins Gemütszustand zu festigen. Voller Elan stürzte sie sich auf das Wipo-Projekt. Sie traf sich jeden Tag mit Anna und Leonhart nach der Schule und am Wochenende mehrere Stunden, um daran zu arbeiten. Inzwischen hatten sie aus Annas Fotos eine Collage gemacht, die einen optischen Eindruck über die Verhältnisse in den sozialen Brennpunktsiedlungen im Gegensatz zu jenen in den Wohngebieten der Wohlhabenden wiedergab. Sie hatten mit vielen Menschen gesprochen, alten und jungen Bewohnern aus den Containern und der angrenzenden Sozialbausiedlung, sie waren beim Ordnungsamt, der Ausländerbehörde und dem Sozialamt gewesen, hatten jede einzelne Villa abgeklappert und das Gespräch mit den sogenannten Reichen gesucht, hatten Konfliktpunkte aufgelistet, sich einen Eindruck über den Integrationswillen aller Bevölkerungsschichten verschafft, Verbesserungsvorschläge ausgearbeitet und ein Faltblatt gestaltet.

An diesem Donnerstagnachmittag im April trafen sie sich bei Leo, um letzte Vorbereitungen für ihren Infostand zu treffen, den sie am kommenden Samstag in der Fußgängerzone aufstellen wollten. Die Genehmigung dafür hatten sie auf den letzten Drücker bekommen, und vor allem

Anna war sehr stolz darauf, dass sie hier nicht lockergelassen und sich auf ein späteres Wochenende hatten vertrösten lassen.

Seit Wochenbeginn waren die Temperaturen kontinuierlich gestiegen, Jolin hatte ihre Wintergarderobe eingemottet und ihre geliebte Jeansjacke aus dem Kleiderschrank geholt. Es tat so gut, den süßen Duft der Kirschblüten zu atmen und die warmen Sonnenstrahlen auf der Haut zu spüren, und allmählich ergriff die Vorfreude auf den Sommer von ihr Besitz.

»Euch ist doch hoffentlich klar, dass keiner von uns in den Osterferien verreisen kann«, sagte Anna, während sie ausprobierten, welche Lakenfarbe das Orange und Gelb der Faltblätter am besten zur Geltung brachte.

»Logisch«, sagte Leonhart. »In den Ferien können wir doch erst so richtig Vollgas geben. Vielleicht schaffen wir es sogar, das Containerfest ins letzte Wochenende zu legen.«

Auf Jolins Stirn bildete sich eine skeptische Steilfalte. »Du meinst, noch bevor die Schule wieder anfängt?«

Leo zuckte mit den Schultern. »Wieso nicht? Ich habe in den Ferien nichts anderes vor. Und da wir alle nicht zu den Langschläfern gehören …«

»Er hat recht, wir sollten es versuchen«, fiel Anna ihm ins Wort. »In der ersten Maiwoche schreiben wir gleich drei Klausuren. Wir werden nie wieder so viel Zeit für dieses Projekt haben wie jetzt.«

»Okay, okay.« Jolin hob beschwichtigend die Hände. »Ich will nun wirklich nicht diejenige sein, die das Ganze blockiert. Mir liegt es wirklich am Herzen, dass wir möglichst schnell möglichst viel für die Menschen in und um die Containersiedlung herum erreichen. Und ich hoffe sehr, dass wir schon übermorgen viele helfende Hände gewinnen können.«

»Apropos Hoffnung«, meinte Leo und deutete auf das Bettlaken, das Jolin und Anna gerade wieder herunternehmen wollten. »Ich wäre ja sehr für Grün.«

Die Mädchen sahen sich an.

»Keine schlechte Idee«, sagte Anna. »Ästhetik hin oder her. Wir wollen schließlich keinen Design-Wettbewerb gewinnen.« Noch einmal verteilte sie ein paar der gelb- und orangefarbenen Infoblätter auf dem grellgrünen Laken, dann trat sie einen Schritt zurück und begutachtete das Ganze mit zusammengekniffenen Augen. »Zumindest fällt es auf. Und das ist es doch, was wir wollen.«

Jolin nickte zustimmend. Sie legte noch weniger Wert auf Ästhetik als ihre Freundin und war froh, dass diese Frage so schnell geklärt war.

»Okay«, sagte Leo. »Dann ist ja eigentlich alles klar.« Er wandte sich Anna zu. »Das heißt natürlich, wenn es dir nichts ausmacht, noch einen zweiten Satz durch euren Drucker zu jagen. Ich könnte natürlich auch …«

»Nein, nein, das ist überhaupt kein Problem«, wiegelte Anna ab. »Ich bin heilfroh, dass dein Vater seine Muskelkraft und seinen Wagen zur Verfügung stellt.« Sie schenkte ihm ein Lächeln, das nicht nur Dankbarkeit ausdrückte. »Du hast deinen Part mehr als erfüllt. Und da Jolin keinen Farbdrucker besitzt, bleibt das Ganze eben an mir hängen.« Entschlossen hob sie den Karton mit dem Druckerpapier hoch und hievte ihn sich auf die Schulter. »Und ich werde mich sofort draufstürzen.«

»Kommt überhaupt nicht in Frage«, erwiderte Leonhart. »Den Karton trage ich raus.«

»Oder ich«, bot Jolin sofort an.

»Moment mal …« Leo nahm die Brille ab, legte sie beiseite und spannte seine Bizeps. »Wer ist denn hier der Mann?«

»Eindeutig du«, meinte Jolin grinsend.

»Erstklassiges Thema«, murmelte Anna. Sie errötete ein wenig und wandte sich bereits der Haustür zu. »Ich schaff das schon. Wenn der Mann mit den vielen Muskeln vielleicht die Klinke betätigen könnte …?«

Mit einem Satz war Leo bei ihr. Er riss die Tür auf, folgte ihr und stolperte über die dicke Sisalfußmatte mit dem Willkommensherzen, die auf dem Absatz vor dem Eingang lag.

»Ohne deine Vergrößerungsgläser bist du offensichtlich blind, Muskelmann«, sagte Jolin und winkte Anna zum Abschied noch einmal zu. Dann fasste sie Leo am Arm und zog ihn ins Haus zurück. »Ich fürchte, Anna ist ohne deine Hilfe besser dran.«

»Hallo!« Einen Moment sah Leonhart empört aus, dann berührte er zögernd ihre Hand und lächelte. »Du bist ganz warm.«

Jolin schüttelte den Kopf. »Was hast du denn gedacht?«

Leo ließ die Arme sinken und blickte zur Seite. »Entschuldigung.«

Jolin war fassungslos. »Du denkst also immer noch, dass ich …«

»Nein«, unterbrach er sie. »Nein, das denke ich nicht.« Er presste die Lippen zusammen und begann in der Diele auf und ab zu wandern. »Genau genommen ist es sogar schlimmer.«

Irritiert sah Jolin ihn an. »Was meinst du damit?«

Leonhart antwortete nicht, sondern lief weiter unruhig hin und her.

»Jetzt rede schon!«, blaffte Jolin. »Sag endlich, dass du mich für einen Zombie hältst, der die ganze Stadt vernichten will.«

»Das ist vollkommener Quatsch«, sagte Leo. Er blieb stehen und sah sie unschlüssig an. »Hab ich nicht längst zugegeben, dass ich mich da in etwas verrannt hatte?«

»Hast du, aber …«

»Du bist okay, aber Rouben ist mir nicht geheuer. Er war es mir von Anfang an nicht. Irgendwas ist nicht in Ordnung mit ihm, da kannst du mir sagen, was du willst.«

»Rouben ist so, wie er ist«, sagte Jolin schlicht und stellte überrascht fest, wie gut ihr ihre eigenen Worte taten. »Er hat Carina nichts getan.«

»Woher willst du das wissen?«

Jolin schloss die Augen. »Ich weiß es eben«, sagte sie nachdrücklich.

»Warum? Weil er es dir gesagt hat?«

Sie zuckte mit den Schultern. »Ja, vielleicht.«

Leonhart triumphierte. »Siehst du, du weißt es eben nicht!«

»Vielleicht will ich auch ganz einfach nicht darüber reden.«

»Findest du nicht, dass du es Carina schuldig bist?«

»Nein, Leo, ich bin niemandem etwas schuldig«, antwortete Jolin. »Und ehrlich gesagt, ich möchte von all dem auch gar nichts mehr hören.«

»Ja, weil du die Augen verschließt!«, erwiderte er aufgebracht. »Weil du der Wahrheit nicht ins Gesicht sehen willst!«

Jolin wich einen Schritt zurück und ballte die Fäuste hinter ihrem Rücken. Sie war wütend, weil er immer wieder mit diesem Thema anfing. Alles funktionierte zwischen ihnen wunderbar, wenn Anna dabei war. Dann konnten sie reden und herumalbern, und dann war auch dieses vertraute Gefühl von früher wieder da.

»Was ist denn die Wahrheit?«, fragte sie rau. »Ich meine, in deinen Augen?«

»Das weiß ich nicht«, gab Leo offen zu. »Ich weiß nur, dass ich Rouben nicht über den Weg traue. Keine Ahnung, ob er ein Vampir, ein Dämon, ein Zombie oder sonst was ist, und es ist mir auch egal. Mir reicht es, was Carina sagt.«

»Okay, und was willst du jetzt tun?«, erwiderte Jolin lauernd. »Ihn irgendwie zur Strecke bringen?«

Leonhart atmete tief und geräuschvoll ein und aus. Seine unschlüssige Miene verriet, dass er einen inneren Kampf mit sich ausfocht. Schließlich machte er einen Schritt auf Jolin zu und legte schüchtern seine Hände auf ihre Schultern. »Ich möchte dich davor bewahren, etwas Unüberlegtes zu tun«, sagte er, und seine Stimme zitterte. »Ich würde dich so gerne vor ihm beschützen …«

»Oh, du bist also so etwas wie ein Superheld, ja?«, spottete sie, was ihr im nächsten Moment schon wieder leidtat. Sie öffnete den Mund, um sich zu entschuldigen, doch Leo legte ihr seinen Finger auf die Lippen. »Was ich damit sagen will, ist, dass du mir etwas bedeutest, Jolin Johansson.«

»Oh, das geht mir genauso«, erwiderte Jolin erleichtert. »Ich mochte dich schon immer, und ich bin froh, dass …« Sie stockte, denn erst jetzt kapierte sie allmählich, was er ihr eigentlich sagen wollte. »Und was ist mit Carina?«, platzte sie heraus. – Was für eine idiotische Frage!

»Ich glaube, das ist nur, weil ich sie an diesem Abend nicht nach Hause gebracht habe.«

»Du meinst, du hast Schuldgefühle mit Zuneigung verwechselt?«

Leo zuckte hilflos die Achseln.

»Aber das haben wir doch damals alles schon besprochen«, erwiderte Jolin. »Du bist nicht schuld an dem Überfall. Ich glaube ja noch nicht mal, dass Carina überhaupt ein Haar gekrümmt wurde«, fuhr sie zutiefst überzeugt fort. »Sie hat gesehen, wie dieser Kerl einen Hund umgebracht hat. Ich finde das reicht, um durchzudrehen und am Ende Phantasie und Wirklichkeit nicht mehr auseinanderhalten zu können. Sie muss eine Wahnsinnsangst gehabt haben, und ich glaube, der größte Fehler ist, dass ihre Eltern sie abschotten und sie gar nicht mehr rauslassen aus ihrem Schockzustand.«

»Du kannst dich da eben nicht hineinversetzen.«

»Wenn ich mal mit ihr reden könnte, könnte ich es vielleicht«, hielt Jolin dagegen. »Ich wollte es sogar, letztens, als du mir zum ersten Mal diese Ungeheuerlichkeiten an den Kopf geworfen hast.«

»Sie hätten dich sowieso nicht zu ihr gelassen«, erwiderte Leonhart. »Und jetzt bringen sie sie nach Amerika, in eine Spezialklinik für Blutkrankheiten.«

Jolin nickte. »Das ist gar nicht schlecht«, sagte sie mehr zu sich selbst. »Eine andere Umgebung wird ihr bestimmt guttun.«

»Darum geht es nicht«, erwiderte Leonhart.

»Das weiß ich doch. Trotzdem hat sie dort die bessere

Chance, wieder zu sich zu kommen und auch seelisch gesund zu werden.«

»Ich hoffe es«, sagte er leise. »Ich hoffe es für sie und für … uns.«

Jolin stöhnte. Sie wollte seine Hände abstreifen, die Tür öffnen und auf die Straße hinausgehen, um an einem Ort zu sein, der weniger intim war, doch Leonhart legte ihr seinen Arm um den Nacken und drückte sie an sich.

»Ich war von Anfang an in dich verliebt«, murmelte er in ihr Haar. »Ich habe mich nur nicht getraut, es dir zu sagen, ich wollte warten, bis die Aufregung um Rouben vorbei ist und die Leute in der Schule zu reden aufhören. Inzwischen weiß ich, dass das nie der Fall sein wird. Außerdem dachte ich, dass du glücklich mit ihm bist. Und jetzt sehe ich tagtäglich, dass das nicht stimmt. Rouben reißt dich ins Verderben.«

»Das ist absoluter Blödsinn!«, stieß Jolin hervor. Sie stemmte ihre Unterarme gegen seine Brust und versuchte sich aus seiner Umklammerung zu befreien. »Und jetzt lass mich bitte los.«

Leonhart hielt sie noch einen Augenblick, dann hob er mit einem Ruck die Arme und trat von ihr zurück. »Okay«, sagte er. »Okay. Ganz wie du willst.«

Jolin griff nach der Klinke. »Hör zu, Leo«, sagte sie leise. »Wir können nur Freunde sein. Mehr nicht.« Sie sah ihn an und bemerkte den Schmerz, aber auch den Zorn in seinen Augen. »Es tut mir leid.« Langsam öffnete sie die Tür und setzte ihren Fuß auf die Matte mit dem Herzen. »Vielleicht solltest du deine Brille besser wieder aufsetzen. Ich meine nur, weil du dann bestimmt etwas klarer siehst.«

Leo schnaubte verächtlich.

»Entschuldige. Das war kein guter Witz«, sagte Jolin. »Es tut mir wirklich leid. Ich wollte dich nicht verletzen. Und ich hoffe, dass es unser Projekt nicht belastet.«

Leonhart zwang ein Lächeln in sein Gesicht. »Keine Sorge«, sagte er. »Ich hab mich bestens im Griff.«

Jolins Reflex war, Anna anzurufen. Erst als sie das Handy zwischen den Fingern hielt und den Nummernspeicher aufrufen wollte, wurde ihr klar, dass sie das auf keinen Fall tun durfte. Anna würde ausflippen, wenn sie es hörte, und womöglich alles hinschmeißen. Die Vorstellung, das Projekt mit Leo allein zu Ende führen zu müssen, behagte Jolin ganz und gar nicht. Seufzend schob sie das Handy in ihre Tasche zurück. Wieder etwas, mit dem sie allein fertig werden musste, aber gut, das war sie ja gewohnt.

Während sie zur U-Bahn-Station lief, versuchte sie sich zu sammeln. Bei genauerer Betrachtung konnte man dem Ganzen auch etwas Positives abgewinnen. Wenn Leo in sie verliebt war, würde er sicher nichts tun, das ihr schadete. Blieb nur zu hoffen, dass sein Geständnis ihre Beziehung nicht vergiftete. Jolin jedenfalls war fest entschlossen, die Sache auf sich beruhen zu lassen und sich ihm gegenüber genauso zu verhalten wie immer. Dann würde sich bestimmt schon bald alles normalisieren und Leo vielleicht … hoffentlich … seine Aufmerksamkeit irgendwann auf Anna richten.

Es dämmerte bereits, als Jolin vor ihrer Haustür ankam. Der Himmel hatte sich zum späten Nachmittag hin zugezogen, und es sah ganz so aus, als ob es mit der frühlingshaften Witterung nun doch schon wieder vorbei war. Schade, dachte Jolin. Bei Sonnenschein ließen die Menschen sich leichter einfangen und für eine Sache begeistern als bei Regen. Andererseits konnte sich in anderthalb Tagen noch viel ändern, auch das Wetter.

Jolin musste lächeln, das Prinzip Hoffnung war ihr mittlerweile offenbar zur zweiten Natur geworden.

Sie stieg die Treppen hinauf und trat in die leere Wohnung. Paula hatte einen Termin im Aufnahmestudio, und Gunnar würde nicht vor den Achtuhrnachrichten zu Hause sein.

Jolin streifte die Sneakers ab und ging in ihr Zimmer. Sie ließ sich aufs Bett fallen und überlegte, wie sie den Rest des Tages am besten rumbringen könnte. Vielleicht sollte sie lesen oder ein wenig fernsehen, aber das lenkte sie zurzeit leider am wenigsten ab. Für die Schule hatte sie bereits alles erledigt, blieb eigentlich nur Aufräumen.

Sofort sprang Jolin wieder auf, um mit dem Schreibtisch zu beginnen. Sie sortierte ihre Unterlagen in die dafür vorgesehenen Schubladen, füllte den Papierkorb mit unwichtig gewordenen Notizen, wischte Krümel von der Arbeitsfläche und staubte die Lampe ab. Zu guter Letzt raffte sie die herumliegenden Klamotten zusammen, um sie in den Wäschekorb zu stopfen, musste jedoch feststellen, dass der bereits vollkommen überfüllt war.

»Ma, es geht wirklich bergab mit uns«, murmelte sie und lächelte in sich hinein. »Aber ich gebe zu: Als nicht ganz so perfekte Hausfrau bist du mir absolut nicht unsympathisch.«

Jolin angelte die Plastikwanne vom Badezimmerschrank, füllte sie mit Buntwäsche und lief in den Keller hinunter.

Vielleicht hatte sie Glück, und eine der drei Maschinen war frei.

Jolin lehnte die schwere Metalltür nur leicht an und bog in den schmalen, spärlich beleuchteten Gang ein, der von den privaten Gitterparzellen weg zu den großen Kellerräumen führte, die von allen Hausbewohnern genutzt werden konnten. Natürlich war es albern, aber Jolin fühlte sich immer ein wenig unbehaglich hier unten. Mit schnellen Schritten hastete sie auf den Heizungsraum zu, an den sich der Trockenraum anschloss. Die Waschmaschinen standen ganz vorn in einer Nische nur einen Sprung von der Tür entfernt.

Keine der Maschinen lief, also nahm Jolin gleich die erste und stopfte den Inhalt der Wanne in die Trommel. Sie füllte Waschgel in das Schubfach, stellte ein Vierzig-Grad-Programm ein und drückte den Startknopf.

Als sie in den Heizungsraum zurücktrat, war das Licht im Gang bereits wieder ausgegangen. Das rote Lämpchen im Lichtschalter an der gegenüberliegenden Wand flackerte. Jolin huschte hinüber und wollte gerade ihre Hand darauflegen, da bemerkte sie einen Schatten, der den Gang hinunter in Richtung Ausgang schoss.

Unwillkürlich machte Jolin einen Schritt zurück. Ihr Herz raste, und sie konnte kaum noch atmen. Das Handy! Warum zum Teufel nochmal hatte sie nicht daran gedacht, es mit herunterzunehmen? Dann hätte sie jetzt … ja, wen hätte sie jetzt überhaupt anrufen können? … Etwa einen ihrer Nachbarn? Na, der hätte sich sicher köstlich amüsiert!

Jolin versuchte, über sich selbst zu lachen, es wollte ihr allerdings nicht so recht gelingen, viel zu gegenwärtig war die Erinnerung an den letzten Herbst, als diese grausige Kälte ihr aufgelauert und sie durchs Treppenhaus bis zu ihrer Wohnung hinauf verfolgt hatte. Damals schon hatte sie diesen Schatten gesehen und seltsame Geräusche hier unten im Keller gehört, und auch damals hatte sie all das mit Rouben in Verbindung gebracht.

Es konnte doch nicht sein, dass die Zeit zurücklief und sich das Ganze wiederholte. Es *durfte* einfach nicht sein!

Jolin lehnte den Kopf gegen die Wand und zwang sich, tief durchzuatmen. Sie musste sich beruhigen, einen klaren Kopf behalten, nachdenken. Aber ihr Herz hörte nicht auf, gegen ihr Brustbein zu schlagen, ihre Knie zitterten, und ihre Hände waren so feucht, dass sie Mühe hatte, den Schlüsselbund zu halten. Lieber Himmel! – Was war denn schon passiert? Das, was sie da eben zu sehen geglaubt hatte, stammte wahrscheinlich von einem Fußgänger, dessen Schatten für einen Augenblick durch das schmale Kellerfenster in den Gang hinuntergefallen war.

Sie würde jetzt das Licht anmachen, diesen verdammten Gang betreten und durch die Kellertür ins Treppenhaus schlüpfen. Nicht einmal eine halbe Minute würde sie dafür brauchen – ach was, in weniger als fünfzehn Sekunden würde alles vorbei sein.

Jolin hielt den Atem an und schob sich langsam auf den Schalter zu. Entschlossen drückte sie auf das rot flackernde Lämpchen, und nahezu zeitgleich sprang das Licht im Gang an. Jolin reckte den Kopf weit durch den Türrahmen, bis sie die hellen Holzsparren der Privatparzellen erspähen konnte. Nein, da war nichts, überhaupt nichts, also trat sie in den Gang hinaus und eilte auf die Metalltür zu. Sie umfasste den Knauf und zog, doch ein plötzlicher kräftiger Sog riss ihr die Tür aus der Hand und ließ sie mit einem satten Schmatzgeräusch ins Schloss schnappen.

Jolin fluchte leise und suchte nach dem kleinen eckigen Kellerschlüssel in ihrem Bund. Sie fand ihn und führte ihn auf das Loch zu, da verlosch – viel zu früh – das Deckenlicht über ihr. Der Gang verlor seine Konturen, und ihr eigener Schatten glich nunmehr einem Schemen, der sich kaum noch von dem undefinierbaren Grau um sie herum unterschied. Fröstelnd tastete Jolin nach dem Lichtschalter neben der Tür und erstarrte in ihrer Bewegung. Ihr Blick war abermals auf die Kellergitter gefallen, und diesmal sah sie sie ganz deutlich: eine große dunkle Gestalt. Vollkommen reglos stand sie da, mehr als ein Schatten und trotzdem nicht wirklich greifbar.

Jolin hörte ihr eigenes erschrockenes Keuchen und registrierte die Wolke glitzernder Atemluft, die sich vor ihrem Gesicht zusammenballte und auf die dunkle Gestalt zutrieb. Es war eiskalt im Keller. So kalt, dass ihre Ohren und ihre Nasenspitze schmerzten und sie ihre Finger nicht mehr bewegen konnte. Ihr Herz klopfte noch immer wie verrückt, aber die Angst war schlagartig verschwunden.

Jolin hielt den Blick auf die Gestalt geheftet, und eine Ahnung von Wärme breitete sich in ihr aus. Es war kein körperliches Gefühl, eher so, als ob diese Wärme sie wie eine unsichtbare Hülle umgab und langsam in das Innere ihrer Seele sickerte. Eine feine Empfindung, neu und fremd und gleichzeitig so kraftvoll und vertraut, dass es Jolin die Tränen in die Augen trieb.

Bleib, dachte sie. Bitte, bleib einfach dort, wo du bist.

Langsam setzte sie sich in Bewegung. Ihre Gelenke waren steif von der Kälte, ihre Lungen brannten bei jedem

Atemzug, und ihre Jeans knisterte unter der feinen Eisschicht, die sich auf ihrer Oberfläche gebildet hatte. Jolin wusste, dass es ein Fehler war, dass sie nicht gehen durfte, aber die Gestalt zog sie an wie ein Magnet – selbst wenn sie es gewollt hätte, sie hätte sich nicht dagegen wehren können.

original message
from: *klarisse*
to: *r. v. (v-r@gmx.de)*
subject: *wo warst du?*
hast du meine mails nicht bekommen?

original message
from: *r. v.*
to: *klarisse@hexe.de*
subject: *re: wo warst du?*
ich konnte nicht antworten, ich hatte etwas zu erledigen.

original message
from: *klarisse*
to: *r. v. (v-r@gmx.de)*
subject: *re: wo warst du?*
okay, egal, du musst mir etwas erklären: die wunde, die du mir zugefügt hast, brennt wie der teufel.

original message
from: *r. v.*
to: *klarisse@hexe.de*
subject: *re: wo warst du?*
mach dir keine gedanken, es war nur mein fingernagel.

original message
from: *klarisse*
to: *r. v. (v-r@gmx.de)*
subject: *re: wo warst du?*
aber es wird schlimmer.

original message
from: *r. v.*
to: *klarisse@hexe.de*
subject: *re: wo warst du?*
kein grund, gleich hysterisch zu werden, vertrau mir einfach.

original message
from: *klarisse*
to: *r. v. (v-r@gmx.de)*
subject: *re: wo warst du?*
das kannst du vergessen, solange ich deine pläne nicht kenne und nicht weiß, welche rolle ich darin spiele …

original message
from: *r. v.*
to: *klarisse@hexe.de*
subject: *re: wo warst du?*
das ist auch gar nicht nötig, entscheidend ist vielmehr, dass du im richtigen moment das richtige tust, alles andere braucht dich nicht zu interessieren.

original message
from: *klarisse*
to: *r. v. (v-r@gmx.de)*
subject: *re: wo warst du?*
tut es aber!

original message
from: *r. v.*
to: *klarisse@hexe.de*
subject: *re: wo warst du?*
ich verstehe dich nur zu gut, aber glaub mir, es ist wirklich besser für dich, wenn du nicht zu viel weißt. es reicht völlig aus, wenn du tust, was ich dir sage. ich verspreche dir hoch und heilig, dass du es nicht bereuen wirst.

original message
from: *klarisse*
to: *r. v. (v-r@gmx.de)*
subject: *re: wo warst du?*
denkst du im ernst, dass ich darauf etwas gebe? – auf das versprechen eines vampirs!

original message
from: *r. v.*
to: *klarisse@hexe.de*
subject: *re: wo warst du?*
moment mal … ich habe nie behauptet, einer zu sein.

original message
from: *klarisse*
to: *r. v. (v-r@gmx.de)*
subject: *re: wo warst du?*
dann sage ich dir jetzt mal was, er-punkt, vau-punkt: für einen menschen bist du viel zu stark. wärst du der tod, wüsstest du besser über menschen bescheid, dann wärst du auch sehr viel geschickter und würdest dich nicht ständig in widersprüche verwickeln.

original message
from: *r. v.*
to: *klarisse@hexe.de*
subject: *re: wo warst du?*
das ist mein spiel.

original message
from: *klarisse*
to: *r. v. (v-r@gmx.de)*
subject: *re: wo warst du?*
ich habe aber keine lust auf dein spiel, jedenfalls nicht, solange du mir nicht verrätst, welche rolle du mir zugedacht hast. warum ziehst du dein ding nicht einfach allein durch?

original message
from: *r. v.*
to: *klarisse@hexe.de*
subject: *re: wo warst du?*
hör zu, klarisse, du bist nun wirklich nicht diejenige, die fragen zu stellen hat.

original message
from: *klarisse*
to: *r. v. (v-r@gmx.de)*
subject: *re: wo warst du?*
aber deinen anweisungen soll ich folgen?

original message
from: *r. v.*
to: *klarisse@hexe.de*
subject: *re: wo warst du?*
genau.

original message
from: *klarisse*
to: *r. v. (v-r@gmx.de)*
subject: *re: wo warst du?*
ich tu's aber nicht, kapiert?

original message
from: *r. v.*
to: *klarisse@hexe.de*
subject: *re: wo warst du?*
dir wird gar nichts anderes übrigbleiben.

original message
from: *klarisse*
to: *r. v. (v-r@gmx.de)*
subject: *re: wo warst du?*
ich habe keine angst, vampir, solange du mich brauchst – wofür auch immer –, wirst du mir kein haar krümmen.

original message
from: *r. v.*
to: *klarisse@hexe.de*
subject: *re: wo warst du?*
irrtum, prinzessin, deine zeit läuft bereits, ich brauche dich, das ist wahr, aber du brauchst mich ebenfalls, denn nur ich kann dich vor dem sicheren tod bewahren.

original message
from: *klarisse*
to: *r. v. (v-r@gmx.de)*
subject: *re: wo warst du?*
ach, das ist doch auch wieder nur leeres geschwätz.

original message
from: *r. v.*
to: *klarisse@hexe.de*
subject: *re: wo warst du?*
wenn du meinst – ich an deiner stelle würde jedenfalls diese kleine, nahezu unbedeutende wunde gut im auge behalten … die wunde und den mond …

9

Ich bin nicht sicher, ob sie mich erkannt hat. Der Wunsch, dass die innere Verbindung zwischen ihr und mir niemals zerreißt, sitzt wie ein quälender Schmerz in meinem Herzen, und gleichzeitig empfinde ich bei der bloßen Vorstellung, dass sie nun womöglich weiß, was aus mir geworden ist, tiefe Scham.

Noch bin ich fest entschlossen, ihr Leben, das mir von Tag zu Tag kostbarer erscheint, zu bewahren, aber ich spüre auch, wie die Gier in mir wächst. Ich bin süchtig danach, sie zu sehen und ihren Duft zu atmen, der mir die Sinne raubt und mich an fast nichts anderes mehr denken lässt als an das warme Blut, das durch ihren Körper pulsiert.

Manchmal glaube ich bereits, es schmecken zu können, und dann spüre ich, wie es meine Mundhöhle füllt, mir den Rachen hinunterläuft und den brennenden Durst in meiner Kehle stillt.

Ich weiß, ich würde die Beherrschung verlieren. Denn noch weniger als ich geübt war, ein Mensch zu sein, bin ich mit dem Wesen des Vampirs vertraut, der nun allmählich in mir erwacht.

Vincent hat Hunderte von Jahren nichts anderes getan, als Menschen zu töten oder sie in seinesgleichen zu verwandeln.

Er ist in der Lage, seinen Durst zu zügeln, sein

Verlangen auszukosten und das Leid, das er anderen zufügt, in vollen Zügen zu genießen.

Ich kenne niemanden, der verabscheuungswürdiger ist, und ich möchte niemals so werden wie er.

Doch je tiefer sein Gift in mich eindringt, desto ähnlicher werde ich ihm. Ich bin stark und schnell, meine Finger haften an Baumrinden und Mauersteinen, und all das kostet mich nicht die geringste Anstrengung. Im Gegenteil, mein Herz schlägt höchstens zwei- oder dreimal in der Minute, und ich benötige nur noch wenige Atemzüge, um meinen Körper mit Sauerstoff zu versorgen.

Meine Haut ist kalt und gefühllos. Ich kann mich kaum noch erinnern, wie es ist, wenn Jolins warme Hände mich berühren, und dennoch ist meine Liebe zu ihr nie größer gewesen.

Vincent scheint diesen Widerstreit der Gefühle in mir zu wittern. Er ernährt sich von meinem Blut und meiner Qual, und er lauert auf seine Chance. Inzwischen glaube ich zu wissen, was er vorhat. Und ich bin sicher, dass er damit nicht bis zur nächsten Neumondnacht warten wird.

Jolin wusste nicht, wie lange sie am Ende des Kellergangs gestanden und auf die Stelle gestarrt hatte, wo er eben noch gestanden hatte. Sie hatte ihm ins Gesicht gesehen, ein Gesicht, das seinem Bruder auf erschreckende Weise ähnelte. Seine Augen dunkel, sein Blick gierig und seine wunderschönen Lippen wütend zu einem schmalen Strich zusammengepresst.

Sie hatte den Arm gehoben, der kühle Stoff seiner Jacke hatte sogar noch ihre Fingerspitzen gestreift, doch im selben Augenblick hatte er sich abgewandt und war davongehuscht.

Jolin hatte gespürt, wie sich die Luft um sie herum allmählich erwärmte und die Eisschicht auf ihrer Jeans sich langsam in Feuchtigkeit verwandelte und sich klamm an ihre Haut schmiegte, aber sie war nicht in der Lage gewesen, einen einzigen Schritt zu tun.

Erst als das Licht ansprang und jemand sie ansprach, erwachte sie aus ihrer Trance.

»Fräulein Johansson? Ist alles in Ordnung mit Ihnen?«

Es war der alte Herr, der auf der linken Seite im ersten Stock wohnte. Jolin hatte ihn bisher nur einige wenige Male gesehen und wunderte sich, dass er ihren Namen kannte.

»Ähm … ja … ja …«, stammelte sie. »Das Licht funktionierte nicht, und ich wollte gerade …« Sie brach ab und zwang sich zu einem Lächeln. »Ach, ich weiß auch nicht.«

»Ja, das Licht.« Der alte Herr nickte verständnisvoll. Er stand mitten in der Kellertür und hatte seine Hand auf den Knauf gelegt. »Es ist wirklich ein Kreuz mit der Anlage in diesem Haus. Den Eigentümer kümmert es offenbar nicht. Man müsste sich zusammenschließen und eine Beschwerde einreichen. Schriftlich. Das würde vielleicht etwas nützen.«

»Ja«, sagte Jolin. »Ich werde mit meinen Eltern reden. Ich glaube, ihnen ist es noch gar nicht aufgefallen.«

»Die Phasen sind einfach zu kurz«, sagte der alte Herr. »Für Menschen in meinem Alter ist es kaum zu schaffen, vom Keller in die Wohnung zu gelangen. Aber Sie sind ja noch jung, nicht wahr?«, fügte er zögernd hinzu, während er Jolin von oben bis unten musterte. »Sie sollten sich besser etwas Trockenes anziehen, sonst erkälten Sie sich noch.«

»Ja«, sagte Jolin.

Sie drückte sich an ihm vorbei ins Treppenhaus und rannte so schnell sie konnte in die Wohnung hinauf, schlug die Tür hinter sich zu und stürzte in ihr Zimmer, wo sie wie angewachsen vor ihrem Bett stehen blieb.

Eigentlich hätte sie sich darin vergraben, auf ihre Kissen einschlagen, in die Bettdecke krallen und schreien mögen, doch sie fühlte sich einfach nur kalt und leer, so, als ob sie innerlich erfroren wäre.

Die äußere Ähnlichkeit der Halbbrüder war frappierend, schon damals hatte Jolin Vincent im ersten Moment ihrer Begegnung für Rouben gehalten, und heute war ihr das wieder passiert.

Beide hatten die Schönheit ihrer Mutter geerbt, doch auf beiden lastete auch ihr Schatten. Als Zwielicht war Rouben kühl und ohne Geruch gewesen, aber nicht völlig gefühllos. Vincent dagegen war so kalt wie der Tod und von einer Anziehungskraft, die Jolins Willen mühelos hätte brechen können. Sie fragte sich, warum er es eben im Keller nicht getan hatte. Er war berechnend, er musste wissen, dass sie ihm überallhin gefolgt wäre. Es hätte ihn ganz sicher keine Mühe gekostet, sie zu töten. Es sei denn, Rouben hatte ihn davon abgehalten! – Das zumindest wäre eine Erklärung dafür, dass sie diese Wärme – seine Wärme? Seine Liebe? – unter ihrem Brustbein gespürt hatte.

Für einen kurzen Moment breitete sich ein Gefühl von

Scham in ihr aus und brannte wie ein heißes Feuer in ihrem Herzen. Ich will nicht, dass du dein Leben für mich riskierst, Rouben, dachte sie entschieden. Ich habe das nicht verdient.

Sie sah zum Fenster hinüber und trat in das sanfte Laternenlicht, das von draußen hereinfiel und ein spitzes Dreieck über die Wand und den Boden malte. Jolin legte ihre Stirn gegen die kalte Scheibe und blickte auf die Straße hinunter. Den roten Alfa konnte sie nirgends ausmachen, die Frage war ohnehin, ob Rouben ihn überhaupt noch in der Nähe ihres Hauses abstellte. Bestimmt wollte er verhindern, dass sie ihn bemerkte.

»Was passiert mit dir?«, flüsterte Jolin. Sie presste die Lippen zusammen und schüttelte den Kopf. Im letzten Jahr war sie vielleicht noch naiv genug gewesen, um sich selbst etwas vorzumachen. Das war nun nicht mehr der Fall. Im Grunde wusste Jolin sehr genau, was mit Rouben passierte. Seine dunkle Familie gönnte ihm dieses endliche, menschliche Leben nicht.

Nach ihrem Besuch im Antiquariat Lechtewink war es nur eine Ahnung gewesen, die sie sich viel zu schnell und nur zu gern von Rouben hatte ausreden lassen, doch jetzt hatte sie Gewissheit: Vincent war tatsächlich zurückgekommen … um seinen Bruder zu quälen, ihn zu zwingen, Jolin vor ihm zu beschützen … und sie am Ende beide zu töten? Es war ein unfairer, ungleicher Kampf. Vampir gegen Mensch. Rouben hatte doch nur seine Liebe … Aber die war schließlich schon einmal stark genug gewesen … Jolin atmete tief ein. Ihre Lungen schmerzten höllisch, als wollten sie sich gegen das Leben wehren, das sie vor wenigen Minuten ein zweites Mal geschenkt bekommen hatte.

»Du kannst uns nichts anhaben, Vincent«, wisperte sie. »Du wirst unsere Liebe nicht zerstören. Es sei denn …« Wie in Großaufnahme flammte plötzlich das Bild von Roubens verbundenem Handgelenk vor ihr auf. Er hatte sich nicht mit einem Meißel verletzt … Nein, es musste Vincent gewesen sein! Natürlich! Jolin schloss die Augen. Ein eiskalter Schauer des Entsetzens raste ihr über die Haut. Warum nur hatte sie es nicht gleich erkannt? Es war doch so klar! Roubens neues menschliches Leben war um ein Vielfaches verletzlicher als ihres. Seine Liebe für sie, aber auch sein Verlangen nach ihr waren so heftig, dass er befürchtete, die Kontrolle zu verlieren. Welch ein leichtes Opfer für Vincent! Und was für eine Genugtuung für ihn, mit anzusehen, wie sehr sein Bruder litt.

Jolin keuchte. Die Leere und die Kälte, die sie eben noch empfunden hatte, fielen nun von ihr ab wie eine fremde Haut. Darunter kam die wahre Jolin zum Vorschein und mit ihr eine Welle aus Wut, Verzweiflung und Angst.

»Bastard!«, brüllte sie. »Ich werde es nicht zulassen, dass du ihm das antust!«

Jolin wirbelte herum, schnappte sich ihre Tasche und durchwühlte sie nach ihrem Handy. Rouben musste wissen, dass sie Vincent erkannt hatte. Sie wollte mit ihm reden, ihm sagen, dass sie ihn liebte, ganz egal, wer oder was er war, und dass sie keine Angst vor dem hatte, was er ihr antun könnte, sobald Vincent ihn vollkommen verwandelt hatte. Endlich fand sie das Handy, das zwischen die Seiten ihrer Arbeitskladde gerutscht war. Hektisch tippte sie Roubens Nummer ein. »Bitte, melde dich«, murmelte sie, während sie unruhig auf und ab lief. »Du musst dich melden, hörst du!«

Aber aus dem Handy drang nichts weiter als ein kaum wahrnehmbares Rauschen an ihr Ohr. Jolin versuchte es drei weitere Male – ohne Erfolg – und entschied sich schließlich für eine SMS.

ich weiß, dass er zurück ist, und ich weiß, was mit dir geschieht.
ich kenne seinen perfiden plan.
bitte melde dich, wir müssen reden.
ildmaml ((j))

Jolin dachte noch, dass der letzte Gruß vielleicht ein Fehler war, doch da hatte sie die Nachricht bereits abgeschickt. – Ach, und wenn schon! Rouben sollte sich ruhig zusammenreimen können, wozu sie imstande war. Ihm musste klar sein, dass er sie nicht allein zurücklassen durfte. Lieber wollte sie genauso sein wie er.

Jolin hielt das Handy fest umklammert, als sie ein zweites Mal ans Fenster trat. Die Wolkendecke hatte sich geöffnet und gab den Blick auf den Mond frei. Noch drei oder vier Tage, und er würde rund und voll sein.

Plötzlich spürte Jolin ein Vibrieren in ihrer Hand. Mit klopfendem Herzen öffnete sie ihre Finger und registrierte den Eingang einer Nachricht. Rouben hatte geantwortet.

ich weiß, dass er zurück ist, und ich weiß auch, was mit dir geschieht.
ich kenne seinen perfiden plan.
bitte melde dich, wir müssen reden.
ildmaml ((j))

Jolin ließ sich auf die Bettkante sinken und starrte ungläubig auf das Display. Dass die SMS gar nicht rausgegangen war, konnte sie ausschließen, dann hätte sie nämlich gleich eine entsprechende Meldung bekommen. Also musste Rouben die Nachricht so, wie er sie erhalten hatte, wieder zurückgeschickt haben. Aber was bezweckte er damit? Wollte er ihr signalisieren, dass er sie nicht gelesen hatte … dass es sinnlos war, ihm überhaupt noch Nachrichten zu schicken, weil er sie in Zukunft gar nicht mehr öffnen würde?

Fieberhaft las Jolin den Text Wort für Wort noch einmal, wieder und wieder, bis ihr irgendwann auffiel, dass Rouben gleich im ersten Satz ein Wort – ein unauffälliges *auch* – eingefügt hatte. Was zum Teufel wollte er damit andeuten? Der Sinn änderte sich dadurch nämlich nicht, in gewisser Weise setzte er damit jedoch eine Betonung auf den letzten Teil des Satzes.

»Was willst du mir sagen?« Jolin schloss die Augen, um sich besser konzentrieren zu können. »Dass meine Vermutung richtig ist?«

wann können wir uns sehen?, schrieb sie zurück, und Roubens Antwort darauf kam postwendend.

wann können wir uns nicht sehen?

Jolin schüttelte den Kopf. Warum wollte er nicht begreifen, dass das der falsche Weg war?

ich sterbe, wenn ich dich nicht sehe!, tippte sie mit zitternden Fingern ein.

Wieder musste sie nicht lange warten, aber anders als bei den vorherigen Malen hatte Rouben diesmal ein Wort gelöscht.

ich sterbe, wenn ich dich sehe!

Jolin holte tief Luft. »Nein, das werde ich nicht«, murmelte sie.

ich kann deine wärme spüren, schrieb sie zurück.
ich weiß, deine liebe ist noch stark genug, also hör auf, in rätseln zu schreiben. lass uns telefonieren – oder noch besser: komm vorbei!
rouben, ich bitte dich!

Die Sekunden verstrichen, ohne dass etwas geschah. Angespannt starrte Jolin auf das Display. Ihr war heiß, ihr Herz trommelte hart gegen ihr Brustbein, und sie spürte, wie das Blut in ihrem Hals und in ihren Schläfen pulsierte. Eine Schweißperle löste sich von ihrer Stirn, verharrte einen Augenblick in ihrer Braue und rann schließlich an ihrer Nase herab. Unwillig wischte Jolin sie fort.

»Bitte!«, hauchte sie. »Bitte, Rouben, melde dich. Nur noch dieses eine einzige Mal.«

Zwei Minuten vergingen ... drei ... Jolins Hand zitterte so sehr, dass die Anzeigen auf dem Display verschwammen. Ihre Augen brannten, ihre Kehle war trocken und rau, und in ihrer Brust dröhnte ein bohrender Schmerz. Und dann, in derselben Sekunde, in der sie das Handy schon in die Ecke schleudern wollte, schrillte es plötzlich los.

Diesmal war es keine Nachricht, sondern ein Anruf. Und es war Roubens Nummer, die angezeigt wurde.

Vor Aufregung verfehlte Jolin fast die Verbindungstaste. Jetzt nur keinen Fehler machen, bloß nichts vermasseln! Sie riss das Handy ans Ohr und schrie seinen Namen wie eine Ertrinkende heraus: »Rouben! – Rouben, bitte tu uns das nicht an!«

»Jolin, du weißt nicht …« Seine Stimme war leise, rau und kehlig, fast wie die von einem Tier. Und sie klang furchtbar gehetzt.

Jolin versuchte, sich nicht davon irritieren zu lassen. Sie musste sagen, was sie zu sagen hatte, bevor es zu spät war.

»Doch, Rouben, ich weiß alles«, stieß sie hervor. »Vincent … er war heute hier. Er verwandelt dich. Und ich … ich möchte nicht ohne dich zurückbleiben!«

Rouben antwortete nicht. Wieder drang nur Stille an ihr Ohr. Jolin hörte ihn nicht einmal atmen.

»Bist du noch da?«, wisperte sie.

»Ja.« Es kam zögernd, und es klang furchtbar gequält.

»Hast du mich verstanden?«

»Ja … aber ich kann das nicht tun.«

»Doch, Rouben, doch. Das kannst du.« Jolins Stimme überschlug sich. Plötzlich hatte sie das entsetzliche Gefühl, nicht mehr viel Zeit zu haben. »Wenn du mich liebst …«

»Das tue ich nicht.«

»Rouben!«

»Ich bin nicht mehr so …«

»Das ist mir egal!«

Jolin zitterte am ganzen Körper, und als Rouben wieder nicht gleich antwortete, fing sie lautlos an zu weinen.

»Ich … werde … dich … töten«, sagte er so unvermittelt, dass sie vor Schreck fast das Handy fallen ließ. »Sobald meine Verwandlung abgeschlossen ist, werde … ich … es … tun«, fuhr er stockend fort. »Vincent weiß, dass ich meine Gier nicht im Griff habe … dass ich mich dann nicht mehr kontrollieren kann. Und er hat recht, ich schaffe es ja jetzt schon kaum noch, mich zu beherrschen. Ich … rieche … dein … Blut … bis … auf … die … Straße … hinunter«, grollte er.

»Was?« Jolin schob sich eine Haarsträhne, die ihr über die Augen gefallen war, hinters Ohr und blickte hoffnungsvoll zum Fenster. »Wo bist du?«, fragte sie leise. »Vor dem Haus?«

»Nein«, erwiderte Rouben. »Das geht nicht … mehr …«

»Und was ist mit deinem Bruder?«, brach es aus ihr hervor. »Er könnte jederzeit zurückkommen und … mich umbringen … Ist es das, was du willst?«

»Jolin …«

»E-es tut mir leid«, stammelte sie. »I-ich wollte das nicht sagen.« Nicht einmal denken wollte sie das! Obwohl sich jede einzelne Zelle ihres Körpers noch immer an die Ereignisse im Keller erinnerte und sich die feinen Härchen in ihrem Nacken aufstellten, sobald sie sich Vincents dunkle Gestalt vergegenwärtigte, war die Vorstellung von ihrem eigenen Tod, dem Tod an sich, noch immer so abstrakt, dass er sich nicht in ihre alltägliche Wirklichkeit integrieren ließ. Neue Tränen traten in ihre Augen und auch diese wischte Jolin energisch fort. »Aber ich … Rouben, ich würde lieber durch dich sterben als durch ihn«, fügte sie mit fester Stimme hinzu.

»Bitte sag so etwas nicht.« Seine Stimme war jetzt nur

noch ein dunkler Hauch. »Ich würde mir das niemals verzeihen. Hör zu, bitte, Jolin … Du musst alles vermeiden, was dich in Gefahr bringen könnte. Versprich mir das.«

»Aber wie soll ich das tun?«, rief sie. »Wenn du schon nichts gegen ihn ausrichten kannst, bin ich ihm doch erst recht ausgeliefert.«

»Du darfst den Keller nicht mehr betreten. – Sorge dafür, dass immer jemand bei dir ist, wenn du die Wohnung verlässt. – Anna soll dich abholen und nach Hause bringen.«

»Sie wird Fragen stellen.«

»Du … kriegst das schon hin«, erwiderte Rouben. »Redet über das Projekt … über Leonhart … die Zukunft.«

»Die Zukunft?«, stieß sie hervor. »Ich habe keine Zukunft mehr! Wenn ich nicht einmal darauf hoffen kann, dass du … dass wir …« Sie brach ab, weil sie die Tränen nun doch nicht mehr zurückhalten konnte.

»Halte dein Fenster geschlossen«, fuhr Rouben stockend, aber unbeirrt fort. »Immer. Hörst du?«

»Ja«, presste Jolin mühsam hervor.

»Versprich es!«

»Ja.«

»Und jetzt sieh hinaus!«

Jolin zog die Nase hoch und richtete den Blick erneut zum Fenster. Alles in ihr sträubte sich dagegen, hinüberzugehen und auf eine leere dunkle Straße zu schauen.

»Siehst du den Mond?«

»Was?«, fragte sie erstaunt. Obwohl es im Grunde so naheliegend war, hatte sie in diesem Moment mit einer solchen Frage nicht gerechnet.

»Kannst du ihn sehen?«, grollte Rouben ungeduldig.

»Ja«, erwiderte sie schwach. »Er ist bald voll.«

»Am Dienstag bleibst du zu Hause«, sagte Rouben in einem Tonfall, der keinen Widerspruch duldete. »Von Dienstagabend bis Mittwochmorgen … wirst du keinen Schritt vor die Tür machen.«

»Aber …«, versuchte Jolin es trotzdem.

»Versprich es!«, fuhr er dazwischen. »Bitte.«

Jolin schwieg.

Rouben wartete noch eine Weile auf ihre Antwort, schließlich unterbrach er die Verbindung, und wieder kroch diese schreckliche zermürbende Stille zu Jolin durch und nahm schleichend von ihr Besitz.

Jolin hätte nicht sagen können, wie lange sie mit dem Handy in der Hand und absoluter Leere im Kopf auf der Bettkante verharrte. In ihrem Gehirn hatte es nicht den Reflex eines Gedankens gegeben und in ihrer Brust hatten keine Empfindungen getobt. Hätte man ihr hinterher gesagt, dass sie für ein paar Stunden tot gewesen wäre, sie hätte es ganz sicher geglaubt.

Tot sein – das war das Einzige, was sie denken konnte, nachdem sie aus ihrer Erstarrung erwacht war. Sie hörte Rumoren in der Küche, das Rauschen der Dusche im Bad gleich nebenan und die gedämpfte Stimme der Nachrichtensprecherin aus dem Fernseher. Es musste nach acht Uhr sein. Ihre Eltern waren inzwischen heimgekommen, bestimmt würde sich der Duft von warmem Essen schon bald seinen Weg durch die Türritzen bahnen.

Tot sein – das war das, was Jolin wollte, das Einzige, was sie sich jetzt überhaupt noch vorstellen konnte. Besser tot als diesen Schmerz ertragen zu müssen, der sie von innen heraus in Stücke zu zerreißen drohte.

Aber vielleicht gab es ja doch noch Hoffnung … Vielleicht war Vincents Macht geringer, als Rouben glaubte … Vielleicht war er einfach nur ein hervorragender Spieler, der die Skrupellosigkeit besaß, alles auf eine Karte zu setzen. Schließlich hatte er nichts zu verlieren. Rouben und Jolin hingegen alles! Aber dieses *Alles* durften sie nicht einfach aufgeben. Nicht, solange Jolin Rouben noch nicht völlig gleichgültig war. Jedes Gefühl von Liebe, und war es noch so fragil, konnte die eigene innere Kälte, die das Wesen eines Vampirs ausmachte, besiegen. Ramalia war der beste Beweis dafür, und Rouben als ihr Sohn mit einem menschlichen Vater sollte doch wohl erst recht dazu in der Lage sein. Er musste nur daran glauben!

Es war wie ein Ruck, der Jolin endgültig aus ihrer Lethargie riss. Sie spürte das Metallgehäuse des Handys in ihrer Hand, und einen Lidschlag später flogen ihre Finger bereits über die Tasten.

ramalia hat deinem vater nie etwas angetan
und du kannst dem durst auch widerstehen,
da bin ich mir sicher.
bitte, rouben, versuch es. gib uns noch nicht auf!
ich liebe dich bis in alle ewigkeit.
jolin

Nachdem sie die Nachricht abgeschickt hatte, fühlte sie sich besser. Jolin schaltete das Handy aus und legte es auf den Nachttisch. Sie wollte nicht auf eine Antwort warten, von der sie ohnehin nicht glaubte, dass sie sie erhielt, sie wollte jetzt nur noch nach vorn sehen. Und das hieß vor allem: sich auf gar keinen Fall etwas anmerken lassen.

Weder ihre Eltern oder Anna und Leo noch sonst jemand aus ihrem Umkreis durften den leisesten Verdacht schöpfen. Sie alle galt es davon zu überzeugen, dass es ihr gutging und mit Rouben und ihr alles in Ordnung war.

Bisher hatte er über sie gewacht, jetzt war es an ihr, ihn zu beschützen. Niemand durfte hinter sein schreckliches Geheimnis kommen, und Jolin würde alles, was in ihrer Macht stand, dafür tun, um zu verhindern, dass es jemals ans Tageslicht kam.

Am nächsten Tag klarte der Himmel auf, und am Samstagmorgen war es bereits um zehn Uhr so warm, dass Jolin sich ihres Pullis entledigte und nun nur noch ein T-Shirt unter ihrer Jeansjacke trug. Leos Vater hatte ihnen beim Aufbau des Standes geholfen, nach nicht einmal einer Dreiviertelstunde lag alles an seinem Platz. Der Himmel über ihnen war strahlend blau, und die Menschen strömten in Scharen aus der U-Bahn-Unterführung hervor und an ihnen vorbei auf die Einkaufspassage zu.

»Hoffentlich haben die heute überhaupt einen Kopf für so was«, sagte Anna, die wie ein Pingpongball hin- und hertitschte, die Tischdecken zurechtzupfte, die Stapel mit den Flyern immer wieder neu ordnete und die Plakate mal hierhin und mal dorthin ausrichtete. Seit langer Zeit trug sie ihre braunen Locken heute mal wieder aufgesteckt, ihre Augen leuchteten vor Aufregung, und ihre Wangen glühten in einem frischen Rosa. Jolin fand, dass sie einfach umwerfend aussah. Viel besser als sie selbst, die wieder einmal kaum geschlafen und deshalb eine fahle Gesichtshaut und tiefe, dunkle Schatten um die Lider hatte. Trotzdem schien Leo nur Augen für sie zu haben.

Bei jedem Handgriff, den Jolin tun wollte, sprang er ihr zur Seite. Wortlos nahm er ihr die Kartons mit den Reserveflyern ab, platzierte sie unter dem Tisch und öffnete sie, damit sie schnell Zugriff darauf hatten, sobald die Vorräte oben zur Neige gingen.

»Setz dich hin«, flüsterte er und deutete auf einen der Klappstühle. »Anna macht das schon. Die hat Energie für mehr als eine Mission.«

Jolin grinste schlapp. In der Tat schien die Freundin sich nicht darauf verlassen zu wollen, dass die Leute sich aus freien Stücken für ihr Anliegen interessierten.

»Das muss man ganz offensiv angehen«, verkündete Anna, als ihre Befürchtungen sich bestätigten und die Menschen mehr oder weniger achtlos an ihnen vorbeiliefen. Selbst diejenigen, die einen kurzen Blick auf die Plakate warfen, zogen es letztlich offenbar doch vor, sich um die schönen Dinge des Lebens zu kümmern.

»Machen Sie sich gelegentlich auch mal Gedanken um Ihre Mitmenschen?«, fragte Anna zwei elegant gekleidete Damen, die neben ihren ledernen Einkaufsshoppern die exklusiven Falttüten einer Designerboutique über der Schulter trugen.

»Was ist denn das für eine Frage?«, erwiderte eine von ihnen und musterte Anna kopfschüttelnd von oben bis unten. Ihre dunkelblonde Föhnfrisur umrahmte ihr kantiges Gesicht wie ein Helm, außerdem verströmte sie den Duft eines blumigen Parfüms, der überhaupt nicht zu ihrer herben Erscheinung passte.

Das ist die Falsche, dachte Jolin.

Doch Anna war offensichtlich anderer Ansicht. Jedenfalls ließ sie nicht locker und hielt der Frau einen Flyer entgegen. »Vielleicht lesen Sie sich das einmal durch … nachher bei einer schönen Tasse Kaffee?«, meinte sie und lächelte die Dame offen an.

Ihre etwas untersetzte Begleiterin, die einen leuchtend grünen Blazer trug, zupfte sich die kurzen, schwarz gefärbten Ponysträhnen zurecht. »Müssen wir uns das sagen lassen?«, fragte sie und drängte sich an Anna vorbei. »Wir haben doch wahrlich schon genug gespendet. Für die Hungernden in Afrika, die Erdbebenopfer in Haiti, die überfluteten Regionen Indiens …«

»Wir wollen gar kein Geld von Ihnen«, unterbrach Anna sie freundlich, aber bestimmt. »Sondern nur Ihre Unterschrift.«

»Ach ja?« Die Dunkelblonde runzelte die Stirn. »Und wofür, bitte schön?«

»Also, ich unterschreibe gar nichts«, sagte die andere. »Hinterher bist du Mitglied in irgendeiner dieser Organisationen, die vorgeben, sich für Tierschutz oder vernachlässigte Kinder einzusetzen, aber in Wahrheit alles für sich behalten.«

»Wir wollen wirklich kein Geld«, wiederholte Anna. »Obwohl wir das natürlich auch gebrauchen könnten«, fügte sie schulterzuckend hinzu. »In erster Linie geht es jedoch tatsächlich um Verhinderung von Vernachlässigung. Und zwar um die Vernachlässigung von Menschen in unserer Stadt. Menschen, die auf staatliche Unterstützung angewiesen sind, die in hässlichen Containern oder heruntergekommenen Wohnungen leben …«

»Aber für die zahlen wir ja nun weiß Gott auch schon genug!«, empörte sich die Schwarzhaarige. »All das regelt der Staat über die Steuergelder. Wie Sie selber es eben bereits sagten.« Sie funkelte Anna zornig an und nickte dann ihrer Begleiterin zu. »Komm, Rosemarie, es ist so ein schöner Tag heute. Ich finde, wir müssen uns das nun wirklich nicht mehr länger anhören.« Sie hakte sich bei der Dunkelblonden unter und wandte sich in Richtung Passage um, aber Anna trat den beiden erneut in den Weg.

»Es stimmt«, sagte sie. »Heute ist ein wundervoller Tag. Und es wäre doch schön, wenn alle Menschen in unserer Stadt zufrieden wären und ihn genießen könnten, nicht wahr?« Noch einmal hielt sie den Damen das Faltblatt hin. »Bitte lesen Sie sich unseren kleinen Flyer doch in Ruhe durch. Und wenn Sie mögen, unterschreiben Sie später, wenn Sie von Ihrem Einkaufsbummel zurückkommen.«

Die Dunkelblonde schloss genervt die Augen, um sie gleich darauf wieder zu öffnen. »Warum sagen Sie uns nicht einfach, worum es geht«, erwiderte sie.

»Das mache ich sehr gern«, gab Anna zur Antwort und holte einmal tief Luft, bevor sie mit einer Erklärung ansetzte. »Wir sammeln Unterschriften für Familien, die aus den Containern abgeschoben werden sollen …«

Die Dunkelblonde spitzte die rot geschminkten Lippen. »… in ihr Heimatland?«

»Nein.« Anna schüttelte den Kopf. »Einfach auf die Straße.«

»Weil sie kein Geld haben, ihre Unterkunft zu bezahlen?«, vergewisserte sich die Schwarzhaarige mit einem Anflug von Genugtuung in der Stimme. Hab ich es dir nicht gleich gesagt?, schien der Blick auszudrücken, den sie ihrer Bekannten zuwarf.

»Das ist nicht der Punkt«, erwiderte Anna geduldig. »Die Finanzierung ihrer Unterkunft ist eigentlich Teil der

Sozialleistungen, die ihnen zustehen und die auch Sie …«, sie lächelte die Damen eindringlich an, »… mit Ihren Steuergeldern und Versicherungsbeiträgen unterstützen. Aber gerade weil Sie das tun, müssten Sie doch eigentlich auch ein Interesse daran haben, dass diese Mittel korrekt eingesetzt werden.«

»Da haben Sie vollkommen recht«, sagte ein Mann, der vor einer ihrer Plakatwände stehen geblieben war. Er hielt seine Hände auf dem Rücken verschränkt und betrachtete über den Rand seiner schmalen Brille hinweg die Stadtcollage, während er gleichzeitig aufmerksam dem Gespräch zwischen Anna und den beiden Damen gefolgt war. »Wir interessieren uns viel zu wenig dafür, wie unsere Abgaben eingesetzt werden.« Er strich sich über die feine graue Haarsträhne, die von seiner Stirn bis über den Hinterkopf reichte und zwei tiefe Geheimratsecken voneinander trennte. »Dabei zeigt gerade dieses Stadtbild hier nur allzu deutlich, dass wir es unbedingt tun sollten.« Nacheinander nickte er Jolin, Leonhart und Anna zu. »Ich nehme an, dass es sich bei den Umständen, die Sie den beiden Damen gerade veranschaulicht haben, um reine Behördenwillkür handelt?«

Leo zuckte die Achseln. »Im Moment sieht es eher so aus, als ob es sich um eine dieser vielen, vage formulierten Vorschriften handelt, die von Sachbearbeiter zu Sachbearbeiter unterschiedlich ausgelegt werden können.«

»Also doch Behördenwillkür.« Der Mann ließ seinen Blick über die Auslagen auf dem Tisch schweifen. »Wo muss ich unterschreiben?«

»Hier.« Jolin deutete auf die vorbereitete Liste und reichte ihm einen Kugelschreiber. »Der Wohnraum, der in unserer Stadt für sozial schwache Personen und Familien, beziehungsweise für Asylbewerber zur Verfügung steht, deckt den Bedarf lückenlos ab. Unsere Recherchen haben ergeben, dass zurzeit sogar sowohl einige Wohnungen als auch Container leer stehen. Es wäre also überhaupt kein Problem, die Familien, die das gerne möchten, weiter in den Containern wohnen zu lassen. Doch die sollen angeblich ausschließlich den Asylbewerbern zur Verfügung stehen.«

»Das ist ja auch richtig so«, meldete sich die schwarzhaarige Frau zu Wort. »Ich sehe jedenfalls nicht ein, dass Menschen, die die deutsche Staatsbürgerschaft besitzen, weniger komfortabel wohnen sollen als jene, die vielleicht nur vorübergehend hier leben.«

»Aber meine Gnädigste, ich bitte Sie!«, rief der Mann mit den Geheimratsecken. »Wenn ich die jungen Menschen hier richtig verstanden habe, möchten besagte Familien mit deutscher Staatsbürgerschaft ja freiwillig in den Containern wohnen bleiben.«

Jolin reckte den Daumen hoch und zwinkerte Anna unauffällig zu. »Ganz genau«, beeilte sie sich, dem Mann beizupflichten. »Das Absurde an der Geschichte ist, dass diese Familien zunächst auf die Straße gesetzt beziehungsweise in ein Obdachlosenheim umgesiedelt würden, während die Asylbewerber weiter in den Containern bleiben könnten.«

Die Dunkelblonde schnappte nach Luft. »Das ist nicht nur absurd, sondern auch himmelschreiend ungerecht!«, echauffierte sie sich. »Warum können diese Leute dann nicht wenigstens in eine der leerstehenden Wohnungen einziehen?«

Anna hob die Schultern. »Natürlich hat man uns eine Erklärung dafür gegeben«, sagte sie. »Die Wohnungen sind nicht bezugsfertig, da sie zunächst renoviert werden müssen. Dabei sind sie zum Teil in einem wesentlich besseren Zustand als jene, die bereits bewohnt werden.«

»Typisch«, sagte der Mann. Schwungvoll setzte er seine Unterschrift auf die Liste, drehte sich um und bot den beiden Damen den Kugelschreiber an. »Vielleicht möchten Sie nun doch Nummer zwei und drei sein?«

Die Schwarzhaarige nahm den Stift zögernd entgegen und blickte ihre Bekannte unsicher an.

»Gib dir einen Ruck. Ich werde ebenfalls unterschreiben«, sagte die Dunkelblonde. »Das sind doch vollkommen unhaltbare Zustände, die diese jungen Leute hier beschreiben. Das kann man nicht einfach hinnehmen. Gerade wir, die ein wenig bessergestellt sind, tragen doch Verantwortung. Wir dürfen nicht zulassen, dass engstirnige Beamte weitreichende Entscheidungen treffen.« Entschlossen griff sie nach dem Kugelschreiber, zog die Riemen ihrer Taschen stramm und beugte sich über die Liste. »Also, unter diesen Umständen bin ich wirklich sehr gerne die Nummer zwei.«

»Wir haben Baumärkte und Malerbetriebe um Materialspenden gebeten und von einigen bereits Zusagen erhalten«, fuhr Anna unterdessen fort. »Und wir setzen uns dafür ein, dass die Bewohner die Wohnungen und Container selber renovieren. Das spart Kosten und würde ganz nebenbei den sozialen Zusammenhalt unter ihnen stärken. Denn leider ist es ganz und gar nicht so, dass alle dort gut miteinander auskommen. Im Gegenteil. Vielen Menschen in der Wohnsiedlung sind die Container ein Dorn im Auge.«

»Die sind ja auch wirklich nicht besonders hübsch«, meinte die Schwarzhaarige, die nun ebenfalls an die Plakatwände herangetreten war und mit zurückgelegtem Oberkörper und auf die Hüfte gestemmter Hand die fotografische Stadtbildpräsentation betrachtete.

Jolin nickte. »Man müsste sie in freundlichen Farben streichen und kleine Vorgärten anlegen …«

»Das ist eine sehr gute Idee!«, pflichtete ihr die Dunkelblonde bei. »Vielleicht könnte man dafür sogar eine kleine Spendenaktion initiieren.«

Jolin unterdrückte ein Grinsen. Allmählich begann ihr die Sache richtig Spaß zu machen.

»Stellen Sie sich vor, wir haben sogar schon etwas vorbereitet«, sagte Leo und tippte auf eine Schlitzdose aus orangerotem Emailblech.

Die Dunkelblonde tätschelte dem Mann mit den Geheimratsecken die Schulter. »Diese jungen Leute sind wirklich pfiffig«, sagte sie. »Wir sollten sie tatkräftig unterstützen. Oder was meinen Sie?« Seine Antwort schien sie allerdings nicht wirklich zu interessieren, denn sie hatte bereits ihren Einkaufsshopper geöffnet und eine schmale Geldbörse aus feinem türkisfarbenem Leder zutage gefördert.

»Wir planen sogar einen speziellen Aktionstag«, erzählte Anna nun. »Den genauen Termin werden Sie unserer Lokalpresse entnehmen können. Wir wollen die Container streichen, Gras einsäen, Büsche pflanzen und Blumenkübel aufstellen«, fuhr sie erläuternd fort. »Jeder kann sich daran beteiligen, durch Geld- oder Sachspenden oder auch gern durch seine Mitarbeit.«

»Wir wünschen uns, dass die Menschen in unserer Stadt

zusammenwachsen, dass sie ihre Augen nicht verschließen, sich füreinander verantwortlich fühlen und einander helfen«, fügte Jolin hinzu. »Und wenn jeder einigermaßen zufrieden leben kann, wird auch die Kriminalitätsrate sinken.«

»Was im Übrigen ein ganz entscheidender Faktor ist«, mischte sich ein junger Mann ein, der sich inzwischen ebenso wie viele andere Leute zu ihnen gesellt und ihre Diskussion verfolgt hatte. »Vielleicht erinnern Sie sich noch an den Vorfall vom letzten Winter, als ein langjähriger Bewohner eines der Container durchgedreht und kurz darauf eines nicht unbedingt natürlich zu nennenden Todes gestorben ist.«

Jolin lief ein kalter Schauer über den Rücken. »Woher wissen Sie davon?«, fragte sie erstaunt, denn sie konnte sich nicht erinnern, dass seinerzeit etwas über Harro Greims' Tod in den Zeitungen gestanden hatte.

»Ich war mit seiner Bestattung befasst«, erwiderte der Mann. »Von daher habe ich mich für die Umstände interessiert. Ich habe mit einigen Leuten aus der Siedlung gesprochen und erfahren, dass jemand seinen Hund auf ziemlich bestialische Weise getötet hatte.«

Die Schwarzhaarige kniff die Augen zusammen. »Und wenn ich mich richtig erinnere, war dieser Hund auch nicht der einzige.«

Der Bestatter nickte. »Einen hat es im Stadtpark erwischt und einen zweiten …« Er schüttelte den Kopf. »So genau weiß ich das nicht mehr. Auf jeden Fall habe ich damals schon gedacht, dass man etwas unternehmen müsste, was diesen Taten, die meines Erachtens aus reiner Frustration begangen werden, etwas Nachhaltiges entgegensetzt.

Insofern kann ich diese Pläne hier nur unterstützen«, fügte er voller Nachdruck hinzu, zog sein Portemonnaie aus der Gesäßtasche und ließ einige Münzen in die Schlitzdose fallen.

Die beiden Damen zogen die Augenbrauen nach oben. Sie blieben starr wie die Figuren eines Wetterhäuschens nebeneinander stehen und warteten, bis der Mann einen Flyer verstaut und sich ein paar Schritte entfernt hatte, dann beugte sich die Dunkelblonde über den Tisch und wisperte Jolin zu: »Also, von uns dürfen Sie schon ein bisschen mehr erwarten. Nicht wahr, Olivia?«, fügte sie an ihre Begleiterin gewandt hinzu.

Die hatte bereits einen Hunderteuroschein aus ihrer Brieftasche genommen und so klein zusammengefaltet, dass er in den Schlitz der Dose passte. »Und anschließend wollen wir den Mantel des Schweigens darüberlegen«, raunte sie, während sie den Schein mit einem leichten Stupser in der Sammelbüchse versenkte.

Ihre Bekannte tat noch einmal den gleichen Betrag dazu, stopfte einen Stapel Infoblätter in ihren Shopper und verabschiedete sich mit den Worten: »Es wäre doch gelacht, wenn wir nicht noch ein bisschen tatkräftige Unterstützung mobilisieren können. Bitte rechnen Sie fest mit unserer Teilnahme. Ich verstehe mich nämlich ganz hervorragend auf Gartenarbeit.«

»Goldig«, sagte Anna, die den beiden Damen noch eine Weile mit einem seligen Lächeln auf den Lippen hinterhergeschaut hatte. »Ich hätte nichts dagegen, wenn ich später mal so werde wie sie.«

»Bitte nicht«, erwiderte Jolin. »Mir reicht es völlig, wenn du einfach so bleibst, wie du bist.«

»Okay.« Anna zwinkerte ihr zu. »Versprochen.«

Zumindest hatten die beiden *goldigen* Damen und der Mann mit den Geheimratsecken für einen Dammbruch gesorgt. Mittlerweile war es fünf vor halb zwölf, und es drängelten sich mindestens zwanzig Leute vor ihrem Stand, zitierten einzelne Passagen aus dem Flyer, diskutierten heftig miteinander – ohne dabei allerdings allzu unterschiedlicher Meinung zu sein –, setzten ihre Unterschrift auf die Liste, steckten Scheine und Münzen in die orangerote Blechdose und kündigten ihre Mithilfe beim Aktionstag an.

Und als am späten Nachmittag dann schließlich der letzte Flyer verteilt war und sie mit dem Abbau des Standes begannen, fühlte Jolin sich total ausgepowert, aber rundum zufrieden. Über den Zuspruch und die Begeisterung der vielen Leute hatte sie sogar Rouben vergessen, und dann war es ausgerechnet Anna, die ihn mit aller Wucht ins Hier und Jetzt zurückholte.

»Er hat sich nicht mal blicken lassen«, sagte sie. »Ganz ehrlich, das finde ich nicht okay.«

»Es geht ihm … nicht so gut«, erwiderte Jolin zögernd. Sie hatte Mühe, ihrer Stimme einen festen Klang zu verleihen.

»Was heißt das – nicht so gut?«, bohrte Anna nach, und als Jolin nicht gleich antwortete, griff sie die Freundin an den Schultern und zwang sie, ihr in die Augen zu sehen. »Ich bin deine Freundin. Willst du mir nicht endlich sagen, was los ist?«

»Gar nichts ist los«, zischte Jolin und warf einen Blick zu Leonhart hinüber, der damit beschäftigt war, den Tapeziertisch zusammenzuklappen.

»Das glaube ich dir nicht«, raunte Anna zurück. Auch

sie sah kurz zu Leo und sagte dann: »Hast du etwas dagegen, wenn ich nachher noch mal vorbeikomme?«

»Ja«, sagte Jolin viel zu schnell und viel zu heftig. Dann fiel ihr ein, worum Rouben sie gebeten hatte, und überlegte es sich anders. »Sorry, natürlich kannst du vorbeikommen.« Sie berührte Anna flüchtig an der Hand. »Ich freu mich.«

original message
from: *r. v.*
to: *klarisse@hexe.de*
subject: *sorry*
hör zu, engel, es tut mir leid, keine ahnung, was in mich gefahren ist.

original message
from: *klarisse*
to: *r. v. (v-r@gmx.de)*
subject: *re: sorry*
mann! du machst es dir wirklich sehr leicht.

original message
from: *r. v.*
to: *klarisse@hexe.de*
subject: *re: sorry*
das sagst du, weil du nicht weißt, wie schwierig das alles für mich ist, aber ich habe nachgedacht, und ich habe beschlossen, dir die wahrheit zu sagen. ich glaube nämlich, ich kann dir vertrauen – letztendlich bleibt mir auch gar nichts anderes übrig.

original message
from: *klarisse*
to: *r. v. (v-r@gmx.de)*
subject: *re: sorry*
für mich sprichst du noch immer in rätseln.

original message
from: *r. v.*
to: *klarisse@hexe.de*
subject: *re: sorry*
ich verspreche dir, ich werde mich bessern.

original message
from: *klarisse*
to: *r. v. (v-r@gmx.de)*
subject: *re: sorry*
dann mal nix wie los!

original message
from: *r. v.*
to: *klarisse@hexe.de*
subject: *re: sorry*
okay, lass uns mit deiner kleinen wunde anfangen: sie war ein versehen, aber sie ist nicht ungefährlich.

original message
from: *klarisse*
to: *r. v. (v-r@gmx.de)*
subject: *re: sorry*
mhmmm, das habe ich mir schon gedacht.

original message
from: *r. v.*
to: *klarisse@hexe.de*
subject: *re: sorry*
es wäre kein fehler, wenn du versuchen würdest, sie auszusaugen.

original message
from: *klarisse*
to: *r. v. (v-r@gmx.de)*
subject: *re: sorry*
ist es nicht ein bisschen spät, jetzt noch damit zu beginnen? ehrlich, ich fühle mich seltsam, nicht wirklich schlecht, eher ein bisschen so, als gehörte ich nicht so recht auf diese welt.

original message
from: *r. v.*
to: *klarisse@hexe.de*
subject: *re: sorry*
du machst mir angst!

original message
from: *klarisse*
to: *r. v. (v-r@gmx.de)*
subject: *re: sorry*
ich dir?

original message
from: *r. v.*
to: *klarisse@hexe.de*
subject: *re: sorry*
ja, weil du mir schmerzhaft vor augen führst, was ich bin und was ich dir antun könnte …

original message
from: *klarisse*
to: *r. v. (v-r@gmx.de)*
subject: *re: sorry*
bisher hatte ich nicht den eindruck, dass du dich darum scherst, wie es mir geht. eigentlich hätte ich längst den kontakt zu dir abbrechen müssen, du bist kalt und böse.

original message
from: *r. v.*
to: *klarisse@hexe.de*
subject: *re: sorry*
du hast recht, ich bin kalt und böse, denn ich komme aus einer kalten und bösen welt, einer welt, die sich nach licht und wärme sehnt, und seitdem ich dich kenne, denke ich an nichts anderes mehr als an die möglichkeit, mit dir zusammen zu sein.

original message
from: *klarisse*
to: *r. v. (v-r@gmx.de)*
subject: *re: sorry*
moment mal … ich dachte, es geht dir um rouben und … jolin?

original message
from: *r. v.*
to: *klarisse@hexe.de*
subject: *re: sorry*
nein, im ernst, klarisse, es geht mir einzig und allein um dich, leider kennst du meinen halbbruder besser als mich, du bist von ihm fasziniert, ich bezweifle inzwischen, dass ich überhaupt noch eine chance bei dir habe.

original message
from: *klarisse*
to: *r. v. (v-r@gmx.de)*
subject: *re: sorry*
kein wunder, so wie du dich verhalten hast!

original message
from: *r. v.*
to: *klarisse@hexe.de*
subject: *re: sorry*
es tut mir wirklich sehr, sehr leid, und ich wünschte, ich könnte das alles rückgängig machen, mittlerweile wäre ich schon mehr als dankbar, wenn du mir einfach nur zuhören würdest.

original message
from: *klarisse*
to: *r. v. (v-r@gmx.de)*
subject: *re: sorry*
okay ...?

original message
from: *r. v.*
to: *klarisse@hexe.de*
subject: *re: sorry*
meine mutter, eine vampirin, liebte einen menschen. sie betrog meinen vater und ließ mich im stich, in unseren kreisen ist das eine todsünde, wir alle haben sie dafür gehasst, auch weil wir von den anderen vampiren dafür geächtet wurden. mein vater, antonin, kannte aber eine möglichkeit, wie wir uns von dieser sünde reinwaschen können, denn er gehörte zum clan der ältesten und wusste daher von einer jahrtausendealten prophezeiung.

original message
from: *klarisse*
to: *r. v. (v-r@gmx.de)*
subject: *re: sorry*
kennst du sie ebenfalls?

original message
from: *r. v.*
to: *klarisse@hexe.de*
subject: *re: sorry*

Einmal nur in eintausendzweihundert Jahren,
sobald Vollmond und Wintersonnenwende sich
einander nähern,
wird es geschehen,
dass die Zukunft sich an die Vergangenheit
erinnert und
ein Jüngling ans Tageslicht tritt,
der in seinem neunzehnten Lebensjahr
um Punkt Mitternacht
vor dem Antlitz des vollen Mondes
zwölf jungfräuliche Mädchen küsst,
um die Blutschande seiner Anverwandten
reinzuwaschen und hernach für immer von den
Untoten aufzuerstehen …

original message
from: *klarisse*
to: *r. v. (v-r@gmx.de)*
subject: *re: sorry*
pünktchen, pünktchen, pünktchen …?

original message
from: *r. v.*
to: *klarisse@hexe.de*
subject: *re: sorry*
… und mit dir zu leben?

original message
from: *klarisse*
to: *r. v. (v-r@gmx.de)*
subject: *re: sorry*
du bist aber noch immer untot – oder habe ich da etwas falsch verstanden?

original message
from: *r. v.*
to: *klarisse@hexe.de*
subject: *re: sorry*
nein, das hast du nicht. ich bezeichne mich nur gerne als derjenige, der den tod bringt. aber zurück zur prophezeiung und ihrer erfüllung: wie du dir inzwischen sicher denken kannst, ist rouben mir zuvorgekommen, was ihm nur deshalb möglich war, weil meine mutter sich nicht beherrschen und dem schicksal seinen lauf lassen konnte, sondern sich wieder einmal einmischen musste.

original message
from: *klarisse*
to: *r. v. (v-r@gmx.de)*
subject: *re: sorry*
das verstehe ich nicht.

original message
from: *r. v.*
to: *klarisse@hexe.de*
subject: *re: sorry*
rouben hatte mir gegenüber einen vorteil: er war kein vampir, sondern ein zwielicht, also eine mischung aus lebendig und untot, und war somit in der lage, sich in der menschlichen welt zu bewegen, ohne dass es sofort auffiel. licht beispielsweise konnte ihm nichts anhaben, während es mich auf der stelle getötet hätte – und immer noch töten würde.
meine mutter zeigte ihm seinen menschlichen vater und jolin, für die rouben von der ersten sekunde an heftige gefühle entwickelte. damals konnte ich das nicht nachvollziehen, und meine mutter habe ich für diese lächerliche liebe zu diesem armseligen menschen gehasst, doch als ich dich zum ersten mal in den armen hielt, verstand ich plötzlich, was rouben an jolin und meine mutter an harro so fasziniert hat.

original message
from: *klarisse*
to: *r. v. (v-r@gmx.de)*
subject: *re: sorry*
willst du mich verarschen! es ist doch wohl so, dass vampire ständig menschen in den armen halten … und zwar, um ihnen das blut auszusaugen!

original message
from: *r. v.*
to: *klarisse@hexe.de*
subject: *re: sorry*
hmm, das ist eine etwas altertümliche vorstellung, eine legende, die

ihr wohl anhand eurer erfahrungen mit uns entwickelt habt und die wir euch menschen nur allzu gerne lassen, da sie unserem schutz dient. tatsächlich ist es aber so, dass wir in einer welt existieren, die anderen gesetzmäßigkeiten unterworfen ist als die eure. der wesentliche unterschied betrifft das phänomen der zeit, dem wir in der regel nicht folgen müssen. bei uns gibt es kein sonnenlicht, keine wärme und keine vergänglichkeit. wahr ist, dass wir uns von blut ernähren, aber erstens benötigen wir weit weniger, als ihr denkt, und zweitens bedienen wir uns jederzeit aus allen zeiten. das blut eines mädchens aus dem mittelalter schmeckt völlig anders, als beispielweise das von jolin schmecken würde.

original message
from: *klarisse*
to: *r. v. (v-r@gmx.de)*
subject: *re: sorry*
hast du es etwa darauf abgesehen?

original message
from: *r. v.*
to: *klarisse@hexe.de*
subject: *re: sorry*
dazu kommen wir später. lass mich dir erst einmal erklären, wie ich meine gefühle für dich entdeckt habe.

original message
from: *klarisse*
to: *r. v. (v-r@gmx.de)*
subject: *re: sorry*
ich bin wirklich sehr gespannt!

original message
from: *r. v.*
to: *klarisse@hexe.de*
subject: *re: sorry*
nun, wie ich schon sagte, normalerweise leben wir in unserer welt und saugen tiere und menschen aus, einzig, um unseren durst zu stillen. zu den gesetzmäßigkeiten unserer welt gehört aber auch, dass wir hin und wieder die zeitlosigkeit verlassen, und zwar immer dann, wenn wir die chance erhalten, in die sterbliche welt hinüberzuwechseln, was – um in euren dimensionen zu sprechen – nur einige tausend jahre mal und nur unter gewissen umständen möglich ist. für dich muss es schwer vorstellbar sein, dass man sich nach diesem kurzen dasein, das unausweichlich mit dem tod endet, sehnen kann, aber dazu musst du vielleicht wissen, dass die existenz, die ein vampir führt, unendlich öde ist. anfangs ist die jagd auf menschen oder schnelle, wilde tiere noch einigermaßen aufregend, aber mit zunehmender routine kehrt sich dieses jagdgefühl in das absolute gegenteil. manche von uns verabscheuen sich sogar für das, was sie tun, sie töten nur noch im absoluten notfall, und zwar schnell und unspektakulär, und kaum einem kommt mehr in den sinn, einen menschen in einen vampir zu verwandeln, schließlich wissen wir nur allzu gut, was wir ihm damit antun.

original message
from: *klarisse*
to: *r. v. (v-r@gmx.de)*
subject: *re: sorry*
dann seid ihr in wahrheit also gute wesen?

original message
from: *r. v.*

to: *klarisse@hexe.de*
subject: *re: sorry*
natürlich nicht. wir sind jäger, und das bleiben wir auch. aber wir sehnen uns nach licht und wärme und einem tod in ewigem frieden – und was mich angeht, sehne ich mich nach dir!

original message
from: *klarisse*
to: *r. v. (v-r@gmx.de)*
subject: *re: sorry*
wie du dir sicher denken kannst, fällt es mir schwer, das zu glauben.

original message
from: *r. v.*
to: *klarisse@hexe.de*
subject: *re: sorry*
ja, ich weiß. und ich kann nur immer wieder betonen, wie leid es mir tut. ich habe mich dir gegenüber nicht korrekt verhalten, ich bin eben ein wildes, unkontrolliertes wesen (auch in diesem moment fällt es mir irrsinnig schwer, mich zu beherrschen), aber das alles könnte sich ändern … wenn du nur wolltest.

original message
from: *klarisse*
to: *r. v. (v-r@gmx.de)*
subject: *re: sorry*
wie soll ich dir vertrauen? vor ein paar tagen hast du mir gedroht, und jetzt willst du auf einmal mein freund sein?

original message
from: *r. v.*
to: *klarisse@hexe.de*
subject: *re: sorry*
ich möchte viel mehr sein als das, klarisse. ich möchte mein leben mit dir teilen, aber du ziehst mir ja meinen bruder vor ...

original message
from: *klarisse*
to: *r. v. (v-r@gmx.de)*
subject: *re: sorry*
dazu sage ich jetzt nichts ... vielleicht erklärst du mir erst einmal, wie du deine angeblich so tiefen gefühle für mich entdeckt hast ...

original message
from: *r. v.*
to: *klarisse@hexe.de*
subject: *re: sorry*
du tust mir weh, mein engel, aber ich habe es wohl nicht anders verdient. ich gebe allerdings die hoffnung nicht auf, dein herz vielleicht doch noch für mich gewinnen zu können. also hör zu: als der zeitpunkt zur erfüllung der prophezeiung näher rückte, bereiteten mein vater in der dunklen und meine mutter in der lichten welt alles dafür vor. während der ahnungslose rouben euch zu seiner geburtstagsparty einlud, begaben meine untoten verwandten und ich uns auf eine zeitreise. mein vater und ich bildeten übrigens die vorhut, wir betraten eure welt schon einige wochen vor diesem termin, was nicht ungefährlich war, denn ich musste beispielsweise ein paar hunde reißen und blutkonserven stehlen, um mich zu ernähren. aber es war notwendig für uns, früher zu erscheinen, denn nur so konnten wir uns

informationen über die art der gefühle verschaffen, die sich zwischen jolin und rouben entwickelten.
als am abend der party schließlich der volle mond hoch am himmel stand und die decke der burg sich öffnete, warst du die erste, die ich im arm hielt. da ich der auserwählte war, hatte ich zu diesem zeitpunkt deine welt schon betreten, licht, wärme und emotionen begannen form anzunehmen … ich sah dein gesicht, deine schönheit, spürte dein inneres wesen und brachte es nicht über mich, dich zu küssen, denn ich wusste, sobald ich es tat, würdest du für mich und die welt, in der ich fortan leben würde, verloren sein. inzwischen bin ich meinem elenden bruder in gewisser weise sogar dankbar, dass seine liebe zu jolin stärker war als die magie der prophezeiung. ehe ich mitsamt meiner verwandtschaft aus der burg gefegt wurde und die vergangenheit, aus der wir kamen, über der gegenwart zusammenstürzte, gelang es mir, dir ein haar auszureißen und mitzunehmen. dieses haar und die sehnsucht nach dir ermöglichten es mir zurückzukommen. mit deiner hilfe könnte ich rouben noch immer besiegen und an seiner stelle mit dir glücklich in dieser welt und in seinem haus leben.

original message
from: *klarisse*
to: *r. v. (v-r@gmx.de)*
subject: *re: sorry*
und was geschieht mit jolin?

original message
from: *r. v.*
to: *klarisse@hexe.de*
subject: *re: sorry*
nichts geschieht mit ihr. roubens liebe war nur von kurzer dauer, ich nehme an, sie wird an der enttäuschung zugrunde gehen.

original message
from: *klarisse*
to: *r. v. (v-r@gmx.de)*
subject: *re: sorry*
das gefällt mir nicht besonders, immerhin hat sie mich vor dem sicheren tod bewahrt.

original message
from: *r. v.*
to: *klarisse@hexe.de*
subject: *re: sorry*
eher vor dem dasein eines vampirs! dieses schicksal steht nun rouben bevor, das von jolin liegt leider nicht in meinen händen.

10

Es mag verrückt klingen, aber Jolins Nachricht hat mir tatsächlich wieder etwas Mut gegeben. Was das Fortschreiten meiner Verwandlung angeht, mache ich mir natürlich keine Illusionen, das Vertrauen jedoch, das sie mir entgegenbringt, lässt mich hoffen, dass ich meine Gelüste vielleicht doch noch ein wenig länger unter Kontrolle halten kann, als ich befürchtet habe. Meine Mutter konnte es auch, in diesem Punkt hat Jolin absolut recht, aber meine Mutter ist ein Sonderfall, niemand in der dunklen Welt wird jemals verstehen können, woher sie diese Liebe für Harro Greims genommen hat.

Ich selbst spüre von Stunde zu Stunde, wie die Kälte in meinem Herzen immer dichter wird und meine Gefühle für Jolin dahinter allmählich verblassen. Noch empfinde ich das als zutiefst erschreckend, doch ich weiß, es wird nicht mehr lange dauern, und all meine Emotionen werden erfroren sein. Sobald das geschehen ist, werde ich nur noch ein Ziel haben: Jolins Blut!

Und bis dahin muss ich alles in die Wege leiten, was notwendig ist, um sie vor MIR! zu schützen.

Vielleicht wäre es klug gewesen, wenn ich mich im Keller ihr gegenüber zu erkennen gegeben hätte. Vielleicht wäre es sogar notwendig gewesen, es ihr spätestens bei unserem SMS-Kontakt zu gestehen, aber ich habe es einfach nicht über mich gebracht. Ich war wie gelähmt, als ich erkennen musste, dass sie MICH! für Vincent hält, und im Moment wünsche ich mir nichts sehnlicher, als dass sie sich für den Rest ihres hoffentlich langen Lebens an die kurze Zeit, die uns miteinander vergönnt war, mit einem warmen Gefühl in ihrem Herzen zurückerinnert.

Fatal ist, dass ich Vincents Pläne nicht vollständig durchschaue. Das Einzige, was ich sicher weiß, ist, dass er mich zu einem Vampir machen will. Ich soll in die Welt verbannt werden, in die ich seiner Ansicht nach gehöre. Und bis es so weit ist, soll ich leiden bis aufs Blut, denn nur so kann er seinen Durst nach Rache wirklich stillen.

Alles andere ist reine Spekulation.

Ich habe keine Ahnung, wie ich verhindern soll, dass Jolin ihm in die Klauen fällt. Inzwischen bin ich ja nicht einmal mehr hundertprozentig sicher, ob er sie überhaupt will. Jolin ist nicht sein Kaliber, das wäre schon eher Klarisse, und es würde mich wahrlich nicht wundern, wenn er sie längst in seinen Rachefeldzug eingebunden hätte.

Das ständige Gegrübel macht mich schier verrückt, und um den Kopf wieder freizubekommen, lenke ich den Alfa zum östlichen Stadtrand hinaus. Ich schleiche zwischen den Containern umher, denke an die Zeit, in der ich Jolin zum ersten Mal sah, und versuche, mich an die Gefühle zu erinnern, die ich als Zwielicht für sie hegte. Irgendwie hoffe ich, dass es mich tröstet, doch leider ist es nicht annähernd mit dem zu vergleichen, was ich in meinem jetzigen

Zustand für sie empfinde – wenn man diese brennende Gier überhaupt noch als Empfindung bezeichnen kann.

Ohne es bewusst darauf angelegt zu haben, finde ich mich plötzlich vor dem buntbemalten Container meines Vaters wieder. Ich starre ihn an wie einen Feind, und eine unbändige Wut, heiß und alles verzehrend, kocht in mir hoch.

»Ich hasse dich, Harro Greims!«, höre ich mich zischen. »Es ist alles deine Schuld! Wärst du nicht gewesen, hätte ich nicht geboren werden können, und Jolin wäre niemals einer solchen Gefahr ausgesetzt gewesen.«

Die Worte befriedigen mich, doch gleichzeitig spüre ich einen tiefen Ekel vor mir selbst. Und dann passiert es – ich bin völlig außerstande, etwas dagegen zu tun: Die Hitze in meinem Rumpf verkocht innerhalb von Sekundenbruchteilen, und plötzlich durchzieht eine eisige Kälte meinen Körper, besetzt meine Muskeln und frisst sich in jede einzelne meiner Zellen. Der letzte Atemzug gefriert in meinen Lungen, mein Herz setzt mitten im Schlag aus, und bis auf diesen überwältigenden metallischen Duft, der sich zwischen der Stirnhöhle und meiner Kehle einnistet wie ein Kuckucksjunges, höre ich auf zu sein.

Ich sehe, wie meine Hand nach der Klinke greift, die Tür wölbt sich mir laut krachend entgegen und öffnet sich dann mit einem Geräusch, das an einen schmatzenden Schrei erinnert.

»He, was soll das? Was machen Sie da?«, brüllt mir eine Stimme aus der Dunkelheit des Containers entgegen. Ich erkenne die Konturen einer Kommode und eines Tisches, an dem ein Stuhl und ein kleiner runder Hocker stehen. Der metallische Duft dringt nun tief in meinen Magen hinunter und bezwingt den letzten Widerstand in meinem Gehirn. Blindlings greife ich in die Richtung, aus der mir die Wärme eines Menschen entgegenschlägt, fasse in etwas Wollenes und ziehe es mit einem Ruck zu mir heran.

»Was fällt Ihnen ein?«, kreischt die Stimme. »Lassen Sie mich l…«

»Halt die Klappe!«, zische ich, doch zu hören ist nur ein tiefes, langgezogenes Knurren.

Ein schmales blasses Gesicht taucht in den Lichtkegel ein, den das Mondlicht in den Containereingang wirft, und ein dunkles Augenpaar funkelt mich zornig an.

Mein Blick fällt auf einen nachlässig gezogenen Scheitel, an dem sich zu beiden Seiten ein Streifen hellen Haars entlangzieht, dahinter kringelt es sich schwarz und fettglänzend bis auf die Schultern der hageren Frau.

Ich reiße sie dicht an mich heran, schiebe den Kragen des kratzigen grünen Mantels zurück und streiche mit dem Daumennagel über ihre Halsschlagader.

In den metallischen Duft ihres Blutes mischt sich eine schwere, betörende Süße, die mich das unappetitliche Äußere der Frau vergessen lässt.

Gierig reiße ich die Lippen auseinander und presse sie auf die weiße Haut. Ich will gerade meine Zähne hineinschlagen, da spüre ich Jolin. Ich spüre *ihre kraftlosen kleinen Hände in meinen, und augenblicklich ist das überwältigende Gefühl von vor Wochen wieder da, als ich vor ihr kniete und wir zum ersten Mal unsere Handflächen aneinanderschmiegten.*

Ich reiße den Kopf hoch und stoße die Frau von mir weg ins Innere des Containers zurück. Sie schreit auf, fällt gegen den Tisch und greift sich an den Hals. Ich sehe das Entsetzen in ihren Augen und die Angst, die sie vor mir hat. Ein rasender Schmerz bohrt sich in mein Herz, ich jaule auf und haste zu meinem Wagen zurück, als wäre ein Dämon hinter mir her.

Es war das Gefühl schneidender Kälte auf ihrem Brustbein, das Jolin aus dem Tiefschlaf riss.

»Schon gut«, hörte sie Paulas Stimme murmeln. »Alles ist gut. Du hast nur geträumt.«

»Aber … Was? … Nein! Nein!« Stammelnd versuchte Jolin sich aufzusetzen, doch ihre Mutter drückte sie sofort in ihr Kissen zurück.

»Werd erst mal richtig wach«, flüsterte sie. »Dann reden wir über alles.«

»Aber ich habe nicht geträumt«, protestierte Jolin. »Ich habe doch gar nichts gesehen. Es war bloß ein Gefühl …« Erst jetzt registrierte sie, dass Paula neben ihr auf dem Bett lag, einen Arm um ihren Nacken geschlungen hatte und mit einem weichen Tuch ihre Stirn betupfte. »Was machst du überhaupt hier?«, fragte sie unwillig, drehte den Kopf zur Seite und starrte die Tür an.

Sie war nur angelehnt, und das Deckenlicht im Flur drang durch den schmalen Spalt und malte einen schnurgeraden Lichtkegel auf den Teppichboden in ihrem Zimmer.

»Du hast geschrien«, sagte Paula. »Es war … markerschütternd. Dein Vater und ich saßen kerzengerade im Bett. Ich kann mich nicht erinnern, dass Gunnar jemals so schnell auf den Beinen war«, fuhr sie mit sanfter Stimme fort. »Unser erster Gedanke war natürlich, dass jemand in der Wohnung ist.«

»Rouben?«

»Nein.« Paula klang überrascht. »Ein Einbrecher. – Aber auch das war ziemlich absurd. Wir wohnen im vierten Stock ohne Balkon. Wie und warum sollte jemand ausgerechnet in unsere Wohnung eindringen?«

»Ja«, sagte Jolin. Plötzlich konnte sie die Nähe ihrer Mutter nicht mehr ertragen. Paulas Wärme, ihr Schlafgeruch, das feine Kitzeln ihrer Locken auf Jolins nackter Schulter, all das löste ein Gefühl von heftiger Abwehr in ihr aus. »Warum lasst ihr mich nicht einfach in Ruhe?«, murrte sie und rückte noch ein Stück weiter auf die Bettkante zu.

»Weil wir sehen, dass es dir nicht gutgeht, dass du dich uns gegenüber immer mehr verschließt.« Paula seufzte leise. »Und das ist ziemlich schwer auszuhalten.«

»Das ist nicht mein Problem«, sagte Jolin.

Sie hörte, wie ihre Mutter geräuschvoll Luft in ihre Nase zog.

»Da hast du recht«, erwiderte Paula schließlich. »Aber du kannst uns auch nicht verbieten, uns um dich zu sorgen.«

»Es gibt aber nichts, worüber ich mit euch reden will.«

Beinahe hätte Jolin *mit dir* gesagt, im letzten Augenblick kriegte sie zum Glück noch die Kurve, sie wollte kein Porzellan zerschlagen, sie wollte auch nicht, dass sich die Situation zwischen Paula und ihr wieder zuspitzte, sie wollte einfach nur ihre Ruhe.

»Das hab ich schon verstanden«, sagte ihre Mutter. »Dummerweise hatte ich keine Stöpsel im Ohr, als ich in dein Zimmer kam.«

Jolin fuhr herum. »Was soll das heißen? Etwa, dass ich im Schlaf gesprochen habe?«

Paula hob die Hände und sah ihre Tochter zerknirscht an. »Tut mir leid, aber diesmal bin ich wirklich unschuldig.«

Jolin wandte sich wieder ab. »Okay«, sagte sie. »Okay.« Sie schob ihre Hand unter das Kopfkissen. »Und was hab ich gesagt?«, fragte sie gegen die Zimmertür.

»Rouben«, war Paulas Antwort. »Es klang ziemlich verzweifelt. Offenbar wolltest du ihn von etwas abhalten.« Die Frage, die darin mitschwang, war nicht zu überhören.

Jolin schloss die Augen. Sie konnte sich wirklich nicht mehr daran erinnern, irgendwas geträumt zu haben, und selbst wenn, mit ihrer Mutter würde sie ganz sicher nicht darüber sprechen. »Keine Ahnung«, sagte sie. »Es kann also nicht so wichtig gewesen sein.« Sie schlug die Decke zurück und setzte sich auf.

»Hmm«, machte Paula hinter ihr. »Deshalb hast du wahrscheinlich auch so geschwitzt.«

Jolins Wangen glühten, und ein feines, eiskaltes Rinnsal aus Schweiß perlte aus ihrer Halsgrube hervor, bahnte sich seinen Weg über ihr Brustbein und verschwand in ihrem Bauchnabel. Hastig drückte sie ihr Nachthemd dagegen;

der Stoff war jedoch so feucht, dass er keine Nässe mehr aufnehmen konnte.

»Du solltest dir lieber etwas Trockenes anziehen«, sagte Paula leise.

Jolin krallte ihre Fingernägel in die Matratzenkante. Und du solltest endlich deine Klappe halten, dachte sie, holte tief Luft und nickte. Je weniger Widerstand sie leistete, desto eher würde sie ihre Mutter wieder los sein. »Mach ich … sobald du ….«

»Gut.« Die Matratze wogte auf und ab. Aus dem Augenwinkel verfolgte Jolin Paulas Schemen, der langsam um das Fußende herumtappte und schließlich vor ihr stehen blieb.

»Ich hoffe, du redest wenigstens mit Anna«, sagte sie. Ihre Füße ragten blass und knochig aus den Hosenbeinen ihres karierten Flanellschlafanzugs hervor. Das Tuch, mit dem sie ihrer Tochter den Schweiß von der Stirn getupft hatte, hielt sie noch immer in der Hand. Auf eine rührende Weise sah sie klein und hilflos aus.

Jolin fühlte sich unbehaglich. Sie spürte, dass sie alles falsch machte, aber sie wusste auch nicht, wie sie es korrigieren könnte. Paula sollte nicht leiden. Sie nicht, Gunnar nicht und auch sonst niemand. Mit Anna war das einfacher. Die hatte sich längst ihr Bild gemacht, und inzwischen fand Jolin es nicht mehr sonderlich schwer, es für die Freundin aufrechtzuerhalten. Dafür musste sie nicht einmal lügen, es reichte, wenn sie Anna einfach nicht alles erzählte.

»Du hast abgenommen«, sagte sie zornig, stand von der Bettkante auf und öffnete den Kleiderschrank.

»Schon möglich«, sagte Paula.

»Ja, hast du!«

Jolin zerrte einen frischen dunkelblauen Pyjama hervor und drückte die Tür geräuschvoll wieder zu.

Paula berührte sie sanft am Arm. »Redest du mit Anna? … Oder mit irgendjemandem sonst?«

»Du moderierst eine Kochshow, Ma«, sagte Jolin.

Sie zog ihren Arm weg, trat einen Schritt zur Seite und schlug den Pyjama auseinander.

»Das ist mir bewusst.«

»Dann solltest du auch nicht abnehmen«, knurrte Jolin.

»Und du solltest mit Anna reden«, wiederholte Paula. Sie sah ihre Tochter flehend an.

Jolin biss die Zähne aufeinander. Das war doch wirklich nicht zum Aushalten! Wenn Paula nicht endlich aufhörte, rutschte ihr womöglich noch die Hand aus. Sie trat einen Schritt zur Seite, riss die Tür auf und machte eine wütende Geste in den Flur hinaus.

»Würdest du jetzt bitte gehen, damit ich mich umziehen kann?«

Paula drückte das Tuch zwischen ihren Handflächen zusammen. »Vielleicht ist es gar nicht so schlecht, dass zwischen Rouben und dir …« Sie brach ab, wahrscheinlich weil ihr in diesem Moment klar wurde, dass sie im Begriff war, etwas komplett Falsches zu sagen. Unruhig glitt ihr Blick über die Einrichtung. »Weißt du eigentlich, dass er jeden Abend unten vor dem Haus steht und zu deinem Fenster hinaufstarrt?«

Jolin zuckte zusammen, als ob man ihr einen Schlag auf den Kopf versetzt hätte, was Paula allerdings nicht zu bemerken schien. Vielleicht glaubte sie, endlich die richtigen

Worte gefunden zu haben, und richtete ihre ganze Konzentration nun auf das, was sie sagte. »Immer, wenn ich ein wenig später aus dem Studio gekommen bin, stand er im Schatten der Straßenlaterne … unbeweglich wie eine Statue«, fuhr sie fort. »Ich bin auf ihn zugegangen, habe ihn angesprochen, aber er hat nicht mal mit der Wimper gezuckt.«

»Vielleicht war er einfach darauf fixiert, dass ich ans Fenster komme und zu ihm runtersehe, und hat dich deshalb nicht bemerkt«, erwiderte Jolin. Sie musste etwas sagen; wenn sie sich jetzt weiter sperrte, konnte das fatale Folgen haben.

»Ja.« Paula nickte. »Einmal hätte ich ihm das auch durchgehen lassen. Aber es ist wieder und wieder passiert. Außerdem … Wenn er es tatsächlich darauf angelegt hätte, dass du ihn siehst, hätte er sich ja wohl mitten in den Lichtkegel gestellt, oder nicht?«

Jolin zuckte die Achseln. »Keine Ahnung«, bemerkte sie kühl. »Und ehrlich gesagt, es interessiert mich auch nicht.«

Wieder stieß ihre Mutter einen Schwall Luft aus. Plötzlich wirkte sie erleichtert. »Dann hast du dich also von ihm getrennt?«

Jolin blähte die Nasenlöcher. »Sozusagen«, presste sie hervor.

Paula runzelte die Stirn. »Es ist also noch nicht …?«

»Nein, es ist noch nicht perfekt«, bestätigte Jolin mit sarkastischem Unterton. Sie schob das Kinn vor und sah ihre Mutter herausfordernd an. »Ist es das, was du sagen wolltest?«

Um Paulas Mundwinkel zuckte es. Sie bemühte sich offensichtlich, Jolin in die Augen zu sehen, doch ihr Blick glitt immer wieder zur Seite. »Ich mochte ihn sehr. Wirklich. Aber inzwischen ist er mir nicht mehr ganz geheuer. Und du …«, fügte sie nach einem kurzen Zögern hinzu. »Du bist es auch nicht.«

Unmittelbar nachdem ihre Mutter das Zimmer verlassen hatte, drückte Jolin die Tür zu, drehte in aller Eile den Schlüssel rum und lehnte sich mit dem Rücken dagegen. Sie stellte sich vor, wie ihre Eltern aufrecht nebeneinander in ihrem Ehebett saßen und erregt miteinander diskutierten.

Jolin hatte das altmodische Zifferblatt ihres Weckers auf dem Nachttisch genau im Blick, sie verfolgte das Vorrücken des Minutenzeigers und atmete so tief wie möglich bis in den letzten Zipfel ihrer Lungenflügel hinunter, doch es wollte ihr einfach nicht gelingen, sich zu beruhigen.

Was dachten Paula und Gunnar über sie beide? Glaubten sie, dass sie Drogen nahmen? Oder wie hatte ihre Mutter es sonst gemeint, wenn sie äußerte, dass Rouben ihr nicht geheuer sei? Hielt sie ihn etwa für geistesgestört? Für einen gefährlichen Psychopathen? – Es spielte keine Rolle. Das zumindest versuchte Jolin sich einzureden, denn all das war tausendmal besser als die Wahrheit, die ja nicht einmal sie selbst bis in jede Einzelheit kannte. Sie war sich todsicher, dass Rouben ihr nur das gesagt hatte, was sie seiner Ansicht nach unbedingt wissen musste. Alles andere, was auch immer es war, blieb sein Geheimnis, und darüber drohte sie allmählich den Verstand zu verlieren.

Verdammt, irgendetwas musste sie doch tun können. Vielleicht genügte es schon, ihn nur noch einmal zu sehen, um ihn davon überzeugen zu können, dass es weit weniger schlimm um ihn stand, als er dachte.

Und wenn nicht? Und wenn nicht? Und wenn nicht?, hämmerte es in ihrem Schädel. Wenn er längst so kalt, berechnend und brutal war wie sein Halbbruder? Wenn die Bernsteinsonne um seine Pupillen verschwunden und einem emotionslosen Schwarz gewichen war, sein schönes Gesicht zu einer ausdruckslosen Maske erstarrte und sein Atem ebenso widerlich nach Aas stank wie der von Vincents Vater? Würde sie ihn dann noch immer lieben, sich nach seinen Berührungen sehnen und das Leben mit ihm verbringen wollen?

War sie tatsächlich so verrückt?

Jolin schüttelte den Kopf. Sosehr sie sich auch anstrengte, sie konnte sich einfach nicht vorstellen, dass Rouben jemals seine Seele verlor und irgendjemandem etwas Schreckliches antun könnte, geschweige denn ihr.

Plötzlich spürte sie wieder diese eisige Kälte auf ihrem Brustbein, und ein Zittern raste durch ihren Körper. Das Nachthemd klebte kalt und feucht auf ihrer Haut, ihre Arme schlackerten um ihre Hüften und ihre Zähne schlugen in stakkatoartigem Rhythmus aufeinander. Bibbernd zerrte sie sich das Nachthemd über den Kopf und warf es auf den Stuhl, der neben dem Fenster stand.

Hastig schlüpfte Jolin in den Pyjama, dann griff sie nach ihrer Bettdecke, legte sie sich über die Schultern und hüllte sich darin ein.

Wieder fiel ihr Blick auf das Fenster. Ob Rouben jetzt, in diesem Augenblick, auch dort unten stand? Eine warme Welle schwappte durch ihre Brust, doch im nächsten Moment musste sie an ihre Mutter denken. Was würde Paula tun, wenn sie ihn abermals unter der Laterne entdeckte? Würde sie ihm das wieder und wieder durchgehen lassen, so lange, bis er es von sich aus aufgab? Würde sie Gunnar hinunterschicken, oder würde sie womöglich sogar die Polizei rufen?

Jolin ließ die Decke zu Boden gleiten und zog den Vorhang zurück. Angestrengt fixierte sie die dunkle Stelle hinter dem Lichtkegel der Straßenlaterne. Wenn Rouben ihr Fenster beobachten – oder bewachen? – wollte, konnte er es von dort aus in der Tat unbemerkt tun. Zumindest unbemerkt von ihr – dass er auch Leuten auf der Straße auffiel, dass Paula sich längst schon ihre eigenen Gedanken dazu machte, war ihm wahrscheinlich gar nicht bewusst.

Ich muss ihn warnen, dachte Jolin. In der Hoffnung, doch etwas erkennen zu können, wandte sie hektisch den Kopf hin und her. Roubens Gesicht war so weiß, es musste sich doch aus der Dunkelheit abheben. Doch Jolin sah nichts, gar nichts, ja nicht einmal die Ahnung eines Schemens konnte sie ausmachen.

Aber wenn er trotzdem dort war? Und wenn Paula … Nein, Jolin wollte nicht grübeln, sie wollte handeln, und dazu musste sie ihrer Sache hundertprozentig sicher sein.

Obwohl sie Rouben versprochen hatte, es auf jeden Fall zu unterlassen, legte sie den Griff um und öffnete das Fenster. Sie wollte gerade ihren Kopf hinausschieben, da bemerkte sie auf der rechten Seite einen Schatten, und noch ehe ihr der Schreck durch die Glieder fuhr, wurde sie bereits ins Zimmer zurückgestoßen. Jolin taumelte nach hinten, spürte die Bettkante in ihren Kniekehlen und fiel rücklings auf die Matratze. Sie hörte, wie das Fenster zuschlug, und schoss in den Sitz wie ein Stehaufmännchen. Einige Sekunden lang starrte sie wie gebannt auf die Scheibe, in der sich die Lichter der Stadt brachen, dann sprang sie auf, hechtete zum Fenster hinüber und schlug den Griff in die Verriegelungsposition zurück.

Ihr Herz tobte in ihrem Brustkorb wie ein wildes Tier, das man in einen viel zu kleinen Käfig gesperrt hatte. Keuchend fischte Jolin die Decke vom Boden auf und flüchtete sich wieder aufs Bett. Sie kroch bis ans Kopfende hinauf und zog sich die Decke bis unter die Nasenspitze, als wäre sie ein kleines Kind.

Rouben, dachte sie. Rouben. Er musste es gewesen sein. – Hoffentlich! Hoffentlich!

Du musst ihn warnen, schoss es ihr wieder durch den Kopf.

Egal, was da draußen los war, Rouben musste wissen, dass er Paulas Zuneigung verloren hatte, dass sie ihm inzwischen misstraute.

Jolin schielte zum Schreibtisch hinüber. Mitten darauf lag ihre Umhängetasche, und im Seitenfach befand sich das Handy. – Oh, Gott, das war viel zu weit weg.

»Jetzt reiß dich mal zusammen«, ermahnte sie sich. Sie warf einen hastigen Blick zum Fenster, huschte dann mit drei, vier Schritten zum Schreibtisch und ergriff die Tasche bei ihrem Tragriemen. Der Reißverschluss war nicht verschlossen, und ein Teil des Inhalts, Hefter, Schulbücher und die Federmappe, fielen klatschend zu Boden.

Jolin presste die Tasche gegen ihren Körper und wühlte fieberhaft nach ihrem Handy, während sie langsam zum Bett zurückwich – das Fenster dabei unablässig im Visier.

Endlich ertastete sie das kühle Metallgehäuse. Sie ließ

sich auf die Matratze sinken, zog das Handy hervor und tippte auf den Tasten herum.

paula hat dich vor dem haus gesehen.
sie hat dich angesprochen, aber du hast nicht reagiert.
sie traut dir nicht.
du darfst auf keinen fall mehr herkommen!
ild ((j))

Sie wählte Roubens Nummer aus der Anrufliste und drückte auf *senden*. Die Nachricht erschien noch einmal kurz auf dem Display und verschwand. Kurz darauf erhielt sie die Botschaft, dass das Senden der SMS fehlgeschlagen sei und der Wiederholungsvorgang aktiviert sei.

Jolin fluchte leise und holte die Nummer erneut aus dem Speicher. Dann würde sie ihn eben anrufen, und wenn er nicht ranging, auf die Mailbox sprechen. Sie presste sich das Handy gegen das Ohr, umklammerte unbewusst ihren Daumen und lauschte angespannt. Hoffentlich! Hoffentlich!

Ein entferntes Tuten erklang, und die Verbindung wurde hergestellt, Jolin hörte jemanden atmen. Langsam und zischend. Sie öffnete den Mund, um Roubens Namen zu rufen, doch plötzlich war nichts mehr zu hören.

Hektisch drückte Jolin die Unterbrechungstaste und wählte erneut. Diesmal wurde sie weggedrückt.

»Verdammt!« Wütend warf sie das Handy von sich und schlüpfte unter die Decke. Sie umschlang ihre Knie, vergrub die Nase im weichen Rosenmuster und fing von neuem an zu zittern.

Die Nachttischlampe ließ sie brennen. Sie starrte auf ihr

Handy und versuchte, Rouben in ihrem Herzen zu spüren. Am liebsten hätte sie losgeheult, doch die Angst hielt ihre Tränen zurück.

In den frühen Morgenstunden nickte sie ein und wurde kurz darauf vom ohrenbetäubenden Scheppern ihres Weckers wieder aus dem Schlaf gerissen.

Gunnar saß in der Küche. Er hatte ihr bereits ein Brötchen aufgeschnitten. Wortlos bestrich er es mit Butter, legte ein frisches Salatblatt, eine Gurkenscheibe und etwas Käse darauf, dann klappte er es zusammen, schob es in eine Brottüte und verknotete sie.

»Noch einen Apfel? Eine Banane?«, fragte er, während er dampfende Milch in ihre Tasse goss.

Jolin ließ sich auf ihren Stuhl sinken und schüttelte den Kopf.

»Es geht so nicht weiter«, sagte ihr Vater.

»Jetzt fang du auch noch an!«

»Noch bist du nicht achtzehn, noch können wir dir verbieten …«

Jolin ballte die Hände unter dem Tisch zu Fäusten. »Was?«, fragte sie. »Rouben zu sehen?«

Gunnar presste die Lippen aufeinander. »Deine Mutter und ich … wir wissen einfach nicht mehr weiter.«

»Macht euch keine Sorgen, ich komm schon klar«, erwiderte Jolin.

Ihr Vater nickte. Er nahm einen Schluck Kaffee und schlug eins der beiden Eier auf, die er für sich gekocht hatte. »Es sieht aber nicht so aus.«

Jolin stöhnte leise.

»Hör zu«, sagte sie schließlich und hoffte inständig, dass

er es ihr abnehmen würde. »Rouben und ich … Wir haben uns getrennt.«

»Jaa … so etwas Ähnliches hat deine Mutter heute Nacht schon gesagt.«

»Dann könnt ihr euch sicher denken, dass ich im Augenblick nicht besonders gut drauf bin«, presste Jolin hervor.

Gunnar nickte abermals. »Hmm.«

»Ihr könnt mir nicht helfen«, sagte Jolin. »Ich muss allein damit fertig werden.«

»Mhmm.« Gunnar Johansson strich sich über den Bart. Nachdenklich musterte er seine Tochter.

Jolin bemühte sich, seinem forschenden Blick standzuhalten.

»Pa, was soll das?«, fauchte sie. »Dieses Hmm und Mhmm?«

»Irritiert es dich?«

»Allerdings!«

»Na, dann weißt du ja, wie es Paula und mir geht«, sagte Gunnar. Er löffelte sein Ei aus und köpfte das zweite.

Jolin krallte die Finger in den Stoff ihrer Jeans. In ihrem Bauch ballte sich ein Knoten zusammen. Sie wollte ja reden. Ihretwegen konnte auf der Stelle alles wieder so wie früher sein. Aufwachen und feststellen, dass alles nur ein böser Traum gewesen war. Aber das würde nicht geschehen. Jolin schlief nicht, sie war hellwach, und sie war allein. Jeder Schritt, den sie tat, war sinnlos, jedes Wort, das sie sprach, ebenfalls. Nichts zählte mehr in ihrem Leben, die Vergangenheit und alles Gute oder Schlechte daran war wie ausgelöscht. Das Hier und Jetzt war dunkel und kalt, und eine Zukunft gab es nicht mehr.

»Wie du willst«, brummte ihr Vater. Er stand von seinem Stuhl auf, schaltete das Radio ein und goss sich etwas Kaffee nach.

»… hat es wieder einen mysteriösen Überfall gegeben«, las der Nachrichtensprecher mit monotoner Stimme. »Eine Anwohnerin der hiesigen Containersiedlung wurde tot auf dem Gelände gefunden. Der Körper der Zweiunddreißigjährigen wies unzählige Bisswunden auf.«

Jolin raste ein Schauer über den Rücken. Die feinen Härchen in ihrem Nacken stellten sich auf, und ihre Tasse, die sie sich gerade an die Lippen setzen wollte, glitt ihr fast aus der Hand. Zum Glück hatte Gunnar ihr den Rücken zugewandt, da er in diesem Moment die Kaffeekanne in die Maschine zurückstellte. Jolin tauchte ihren Teelöffel in die heiße Milch und rührte einmal um, bevor sie etwas von der weißen Flüssigkeit hineinlaufen ließ.

»Die ermittelnden Behörden gehen inzwischen nicht mehr davon aus, dass es sich um ein Tier handelt, das seit dem Herbst des vergangenen Jahres in dieser Gegend sein Unwesen treibt«, fuhr der Nachrichtensprecher fort. »An der Kleidung der Frau wurde keine DNA gefunden. ›Fast könnte man meinen, dass sie von einem Roboter so zugerichtet worden ist‹, sagte der ermittelnde Staatsanwalt heute früh in einer eilig anberaumten Pressekonferenz.«

Der Teelöffel in Jolins Hand zitterte. Und diesmal entging es Gunnar nicht. »Alles in Ordnung?«, fragte er.

»Klar.« Hastig schob Jolin den Löffel in den Mund und schlürfte die Milch herunter. Sie vermied es, ihren Vater anzusehen. »Ich bin bloß ein bisschen müde.«

»Und ich dachte schon, es hätte mit den Nachrichten zu tun«, erwiderte Gunnar. Sein Blick drohte Löcher in ihre Stirn zu bohren, und Jolin überlegte fieberhaft, wie sie reagieren sollte. Überrascht tun, abwiegeln … all das war auf jeden Fall die falsche Strategie. Also versuchte sie es mit ihrem altbewährten, wenn auch nicht immer geschätzten Sarkasmus.

»Ja, was glaubst du wohl, warum ich so müde bin? Nicht Rouben ist der Psychopath, sondern ich bin das. Ich weiß sogar, wie man eine DNA-Spur verwischt. Wenn ich jemanden totbeiße, trage ich einfach eine zweite Haut. Aus Latex.«

Im Gesicht ihres Vaters zuckte es. Jolin war klar, dass sie es zu weit getrieben hatte, aber nur so konnte sie verbergen, wie es tatsächlich in ihr aussah. Gunnar durfte auf keinen Fall merken, wie aufgewühlt sie war.

Sie warf einen Blick auf ihre Armbanduhr, dann leerte sie rasch ihre Tasse und erhob sich.

»Warte«, sagte Gunnar. Er umfasste ihr Handgelenk und sah sie bittend an. »Mach es uns doch nicht so schwer. Paula und ich wissen, dass etwas mit dir, mit euch beiden, ganz und gar nicht in Ordnung ist. Wir sind deine Eltern, wir hatten immer einen guten Draht zueinander, wir spüren einfach, dass das, was sich zwischen euch abspielt, über das normale Maß hinausgeht.«

»Ach ja!« Jetzt wurde Jolin wirklich wütend. »Was ist denn das? Das normale Maß? Ist es ein Fehler, wenn man nicht darunter fällt? Ist man dann gleich etwas Ungewöhnliches, Bedauernswertes oder gar Bedrohliches?«

Ihr Vater lockerte seinen Griff. »Wir haben einfach nur Angst, dass du deine Persönlichkeit aufgibst … für …«

»… jemanden wie Rouben?«, fragte sie scharf.

»Er hat ein sehr einnehmendes Wesen.«

»Ja, sogar du fandest ihn charmant«, erwiderte Jolin. »Bereust du es inzwischen?«

Gunnar sah ihr in die Augen. »Ich würde gerne mal mit ihm reden. Aber er ist ja nie da.«

»Das liegt in der Natur der Sache, wenn man sich getrennt hat.«

»Ich rede nicht von hier, sondern von seinem Haus. Oder hat er das inzwischen ebenfalls aufgegeben?«

»Woher soll ich das wissen?«, fauchte Jolin. Ruckartig wandte sie sich ab und lief in den Flur hinüber. Sie nahm die Jeansjacke von der Garderobe und griff nach ihren Halbstiefeln.

»Ich glaube nicht, dass ihr euch wirklich getrennt habt«, rief Gunnar aus der Küche.

Jolin presste die Lippen aufeinander. Glaub doch, was du willst, dachte sie. Es war echt ein starkes Stück, dass er einfach zu Roubens Haus gefahren war und versucht hatte, hinter ihrem Rücken mit ihm zu reden. Während sie in ihre Stiefel schlüpfte, spielten sich Filmszenen vor ihrem inneren Auge ab, in denen Väter ihren unerwünschten Schwiegersöhnen in spe beträchtliche Geldsummen anboten, damit diese sich von ihren Töchtern fernhielten. Wenn die Wahrheit nicht so viel entsetzlicher gewesen wäre, hätte Jolin über dieses Verhalten nur den Kopf schütteln können. Aber wie sollte sie ihren Eltern erklären, dass der Junge, den sie über alles liebte, sich gerade in einen Vampir verwandelte? Nein, sie musste nicht nur ihre ganze Kraft daransetzen, Rouben zu schützen, sondern auch Paula und Gunnar davon abhalten, sich immer tiefer in diese Geschichte hineinzusteigern. Und das würde ihr nur gelingen, wenn sie sich so normal wie nur irgend möglich verhielt.

»Tschüs, Pa!«, rief sie. »Bis heute Abend!«, und dann war sie auch schon aus der Tür.

Während sie die Treppen hinuntereilte, holte sie ihr Handy hervor und checkte den Ausgangsspeicher. Die SMS an Rouben befand sich noch immer darin. Jolin versuchte ein weiteres Mal, sie zu versenden – mit dem gleichen Ergebnis wie in der Nacht zuvor. Der Empfang war gut, von daher konnte sie sich dieses Phänomen nur damit erklären, dass Rouben sein Handy zerstört hatte … Oder – Jolin stockte das Herz, und ein heißkalter Schauer des Entsetzens rieselte durch ihre Brust – sich gar nicht mehr in ihrer Welt befand.

Tränen schossen ihr in die Augen. »Bitte«, wisperte sie. »Bitte, bitte nicht!«

Auf puddingweichen Beinen stakste sie weiter, erreichte das Erdgeschoss und sah durch das geriffelte Glas, dass dort draußen vor der Haustür jemand stand. Die aufflammende Hoffnung wurde in Keim erstickt. Es konnte nicht Rouben sein, das sah sie sofort, dafür war die Person zu klein. Außerdem hatte sie lange Haare. Locken.

Jolin wischte sich über die Augen und atmete einmal tief durch, dann öffnete sie die Tür.

»Wow!«, begrüßte Anna sie. »Das nenn ich Telepathie! Ich hab noch nicht mal den Finger auf der Klingel gehabt, und trotzdem …«

»Was machst du denn schon hier?«, fiel Jolin ihr erstaunt ins Wort.

Anna zuckte mit den Schultern. »Dich abholen, nehme ich an.«

»Ja, aber wieso?«

»Jetzt freu dich doch erst mal«, schmollte Anna. »Immerhin haben wir uns seit der Infoveranstaltung nicht mehr gesehen.«

Jolin nickte. Tatsächlich war Anna entgegen ihrer Absicht am Samstagabend nicht mehr vorbeigekommen, weil sie zu müde gewesen war. Stattdessen hatten sie nur noch kurz miteinander telefoniert.

»Außerdem gibt es tolle Nachrichten«, fuhr Anna fort, legte der Freundin ihren Arm um die Schultern und drückte sie an sich.

»Aha?« Jolin küsste sie flüchtig auf die Wange und machte sich wieder los.

»Ja, stell dir vor!«, quiekte Anna. »Wir haben über zweitausend Euro gesammelt! Dafür können wir tonnenweise Farbe und Blumen kaufen!«

»Und deshalb bist du extra früher losgegangen? Nur um mir das zu erzählen?« Jolin schüttelte den Kopf. »Warum hast du nicht einfach angerufen?«

»Hab ich ja versucht«, sagte Anna. »Es war aber die ganze Zeit über besetzt.«

Jolin krauste die Stirn. Kann gar nicht sein, wollte sie erwidern, aber dann kam ihr in den Sinn, dass Paula das Telefon mit ins Schlafzimmer genommen haben könnte. Vielleicht hatte sie von dort aus ein Gespräch geführt, während Gunnar und sie selbst in der Küche saßen und frühstückten.

»Außerdem hat Rouben mir eine SMS geschickt«, setzte Anna hinzu.

»Was?« Jolins Herz galoppierte los. »Wann?«

»Empfangen habe ich sie vor zehn Minuten. Da war ich gerade in der U-Bahn-Station. Ich hatte nämlich vor, eine Bahn früher zu nehmen … wie sonst auch.«

»Was hat er dir denn geschrieben?«

Anna schob die Hand in ihre Jackentasche. »Willst du's lesen?«

Jolin nickte. »Klar.« Sie hätte jubeln und mit der Freundin die Straße hinunter bis zur U-Bahn tanzen können! Rouben war noch hier! Noch war nicht alles verloren!

Sie war dermaßen aus dem Häuschen, dass sie für einen Moment sogar das abscheuliche Verbrechen in der Containersiedlung vergaß.

»Hier.« Anna hatte inzwischen ihr Handy hervorgezogen und auf den Tasten herumgedrückt. Jetzt hielt sie es Jolin vor die Nase.

bitte hol jolin ab!
lass sie nicht aus den augen.
es ist wichtig.
danke!
rouben

»Ganz schön abgedreht, der Gute«, meinte Anna grinsend. Wieder umschlang sie Jolin und zog sie von der Haustür auf den Bürgersteig. »Hast du eine Idee, was das zu bedeuten hat?«

»Ach ... na ja ... er macht ständig solche verrückten Sachen«, erwiderte Jolin stockend. »Wahrscheinlich denkt er, dass er mir sonst zu schnell langweilig werden könnte.«

Anna runzelte die Stirn. »Ist ja lustig. Ich hätte ihn wirklich für selbstbewusster gehalten.« Sie ließ ihren Arm von Jolins Schulter gleiten und fasste sie unter. »Komm, lass uns mal einen Zahn zulegen. Wenn wir die nächste Bahn verpassen, kommen wir zu spät.«

Jolin stöhnte theatralisch. »Das wäre wirklich schrecklich.«

»Allerdings«, sagte Anna. »Gerade bei den Englischklausuren brauche ich jede Minute.«

»Oh, sorry, ich hab total vergessen, dass ihr auch eine schreibt«, sagte Jolin bestürzt, zerrte ihre Freundin am Arm und sorgte nun selbst dafür, dass sie die U-Bahn-Station noch rechtzeitig erreichten.

»Vielleicht will Rouben sich auf diese Weise ja bloß mehr Freiraum verschaffen«, meinte Anna mit ernster Miene, als sie sich kurz darauf in der Bahn gegenübersaßen.

Jolin sah sie verständnislos an. »War das jetzt apropos?«

»Nicht direkt«, gab Anna zu. Sie hob die Schultern und seufzte. »Ich mach mir eben so meine Gedanken. Auf jeden Fall ist es total seltsam, dass er mich bittet, dich nicht aus den Augen zu lassen. Ich meine, das gilt doch bestimmt nicht nur für heute Morgen.«

»Nein, es würde ihm sicher auch gefallen, wenn du mich nach der Schule wieder nach Hause begleitest«, bestätigte Jolin.

Anna verpasste ihrer Freundin einen Stupser zwischen die Rippen. »Hör gefälligst auf, dich über mich lustig zu machen.«

»Tu ich gar nicht«, protestierte Jolin. »Im Gegenteil: Ich meine das vollkommen ernst. Es gibt doch auch noch so viel wegen unseres Aktionstags zu bequatschen.« Sie hatte es noch nicht ganz ausgesprochen, da stand das Bild, das der Hörfunksprecher vorhin mit seiner Nachricht in ihr hervorgerufen hatte, wieder vor ihrem geistigen Auge: eine

Frau, jünger als Paula, blass und verkrümmt am Boden, mit vor Entsetzen geweiteten Augen und etlichen Bisswunden am Hals, am Oberkörper und im Gesicht.

Jolin musterte ihre Freundin. Anna schien heute noch keine Nachrichten gehört zu haben, sonst hätte sie sicher längst etwas gesagt.

»Da sollte Leo dann allerdings auch dabei sein«, meinte sie achselzuckend.

Jolin fing sich blitzschnell und zauberte ein vielsagendes Lächeln auf ihre Lippen. »Aber auf jeden Fall.«

Sie wunderte sich über sich selbst. Wo nahm sie nur auf einmal diese Leichtigkeit her?

Anna ignorierte ihre Reaktion. »Wusstest du eigentlich, dass Carina jetzt in den Staaten behandelt wird?«, fragte sie. »In der Nähe von Boston soll es eine Spezialklinik für Bluterkrankungen geben.«

»Ja«, sagte Jolin. »Leo hat's mir erzählt.«

Annas Augen blitzten auf. »Wann?«

»Weiß nicht mehr genau. Irgendwann in der letzten Woche. Auf jeden Fall ist es kein Grund, gleich eifersüchtig zu werden.«

»Bin ich doch gar nicht«, schnappte Anna. »Du hast ja deinen Rouben … Oder etwa nicht?«

Jolin schluckte. »Natürlich.« Ein bohrender Schmerz nagte an ihrem Herzen. Sie musste aufpassen, dass ihr das soeben erwachte schauspielerische Talent nicht gleich wieder abhandenkam.

»Na ja, Englisch habt ihr ja offensichtlich nicht zusammen gelernt«, meinte Anna.

»Nein«, sagte Jolin und verdrehte die Augen. »Kannst du nicht endlich aufhören?«

»Und die Bitte, dich nicht aus den Augen zu lassen, ist wirklich merkwürdig …«

»Finde ich überhaupt nicht.«

»Weil du dich längst daran gewöhnt hast, dass der ganze Typ merkwürdig ist.«

»Anna, bitte!« Jolin stöhnte. »Er ist eben so, wie er ist.«

»Ja, merkwürdig. Hat er überhaupt noch vor, Abi zu machen?«

»Das war schon wieder apropos«, sagte Jolin. Wenn einer die Kunst beherrschte, von Hölzchen auf Stöckchen zu kommen, ohne dass der geübte Zuhörer auf Anhieb einen Zusammenhang erkennen konnte, dann war es Anna. »Und was die Antwort auf diese Frage betrifft: Ich habe nicht die geringste Ahnung.«

Jolin spürte schon, dass er im Raum war, bevor sie über die Schwelle getreten war. Vielleicht hatte es damit zu tun, dass Rebekka ihren Jackenkragen ohne ersichtlichen Grund über dem Ausschnitt ihres V-Ausschnitt-Pullis zusammenzog, was Jolin allerdings nur aus dem Augenwinkel registrierte, ein viel klareres Indiz war jedoch, dass der Schmerz unter ihrem Brustbein urplötzlich verschwand und von einem Gefühl der Sicherheit und Geborgenheit abgelöst wurde.

Mit klopfendem Herzen sah Jolin sich um. Fast alle Tische waren bereits besetzt. Während der Klausuren saßen alle Schüler an leicht versetzten Einzeltischen, damit die Lehrer jeden im Auge hatten.

Rouben saß ganz links in der hintersten Reihe. Er hielt den Kopf gesenkt und den Blick starr auf seinen Unterarm gerichtet, der vor ihm auf dem Tisch lag, als ob er gar nicht zu ihm gehörte. Die Konturen seines Gesichts waren knochig, und seine Lippen wirkten blutleer. Rouben trug einen schwarzen Rollkragenpullover, dessen Ärmelsäume bis weit über die Handgelenke ragten. Seine Haut war so weiß und durchscheinend wie mit Wasser verdünnte Milch.

Am liebsten wäre Jolin sofort zu ihm gegangen, aber leider stand Mr Turner bereits hinter dem Pult und tippte ungeduldig mit seinen Fingern auf der Klausurenmappe herum.

»Schließen Sie bitte die Tür hinter sich«, sagte er und wartete, bis Jolin sich auf dem einzigen noch freien Platz niedergelassen hatte.

Sie sah nur noch einmal zu Rouben hin. Mr Turner war gerade an ihm vorbeigegangen und hatte ein Aufgabenblatt auf seinen Tisch gelegt, da hob Rouben seinen Blick genau in ihre Augen. Fast unmerklich schüttelte er den Kopf, und Jolin wandte sich sofort wieder ab und versuchte, sich auf die Klausur zu konzentrieren.

Interpretationen von Kurzgeschichten lagen ihr. Der Text war verständlich, und sie musste nur einige wenige Vokabeln nachschlagen, so dass sie schließlich gut zehn Minuten vor der Zeit mit allem fertig war. Doch anstatt ihre Arbeit abzugeben und den Raum zu verlassen, blieb Jolin noch eine Weile sitzen und richtete ihren Blick so oft wie möglich auf Rouben, der noch immer in die Klausur vertieft war. Du musst mir endlich sagen, was mit dir vorgeht, dachte sie. Ich habe ein Recht darauf, es zu erfahren. Auf gar keinen Fall wollte sie die Gelegenheit verpassen, mit Rouben zu reden.

Kurz vor dem Ende der Stunde packte Jolin leise ihre

Sachen zusammen und schlüpfte auf den Gang hinaus. Es dauerte nicht lange und Leonhart folgte. Er hatte den Reißverschluss seines Sweaters hochgezogen und rubbelte sich fröstelnd über die Oberarme. »Mensch, das ist ja saukalt da drinnen.«

Jolin zuckte die Achseln. »Ist mir gar nicht aufgefallen«, log sie.

Leo grinste. »Hast dich wohl heißgeschrieben, was?«

»Nein, ich habe an Rouben gedacht«, erwiderte sie schlicht.

Leonharts Miene verfinsterte sich. »Er sieht aus wie ein Geist.«

»Ja.« Jolin nickte. »Er arbeitet zu viel und schläft zu wenig. Aber leider hört er nicht auf mich.«

»Mit mir hättest du nicht solche Probleme.«

»Mit dir hätte ich andere«, gab sie zurück.

Leo lehnte sich mit der Schulter gegen die Wand, kreuzte seine Füße und sah sie durchdringend an. Jolin fühlte sich unbehaglich, schaffte es aber irgendwie, seinem Blick nicht auszuweichen.

»Schon gut«, sagte er nach einer Weile. »Ich lass dich damit in Ruhe. Gegen Liebe ist man eben machtlos. Niemand weiß das besser als ich.« Für einen Moment legte sich ein schmachtender Zug um seine Augen, dann grinste er. »Aber ich werde drüber wegkommen. Du bist mir nämlich viel zu wichtig, Jolin. Ich würde unsere Freundschaft niemals aufs Spiel setzen.«

»Ich danke dir«, sagte sie und zwang sich zu einem Lächeln. Angespannt fixierte sie die Tür des Klausurenraums, die sich in dieser Sekunde öffnete.

Rouben kam heraus. Er blieb kurz stehen und nickte ihnen zu. »Leo … Jolin, wir sehen uns später«, sagte er mit kehliger Stimme, dann ging er hastig weiter.

Jolin wirbelte herum. »Nein! Jetzt warte doch mal!«, rief sie und rannte ihm hinterher.

Natürlich reagierte er nicht, sondern lief rasend schnell den Gang entlang, und als Jolin die Pausenhalle erreichte, hatte sie ihn bereits verloren.

Fluchend drehte sie sich einmal um sich selbst und stürzte dann auf den Ausgang zu. Kurz bevor sie ihn erreichte, stutzte sie. Die Temperatur hatte sich geändert. Mit einem Schlag war es sehr viel wärmer geworden.

»Na, warte«, murmelte sie, drehte sich um und ging langsam in die Pausenhalle zurück.

Nach fünf Schritten hatte die Kälte sie wieder. Jolin folgte ihr bis zur Treppe und stieg hinab in den Naturwissenschaftlichen Trakt. Sie vermutete Rouben im Bioraum, der sich dem Hörsaal anschloss und aus dem auch Vincent sich wahrscheinlich schon einmal Blutkonserven besorgt hatte.

Jolin zwang sich, nicht weiter darüber nachzudenken. Zuerst musste sie Rouben finden. Sie würde ihn danach fragen, und er würde sie verdammt nochmal nicht anlügen – DÜRFEN!

Sie warf einen Blick auf ihre Armbanduhr. In weniger als drei Minuten würde es zur Pause läuten, sie musste sich also beeilen.

Hinter der Tür zum Hörsaal vernahm sie die gedämpfte Stimme von Frau Dallmer, die ausschließlich in Sekundarstufe eins unterrichtete. Die hagere Lehrerin mit den streichholzkurzen Haaren war als ziemlich hysterisch verschrien, garantiert würde sie einen Anfall kriegen, wenn

Jolin scheinbar grundlos in ihre Stunde platzte. Also lief sie weiter, peilte die Tür zum Nebenraum an und stellte überrascht fest, dass sich die Kälte hier schlagartig verlor.

Jolin blieb wie angewurzelt stehen, und mit einem Mal wusste sie, wo er war. In der Bibliothek!

Von dort aus konnte er nämlich, wenn er Glück hatte, und die Toiletten geöffnet waren, durchs Fenster klettern und auf den Schülerparkplatz fliehen.

Jolin raste zurück und stieß die hölzerne Doppeltür mit dem Glasfenster auf, die sich direkt gegenüber dem Treppenaufgang befand und in der Regel nur angelehnt war, und hastete zwischen den Regalen entlang.

»Hallo?«, hörte sie die Bibliothekarin rufen. »Möchten Sie auf die Toilette?«

»Ähm, ja …« Jolin reckte den Hals und erkannte den hellblonden Schopf der Angestellten hinter dem Tresen.

»Tut mir leid, ich darf Ihnen den Schlüssel nicht geben. Sie sollen die offiziellen WCs benutzen.« Frau Wieshaupt deutete zur Decke. »Befehl von oben. Das habe ich dem jungen Mann eben übrigens auch schon gesagt. Er müsste Ihnen eigentlich entgegengekommen sein.«

Jolin schaltete auf der Stelle. So schnell sie konnte, rannte sie zum Ausgang zurück, und ausnahmsweise war sie einmal schneller als Rouben. Keuchend postierte sie sich vor der Tür und zischte:

»Du hörst mir jetzt zu!«

Reflexartig wich er zurück und stieß gegen ein Regal.

»Du kannst nicht einfach alles über meinen Kopf hinweg entscheiden!«

Rouben schluckte. Angst saß in seinem Blick. Angst – und Ekel.

»Lass mich in Ruhe!«, fuhr er sie an.

»Das geht nicht, Rouben«, sagte Jolin. Zögernd machte sie einen Schritt auf ihn zu. »Hast du meine SMS von heute Morgen gelesen?«

Er nickte, während seine Augen unruhig hin und her wanderten und nach einer Fluchtmöglichkeit suchten.

»Das war ich nicht«, keuchte er. »Ich war vor eurem Haus, aber ich bin immer vorsichtig gewesen. Deine Mutter kann mich unmöglich gesehen haben.«

»Aber dann …« musste es Vincent gewesen sein!

Wieder nickte Rouben, als hätte er ihre Gedanken gelesen.

Jolin zwang sich zu atmen und machte einen weiteren Schritt auf ihn zu. »Warum bist du heute hier?«, fragte sie. »Doch nicht nur, um die Klausur zu schreiben …«

»Nein, ich wollte ausprobieren, wie viel Tageslicht ich noch vertrage.«

Jolins Herzschlag geriet ins Stolpern. »Und?«, fragte sie tonlos.

»Ich bin mir nicht sicher.« Rouben sah zu den Fenstern hinüber, die sich an einer der beiden Außenwände direkt unterhalb der Decke wie eine Kette aus länglichen Glassteinen aneinanderreihten. »Es zieht Regen auf. Vielleicht habe ich Glück.«

»Glück?«, hauchte Jolin. Ein schmerzhafter Druck baute sich unter ihrem Rippenbogen auf. »Bitte, Rouben …«

»Hör endlich auf, dir etwas vorzumachen!«, fuhr er zischend dazwischen. »Ich bin kein Mensch mehr. Du solltest nicht in meiner Nähe sein!«

»*Du* … bist … in die Schule … gekommen«, begann Jolin stockend. »*Du* hast dich in *meine* Nähe begeben, du hättest wissen müssen, dass ich dich nicht kommentarlos gehen lassen kann. Wenn ich jetzt in Gefahr bin, ist es ganz allein deine Schuld.«

Rouben öffnete die Lippen und stieß ein Knurren hervor. Seine Zähne blitzten gefährlich, und die schwarzen Augen funkelten in einer Mischung aus Wut und Gier. Wenn er Jolin nicht so vertraut gewesen wäre, wäre ihr spätestens jetzt der Angstschweiß ausgebrochen.

»Es tut mir leid, aber die einzige Erklärung dafür, dass du heute hier bist, ist für mich die, dass du mich noch immer liebst«, sagte sie leise.

Rouben knurrte abermals. Er drückte sich am Regal entlang weiter zurück und stieß mit seinem Ellenbogen gegen einen großen Bildband, der ein paar Zentimeter hervorstand. Ein ganzer Stapel Bücher kippte zur Seite, eins nach dem anderen fiel polternd zu Boden.

»Alles in Ordnung bei euch?«, ertönte die Stimme der Bibliothekarin vom Buchungstresen herüber.

»Ja, ja!«, rief Jolin hastig. »Es ist nichts passiert. Den Büchern geht es gut.« Sie fasste sich ein Herz, sprang auf Rouben zu und schnappte nach seinem Handgelenk, doch diesmal war er geschickter und wich in die andere Richtung aus, so dass er nun genau zwischen den Regalen stand und ungehindert flüchten konnte.

»Bitte geh nicht!«, flehte Jolin. »Ich verspreche dir, dass ich nicht näher herankomme.«

Wieder knurrte er leise, doch in seiner Iris leuchtete für einen Sekundenbruchteil die Bernsteinsonne auf, und ein unendlich schmerzvoller Ausdruck verzerrte sein atemberaubend schönes Gesicht.

Wieder hatte Jolin das Gefühl, ohnmächtig zu werden.

Auf eine seltsam bizarre Weise fühlte sie sich genauso wie vor Wochen, als sie zusammen auf dem Friedhof gewesen waren.

»Du bist dabei, deine Seele zu verbrennen«, zischte Rouben.

»Das ist mir egal«, sagte Jolin entschlossen. »Da, wo es gut für dich ist, kann es für mich nicht wirklich schlecht sein.«

»Ja, hast du mir denn gar nicht zugehört!«, grollte er zornig. »Du kennst die dunkle Welt nicht, dort gibt es keine Liebe. Wir werden nicht das füreinander sein können, was wir hier …« Er brach ab und sah gequält zu Boden.

»Woher willst du das denn wissen? Deine Mutter konnte schließlich auch Liebe empfinden!«

Rouben krallte seine Hände langsam zu Fäusten »Trotzdem!«, stieß er hervor. »Es wird nicht dasselbe sein.«

»Immer noch besser als das hier!«, entgegnete Jolin nicht weniger aufgebracht. »Wenn ich jetzt so wäre wie du, könnten wir uns wenigstens in den Armen halten!«

»Jolin!« Rouben schüttelte den Kopf. Immer und immer wieder. »Nicht einmal ich weiß genau, was Vincent mit mir … mit uns … vorhat. Vielleicht reicht es ihm nicht, einen Vampir aus mir zu machen … Vielleicht will er auch dich.«

Jolin brauchte eine Weile, bis sie kapiert hatte, was das bedeutete.

»Du meinst, er will gar nicht, dass *du* mich tötest?«, brach es aus ihr hervor. »Sondern er will es selber tun … Mich töten … oder mich … VERWANDELN! Vor deinen Augen?«

Rouben warf einen flüchtigen Blick zwischen den Buchreihen hindurch zum Tresen. Offenbar hatte er das Gefühl, dass sie zu laut waren und Frau Wieshaupt mitbekommen könnte, worüber sie redeten. »Wenn er das … tatsächlich plant«, begann er mit stockender Stimme und so leise, dass Jolin ihn kaum noch verstehen konnte, »dann wird er es bald tun … solange ich noch etwas Menschliches an mir habe und Leid empfinden kann … Verstehst du? Du bist in großer Gefahr!«, setzte er eindringlich zischend hinzu.

Jolin schüttelte den Kopf. »Und du denkst, dass Anna auf mich aufpassen kann? Dass er mir nichts antut, wenn sie dabei ist?«

Rouben antwortete nicht, aber in seinen Augen flackerte es.

»Nachts steht er vor unserem Haus«, fuhr Jolin aufgebracht fort. »Er dringt in unseren Keller ein. Woher willst du wissen, dass er nicht durchs Fenster in mein Zimmer kommt?«

Rouben schüttelte den Kopf.

»Ich weiß, dass er da war«, sagte Jolin. »Er hat versucht, das Fenster zu öffnen. Und dann habe ich einen Schatten an der Hauswand gesehen.«

Wieder schüttelte Rouben den Kopf.

Jolin runzelte die Stirn. Irgendwas an ihm kam ihr merkwürdig vor, sie kam nur nicht dahinter, was es war.

»Wenn er mich will, wird er mich kriegen«, sagte sie schließlich. »Und deshalb musst du es tun.«

Rouben kniff die Augen zusammen und knurrte leise.

»Lieber du als er«, flüsterte Jolin.

»Ich könnte es gar nicht«, sagte er gedehnt. »Ich kann … dich nicht verwandeln.«

»Ja, weil du mich noch immer liebst!«

»Nein, weil ich meine Gier nicht beherrschen könnte«, erwiderte Rouben hart. »Ich würde dich töten. Daran besteht überhaupt kein Zweifel. Das weiß Vincent, und ich weiß es auch.« Seine Stimme wurde von Silbe zu Silbe dunkler und trauriger, und zum Schluss versagte sie ihm ganz.

Jolin starrte ihn an. In ihrem Kopf herrschte das totale Durcheinander. Sie war unfähig, ihre Gedanken einzufangen und in eine sinnvolle Reihenfolge zu bringen.

»Aber das bedeutet, dass wir nicht zusammen sein werden«, wisperte Jolin. »So oder so … nicht.«

»Das … ist … das, was ich dir … die … ganze … Zeit schon klarzumachen versuche, was … du … aber … nicht … verstehen … willst.«

Jolin starrte ihn an, und ihre Augen füllten sich mit Tränen.

»Nicht«, sagte Rouben leise. Er streckte seine Hand nach ihr aus, als wollte er ihr über die Wange streichen, ließ sie dann aber sofort wieder sinken. »Bitte, nicht weinen.«

Jolin biss die Zähne aufeinander und versuchte krampfhaft, die Tränen zurückzuhalten, was ihr allerdings nicht gelang. Eine nach der anderen quoll aus ihren Augen hervor und rann sturzbachartig über ihre Wangen.

»Vincent könnte auch noch etwas anderes im Sinn haben«, krächzte Rouben. »Wenn er dich am Ende töten würde und ich ein Vampir wäre, müsste das vielleicht noch nicht das Schrecklichste von allem sein.«

»Sondern …?«

»Denk drüber nach, Jol. Bitte, denk drüber nach.«

Nein!, schrie alles in ihr. Jolin wollte nicht nachdenken, irgendwelche schrecklich logischen Schlüsse ziehen, und erst recht wollte sie keine furchtbaren und grausamen Bilder sehen, nein – alles, was sie sich wünschte, war das winzige Fitzel eines Strohhalms, an den sie sich klammern konnte. »Und wenn es *noch* eine Prophezeiung gibt?«, keuchte sie. »So etwas wie ein Notprogramm?«

»Ein Notprogramm für die an ihrer Vorsehung gescheiterten Vampire? – Ts!« Offensichtlich amüsierte Rouben diese Vorstellung so sehr, dass sie ihm ein Grinsen entlockte, und das gab ihm für zwei, drei Sekunden einen menschlichen Ausdruck. Seine Züge entspannten sich, seine Augen glänzten, und seine Haut erstrahlte beinahe olivfarben.

Hoffnungsvoll streckte Jolin ihm ihre Hände entgegen, worauf er einen hastigen Schritt rückwärts machte. Seine Bewegungen wurden kantig, der Glanz in seinen Augen verschwand, und sein Gesicht verschloss sich wieder.

»Unwahrscheinlich«, knurrte er. »Und selbst wenn es sie gäbe, was würden wir damit anfangen, solange wir nicht wissen, wie sie lautet.«

»Aber du stehst doch in Kontakt zu Vincent, oder nicht?«

»Nicht freiwillig.«

Jolin öffnete den Mund, doch Rouben machte eine abwehrende Geste.

»Nämlich ebenso wenig, wie er mir freiwillig Auskunft über den Inhalt einer weiteren Prophezeiung geben würde«, entgegnete er. »Oder über die Umstände, die es ihm ermöglicht haben zurückzukommen.«

»Glaubst du eigentlich immer noch, dass der Zettel aus dem Antiquariat von Ansgar Lechtewink oder Edmond stammt?«

Rouben schloss kurz die Augen, bevor er antwortete. Seine Gesichtszüge versteinerten mehr und mehr, dennoch konnte er die seelischen Qualen, die er durchlitt, dahinter nicht vollständig verbergen.

»Ich habe das nie geglaubt, Jolin«, begann er schließlich. »Im Gegenteil, mir war sofort klar, dass nur Antonin oder Vincent dahinterstecken konnten. Dieser Zettel war eine Warnung an mich. Eine Ankündigung, die mir Angst einjagen sollte.«

»Davon ist dir aber nicht das Geringste anzumerken gewesen«, sagte Jolin.

»Ich weiß.« Er sah sie an, und wieder blitzte in seinen Augen ein Lächeln auf. »Sieht ganz so aus, als ob mich die Erinnerung an mein Dasein als Zwielicht zu einer Art Supertalent gemacht hätte.«

... ein Wesen von besonderer Gabe ...

»In dieser Hinsicht bin ich Vincent überlegen«, grollte er. »Durch seine Ankündigung hat er mir Zeit verschafft. Zeit, um mir zu überlegen, wie ich dich schützen kann.«

»Du meinst wohl belügen!«, fuhr Jolin ihn an.

»Es war schrecklich für mich, aber es musste sein.« Roubens Kopf schien zwischen seine Schultern zu rutschen und sank schließlich bis ganz auf seine Brust hinunter. »Und letztendlich ... hat es nicht einmal etwas genutzt«, fuhr er stockend fort. »Bald werde ich stark genug sein, um es ... hoffentlich ... mit Vincent aufnehmen ... zu können. Ich werde ... mit allem, was in meiner Macht steht ... zu verhindern versuchen, dass er ... dir etwas antut.« Er hob den Blick und sah Jolin eindringlich an. Seine Kieferknochen traten hervor, und sein Kehlkopf zuckte auf und ab, so als ob er um jedes einzelne Wort kämpfen müsste. »Das Beste ist … wenn du jetzt nach Hause fährst … und so lange in eurer Wohnung bleibst … bis alles vorbei ist.«

Wieder schüttelte Jolin nur den Kopf. »Wann soll das sein, Rouben? Wie werde ich es erfahren?« Und wie soll ich das ertragen?, fügte sie in Gedanken verzweifelt hinzu.

Stumm ließ er seinen Blick über ihr Gesicht gleiten. Es war wie ein Streicheln zum Abschied.

»Ich hoffe einfach, dass du es spürst, wenn ich nicht mehr in deiner Welt bin«, sagte er leise. Er sah zu den Fenstern hinauf. Der Himmel war nun mit dunkelgrauen Wolken verhangen, aus denen ein feiner gleichmäßiger Regen fiel. »Es ist vorbei, Jolin. Ich muss jetzt gehen.« Und noch ehe sie etwas erwidern oder nach ihm greifen konnte, hatte er sich umgedreht und war verschwunden. Zwei Sekunden später hörte Jolin die Tür schlagen.

»Nein«, wisperte sie. »Nein!«

Wie eine leere Hülle sank sie in sich zusammen, schlug die Hände vors Gesicht und fing lautlos an zu weinen.

original message
from: *r. v.*
to: *klarisse@hexe.de*
subject: *tu mir das nicht an!!!*
Klarisse … ? warum antwortest du mir nicht mehr?

original message
from: *klarisse*
to: *r. v. (v-r@gmx.de)*
subject: *re: tu mir das nicht an!!!*
entschuldige, ich muss nachdenken.

original message
from: *r. v.*
to: *klarisse@hexe.de*
subject: *re: tu mir das nicht an!!!*
worüber?

original message
from: *klarisse*
to: *r. v. (v-r@gmx.de)*
subject: *re: tu mir das nicht an!!!*
über jolin, natürlich. ich kann sie doch nicht einfach ihrem schicksal überlassen.

original message
from: *r. v.*
to: *klarisse@hexe.de*
subject: *re: tu mir das nicht an!!!*
es liegt nicht bei dir, mein engel, ihr schicksal ist längst besiegelt. niemand hat mehr die macht, irgendetwas daran zu ändern.

original message
from: *klarisse*
to: *r. v. (v-r@gmx.de)*
subject: *re: tu mir das nicht an!!!*
bist du sicher? – kann ich dir überhaupt trauen?

original message
from: *r. v.*
to: *klarisse@hexe.de*
subject: *re: tu mir das nicht an!!!*
ich liebe dich!

original message
from: *klarisse*
to: *r. v. (v-r@gmx.de)*
subject: *re: tu mir das nicht an!!!*
das tut nichts zur sache.

original message
from: *r. v.*
to: *klarisse@hexe.de*
subject: *re: tu mir das nicht an!!!*
ich liebe dich mehr als mein leben. je näher ich dem dasein als mensch rücke, desto intensiver spüre ich es. ich wünschte, ich könnte dich jetzt in meinen armen halten, alles würde ganz anders sein als bei unserer letzten begegnung. und ich schwöre dir bei allem, was mir heilig ist, ich würde jolin retten … wenn ich es nur könnte!

original message
from: *klarisse*
to: *r. v. (v-r@gmx.de)*
subject: *re: tu mir das nicht an!!!*
ich würde dir so gerne glauben, ehrlich … aber nach allem, was ich bisher mit dir erlebt habe, fällt mir das echt schwer … vielleicht, wenn du mich endlich in alles einweihen würdest, wenn mir klar wäre, welche aufgabe ich habe, und wenn wir gemeinsam überlegen könnten, ob es nicht doch noch eine möglichkeit gibt, jolin zu retten …

original message
from: *r. v.*
to: *klarisse@hexe.de*
subject: *re: tu mir das nicht an!!!*
morgen, klarisse … schau in den kalender … und wenn du dich dann immer noch in die dunkelheit hinauswagst … werde ich es dir beweisen.

11

Keine Ahnung, was mich dazu bewogen hat, noch ein letztes Mal zum Haus zu fahren. Vielleicht ist es die Begegnung mit Jolin gewesen und der damit verbundene Schmerz, der mich schier unerträgliche Höllenqualen leiden lässt, und vielleicht hat genau das mich in meiner Hoffnung bestärkt, meinen Halbbruder möglicherweise jetzt schon bezwingen zu können. – Ein entsetzlicher Fehler.

Vincent erwartet mich bereits an der Pforte. Seine eiskalte Aura wirkt wie eine undurchdringliche Wand, mit der er mich auf Distanz hält, trotzdem ist der Gestank seines Atems so penetrant, dass selbst mir auf die Entfernung von drei Metern davon speiübel wird. Ich frage mich, wie ein Mensch so etwas überhaupt aushalten kann.

»So, das fragst du dich.« Ein süffisantes Lächeln umspielt seine Mundwinkel. »Und was fragst du dich noch, kleiner Bruder?«

Ich reduziere meine Atemzüge und verbiete mir jeden Gedanken an Jolin. Doch natürlich sticht Vincent genau in diese Stelle. »Zum Beispiel was ich mit deinem kleinen Mädchen wohl so alles anstellen werde?«, fährt er fort und leckt sich genüsslich über die Lippen.

Wut schießt in mir hoch wie eine Stichflamme und brennt in meinem Rachen. Meine Muskeln spannen sich, und meine Finger krallen sich zusammen, als wäre ich ein Panther auf dem Sprung, seine Beute zu schlagen.

Ein dunkles Grollen hallt durch die regennasse, gewittrige Nachmittagsluft, und als ich begreife, dass dieses schaurige Geräusch nicht vom Himmel, sondern aus meiner Kehle kommt, zucke ich erschrocken zusammen.

»Wie niedlich«, säuselt Vincent, während er sich lässig gegen den Torpfosten lehnt und gelangweilt seine Fingernägel betrachtet. »Jetzt soll ich bestimmt Angst haben.«

Ich schließe die Augen und konzentriere mich auf meine Kälte, versuche sie zu verdichten und auf diese Weise in die eisige Aura meines Bruders vorzudringen.

»Hab ich aber nicht!«, blafft Vincent mich an. In derselben Sekunde bricht der Widerstand der Mauer, und ich stolpere in seine Arme. Ich spüre den eisernen Griff seiner Hände in meinem Rücken, und noch ehe ich mich in irgendeiner Weise dagegen wehren kann, hat er bereits seine Zähne in meinen Hals geschlagen.

»Du lieber Himmel, Jol, was ist passiert?«

Anna stand nur den Bruchteil eines Augenblicks auf der Schwelle des Krankenzimmers, dann stürzte sie bereits auf Jolin zu und ließ sich neben sie auf die Kante der blassgrünen Couch fallen, die Direktor Rudloff der Schule gespendet hatte. Das war ungefähr ein Vierteljahrhundert her, und es wurde allgemein vermutet, dass er das durchgelegene und leicht muffig riechende Teil damals aus dem Sperrmüll gefischt hatte.

»Nichts«, sagte Jolin schlapp. Sie sah die Freundin nicht an, sondern hielt den Blick zur Decke gerichtet. Ihre Augen brannten, und in ihrer Brust, dort wo sie eigentlich ihren Herzschlag hätte spüren müssen, befand sich nun ein schwarzes Loch.

»Nichts?« Anna schüttelte den Kopf. »Die halbe Schule weiß, dass du heulend in der Bibliothek zusammengebrochen bist. Aber wahrscheinlich wolltest du damit nur deine Schauspielkünste zum Besten geben und der armen Frau Wieshaupt einen gehörigen Schrecken einjagen. Was dir übrigens auch gelungen ist«, fügte sie unter leisem Schnauben hinzu.

»Bitte.« Jolin griff nach Annas Armen, zog sich daran hoch und sah ihrer Freundin in die Augen. »Bring mich nach Hause. Dann erzähl ich dir alles.«

»Versprochen?«

Jolin nickte.

»Und auch wirklich *alles*?«

»Versprochen.«

»Okay«, sagte Anna. »Lass mich überlegen.« Sie kratzte sich am Kinn und warf einen unschlüssigen Blick zur Tür. »Das Problem ist nämlich, dass der Römer bereits im Anmarsch ist.«

Jolin verdrehte die Augen. »Oh nein!«

»Tja«, sagte Anna, »damit hättest du rechnen müssen.«

Der Schulpsychologe Remus Karlstedt alias *der Römer* betreute mehrere Einrichtungen, und bisher waren seine

Dienste vom Albert-Schweitzer-Gymnasium nicht allzu häufig in Anspruch genommen worden. Man konnte also nicht unbedingt davon ausgehen, dass er sich leicht abwimmeln ließ.

»Ich bin doch völlig okay«, sagte Jolin. Sie schob sich an Anna vorbei, setzte ihre Füße auf den Boden und sah die Freundin flehend an. »Und wenn du ihm einfach sagen würdest, ich hätte Liebeskummer, weil mein Freund gerade Schluss gemacht hat?«

»Das hat er doch aber nicht wirklich, oder?«, rief Anna erschrocken.

Jolin stützte sich auf deren Schulter ab und hob sich in den Stand. Noch immer war sie sich unschlüssig, wie viel Wahrheit sie der Freundin überhaupt zumuten konnte, oder präziser ausgedrückt: wollte.

»Na ja, zumindest nicht freiwillig«, sagte sie schließlich und angelte mit den Zehen nach ihren Stiefeletten, die Frau Landner, die Sekretärin, ihr eine halbe Stunde zuvor ausgezogen und unter die Couch geschoben hatte. Anna bückte sich, ergriff die Schuhe und platzierte sie direkt vor Jolins Füßen.

»Mann, du machst es aber echt spannend«, brummte sie.

»Mir wäre es anders auch lieber, das kannst du mir glauben«, sagte Jolin.

Anna hob sofort die Hände. »Unbesehen. Auch wenn ich im Moment noch nicht wirklich im Bilde bin.«

Jolin seufzte leise. Sie hätte sich in den Hintern beißen können dafür, dass sie nach Roubens Verschwinden nicht einmal zwei Minuten lang die Kontrolle über ihre Gefühle behalten und sich sinnigerweise *vor* ihrem hysterischen Zusammenbruch aus der Bibliothek verdrückt hatte. Dann nämlich wäre sie Frau Wieshaupt nicht in die Fänge geraten, die zunächst in eine Art Schockstarre gefallen war und sie anschließend total hektisch vom Scheitel bis zu den Zehen auf Knochenbrüche und andere Verletzungen abgesucht hatte. Nachdem die Bibliotheksangestellte einen »negativen Befund« diagnostiziert hatte, hatte sie Jolin hinter den Tresen geschleppt, ihr eine Tasse Tee gekocht und wie eine Beknackte auf sie eingeredet. Wenn Jolin jetzt den Beistand eines Psychologen nötig hätte, dann ganz allein deswegen.

»Komm, lass uns sehen, dass wir rauskommen«, sagte sie, beugte sich hinunter, um die Reißverschlüsse an den Stiefelinnenseiten hochzuziehen, und geriet ins Schwanken, als sie danach ein wenig zu schnell wieder hochkam.

»Uuups!«, rief Anna und legte blitzschnell die Arme um sie.

Im selben Moment wurde die Tür geöffnet, und das spitze Gesicht vom Remus Karlstedt lugte herein. Er musterte die Mädchen kopfschüttelnd, dann trat er ins Zimmer und schloss die Tür lächelnd hinter sich.

»Es ist schön, dass du deiner Freundin Beistand geleistet hast«, sagte er zu Anna. »Du kannst jetzt wieder in den Unterricht gehen.«

»Ich habe keinen Unterricht mehr«, log sie, »und ich werde Jolin jetzt nach Hause bringen.«

»Nun, wir wollen die Dinge lieber nicht überstürzen«, sagte Remus Karlstedt. Seine halblangen dunklen Haare waren rechts gescheitelt und wirkten ein wenig ungekämmt. Zu seinem weißen Hemd trug er eine Jeans und ein graublaues Jackett, das im Rücken ziemlich zerknittert aussah. Jolin kam der spontane Gedanke, dass er abends, so wie er war, ins Bett ging, damit er immer gleich einsatzbereit wäre, wenn jemand nach ihm verlangte.

»Es geht schon wieder«, sagte sie und lächelte zurück. »Ich habe mit Anna darüber geredet, und wir haben auch eine Lösung gefunden.«

»So?« Der Psychologe zog einen der Stühle, die um einen runden Tisch gruppiert waren, zu sich heran und platzierte ihn genau zwischen der Couch und der Tür. »Eine Lösung … Für welches Problem?«, fragte er, nachdem er sich gesetzt und die Beine übereinandergeschlagen hatte.

»Darüber möchte ich mit einem Fremden nun wirklich nicht sprechen«, sagte Jolin und schlüpfte in ihre Jeansjacke.

»Ist dir kalt?«, fragte Remus Karlstedt. Er schob seine Hand in die Innentasche seines Jacketts, zog Notizblock und Kugelschreiber hervor und legte den Block auf seinem Knie ab. Anschließend wandte er sich wieder Jolin zu und musterte sie besorgt, während er mit dem Daumen die Kulimine in schneller Abfolge rein- und rausdrückte. »Dann sollten wir vielleicht besser den Notarztwagen rufen.«

»Ich glaube, das ist nicht nötig«, sagte Anna. Sie reichte Jolin ihre Umhängetasche und hakte sich bei ihr unter. »Je eher Jolin zu Hause ist, umso besser.«

Remus Karlstedt hob die Augenbrauen und sah Anna über den Rand seiner Brillengläser hinweg feindselig an. »Wird sie dort denn gut versorgt sein?«

»Natürlich!«

Anna schüttelte den Kopf und versuchte, Jolin an ihm vorbeizuziehen, doch der Psychologe nahm unvermittelt das übergeschlagene Bein herunter und stellte es ihr in den Weg, so dass sie fast darüber stolperte.

»Ihre Eltern werden sie dort also in Empfang nehmen können?«, fragte er lauernd.

»Das weiß ich nicht«, erwiderte Jolin ungeduldig. »Mein Vater arbeitet bis abends, und meine Mutter ist normalerweise …« Sie bedachte den Psychologen mit einem genervten Blick, »… keine Ahnung, ob sie zu Hause ist. Aber was spielt das für eine Rolle? Meine Freundin ist doch bei mir.«

»Und ich werde auf jeden Fall so lange bleiben, bis Herr Johansson heimkommt«, fügte Anna hinzu.

Remus Karlstedt spitzte die Lippen. Er machte eine ausholende Geste mit der Hand, in der er den Kugelschreiber hielt, drückte abermals die Mine rein und wieder raus und sah die Mädchen streng an.

»Darf ich das so ins Protokoll aufnehmen?«

»Klar, wenn Sie Freude daran haben«, erwiderte Anna und lächelte gnädig.

Um Remus Karlstedts Mundwinkel zuckte es. »Um Freude geht es hier nun wirklich nicht«, sagte er, während er sich eine Notiz machte. »Aber ich erwarte natürlich nicht, dass ihr das versteht«, fügte er beiläufig hinzu, hob den Block ein wenig an und betrachtete eingehend die unleserlichen Wellenlinien darauf.

Idiot!, dachte Jolin. Sie hätte wetten können, dass er dieses Gekrakel spätestens am nächsten Tag selber nicht mehr entziffern konnte, sie traute ihm sogar zu, dass er etwas aufgeschrieben hatte, das keinen plausiblen Sinn ergab.

»So«, sagte er nun plötzlich, schnellte vom Stuhl hoch und ließ Block und Kuli wieder in seiner Innentasche verschwinden. »Dann sehen wir uns also am Mittwoch wieder. In der ersten großen Pause?«

»Äh … wozu das?«, fragte Jolin verwundert.

»Nur zu deinem Besten selbstverständlich«, entgegnete Remus Karlstedt. »Schließlich bist du hier heute nicht das erste Mal aufgefallen.«

»Wie bitte?«, fragte Anna empört. »Was soll das denn heißen?«

»Darüber, junge Dame, werde ich mich in der Öffentlichkeit selbstverständlich nicht äußern.«

»Aber wir sind doch unter uns«, erwiderte Jolin.

Dieser blöde Psychologe ging ihr dermaßen auf den Geist, dass sie für einen Moment selbst Rouben vergaß.

»Hast du nicht eben noch gesagt, du möchtest nach Hause?«, erwiderte Remus Karlstedt.

Jolin zuckte mit den Schultern. »Ja, aber ich hab ja wohl ein Recht darauf zu erfahren, auf welche Weise ich hier in der Schule angeblich bereits aufgefallen sein soll.«

»Wir sprechen hier keineswegs von Mutmaßungen«, war die knappe Antwort des Psychologen. »Also, bis Mittwoch dann, Punkt neun Uhr dreißig im Sekretariat.« Er nickte ihr noch einmal geschäftsmäßig zu, dann riss er die Tür auf und marschierte aus dem Raum.

»Ja, vielen Dank auch«, murmelte Anna und schob den Stuhl auf seinen Platz unter dem Tisch zurück. »Wenn hier einer auffällig ist, dann der, nämlich durch Inkompetenz, die zum Himmel schreit. Ich fasse es echt nicht, dass man so jemanden auf die Leute loslässt. Stell dir nur mal vor, du wärst durchgedreht und hättest tatsächlich seine Hilfe gebraucht.«

Ich bin durchgedreht, dachte Jolin und folgte ihrer

Freundin auf den Gang hinaus. Sie wusste, dass das jederzeit wieder passieren konnte, sie hatte allerdings den festen Vorsatz, es auf keinen Fall vor Verlassen des Schulgebäudes geschehen zu lassen.

»Ich möchte wirklich wissen, was der mit *aufgefallen* meinte«, sagte sie. »Bisher hat mich kein einziger Lehrer wegen irgendwas angesprochen. Und sonst wüsste ich wirklich nicht …«

»Ich auch nicht«, fiel Anna ihr ins Wort. »Und jetzt hör auf, darüber nachzudenken. Der Römer will sich garantiert nur wichtigmachen. So wie der benimmt sich doch kein Arzt, nicht mal ein Hobbypsychologe!« Sie wedelte vor ihrer Stirn herum. »Das kann ich ja besser. Sogar ohne Diplom!«

Jolin spürte einen leichten Schwindel. Die Stimme ihrer Freundin rückte in weite Ferne und hörte sich an, als würde sie auf eine Wand aus Watte stoßen. Hastig fasste sie Anna unter und legte seufzend ihren Kopf auf deren Schulter. »Kannst du vielleicht für einen Moment still sein?«, murmelte sie. »Sonst flipp ich nämlich gleich noch mal aus.«

Auf dem Weg zur U-Bahn-Station verlor sich das wattige Schwindelgefühl ziemlich rasch wieder. Die laue Luft und der Regen, der in dünnen Bindfäden aus einer mittlerweile gleichmäßig dichten grauen Wolkendecke fiel, taten Jolin gut. Sie verbot Anna sogar, ihren neuen türkisfarbenen Tupfenschirm über sie zu halten. Es war ihr egal, wenn sie sich erkältete. Alles, was dazu beitrug, sich ihres Körpers bewusst zu werden, und ihr das Gefühl vermittelte, geerdet zu sein, empfand Jolin als hilfreich. Es lenkte sie von den Schmerzen in ihrer Seele ab und ließ all die furchtbaren Dinge, die sich in den letzten Tagen ereignet hatten, fast ein wenig unwirklich erscheinen.

Zum Glück war Anna feinfühlig genug, sie während des gesamten Heimwegs in Ruhe zu lassen. Doch kaum hatten sie die Wohnungstür hinter sich geschlossen und festgestellt, dass weder Paula noch Gunnar zu Hause waren, prasselten ihre Fragen nur so auf Jolin ein.

»Was ist mit Rouben passiert?« – »Was hat er gesagt?« – »Wieso wart ihr in der Bibliothek?« – »Hat er dir etwas getan?«

»Nein, hat er nicht.« Jolin ließ ihre Umhängetasche zu Boden klatschen und setzte sich auf die Bettkante.

»Was dann?«, bohrte Anna weiter und drückte die Zimmertür zu.

»Kannst du bitte abschließen«, sagte Jolin. »Ich möchte nicht, dass meine Eltern, wenn sie heimkommen, einfach hereinplatzen.«

»Klar.« Anna drehte den Schlüssel herum, dann ließ sie sich neben Jolin auf das Bett sinken und schlang ihr einen Arm um die Schulter. »Jetzt sag endlich, was los ist.«

»Kannst du es dir nicht denken?«, fragte Jolin leise.

»Nein!«

»Dann erinnere dich doch bitte mal an die Zeit, als Rouben an unsere Schule gekommen ist.«

Anna schüttelte unwillig den Kopf. »Jol, ich habe keine Lust auf Ratespielchen. Wenn ich dir helfen soll, dann rede bitte Klartext.«

»Okay«, sagte Jolin, »ganz wie du willst. Dann bekommst du es jetzt eben auf die harte … ungefilterte … Art und Weise.« Mitten im Satz fing ihre Stimme an zu zittern, und sie brachte es auch nicht über sich, Anna anzusehen, sondern krallte sich wie ein kleines hilfloses Kind in deren Pulliärmel fest. »Rouben ist ein Vampir.«

Für einen quälend langen Augenblick herrschte absolute Stille im Zimmer, und um nicht durchzudrehen, begann Jolin, die Sekunden zu zählen. Einundzwanzig … zweiundzwanzig … dreiundzwanzig … Bei dreiunddreißig fing Anna an zu lachen. Jolin verpasste ihr eine Ohrfeige, und die Stille, die dann folgte, war unendlich erholsam.

»Das ist absoluter Unsinn«, sagte Anna, »und das weißt du auch.«

Jolin nickte. »Es klingt wie absoluter Unsinn, und ich würde auf der Stelle mein Leben dafür geben, wenn es so wäre …«

Anna hörte auf zu atmen. »Du würdest dein Leben dafür geben … Du würdest sterben, obwohl du gar nichts mehr davon hättest, nur damit …«

»Rouben nicht durchmachen muss, was er gerade erleidet«, fuhr Jolin fort und unterstrich ihre Äußerung mit einem entschiedenen Nicken. »Ja!«

»Oh, Mann«, sagte Anna und nach ein paar Sekunden noch einmal: »Oh, Mann!«

Und dann begann Jolin zu erzählen, von Harro und Ramalia, von der Prophezeiung und den wahren Ereignissen während Roubens Geburtstagsparty auf der Burg, von Vincent und seiner Rückkehr, seiner Rache und Roubens aktuellem Zustand.

Anna lauschte, ohne Jolin auch nur ein einziges Mal zu unterbrechen, dann sage sie: »Scheiße«, und nach zwei oder drei Sekunden noch ein weiteres Mal: »Scheiße!«.

Jolin hatte derweil die Bettdecke um sich geschlungen

und ihre Hände darin vergraben. Sie fühlte sich leer, fast wie tot, und sie hätte in diesem Moment nicht einmal sagen können, ob es ihr gutgetan hatte, all diese Dinge loszuwerden.

»Wir hätten das damals alles verhindern können«, sagte Anna tonlos.

»Hätten wir nicht«, widersprach Jolin.

»Doch, wir hätten einfach nicht auf die Party gehen dürfen.«

Jolin lachte bitter.

»Wer hätte uns … *euch* denn daran hindern sollen?«

»Du hast recht«, sagte Anna. »Damals haben wir es x-mal durchgekaut.« Sie schlug sich gegen die Stirn und schüttelte anschließend den Kopf. »Wir waren damals doch schon so weit, zu glauben, dass Rouben ein Vampir sein könnte, aber so seltsam er auch war, letztendlich hat er sich dafür dann doch zu normal verhalten.«

»Ja, weil wir alle eine bestimmte Vorstellung davon haben, wie ein Vampir zu sein hat«, erwiderte Jolin heftig. »Die meisten von uns sind ja noch nie einem begegnet, wir kennen sie nur aus Büchern und aus Legenden. Außerdem«, fuhr sie fort, »ist Rouben damals noch nicht so wie Vincent gewesen. Das ist erst jetzt möglich, nachdem er zuvor ein Mensch geworden war.« Ihre Lippen bebten, und aus ihren Augen quollen neue Tränen hervor, und während in ihr zum wiederholten Male die immer gleiche Welt zusammenbrach, formulierte Anna einen einzigen, beängstigend kurzen und entsetzlich ernüchternden Satz: »Du kannst ihm nicht helfen.«

Jolin schluckte. Plötzlich spürte sie die Kälte hautnah, spürte, wie sie sich zwischen ihren Möbeln hindurchwand und in ihre Sachen schlüpfte. Sie spürte sie in der Bettdecke, in ihren Haaren, ihrer Haut und in ihrem Herzen.

»Du hast recht«, hörte sie sich sagen, und ihre Stimme klang, als ob sie aus der Tiefe einer Gletscherspalte käme, »ich kann ihm nicht helfen.«

»Gut.« Anna neben ihr atmete auf. »Gut, dass du das einsiehst. Das macht es viel leichter.«

»Ja, es tut nicht mehr so weh«, erwiderte Jolin mechanisch.

Sie betrachtete ihre Freundin, die ihr, obwohl sie direkt neben ihr saß, irgendwie weggerückt erschien, so als ob sie gar nicht wirklich da wäre oder Jolin alles nur träumte.

»Du kannst unmöglich mit einem Vampir zusammen sein«, hörte sie Anna sagen. »Niemand kann das. – Wir müssen jetzt genau überlegen, wie wir vorgehen.«

»Das brauchen wir nicht«, erwiderte Jolin. Sie saß absolut regungslos da und starrte gegen die Zimmertür, ohne etwas zu sehen oder zu fühlen. »Es passiert ganz von allein. Sobald Roubens Verwandlung abgeschlossen ist, werden sein Bruder und er verschwinden, und alles wird wieder ganz genauso wie vor dem siebten November sein«, log sie. »Niemand außer uns wird wissen, dass sie jemals existiert haben.«

»Und wenn nicht?«, hauchte Anna. »Was ist, wenn Vincent die Prophezeiung noch immer erfüllen will?«

»Das ist nicht möglich«, sagte Jolin tonlos. »Der Zeitpunkt dafür ist längst verstrichen. Er müsste tausendzweihundert Jahre bis zum nächsten Vollmond warten, der genau auf den Tag der Wintersonnenwende fällt.«

»Und wenn das alles Quatsch ist?«

»Ist es nicht.«

Anna schüttelte den Kopf. »Oder wenn dieser Vincent diese bescheuerte Prophezeiung gar nicht richtig kennt? Wenn er denkt, dass er bloß zwölf Mädchen töten muss, um ein Mensch werden zu können?«

Jolin schwieg. Sie wusste es nicht, und es war ihr auch egal. Sie wollte nicht darüber reden, nicht mehr nachdenken, sie wollte einfach nur, dass endlich alles vorbei war. Ihretwegen hätte Vincent sie auf der Stelle töten oder verwandeln können, solange sie nicht in Roubens Nähe sein durfte, hatte ihr Leben ohnehin keinen Sinn mehr.

»Er könnte der Tod sein …«, murmelte Anna.

»Er ist der Tod«, sagte Jolin.

Mit einem Mal war Anna so dicht vor ihr, dass sie ihren Atem spüren konnte.

»Verdammt, du hörst ja gar nicht richtig zu!« Annas braune Augen funkelten, im nächsten Moment wurde Jolin an den Schultern gepackt und geschüttelt. »Sieh mich an, Jol! Los, sieh mich an!«

Die Kälte verschwand, nur ihr Herz fühlte sich noch immer wie erfroren an.

»Ich meine nicht den Tod im Allgemeinen«, sagte Anna, genau genommen schrie sie es, »sondern den, der Klarisse diese E-Mails geschrieben hat … der, mit dem sie sich getroffen hat.«

»Nein«, sagte Jolin. »Das hätte sie niemals überlebt.«

»Ja, erinnerst du dich denn gar nicht mehr?«, keifte Anna und rüttelte weiter wie eine Besessene an ihren Schultern herum. »Es war eine Neumondnacht! Kapierst du: Neumond! Danach war Klarisse krank, und als sie wieder zur Schule kam, hat sie so getan, als ob nichts gewesen wäre. Aber, Jolin, ich weiß, dass etwas war. Ich habe sie nämlich beobachtet.«

»Aha. Und wieso hast du das getan?«, fragte Jolin monoton.

»Weil sie so still war, so in sich gekehrt. Gar nicht mehr wie die alte Klarisse. Katrin, Melanie und Rebekka haben zwar nicht viel drum gegeben, du weißt schon, von wegen sie sei unglücklich verliebt und so. Aber mir ist etwas aufgefallen, Jol, etwas, das total seltsam war und das jetzt, nachdem du endlich mit diesem ganzen Wahnsinn herausgerückt bist, einen Sinn bekommt.«

»Aha. Und was?«

»Immer, wenn sie sich unbeobachtet fühlte, hat sie an ihrem Unterarm herumgesaugt. Und einmal habe ich sie im Waschraum dabei ertappt, wie sie ihn unter den Wasserstrahl gehalten und wie eine Blöde daran herumgerubbelt hat.«

»Was meinst du mit … ertappt?«

»Na ja, sie ist zusammengezuckt, und sie hat den Ärmel ihres Pullis sofort heruntergezogen, obwohl ihr Arm noch klitschnass war.« Anna schüttelte entschieden den Kopf. »Ich meine, das macht doch kein Mensch.«

»Hast du sie darauf angesprochen?«, fragte Jolin.

»Klar.«

»Und was hat sie gesagt?«

»Dass ihr Füller auf dem Schreibtisch ausgelaufen wäre und sie sich versehentlich in den Klecks gestützt hätte.«

»Kein Grund, den Arm zu verstecken.«

»Eben.« Jetzt nickte Anna heftig. »So eitel ist Klarisse nicht mehr.« Sie sah Jolin an, und ihre braune Iris zuckte eindringlich hin und her, als suche sie eine Erklärung im

Blick ihrer Freundin. »Wie kannst du nur so ruhig sein?«, stieß sie schließlich hervor.

»Ich bin gar nicht ruhig«, sagte Jolin. Wie auf Knopfdruck sank sie in sich zusammen, und mit einem Schlag war alles wieder da: die Bibliothek, Roubens Gesicht, seine Stimme, die Angst, die Verzweiflung und dieser grauenhafte Schmerz in ihrer Brust.

»Was ist los?«, rief Anna erschrocken.

»Nichts«, wisperte Jolin. »Nichts.« Sie fiel vornüber, schlang die Arme um den Hals der Freundin und vergrub ihren Kopf in deren Halsbeuge. »Lass mich nicht allein. Bitte, bitte, bleib bei mir … bitte.«

»Ist ja schon gut«, murmelte Anna, »Ist ja schon gut.« Ihre Hände wanderten über Jolins Rücken, nicht tröstend, sondern fahrig und selbst Halt suchend. »Ich geh nicht weg. Ich bleibe bei dir. Die ganze Nacht, wenn du willst, und morgen und immer …«

Gunnar Johansson betrat die Wohnung um kurz nach halb acht. Jolin hörte das typische Knarzen, das das Scharnier der Schuhschrankklappe verursachte. Ihr Vater hatte es etliche Male auseinandergeschraubt, geölt und wieder eingesetzt, nichts hatte nachhaltig geholfen. Offenbar gehörte dieses Geräusch zu diesem Möbelstück wie die Wärme zum Sommer oder die Kälte zum … Nein, Jolin wollte diesen Gedanken nicht zu Ende führen. Sie wollte nicht an Vincent oder Rouben denken, und doch tat sie nichts anderes.

Langsam setzte sie sich auf.

»Was hast du vor?«, fragte Anna, die gerade damit beschäftigt war, ihrer Mutter eine SMS zu schicken, in der sie ihr mitteilte, dass sie bei Jolin übernachten würde.

»Mein Vater«, sagte Jolin. »Er ist da.«

Paula rannte immer gleich durch die Wohnung und sah in allen Zimmern nach, um sich zu vergewissern, ob jemand zu Hause war. Gunnar kümmerte sich als Erstes um seinen Mantel und die Schuhe.

Jolin huschte zur Tür und entriegelte sie lautlos.

»Hallo, Pa!«, rief sie in den Flur. »Anna übernachtet heute bei mir.«

Gunnar Johansson nickte. Ein Schatten lag über seinen Augen, doch dann lächelte er. »Das ist schön, mein Schatz«, sagte er. »Das freut mich … Ähm … deine Mutter kommt allerdings erst gegen Mitternacht heim. Wir müssen überlegen, was wir zu Abend essen.«

»Ich habe keinen Hunger«, sagte Jolin.

Anna trat neben sie und streckte ihren Kopf ebenfalls in den Flur. »Ich auch nicht.«

»Ihr seht verdammt müde aus, ihr zwei«, sagte Gunnar.

»Wir hatten einen ziemlich harten Tag«, erwiderte Jolin. Ihr Blick fiel auf den Anrufbeantworter. Das rote Lämpchen blinkte. Jemand musste angerufen haben, doch weder Anna noch sie hatten das Klingeln gehört, und Jolin konnte sich auch nicht erinnern, ob es vorhin, als sie heimgekommen waren, bereits geleuchtet hatte.

Gunnar bemerkte es nicht, und aus irgendeinem Grund, den sie sich nicht erklären konnte, beruhigte sie das.

»Ihr solltet trotzdem etwas essen«, sagte er und steuerte auf die Küche zu. »Ich schau mal nach, was wir so im Kühlschrank haben. Ein schöner Salat und ein Vitamindrink«, er zwinkerte den Mädchen zu, bevor er durch die Tür verschwand. »Das geht immer runter. Und es wird euch guttun.«

Jolin verdrehte die Augen. »Er redet schon genauso wie meine Mutter«, raunte sie Anna zu, dann deutete sie auf den Anrufbeantworter. »Hat das vorhin schon geblinkt?«

Anna zuckte mit den Schultern. »Keine Ahnung. Darauf hab ich nun wirklich nicht geachtet.«

Jolin wollte gerade zur Kommode rüberhuschen, da schoss aus der Küche eine Hand hervor, die einen Salatkopf auf den Fingerkuppen trug.

»Frisee mit Gurken, Tomaten, Putenbrust, Käse, Ei und gerösteten Sonnenblumenkernen … Was haltet ihr davon?«

»Klasse Idee, Pa«, sagte Jolin und bemühte sich um einen betont leichten Ton in der Stimme, »wenn du willst, machen Anna und ich die Salatsoße. Dann brauchst du die Zutaten nur zu waschen und zu schnippeln.«

»Super Arbeitsteilung«, meinte Gunnar Johansson. »Zwei rühren in einer Schüssel, und einer kümmert sich um den ganzen unerheblichen Rest.« Hinter dem Salatkopf tauchte sein breit grinsendes Gesicht auf. Er zwinkerte seiner Tochter zu, dann fiel sein Blick auf die Telefonanlage. »Oh, das wird Paula gewesen sein.«

»Wo?«, fragte Jolin irritiert, doch anstatt zu antworten, drückte Gunnar ihr den Salatkopf in die Hand.

»Vielleicht hat sie früher Schluss und möchte, dass ich sie abhole«, sagte er hoffnungsvoll, wischte sich die Hände an der Küchenschürze ab und nahm den Hörer aus der Station.

Jolin rutschte das Herz in die Hose. Sie tauschte einen schnellen Blick mit Anna. Bitte lass es nicht Rouben gewesen sein, dachte sie, Klarisse, die krauses Zeug redet, oder Leo mit einem bescheuerten Panikanruf. Nichts davon war wirklich naheliegend, trotzdem wurde Jolin das Gefühl nicht los, dass es besser wäre, wenn dieser Anruf ihren Vater nicht erreichte. Und während sie sich das Gehirn zermarterte, wie sie es vielleicht noch verhindern könnte, drückte Gunnar auf den Tasten herum, hob den Hörer ans Ohr und lauschte.

Jolin verwarf die Idee, ihm das Teil aus der Hand zu schlagen, ebenso spontan, wie sie ihr gekommen war, und überlegte, ob sie stattdessen ohnmächtig zu Boden sinken sollte, da steckte er den Hörer schon wieder in die Station zurück.

»Und?«, fragte Anna. »War sie es?«

Gunnar sah sie kurz an, dann heftete er seinen Blick für einen Moment auf Jolin, bevor er nickte und abermals mit den Händen über die Schürze fuhr. »Äh … ja, allerdings … ähm … ich soll sie später noch mal anrufen.«

»Dann weiß sie also noch nicht, wann sie fertig sind?«, fragte Jolin lauernd.

»Ähm … nein.« Ihr Vater überspielte seine offensichtliche Verunsicherung mit einem Lächeln und sagte betont fröhlich: »Na, dann mal ran an die Buletten.« Er nahm ihr den Salatkopf ab, setzte ihn mit dem Strunk auf die Spitze seines Zeigefingers und balancierte ihn gekonnt in die Küche.

Jolin seufzte leise. »Ich wüsste zu gerne, wer das gewesen ist. Meine Mutter jedenfalls nicht.«

»Mach dir keine Gedanken«, raunte Anna. »Diese *Sache* betrifft es bestimmt nicht.«

Jolin hoffte inständig, dass ihre Freundin mit dieser Einschätzung richtig lag. Die Vorstellung, ihre Eltern könnten einen Hinweis bekommen, dass sie Umgang mit Vampiren hatte, war geradezu irrwitzig, und trotzdem befürchtete sie, dass genau das passiert war.

Gunnars Verhalten sprach jedenfalls Bände. Während der Zubereitung des Abendessens stand sein Mundwerk nicht still. Er kommentierte Größe, Form und Zustand jedes einzelnen Salatblatts, machte aus dem Zerkleinern von Gurken, Tomaten und Zwiebeln eine eigene Wissenschaft und spekulierte ohne Punkt und Komma über die Aromaentfaltung verschiedener Hartkäsesorten, je nachdem, ob man sie grob oder fein, von Hand oder in der Maschine raspelte oder schlicht in Streifen oder Würfel schnitt.

»Ich bin für grobes Raspeln«, sagte Anna, nahm ein Holzbrett von der Anrichte und kramte in einer der großen Schubladen nach der Handreibe. »Die Putenbrust schneiden wir in Streifen, und die Eier bereiten wir einen Tick über wachsweich zu.«

»Wow!«, sagte Jolin. Sie hatte sich an den Tisch gesetzt und rührte stoisch in der Salatsoße herum. Diese simple, gleichförmige Tätigkeit wirkte wie ein Rettungsanker und hielt sie davon ab, den Verstand zu verlieren.

»Ich mag nun mal keine harten Dinger«, erwiderte Anna. Sie füllte den Wasserkocher, stellte einen kleinen Henkeltopf auf den Herd, stach drei Eier an und schnappte sich anschließend das Käsestück, wickelte es aus der Folie und zog es in kurzen, druckvollen Bewegungen über die Reibe.

»Damit meinte ich eigentlich deinen Eifer … und weniger die Eier«, murmelte Jolin. Vor ein paar Wochen hätten sie wegen der Zweideutigkeit ihrer Bemerkungen wahrscheinlich einen Lachanfall bekommen, heute Abend jedoch drohte die Stimmung in der kleinen Küche jeden Moment ins Psychotische abzugleiten.

Auch Gunnar schien sich dessen bewusst zu sein. Er verstummte in dem Augenblick, in dem er die Salatschleuder zum Einsatz brachte, und als sie wenige Minuten später am Tisch saßen und den Salat verteilten, wirkte er plötzlich so, als ob er eine ganze Handvoll Beruhigungspillen geschluckt hätte.

Schweigend saßen sie um den Tisch herum und kämpften das Essen in sich hinein. Es war offensichtlich, dass keiner von ihnen großen Appetit hatte. Widerwillig kaute Jolin auf einem Tomatenstück und versuchte sich einzureden, dass das klumpige Gefühl unter ihrem schmerzenden Herzen Hunger war und keine Übelkeit. Immer wieder schielte sie zu ihrem Vater, der ihr direkt gegenübersaß, und hoffte, etwas aus seiner Miene ablesen zu können, doch sein Gesicht behielt stets denselben seltsam unbeteiligten Ausdruck.

Anna leerte ihren Teller als Erste.

»Mhmm, das war lecker«, schwärmte sie.

»Ja, die Eier waren wirklich auf den Punkt«, bestätigte Gunnar. »Außerdem war es eine ziemlich gute Idee, den Käse grob zu raspeln.«

»Von Hand«, betonte Anna.

»Also, ich kann nicht mehr«, sagte Jolin. Sie ergriff den noch nicht einmal halb leergegessenen Teller und schoss von ihrem Platz hoch. »Ich muss erst mal 'ne Runde schlafen.«

Gunnar brummte etwas Unverständliches, für die Dauer eines Lidschlags ruhte sein Blick auf ihr, dann war er auch schon wieder fortgeglitten.

Anna räumte den Tisch ab, während Jolin überlegte, was sie mit dem restlichen Salat auf ihrem Teller machen sollte. Weder wegschmeißen noch abdecken und in den Kühlschrank stellen, kamen ihr richtig vor, und so ließ sie ihn schließlich einfach auf der Anrichte stehen und eilte der Freundin voraus in ihr Zimmer.

»Nicht abschließen«, wisperte sie, während sie sich ihrer Jeans und des Pullis entledigte und mit T-Shirt, Unterhose und Socken bekleidet unter die Decke kroch.

»Was machst du denn?«, erwiderte Anna. »Wir können doch nicht den ganzen Abend im Bett liegen und …«

»Hast du eine bessere Idee?«, fiel Jolin ihr ins Wort und deutete zum Fenster. »Außer, dort rauszugehen … und Vampire zu jagen?«

Anna schüttelte den Kopf. Sie setzte sich auf die Bettkante, knetete ihre Unterlippe und nagte mit den Zähnen daran herum. »Was sollen wir bloß tun?«

»Keine Ahnung.«

»Vielleicht wäre es gut, mit jemandem zu reden.«

»Mit wem denn?«

»Vielleicht doch mit … deinem Vater«, sagte Anna und sah Jolin an, als ob sie für diesen Vorschlag eine körperliche Züchtigung verdient hätte. »Ich meine, eigentlich ist er doch immer so sachlich … und so vernünftig«, fuhr sie fort. »Du hast selber gesagt, dass er die Fähigkeit besitzt, die Dinge von allen Seiten zu betrachten, bevor er ein Urteil fällt. Und dass er dir nie in etwas reinredet«, fügte sie beinahe trotzig hinzu.

»Ja«, sagte Jolin nur.

Auf Annas Stirn bildete sich eine Steilfalte. »Aber?«

»Zuerst muss ich wissen, was das für ein Anruf war.«

»Und wenn du es weißt, wirst du dann mit ihm reden?«

»Vielleicht.«

»Okay. Und *wie* willst du herausfinden, was das für ein Anruf war?«, fragte Anna ein wenig ungeduldig.

»Indem ich den AB abhöre«, sagte Jolin. »Heute Nacht, wenn Paula und Gunnar schlafen.«

»Bis dahin … Das überleb ich nicht«, murmelte Anna.

»Du musst.« Jolin zog die Bettdecke bis zur Nasenspitze hoch und sah die Freundin bittend an. »Was soll denn aus mir werden, wenn du jetzt auch noch stirbst? Ich hab doch nur noch dich.«

Anna schluckte.

»Du redest Schwachsinn«, sagte sie leise.

»Dann zieh dich aus und komm ins Bett«, sagte Jolin.

Die Mädchen sahen sich an.

»Also gut«, sagte Anna schließlich. Sie erhob sich von der Bettkante und zog sich mit einer langsamen, lasziven Geste den Pullover über den Kopf. »Ich glaube zwar nicht, dass ich Rouben ersetzen kann …« Sie stockte, knüllte den Pulli zusammen und ließ ihn dann zu Boden fallen. »Es tut mir leid, Jol«, sagte sie zerknirscht. »Aber ich glaub, ich dreh durch.«

»Ich auch, wenn du nicht gleich kommst«, flüsterte Jolin.

In fliegender Hast zog Anna Rock und Strumpfhose aus und schlüpfte zu ihr unter die Decke. Jolin schlang die Arme um sie, drückte sie an sich und heulte los.

Anna streichelte ihr über den Rücken und die Haare, küsste sie auf die Schulter und hielt sie schließlich einfach nur noch fest, bis sie sich irgendwann leergeweint hatte.

»Jetzt ist mir alles egal«, sagte sie kraftlos.

»Schsch«, machte Anna und strich ihr eine Strähne aus dem Gesicht. »Ist ja gut.«

Nichts war gut, aber so nah beieinander und unter der warmen Decke konnte man zumindest versuchen, daran zu glauben. Anna streckte den Arm nach hinten aus und tastete nach dem Schalter der Nachttischlampe. Sie löschte das Licht und küsste Jolin auf die Nase. »Ich hab dich lieb«, sagte sie leise.

»Und ich dich«, flüsterte Jolin. »Ich bin so froh, dass du da bist … dass wir uns nicht verloren haben.«

Die Mädchen legten ihre Nasenspitzen aneinander und lächelten sich an. Alles Schreckliche schien also irgendwie auch sein Gutes zu haben, und das war immerhin ein kleiner Trost.

original message
from: *r. v.*
to: *klarisse@hexe.de*
subject: *mut?*
wirst du kommen?

original message
from: *klarisse*
to: *r. v. (v-r@gmx.de)*
subject: *re: mut?*
muss ich das jetzt schon wissen?

original message
from: *r. v.*
to: *klarisse@hexe.de*
subject: *re: mut?*
na ja … normalerweise mag ich überraschungen, aber diesmal ist es mir ernst, und ich würde mir wünschen, dass du mir die chance gibst, es dir zu beweisen.

original message
from: *klarisse*
to: *r. v. (v-r@gmx.de)*
subject: *re: mut?*
du könntest mich töten …

original message
from: *r. v.*
to: *klarisse@hexe.de*
subject: *re: mut?*
ja.

12

Joooliiin!

Jolin riss die Augen auf. Über ihr schoben sich bizarre Lichter durch die Dunkelheit. Sie hörte jemanden keuchen, und ein beißender Schweißgeruch bohrte sich in ihre Nase und setzte sich unter ihrer Schädeldecke fest. Ihr Herz raste. Sie wollte weglaufen, aber irgendetwas hielt sie fest, außerdem befand sie sich in einer völlig falschen Lage. Die Lichter verschwanden, und die Dunkelheit verdichtete sich, und mit einem Schlag wurde ihr klar, dass sie verloren war.

»Neeeiiin!«

Sie brüllte und brüllte und brüllte, dann endlich rannte sie, und plötzlich war ein vertrautes Gesicht über ihr, und sie spürte eine kühle Hand an ihrer Wange.

»Sei still, Jol. Um Himmels willen sei bloß still. Wenn deine Eltern dich hören …«

Es war Anna! Das Weiße in ihren dunklen Augen glänzte feucht in der Dunkelheit. Gott sei Dank! Es war tatsächlich Anna!

»Wie kommst du denn hierher? Was machst du hier? Wo sind die anderen?« Jolin versuchte sich aufzusetzen. Ihre Stimme überschlug sich fast.

»Schsch«, machte Anna und noch einmal: »Schsch. Es ist niemand hier außer uns«, wisperte sie. »Du hast bestimmt nur geträumt. Leg dich wieder hin und komm erst mal zu dir. Und ich reiß kurz das Fenster auf. Du stinkst nämlich wie eine ganze Hammelherde.«

Anna schlug die Decke zurück, und endlich erinnerte Jolin sich, dass sie beide zusammen in ihrem Bett gelegen hatten. Sie mussten eingeschlafen sein, und dann hatte Jolin Rouben gesehen, vielleicht war es auch Vincent gewesen – das wusste sie nicht mehr so genau.

»Nein«, sagte Jolin. »Nein!« Der Schreck jagte durch ihren Körper, und wieder fuhr sie aus dem Kissen hoch. »Du darfst das Fenster nicht aufmachen!«

»Was?« Anna blickte über die Schulter. Sie hatte ihre Hand bereits am Griff. »Aber ich halte das nicht aus. Das ist«, sie presste die Finger gegen ihre Nase, »tut mir ja leid, aber wirklich ganz entsetzlich. Ich weiß echt nicht, ob ich unter diesen Umständen noch deine beste Freundin bleiben kann.« Sie zuckte mit den Schultern und grinste schlapp. »Bloß für einen klitzekleinen Moment, ja?«

»Nein!« Jolin sprang aus dem Bett. Ihre Beine fühlten sich weich und kraftlos an, trotzdem schaffte sie es, auf Anna zuzulaufen und ihren Arm zu ergreifen. »Das Fenster muss unter allen Umständen zu bleiben. Hörst du? … ZU! Rouben hat mir verboten, es zu öffnen, weil er sonst reinkommen …«

Anna starrte sie an. »Wer? Er? Oder sein Bruder?«

»Spielt das eine Rolle?«, flüsterte Jolin. Sie schwitzte noch immer, ihre Haut war heiß und klatschnass, ebenso das T-Shirt, die Unterhose und selbst die Socken. Sie roch ihren eigenen Gestank, der warm und ölig aus ihren Poren aufstieg. »Tut mir auch leid«, sagte sie und vermied es, Luft durch die Nase einzuziehen. »Du musst durch den Mund atmen.«

»Vielen Dank für den Hinweis«, brummte Anna. »Was glaubst du wohl, was ich tue?«

Jolin presste noch ein weiteres »Tut mir leid«, hervor und deutete auf die Zimmertür. »Vielleicht reicht es, wenn wir die aufmachen, die Klamotten wechseln und das Bett frisch beziehen …«

»Optimal wäre duschen.«

Jolin nickte. »Ich weiß. Geht aber nicht«, wisperte sie. »Nicht mitten in der Nacht. Wie spät ist es überhaupt?« Sie sah zum Nachttisch hinüber. Die Zeiger des Weckers standen auf fünf nach halb zwei, und plötzlich war alles wieder präsent.

Jolin stürzte zur Tür, huschte in den Flur und tastete sich bis zur Kommode vor. Schemenhaft hob sich die Telefonanlage von der Wand ab. Jolin zog den Hörer aus der Station und hastete sofort in ihr Zimmer zurück, wo sie sich aufs Bett warf und die Zahlenkombination zum Abrufen hinterlassener Nachrichten eingab.

Anna setzte sich neben sie und hielt den Blick erwartungsvoll auf die Freundin gerichtet.

»Und?«, fragte sie, als Jolin den Telefonhörer endlich sinken ließ.

»Nichts. Gunnar hat alle Anrufe gelöscht.«

»So ein Mist!«, knurrte Anna. »Und jetzt?«

Jolin starrte eine Weile vor sich hin und schüttelte unablässig den Kopf. »Es ändert ja sowieso nichts«, murmelte sie schließlich.

Sie erhob sich wieder, brachte den Hörer zurück und schlüpfte ins Bad, wo sie sich entkleidete und von Kopf bis Fuß mit kaltem Wasser abrieb. Ein Frösteln rauschte über ihren Körper, aber das empfand sie als angenehm.

Als sie wenige Minuten später in ein Duschhandtuch gewickelt über ihre Zimmerschwelle trat, hatte Anna das Bett schon abgezogen. Neue Bezüge und Klamotten lagen bereit, der schwere, säuerliche Schweißgeruch hing allerdings noch immer in der Luft.

»Ich bin doch nicht krank«, sagte Jolin.

»Doch, deine Seele«, sagte Anna leise. »Die ist schrecklich krank. Und das ist wahrscheinlich noch viel schlimmer als alles, was mit dem Körper passieren kann.«

Jolin presste die Lippen zusammen, sie war kurz davor, wieder loszuheulen.

»Hör zu«, sagte sie, während sie in den frischen weißen Slip schlüpfte, den die Freundin für sie herausgesucht hatte. »Was hältst du davon, wenn wir so bald wie möglich mit Klarisse reden?«

Anna nickte. »Hab ich auch schon dran gedacht. Die Frage ist bloß, ob sie uns was sagen wird.«

»Einen Versuch ist es auf jeden Fall wert.« Jolin, die mittlerweile ein sauberes T-Shirt übergestreift hatte, deutete auf die Bezüge. »Kannst du mir mal mit dem Laken helfen?«

»Eigentlich würde ich erst gerne schnell ins Bad«, erwiderte Anna. Sie schnappte sich den Haufen Schmutzwäsche und steuerte auf den Flur zu.

»Geh nur«, sagte Jolin und faltete das Laken auseinander. »Ich krieg das hier schon alleine hin. Mach ich ja sonst auch.«

Das eigentliche Problem war, dass sie Angst vor jeder Sekunde hatte, die sie allein in diesem Zimmer verbringen musste. Sie wollte nicht an Rouben denken, nicht an ihre Eltern und nicht an den Anruf, den sie bekommen hatten, und schon gar nicht daran, dass womöglich Vincent hier irgendwo im Haus herumlief und auf eine Gelegenheit lauerte, über sie herzufallen.

Jolin hatte keine Angst vor dem Tod, aber die Vorstellung, in einer anderen Welt existieren zu müssen als Rouben, machte sie verrückt. Sie hasste Vincent aus ganzem Herzen, nicht für das, was er war, sondern dafür, was er ihnen und womöglich auch Klarisse und anderen antun könnte.

Wütend schleuderte Jolin die nach exotischen Blumen duftenden Bezüge auf ihr Bett. Sie ballte die Fäuste und hämmerte damit auf ihre Schläfen ein, während sie sich unaufhörlich im Kreis drehte. Das Ungewisse machte sie verrückt, und je irrsinniger sie sich nach außen hin verhielt, umso besser glaubte sie den Irrsinn in ihrem Inneren kontrollieren zu können.

»He, was machst du denn da?«, hörte sie Anna wispern, im nächsten Moment umfingen sie bereits die warmen weichen Arme ihrer Freundin. Jolin hielt in der Bewegung inne, ließ die Hände sinken und schmiegte sich rücklings gegen Annas Körper. Durch das Fenster sah sie den Mond, der hoch über den Dächern der gegenüberliegenden Häuser stand. Es fehlte nur noch ein Hauch, und er würde rund und voll sein.

Morgen, dachte Jolin, und in ihrer Brust schnürte sich alles zusammen. Aber wenigstens wusste sie jetzt, was sie zu tun hatte.

Jolin wartete bis kurz nach sechs, dann weckte sie Anna, die nachts im Gegensatz zu ihr sehr schnell wieder eingeschlafen war. Jolin hatte die ganze Zeit über wach gelegen, inzwischen konnte sie fast nicht mehr sagen, die wievielte

Nacht der letzten Wochen es war, in der sie kein oder kaum ein Auge zubekommen hatte.

Sie schlüpfte aus dem Bett und zog eine Jeans, die blaue Bluse und einen hellen Kapuzenpulli aus dem Schrank.

»Was dagegen, wenn ich zuerst dusche?«

Anna streckte die Arme über ihrem Kopf aus, grunzte leise und schüttelte den Kopf.

»Ich beeil mich auch«, versprach Jolin, und das tat sie wirklich. Einseifen, Shampoonieren, abtrocknen, all das ging ihr in Lichtgeschwindigkeit von der Hand. Noch unerträglicher, als allein in ihrem Zimmer zu sein, war für sie der Gedanke, dass Anna dort ohne sie war, ganz besonders heute. Bis die Morgendämmerung einsetzte, würde es noch eine Weile dauern, und dass an diesem Tag tatsächlich Vollmond war, davon hatte Jolin sich längst durch einen Blick auf ihren Wandkalender vergewissert. Und so hastete sie nach nur fünf Minuten Abwesenheit mit Handtuch, Bürste, Föhn und Cremedose ins Zimmer zurück.

Anna war inzwischen aufgestanden, hatte Kissen und Decke aufgeschüttelt und den Quiltüberwurf darübergebreitet.

»Mann, das ging ja blitzartig«, sagte sie grinsend.

Jolin zuckte die Achseln. »Man weiß nie, wann Paula oder Gunnar aufstehen, und mich eincremen und mir die Haare machen, kann ich genauso gut hier.«

»Okay, dann beeil ich mich auch«, sagte Anna, drückte der Freundin einen Kuss aufs Haar und zischte ab.

Jolin tupfte sich ein paar vergessene Tropfen von der Haut, rubbelte ihre Haare trocken und bürstete sie durch. Und während sie das tat, überlegte sie, wie sie Anna dazu bringen konnte, allein mit Klarisse zu reden. Garantiert würde die Freundin sich mit aller Vehemenz gegen einen solchen Vorschlag wehren, was Jolin ihr nicht verübelte, im Gegenteil, in der umgekehrten Situation würde sie an ihrer Stelle sicher ebenso reagieren. Jolin seufzte leise. Wahrscheinlich blieb ihr am Ende eh nichts anderes übrig, als sich klammheimlich davonzustehlen.

Um Viertel nach sieben verließen sie die Wohnung. Nach dem Ankleiden hatten sie Gunnar in der Küche angetroffen, der mit verschlafenem Gesicht und äußerst ernster Miene Kaffee kochte und recht einsilbig auf Jolins Fragen antwortete.

»Nein, Paula schläft noch.« – »Nichts Besonderes.« – »So lala.«

Sie hatte darauf verzichtet, die Milch aufzuwärmen, und ein wenig überrascht festgestellt, wie sehr ihr Paula fehlte. Fast kam es ihr so vor, als ob sie ihre Mutter schon seit Wochen nicht mehr gesehen hätte.

»Wir haben Zeit ohne Ende«, sagte Anna, die auf dem letzten Bissen ihres Marmeladentoasts kaute, während sie neben Jolin herging. »Wir können uns also ganz in Ruhe überlegen, wie wir Klarisse ansprechen.«

»Am besten, wir fragen sie ganz direkt«, schlug Jolin vor.

»Jo.« Anna wischte sich die Krümel von den Fingern und schob die Hände in die Taschen ihrer Canvasjacke. »Dann besteht allerdings die Gefahr, dass sie dichtmacht«, wandte sie ein.

»Ach was!«, erwiderte Jolin. »Wir schnappen sie uns gleich zu Beginn der Pause. Ich wette, sie schafft es nicht, uns anzulügen.«

»Da kennst du Klarisse aber schlecht.«

»Und ich glaube, ich kenne sie besser, als du denkst.«

»Na, wir werden ja sehen«, sagte Anna und zog das Tempo nun doch ein wenig an. »Vielleicht läuft sie uns ja schon an der U-Bahn-Station über den Weg.«

Offenbar wollte sie die Sache so schnell wie möglich hinter sich bringen, Jolin befürchtete allerdings, dass sie Klarisse am Bahnhof nur in Begleitung von Katrin und Rebekka antreffen würden, und genauso war es dann auch.

Die drei Mädchen standen in der Nähe des Infokastens auf dem Bahnsteig. Als sie Jolin und Anna bemerkte, winkte Rebekka sie lachend heran.

»Hey«, grüßte Katrin. »Ist das nicht viel zu früh für eine Nachteule wie dich?« Sie stupste Jolin in die Seite.

»Ich habe bei ihr übernachtet«, sagte Anna und grinste vielsagend. Jolin verdrehte die Augen, dann fiel ihr Blick auf Klarisse. Sie sah blass und müde aus. »Du hast wohl nicht besonders gut geschlafen, was?«

»Nee.« Klarisse schüttelte den Kopf. Es war ihr anzumerken, dass sie sich in Jolins und Annas Gegenwart nicht besonders wohl fühlte.

»Oh, das liegt garantiert an ihrem neuen Lover! Stimmt's?«, entgegnete Katrin und stupste ihre Hüfte nun gegen die von Klarisse.

»Mann, jetzt hör doch mal auf!« Klarisse trat einen Schritt zur Seite und kreuzte die Arme vor der Brust. »Wir sind doch keine kleinen Girlies mehr.«

»Nee, klar, du natürlich nicht«, neckte Katrin sie weiter. »Wer dem Tod gut genug ist, um persönlich mit ihm … *verkehren* zu dürfen«, betonte sie genüsslich, »der muss logischerweise über eine gewisse Reife verfügen.«

»Du hast wirklich keine Ahnung«, sagte Klarisse. Sie wandte sich ab und sah stur an ihren Freundinnen vorbei auf die mit glänzenden hellgrauen Fliesen gekachelte Wand.

Jolin musterte sie unverhohlen, fiebernd auf der Suche nach irgendetwas Auffälligem, Besonderem oder auf gruselige Weise Vertrautem an ihr, und bemerkte, wie Klarisse plötzlich erstarrte.

»Scheiße!«, stieß Rebekka im selben Moment hervor. »Wie können die das bloß so direkt zeigen!«, und Anna hauchte: »Mensch, das ist doch die Frau aus dem bunten Container … von diesem Harro … wie hieß der noch mal? … Greims? … den du von früher kanntest.«

»Was?« Jolin riss den Kopf herum und richtete ihren Blick nun ebenfalls auf den Nachrichtenbildschirm.

Riesengroß, leichenblass und eingefallen, mit blutleeren Lippen und weit aufgerissenen Augen wurde dort das Gesicht der Frau gezeigt, die der Anlass für ihr Wipo-Projekt und für die in zwei Wochen geplante Verschönerungsaktion gewesen war.

»Ist die tot?«, krächzte Katrin.

»Klar, ist die tot«, sagte Rebekka. »Was sonst?«

»Mensch, Jol, jetzt sag endlich … Hab ich recht? Ist das die Frau?«

Anna hatte ihre Finger in Jolins Arm gekrallt. »Hast du das gewusst?«

»Nein. Also, ich hab davon gehört … gestern in den Morgennachrichten, aber ich hatte ja keine Ahnung …«, erwiderte Jolin stockend.

»Ist doch egal, ob ihr sie kanntet«, meinte Rebekka. »Sie wurde bestialisch getötet. So etwas wünscht man keinem.«

»Moment mal«, sagte Katrin und hob die Hand. »Die

dachten zuerst, dass es ein Tier gewesen ist?« Sie tippte sich an die Stirn. »Was denn für ein Tier, bitte schön? Ein Bär? Oder ein Löwe?«

Rebekka zuckte mit den Schultern. »Kann doch sein. Eins, das aus dem Zoo ausgebrochen ist.«

Katrin schüttelte den Kopf. »Aus welchem Zoo? In dieser Stadt gibt es keinen. Schon vergessen?«

Während Katrin und Rebekka heftig miteinander debattierten und Klarisse noch immer wie einzementiert dastand, rückte Anna dicht an Jolin heran und schlang ihr den Arm um die Schultern. »Das gibt es nicht. Das gibt's doch gar nicht«, murmelte sie in ihren aufgestellten Jackenkragen.

Während die Kamera langsam an dem Leichnam entlangglitt und sowohl die zerfetzte Haut und das blutrot klaffende Loch am Hals als auch jede noch so kleine Schürfwunde an Armen, Händen und Beinen der Frau dokumentierte, tickerten am unteren Bildrand via Laufschrift die aktuellen Nachrichten zu diesem Fall ein.

»... wurde die Annahme, dass es sich möglicherweise um ein Tier handelte, verworfen«, las Jolin leise. »Ein Zeuge gab inzwischen zu Protokoll, in der fraglichen Nacht einen unbekannten Mann beobachtet zu haben, der sich auf dem Gelände herumtrieb. Er war circa zwanzig Jahre alt, groß und schlank, hatte kurze schwarze Haare und war dunkel gekleidet. Die Angaben waren so präzise, dass ein Phantombild angefertigt werden konnte.«

Die Beine der Frau und der Saum ihres grünen Mantels verschwanden aus dem Bild, und eine aus einzelnen Gesichtsteilschablonen zusammengesetzte Schwarzweißskizze erschien.

Jolins Herzschlag setzte aus. Wenn Anna sie nicht gehalten hätte, wäre sie wahrscheinlich in sich zusammengesunken. Was sie sah, entsprach genau ihrer Erwartung, aber wahrscheinlich traf es sie gerade deshalb so unvermittelt und tief.

Katrin und Rebekka kreischten gleichzeitig auf, und wie auf Kommando starrten sämtliche Leute, die in einem Umkreis von fünf bis zehn Metern um sie herumstanden, zu ihnen herüber. Einige begannen miteinander zu tuscheln, und schließlich löste sich ein uniformierter Bahnbeamter, der offenbar zum Sicherheitspersonal gehörte, heraus und kam auf sie zu.

»Kennen Sie den Mann?«, fragte er scharf.

Katrin öffnete den Mund. »... Äh ...«

»Nein«, sagte Jolin hastig. »Natürlich nicht.«

Anna nickte heftig. »Er sieht nur so ... so gruselig aus.«

Der Beamte, eine bulliger Typ mit raspelkurzen Haaren, langen dünnen Koteletten und mindestens drei Köpfe größer als sie, blitzte sie aus zusammengekniffenen Augen an. »Ich kann mich nicht erinnern, Sie um Auskunft gebeten zu haben, junge Dame.«

»Aber wir gehören doch alle zusammen«, erwiderte Anna. Sie nickte zur Leinwand hinüber. »Und diesen Typen da hat garantiert keine von uns jemals gesehen.«

»Sie hat recht«, meldete sich Klarisse zu Wort. Sie war inzwischen zu Katrin und Rebekka getreten und lächelte einvernehmlich. Ihre Gesichtszüge wirkten auf nahezu unwirkliche Weise entspannt, und die Worte perlten samtig, fast schon zärtlich über ihre Lippen. »Wir kennen diesen jungen Mann nicht, und wir sind wirklich mehr als froh darüber ... das dürfen Sie uns schon glauben.«

»Nun ja ...« Der Beamte schob seine Mütze so weit über

die Stirn, dass der Schirm seine Augen beschattete, und kratzte sich am Hinterkopf. »Vielleicht schauen Sie sich diesen Kerl noch mal genau an …« Ein hoffnungsvoller Blick streifte Katrin und Rebekka und blieb schließlich an Klarisse hängen, die sich inzwischen lässig auf den Schultern ihrer Freundinnen abgestützt hatte und noch immer lächelte.

»Ganz wie Sie wünschen«, säuselte sie und nickte Jolin, Anna, Rebekka und Katrin zu. »Dann lasst uns der Bitte dieses überaus netten Herrn doch mal Folge leisten«, sagte sie und sah mit demonstrativem Wimpernaufschlag zum Nachrichtenschirm hinüber.

Jolins Magen krampfte sich schmerzhaft zusammen. Sie hatte kein Problem damit, sich Roubens Phantombild anzusehen, im Gegenteil: Sein Anblick, wenn auch nur in Schwarzweiß und mehr als unvollkommen, war für sie wie eine Offenbarung. Ihr Puls schnellte so rasch in die Höhe, als ob Rouben leibhaftig vor ihr stünde und sie nur die Hand ausstrecken musste, um ihn zu berühren.

»E-er sieht ziemlich gut aus«, stammelte Katrin.

»Das ist ja nicht verboten«, brummte der Sicherheitsbeamte.

»Schon«, sagte Katrin. »Aber man traut ihm so etwas Schreckliches irgendwie gar nicht zu.«

»Es ist den Leuten eben nicht anzusehen«, erwiderte der Beamte. Er schob seine Mütze in den Nacken zurück. »Wäre ja auch zu schön.« Jolin spürte, wie sein Blick sie durchbohrte. Gewaltsam riss sie sich von Roubens Antlitz los. Ihr Herz tobte, und sie spürte, wie ihr schon wieder der Schweiß ausbrach. »Oder ist Ihnen an dem jungen Mann eventuell etwas Besonderes aufgefallen?«

Jolin fühlte sich wie eine Schauspielerin in einem schlechten Film. Die zu einem drohenden Zickzack zusammengezogenen Augenbrauen des Sicherheitsbeamten, seine immer drängenderen Fragen und ihre wirr zusammengestotterten Antworten, die Leute auf dem Bahnsteig, die ihre Hälse reckten und sie misstrauisch angafften, und Klarisses samtig dunkle Stimme, die so schön beruhigend wirkte, und dann endlich das stählerne Brummen des herannahenden Zuges, vorbeirasende erleuchtete Fenster, plötzliches Gedränge und Geschubse und schließlich jemand, der sie packte und in den Wagen zerrte.

»Komm«, zischte Anna. »Weg hier … Wir gehen ganz nach hinten durch.«

»Da ist noch 'n Platz!«, rief Rebekka. »Ein Vierer!«

Sie drängte sich vorbei, und auch Jolin wurde weitergeschoben. Ihr Kopf fühlte sich weich und wattig an, aber unter ihrer Schädeldecke pochte es, als würde sie jemand mit Hammer und Meißel bearbeiten. »Was hab ich denn gesagt?«, murmelte sie. »Hab ich ihn …?«

»Nein, du hast ihn nicht verraten«, raunte Anna. »Beruhig dich, Jol, bitte beruhig dich. Alles ist okay.«

»Aber es war Rouben«, sagte Katrin. »Ganz eindeutig.« Sie blieb stehen und ließ sich neben Rebekka fallen, die gerade noch ihre Tasche unter ihr wegziehen konnte. »Und eigentlich hätten wir es sagen müssen.«

»Diesem Idioten von einem Bahnhofsfuzzi?« Anna tippte sich an die Stirn. »Never!« Sie setzte sich auf die Bank gegenüber, rutschte bis zum Fenster durch und zog Jolin neben sich.

»Und wenn er's war?« Katrin sah Jolin flüchtig an. »Entschuldige, aber …«

»Er war's nicht!«, sagte Rebekka entschieden. »Wir kennen ihn doch. Rouben kann keiner Fliege etwas zuleide tun.«

»Woher willst du das so genau wissen?«, erwiderte Katrin. »Wir glauben doch nur, ihn zu kennen. In Wahrheit wissen wir gar nichts über ihn. Vielleicht ist er ein netter Kerl, genauso gut könnte er aber auch ein Psychopath sein.«

Jolin spürte Annas Hand an ihrem Unterarm. Nicht aufregen, sollte ihr der sanfte Druck wohl signalisieren, aber das war natürlich leicht gesagt. Im Moment wusste Jolin weder was sie denken noch was sie tun sollte. Die Gefühle tobten in ihr, keins davon war wirklich greifbar, und alles wurde dominiert von einer Angst, die sich nicht zwischen dumpf und diffus und grell und panisch entscheiden konnte. Am liebsten wäre Jolin aufgesprungen und hätte einfach nur gebrüllt.

»Niemand hat ihn dabei beobachtet, wie er die Frau umgebracht hat«, hörte sie Anna argumentieren. »Oder sehe ich das falsch?«

Katrin und Rebekka zuckten mit den Schultern.

»Er könnte also tausend Gründe gehabt haben, in diese Containersiedlung zu gehen«, fuhr Anna fort. »Vielleicht wollte er etwas recherchieren … um Jolin, Leo und mich bei unserem Projekt zu unterstützen.«

Rebekka legte die Stirn in Falten. »Mitten in der Nacht? Glaubst du das wirklich?«

»Ja, wieso nicht?«, erwiderte Anna aufgebracht. »Nachts passieren manchmal die merkwürdigsten Dinge.«

»Eben«, brummte Katrin. »So wie damals bei Carina. Und das soll ja auch Rouben gewesen sein.«

War er aber nicht, dachte Jolin.

»Das wurde immer bloß behauptet«, entgegnete Rebekka. »Niemand von uns weiß genau, was Carina eigentlich gesehen hat. Ihre Eltern haben jedenfalls keine Anzeige gegen Rouben erstattet, so eindeutig kann ihre Aussage also nicht gewesen sein. Und wenn Rouben irgendwann dazu befragt worden wäre, wüssten wir das ja wohl.«

Katrins Augen verengten sich. »Sicher?«

»Sicher ist eigentlich nur eins«, sagte Anna ernst. »Nämlich dass wir auf dem besten Weg sind, eine Hetzjagd loszutreten. Und zwar allein durch die Aneinanderreihung von Halbwissen und Spekulationen.«

Jolin ließ ihren Kopf auf die Schulter der Freundin sinken und schloss die Augen. – Die gute Anna! Ausgerechnet sie, die es besser wusste, stellte sich auf Roubens Seite.

»Du hast recht«, sagte Rebekka. »Und überhaupt! Wir müssen schließlich auch an Jolin denken. Die Einzige, die das eben wirklich getan hat, ist Klarisse. Wenn sie nicht gewesen wäre, hätte dieser blöde Sicherheitsfuzzi Jolin niemals gehen lassen.«

Katrin nickte. »Stimmt.« Sie drehte den Kopf und reckte den Hals über ihre Schulter hinweg. »Wo ist sie überhaupt?«

Während des Erdkundeunterrichts in den ersten beiden Stunden bekam Jolin sich allmählich wieder in den Griff. Der Druck unter ihrem Brustbein war in ein beständiges scharfes Brennen übergegangen, aber zumindest konnte sie wieder klar denken. Anna saß neben ihr, und das fühlte sich gut an, trotzdem blieb Jolin unentschlossen, ob sie die

Freundin in ihre Pläne einweihen sollte oder es besser ließ. Dass Anna fest zu ihr hielt, hatte sie bewiesen, wahrscheinlich würde sie darauf bestehen, ihr unter keinen Umständen von der Seite zu weichen – was auch immer passierte, doch Jolin wollte sie auf keinen Fall dabeihaben. Harro Greims, die Frau aus der Containersiedlung, Carina – das waren bereits zu viele Opfer, und Jolin konnte überhaupt nicht abschätzen, was heute – in dieser Vollmondnacht – noch alles geschehen würde. Sicher war nur, dass etwas geschah. Vielleicht war Klarisses seltsames Verhalten ein erstes Zeichen. Bisher war sie jedenfalls noch nicht wieder aufgetaucht, und das beunruhigte Jolin zutiefst.

Was, wenn es tatsächlich eine zweite Prophezeiung gab? Wenn die Zeit aus irgendeinem Grund, der sich weder ihr noch Rouben erschloss, außer Kraft gesetzt war und Vincent nun doch nicht über tausend Jahre auf seine nächste Chance warten musste, sondern bereits in dieser Nacht von den Untoten auferstehen durfte? Jolin hatte keine Ahnung, wie, sie wusste nur, *dass* sie genau das um jeden Preis verhindern musste.

Was auch immer sie tun würde, es war lebensgefährlich, und das würde natürlich auch Anna sofort klar sein – womit Jolins Entschluss endgültig feststand.

Sie zog die Kappe ihres Gelstifts ab und blätterte den Kollegblock auf, allerdings nicht, um sich Notizen zur Gentrifizierung Berlins zu machen, die der arme, immer ein wenig übernervöse Johannes heute vortragen musste, sondern um eine Nachricht für Anna aufzuschreiben.

Bitte such nicht nach mir (das ist wichtig!!!). Sag niemandem etwas (das könnte lebenswichtig sein!!!) Du bist die Einzige, der ich vertraue, also vertrau du mir bitte auch!
Ich melde mich bis spätestens morgen Mittag!

Damit Anna die Notiz nicht sofort auffiel, legte Jolin ihre Federtasche darüber. Zehn Minuten vor Ende der Stunde bat sie, zur Toilette gehen zu dürfen, was ihr Frau Biederstedt murrend gestattete.

Anna blickte stirnrunzelnd auf, doch Jolin beruhigte sie mit einem leichten Klaps auf die Schulter und einem Lächeln, das ihr erstaunlich leicht über die Lippen kam. »Ich schaff's einfach nicht mehr bis zur Pause«, flüsterte sie, huschte, ohne sich noch einmal nach der Freundin umzudrehen, zwischen den Tischreihen entlang zur Tür und schlüpfte auf den Gang hinaus.

Natürlich hatte sie jetzt weder ihre Tasche noch ihre Jacke dabei, aber wenigstens hatte sie heute Morgen bereits vorsorglich ein paar Geldscheine in die Hüfttasche ihrer Jeans gestopft. Fünfzig Euro würden hoffentlich genügen.

Mit strammen Schritten lief Jolin die Treppe zur Pausenhalle hinauf, steuerte den Bürotrakt an und verließ das Gebäude durch den Hintereingang. Erst dann fing sie an zu rennen, nahm den Umweg über die Kantstraße, die sich in einer langgezogenen Kurve durch eine Hochhaussiedlung wand und erst ein ganzes Stück unterhalb der U-Bahn-Station in die Lessingallee mündete. Jolin hoffte, dass sich auch dort in der Nähe des zweiten Abgangs Taxistände befanden, und sie wurde nicht enttäuscht.

Zielstrebig hielt sie auf den vordersten Wagen zu und setzte sich schräg hinter die Fahrerin – eine üppige Blondine mittleren Alters, die eine knallrote Brille und ein freundliches schiefes Grinsen im Gesicht hatte – auf die Rückbank.

»Ich möchte bitte nach Lienenthal«, sagte Jolin. »Allerdings kenne ich die genaue Adresse nicht. Das Anwesen liegt etwas außerhalb des Ortskerns.«

»Das macht überhaupt nichts, Mädchen.« Die Taxifahrerin startete den Motor und legte – was ihre männlichen Kollegen so gut wie nie taten – den Sicherheitsgurt an. »Hauptsache, Sie kennen den Weg.«

Jolin nickte. »Ich denke schon. Jedenfalls so ungefähr. Glauben Sie, dass wir mit fünfzig Euro hinkommen?«

»Wenn wir die Uhr ignorieren, reichen sogar dreißig«, erwiderte die Fahrerin und schenkte Jolin ein weiteres schiefes Grinsen.

Nachdem das Taxi die Stadtgrenze passiert hatte, wuchs Jolins Anspannung von Minute zu Minute. Sie hatte kein Problem damit, sich in der Gegend zurechtzufinden, und leitete die Fahrerin sicher über die Bundesstraße bis zu der Stelle, an der sie zu Roubens Haus abbiegen mussten.

Jolin umfasste die Rückenlehne des Vordersitzes und zog sich nach vorn. »Hier können Sie anhalten … bitte«, sagte sie leise.

Die Fahrerin bremste. »Hier?«

Jolin räusperte sich. Ihr Hals fühlte sich wie zugeklebt an. »Ja, bitte.«

Die Taxifahrerin lenkte den Wagen direkt hinter der Einmündung der Querstraße an den Seitenrand, drehte sich zu Jolin um und musterte sie eingehend. »Alles in Ordnung mit Ihnen?«

»Klar.« Jolin grinste schlapp.

»Gut.« Die Fahrerin lächelte, aber ihr war anzusehen, dass sie nicht überzeugt war. »Wissen Sie, ich lasse junge Dinger wie Sie nicht so wahnsinnig gern allein in einer solchen Einöde zurück.«

»Schon okay.« Jolin bemühte sich um einen festen Tonfall. »Ich habe eine Verabredung mit meinem Freund«, erwiderte sie. »Es wird wahrscheinlich kein einfaches Gespräch werden, und deshalb würde ich vorher gern noch ein paar Schritte laufen, weil ich mir ein paar Dinge zurechtlegen muss.« Während Jolin diese Erklärung abgab, fragte sie sich, warum sie es überhaupt tat. Diese Taxifahrerin war eine wildfremde Frau, die Privatangelegenheiten ihrer Fahrgäste gingen sie nicht die Bohne was an.

»Haben Sie gar keine Jacke dabei?«, fragte die nun.

Jolin seufzte. »Es ist wirklich sehr lieb von Ihnen, dass Sie sich all diese Gedanken um mich machen, aber ich komme schon zurecht. Es ist ja nicht weit.« Sie fingerte die Geldscheine aus ihrer Hosentasche, reichte der Fahrerin dreißig Euro und bekam einen Zehner zurück. »Zwanzig sind mehr als genug. Machen Sie es gut, Mädchen. Ich drück Ihnen die Daumen.«

»Danke«, sagte Jolin, drückte die Tür auf und schlüpfte auf die Straße hinaus. Sie hatte das Gefühl, dass die Taxifahrerin ihr noch eine Weile hinterherblickte, doch Jolin schenkte ihr und ihrem Wagen keine Beachtung mehr. Solange sie ihr nicht folgte, sollte es ihr egal sein, was diese Frau dachte.

Mit schnellen Schritten lief sie am Straßenrand entlang. Ihre Nervosität und die Anspannung hatten sich erstaunlicherweise in Luft aufgelöst, sie wollte es jetzt einfach nur noch hinter sich bringen. Jolin störte nicht einmal der Wind, der kleine weiße Wolken über den schwachblauen Himmel trieb und ihr das Haar zerzauste. Sonnenstrahlen fielen durch die zarten hellgrünen Blätter der Bäume auf ihr Gesicht, die Luft roch frisch und mild nach Frühling.

Jolin musste sich keine Worte zurechtlegen oder darüber nachdenken, was sie Rouben sagen wollte. Wahrscheinlich würde er sehr wütend sein, vielleicht würde er sie auch diesmal nicht ins Haus lassen, mit großer Wahrscheinlichkeit war er nicht einmal allein dort. Doch all das war nicht wirklich wichtig. Entscheidend war, dass sie es schaffte, ihm klarzumachen, wie wenig Sinn es hatte, sie zu retten, wenn ihre Freundinnen dafür womöglich ihr Leben lassen mussten.

Jolin erreichte das Ende des kleinen Wäldchens, verließ die Straße und hielt zügig auf das Haus zu. Schon aus einiger Entfernung sah sie, dass es inzwischen fertig – oder zumindest nahezu fertig geworden war. Der glatte helle Putz, blitzblanke Fenster und wie es schien sogar ein komplett neues Dach fielen ihr auf Anhieb ins Auge. Jolin wunderte das alles nicht, sie konnte sich ungefähr vorstellen, wie stark Rouben mittlerweile war. Der Gedanke jedoch, dass Vincent ihn gezwungen hatte, dieses Haus für ihn fertigzustellen, in dem eigentlich sie beide hatten leben wollen, ließ den drückenden Schmerz in ihrem Herzen aufs Neue entflammen.

Unbeirrt lief Jolin weiter, kreuzte nun aber die Arme vor der Brust und umfasste ihre Schultern. Sie glaubte zwar nicht im Entferntesten an die Wirkung christlicher Symbolik, trotzdem gab diese Körperhaltung ihr das Gefühl, sich selbst schützen und ihre Liebe zu Rouben vor der Kälte und der Dunkelheit, in die sein Bruder sie herunterziehen wollte, bewahren zu können.

Und dann stand sie plötzlich vor der Pforte und blickte auf den Vorgarten. Die Pflastersteine waren neu verlegt worden, nirgendwo gab es mehr gerissene Platten oder hervorstehende Kanten. Der Rasen war mit violetten, gelben und weißen Krokussen übersät, und dazwischen leuchteten die angriffslustigen kleinen Glitzerkörner wie die Funken eines Feuerwerks.

Dass diese Dinger niemandem auffallen!, schoss es Jolin unwillkürlich durch den Kopf. Niemandem außer ihr! Gunnar hätte sie doch eigentlich auch sehen müssen, als sie Ende Februar zusammen hier gewesen waren, aber er hatte nichts dergleichen erwähnt. Ja, und ansonsten verirrte sich bestimmt äußerst selten jemand in diese Gegend. Das Haus galt als baufällig und unbewohnt, und niemand wusste, wem es gehörte. Wo kein Besitzer war, konnte es auch keinen Käufer geben, zudem wollte wahrscheinlich auch kaum einer so weit ab vom Schuss leben.

»Hey, Ramalia«, wisperte Jolin. »Ich werde mich heute nicht von dir abschrecken lassen, hörst du? Du wirst mich nicht daran hindern, das Grundstück zu betreten, und wenn du mir das ganze Gesicht verbrennst.« Sie legte den Riegel um, öffnete die Pforte und setzte einen Fuß auf die Pflastersteine.

Nichts geschah. Die glitzernden Punkte blieben, wo sie waren, die Luft war genauso mild wie vor dem Zaun, nur der Wind schien für einen Moment den Atem anzuhalten, bevor er schließlich wieder an Jolins Haaren zu zerren begann.

Schritt für Schritt tastete sie sich vor, die Fenster der

Vorderfront fest im Blick – aber auch da war kein Schatten, kein Schemen und keine Gestalt zu sehen.

Ausgeflogen!, war Jolins Gedanke, als sie die Tür erreichte. Vincent und Rouben waren gar nicht hier! Deshalb keine Eiseskälte, und darum hatte Ramalia auch darauf verzichtet, sie zu warnen. Die Erkenntnis traf Jolin wie ein brutaler Schlag ins Gesicht. Dieser Ort war völlig ungefährlich, die dunkle Zeremonie, die Anna, Klarisse, Susanne, Rebekka und acht weitere Mädchen das Leben kosten könnte, fand ganz woanders statt. Und sie, Jolin, hatte keine Chance, auch nur das Geringste daran zu ändern.

Wie paralysiert starrte sie auf die Glitzerkörnchen, die wie in Stein eingraviert um sie herum im Gras lagen. Sie zitterte am ganzen Körper, und der Schmerz in ihrem Herzen drohte sie von innen heraus zu verbrennen. War das Vincents Plan? Rouben zu den Untoten zu schicken, ihre Freundinnen zu töten und sie allein mit diesem unsäglichen Schmerz in der Menschenwelt zurückzulassen? Wollte er mit seiner Rache in Wahrheit gar nicht ihn treffen, sondern sie? Weil sie nicht ihn, sondern seinen Bruder liebte und ihm damit die Erfüllung der Prophezeiung vermasselt hatte? – Nein, nein, nein. Jolin schüttelte den Kopf. Ganz so einfach konnte die Sache nun auch wieder nicht sein. Vincent war abgrundtief schlecht, so schlecht, dass alles, was seinen dunklen Gedanken entsprang, jede menschliche Vorstellungskraft übertraf. Jolin musste davon ausgehen, dass er jedem aus ihrem Umkreis zu jedem Zeitpunkt das höchste Maß an Leid zufügen würde, erst dann würden seine Rachegelüste vollends befriedigt sein.

Mit aller Gewalt zwang Jolin sich dazu, weder an ihre Eltern noch an ihre Freundinnen zu denken, sondern sich mit ganzer Kraft auf Rouben zu konzentrieren. Sie musste ihn finden, sie musste ihn noch einmal berühren, vor allem aber musste sie ihm sagen, dass er keine Angst um sie zu haben brauchte. Erst wenn er vollständig verwandelt war, würde er ihr vielleicht gefährlich werden können. Aber darum ging es Vincent ja gar nicht. Alles, was der wollte, war: Rouben leiden zu sehen, und zwar so lange wie nur irgend möglich, und deshalb würde er die endgültige Verwandlung seines Bruders bis zum letzten Moment hinauszögern, denn nur so würde er jede einzelne Sekunde bis zum bitteren Ende – für sie alle! – auskosten können.

Die Übelkeit war plötzlich und heftig, sie fühlte sich an, als ob ihr jemand mit der Faust in die Magengrube geschlagen hätte. Jolin presste eine Hand auf ihren Bauch und sank wie ein Klappmesser in sich zusammen. Stöhnend ließ sie sich auf die Eingangsstufen hinunter und drückte die Faust der anderen Hand gegen ihre Schläfe.

Oh, wie sie Vincent hasste! Sie hasste ihn, weil er so viele unschuldige Menschen quälte, vor allem aber hasste sie ihn für das, was er Rouben antat. Und deshalb musste sie Rouben finden, sie musste ihm von Vincents Vorhaben erzählen, ihm sagen, dass sie, Jolin, am Leben bleiben würde, denn nur dann würde Rouben vielleicht noch einmal für ein paar Momente glücklich sein können. Alles andere war ihr egal. Nur dieser eine winzige Augenblick Glück für Roubens gequälte Seele, mehr wünschte Jolin sich nicht mehr. Er sollte die Menschenwelt nicht mit dem Gefühl von Schuld und Leid verlassen, sondern mit der Erinnerung an ihre Liebe, und wenn es irgendwo so etwas gab wie einen gnädigen Gott, dann würde er ihr diesen Wunsch doch nicht verwehren können!

Der Übelkeit folgte eine lähmende Kälte, die Jolin hinterrücks überfiel, ihr den Atem nahm und sie schließlich von Kopf bis Fuß einfing und mit sich forttrug.

Und der Kälte folgte die Dunkelheit. Nicht einmal in ihren schrecklichsten Träumen hätte Jolin sich vorstellen können, dass es eine Dunkelheit gab, die von einer solchen Dichte war. Abgrundtief schwärzestes Schwarz stand vor ihren Augen, gefror ihre Gliedmaßen und ließ sie in ihrem eigenen Körper ersterben, ohne sie wirklich zu töten.

Jolin sah nicht das Geringste. Sie hörte nichts, und sie fühlte nichts, und sie hatte auch kein Gespür mehr für die Zeit, die stillstand oder verstrich, und trotzdem wusste sie, dass sie getragen wurde und sich die Lage ihres Körpers veränderte ebenso wie der Ort, an dem er sich befand.

Als sich die Kälte zurückzog, fiel Licht durch ein Fenster. Jolin schoss vom Bett hoch, auf dem sie lag. Das Zimmer war klein, aber hell und gemütlich. Außer diesem Bett gab es einen Tisch unter dem Fenster und einen Stuhl davor. Das Fenster befand sich im Dach, und vom Bett aus konnte Jolin direkt in den Himmel sehen. Kleine weiße Wolken trieben über zartes Blau, als hätten sie es sehr eilig – und mit einem Schlag war sie wieder voll da.

Jolin stürzte auf die Tür zu, die sich öffnete, ehe sie sie erreichte, und erst als sie ihn sah, wurde sie sich des Duftes bewusst, der im Zimmer hing.

Es war Roubens Zimmer … und es war Rouben, der in diesem Moment hereinkam, die Tür hinter sich schloss und sie ansah. Seine Augen, schwarz wie die Nacht und ohne jedes Leben darin, lagen tief in ihren Höhlen, und die Schatten darunter hoben sich wie dunkle Halbmonde vom transparenten Weiß seiner Haut ab. Er trug ein schwarzes Hemd, dessen obere Knöpfe geöffnet waren und den Blick auf seinen weißen Brustkorb freigaben.

»Rouben«, flüsterte Jolin, und es fiel ihr schwer, nicht unentwegt auf dieses Stück schneeweißer Haut zu starren, sondern sich auf seine toten Augen zu konzentrieren. »Vincent … Er hat nicht vor, mich zu töten. Und er will auch nicht, dass du es tust.«

»So?«

Um Roubens Lippen zuckte ein Lächeln. Die Fältchen, die sich um seine Mundwinkel bildeten, sahen aus wie in Stein gehauen. Langsam kam er auf Jolin zu. Seine Bewegungen waren sparsam, Jolin bemerkte weder einen Lidschlag noch einen Atemzug, und je näher er an sie herantrat, desto intensiver spürte sie seine Kälte. Unwillkürlich wich Jolin zurück, bis die Bettkante gegen ihre Kniekehlen stieß und sie sich setzen musste.

»Rouben, bitte«, krächzte sie. »Hör mir zu. Ich werde am Leben bleiben, weil du mich nicht töten wirst. Dein Bruder will mich nicht verwandeln, er will, dass ich genauso leide wie du …« Sie geriet ins Stottern. »Er … er will uns dafür bestrafen, dass wir uns so sehr lieben …«

»Ach ja?«

Rouben stand jetzt so dicht vor ihr, dass sich ihre Knie berührten.

Jolin schlug das Herz bis zum Hals, ob es Erregung war oder Angst oder eine Mischung aus beidem, hätte sie nicht sagen können.

»Steh auf«, sagte Rouben.

Jolin schluckte. Sie wusste nicht, wie sie das anstellen sollte, so wenig Platz, wie er ihr dafür gelassen hatte. Sie stützte sich auf der Matratze ab und wollte gerade schwungvoll in den Stand federn, da sah sie, dass er ihr seine Hand entgegenhielt. Zögernd legte sie ihre hinein. Augenblicklich raste die Kälte bis in ihre Schulter hinauf. Den Schmerz glaubte sie bis in ihre Haarwurzeln zu spüren, doch bereits eine Sekunde später war dort, wo eben noch das Gefühl von Hand und Arm, von etwas Körperlichem gewesen war, gar nichts mehr.

Rouben musste Jolin in den Stand gezogen haben, denn plötzlich konnte sie ihm genau in die Augen sehen, in deren Mitte jetzt ein rötlicher Glanz lag.

Sein Brustkorb war steinhart, aber die Kälte, in die er ihren Körper tauchte, löschte fast jedes Gefühl aus. Jolins Herz schlug schnell und glühend heiß gegen das Erfrieren an, sie konnte an nichts anderes mehr denken als daran, dass sie nun zum letzten Mal in seinen Armen liegen würde. Anna, ihre Eltern, Klarisse … sie alle waren vergessen, was zählte, war Roubens Nähe, es waren seine Augen und seine leicht geöffneten Lippen, die sich nun langsam ihrem Gesicht näherten.

Jolin hob ihr Kinn ein wenig an und schloss in Erwartung ihres letzten Kusses die Augen, und Rouben tat noch einen einzigen Atemzug.

Lachend spie er ihn ihr ins Gesicht. Der Gestank nach vermoderndem Aas schnitt ihr in die Schleimhäute und verätzte sie bis tief in die Lungenspitzen.

Jolin flog aufs Bett zurück, die Tür knallte zu, und Roubens Gelächter erschütterte Wände und Bodendielen.

original message
from: *r. v.*
to: *klarisse@hexe.de*
subject: *mein traum*
ich träume, klarisse, jede sekunde meines daseins träume ich davon, dass du und ich, dass wir für immer zusammen sind. ich verzehre mich nach dir, und ich verspreche dir jetzt und für alle zeit, dass du nie wieder jemanden so sehr begehren wirst wie mich, wenn du nur erst von meiner wahren liebe gekostet hast.

13

Ich weiß einen Ort …

Es war immer noch hell. Und still. So still, dass man es fast schon friedlich nennen konnte. Die Sonne schien durchs Dachfenster und malte sanfte, goldschimmernde Tupfen an die Zimmerwände. Jolins Rachen, ihre Lungen und ihr Magen brannten, aber ihr Herz schlug noch und pumpte unermüdlich Wärme durch ihre Adern. Während sie auf dem Bett lag und in den Himmel sah, kehrte allmählich das Gefühl für ihren Körper zurück.

Das also war ihre letzte Begegnung gewesen. Roubens Verwandlung war abgeschlossen, er hatte sie nicht getötet und auch nicht mit sich fortgenommen, sondern allein zurückgelassen. Vincent konnte zufrieden sein. Wahrscheinlich war alles so gelaufen, wie er es sich vorgestellt hatte. Das Böse machte sich bereit, seinen Siegeszug anzutreten.

Natürlich hätte Jolin noch versuchen können, Anna und die anderen Mädchen zu retten. Wäre sie klug genug gewesen, nicht nur etwas Geld, sondern auch ihr Handy einzustecken, hätte sie jetzt Anna anrufen können oder Klarisse, Katrin, Susanne … notfalls auch Leo oder ein Taxi, um in die Stadt zurückzufahren. Nun würde sie den Weg zu Fuß machen müssen, was sinnlos war, weil sie es auf diese Weise ohnehin nicht mit Vincent aufnehmen konnte. Sobald die Nacht hereinbrach und der volle Mond am Himmel stand, würde er ihr haushoch überlegen sein. Selbst wenn sie ihre Freundinnen noch rechtzeitig erreichte, ohne Rouben und ihre Liebe füreinander stünde es nicht in ihrer Macht, ihn aufzuhalten. Jolin musste sich mit diesem Schicksal abfinden.

»Aber ich werde dich töten, Vincent«, wisperte sie. »Denn als Mensch wirst du nicht weniger verwundbar sein, als ich es bin, und ich freue mich schon jetzt auf den Moment, in dem du erkennst, dass es ein Fehler war, mich am Leben zu lassen.« Lächelnd hob Jolin den Blick zur Decke – und erstarrte, allerdings nur für einen kurzen Moment, dann war sie auch schon aufgesprungen und hatte schützend die Arme über ihr Gesicht geworfen.

Winzige Lichtpunkte flitzten über die Schräge. Sie ballten sich zu unregelmäßigen Flächen zusammen, Jolin rechnete sekündlich mit ihrem Angriff, doch die Lichtflecken blieben an der Wand haften und formten sich dort allmählich zu Buchstaben, Wörtern und Sätzen:

Nur das Haar eines Menschenkinds
ermöglicht dir die Rückkehr
in die Welt des Lichts,
nur das Blut deines Bruders
vermag dich von den Untoten zu erwecken
und ihn selbst für immer in die Finsternis
zu verbannen.
Und nur in einer Frühlingsnacht
des sich erneuernden Mondes kannst du das,
was ihm das Liebste ist,
auf ewig
für dich gewinnen.

Langsam nahm Jolin die Arme herunter. Sie warf einen Blick aufs Bett, um sich zu vergewissern, dass sie nicht dort lag und träumte. Wieder und wieder las sie die Worte, die an der Dachschräge tanzten wie Lichtreflexe, die von der langsam sinkenden Sonne durchs Fenster ins Zimmer hineinprojiziert wurden.

Jolin wirbelte herum – und tatsächlich, dort draußen vor dem Fenster flirrte, gleißend hell, der gleiche Text noch einmal.

»... und nur in einer Frühlingsnacht des sich erneuernden Mondes«, murmelte sie, »kannst du das, was ihm das Liebste ist, auf ewig für dich gewinnen.«

Es ging also gar nicht um heute, um diese Vollmondnacht!

»Ramalia!«, rief Jolin und stürzte zum Fenster.

Der Text fiel auseinander, und als sie sich auf die Zehenspitzen hob, um über die Fensterschräge bis in den Garten hinunterspähen zu können, sah sie, wie Tausende winziger Lichtpunkte zu Boden rieselten und im Gras verloschen.

»Ramalia«, wisperte Jolin. Sie drehte sich um, schloss die Augen und versuchte, sich an den gesamten Text zu erinnern.

»Nur das Haar eines Menschenkinds ... ermöglicht dir die Rückkehr in die Welt des Lichts ...« Klarisse! Natürlich! Sie war die Erste und Einzige, die Vincent auf dem Burgfest berührt hatte. Er hatte sie im Arm gehalten und sich über ihren Hals gebeugt, gut möglich, dass dabei eines ihrer Haare an seiner Kleidung haften geblieben und mit ihm in die Vergangenheit abgetaucht war. Jolin atmete tief ein und aus. Ja, so musste es gewesen sein! Dann war Klarisse Vincents Tor zu dieser Welt und er tatsächlich derjenige, der ihr die E-Mails geschrieben und mit dem sie sich in der Neumondnacht Anfang März getroffen hatte.

»Nur das Blut deines Bruders vermag dich von den Untoten zu erwecken und ihn selbst für immer in die Finsternis zu verbannen …«, rezitierte Jolin weiter. Dies war der einfachste Teil, Inhalt und Sinn kein Geheimnis mehr für sie, aber im Zusammenhang mit dem Rest des Textes bekam er natürlich eine völlig neue Bedeutung. »Und nur in einer Frühlingsnacht des sich erneuernden Mondes kannst du das, was ihm das Liebste ist, auf ewig für dich gewinnen«, wiederholte Jolin nun laut und klar und öffnete dabei langsam ihre Augen.

Vincent hatte also viel weniger Spielraum, als sie angenommen hatte. Er verwandelte Rouben nicht, um ihn zu quälen oder ihn dazu zu bringen, sie zu töten, sondern einzig und allein, weil er das Blut seines Halbbruders für seine eigene Menschwerdung brauchte. Vincent wollte den Platz, der ihm durch die Prophezeiung versprochen war, endlich einnehmen und am Ende auch noch Jolins Liebe für sich gewinnen.

»Das kannst du vergessen«, flüsterte sie.

Jolin spürte neue Kraft in ihrem Herzen und in ihrem Körper. Die Erkenntnis, dass die Prophezeiung sich nicht wiederholte, ihren Freundinnen überhaupt keine Gefahr drohte und ihr selbst noch ganze zwei Wochen Zeit blieben, um vielleicht doch noch alles zum Guten zu wenden, verlieh ihr fast ein Gefühl von Euphorie.

»Rouben!«, rief Jolin. Sie musste ihm sagen, was seine Mutter ihr offenbart hatte. Er musste wissen, dass noch nicht alles verloren war und dass sie nie, niemals einen anderen so sehr lieben würde wie ihn. Schon gar nicht seinen bösartigen, dunklen Bruder.

Jolin lief zur Tür und drückte die Klinke herunter, doch die Tür bewegte sich nicht, sie war abgeschlossen.

»Rouben! Mach auf! Es ist nicht nötig, dass du mich beschützt … Hörst du? Mir kann überhaupt nichts passieren!« Jolin presste ihr Ohr gegen das Türholz und lauschte. Täuschte sie sich, oder hatte sie Schritte vernommen, sehr, sehr leise nur, aber direkt hinter der Tür? »Rouben, bitte, wir müssen reden. Ich weiß, was Vincent vorhat. Er will mich für sich gewinnen und dich für immer in die Welt der Vampire verbannen. Aber das wird ihm nur bei Neumond gelingen! Bitte glaub mir! Ramalia hat es mir gezeigt.«

Ein leises Lachen ertönte, und die Schritte jenseits der Tür waren nun deutlich zu vernehmen. Jolin hörte, wie sich jemand am Schloss zu schaffen machte, es klang, als würde der Schlüssel bewegt, aber plötzlich war da noch ein dunkles Knurren, das in wütendes Fauchen und schließlich in ein ohrenbetäubendes Brüllen überging. Dann ertönte etwas, was sich anhörte wie ein Schlag gegen einen harten Gegenstand, und das Brüllen wurde noch lauter und bedrohlicher.

»Rouben«, wisperte Jolin. Panik stieg in ihr auf. Er war nicht allein. Natürlich nicht. Vincent lebte ebenfalls in diesem Haus. Schließlich musste er seinen Bruder kontrollieren, dafür sorgen, dass dieser sich langsam verwandelte, und vor allem dafür, dass er nicht plötzlich verschwand. »Rouben!« Obwohl sie wusste, dass es vollkommen sinnlos war, rappelte Jolin an der Klinke, schlug mit den Fäusten auf die Tür ein und trat schließlich sogar mit den Füßen dagegen.

Mit der Panik kam auch die Verzweiflung zurück, und beides verstärkte sich mit den Kampfgeräuschen, die das Haus zunehmend erfüllten. Jolin hörte Holz bersten und Scheiben zersplittern, dann eine Art Krachen, das sie an das Brechen ihrer eigenen Knochen erinnerte. Ein markerschütternder Schrei folgte und jagte ihr einen eiskalten Schauer über die Haut, anschließend ertönte ein Poltern, als ob jemand die Treppe hinunterfiel, und im nächsten Augenblick wurde die Tür aufgerissen.

Ehe Jolin jemanden erkennen konnte, wurde ihr eine Decke übergeworfen. Sie schrie und strampelte und mühte sich, das kratzige Ding herunterzureißen, doch jemand umfasste sie blitzschnell unterhalb ihrer Hüfte, hob sie hoch und katapultierte sie über seine Schulter.

Jolin hing nun mit dem Kopf nach unten, und die Decke spannte sich eng um ihren Körper, so dass sie sich kaum noch bewegen konnte. Ihr Oberkörper schlug hin und her, während der, der sie trug, mit stampfenden Schritten die Treppe hinunterraste, zum Sprung ansetzte, ruckartig abgebremst und schließlich zu Fall gebracht wurde.

Jolin schlug hart auf den Boden auf. Ein kreischender Schmerz raste ihre Wirbelsäule hinauf und hinunter, lähmte ihren Atem und ihre Muskeln. Das Knurren und Brüllen über ihr klang animalisch, als würden zwei Löwen oder Bären miteinander kämpfen. Rouben, dachte Jolin, was tust du? Was passiert hier?

Es erschien ihr völlig sinnlos, denn es hatte nichts mit dem zu tun, was Ramalia ihr mitgeteilt hatte. Vincent musste diesen Text kennen, er musste wissen, dass es ihm nichts brachte, schon jetzt und kurz vor Anbruch einer Vollmondnacht gegen seinen Bruder um sie zu ringen.

Jolin biss die Zähne zusammen und versuchte, die Schmerzen zu ignorieren. Erneut griff sie nach der Decke. Sie zog und zog, und endlich rutschte sie über ihr Gesicht und gab den Blick frei auf zwei junge Männer, weißhäutig, dunkelhaarig und von einer unfassbaren, geradezu überirdischen Schönheit.

Sie standen unmittelbar über ihr, hatten sich gegenseitig die Hände um den Hals gelegt, ihre Gesichter verzerrten sich zu Fratzen, und ihre Kehlen stießen unaufhörlich drohende Knurrgeräusche aus.

»Hört auf«, wollte Jolin schreien, brachte jedoch nicht mehr als ein Krächzen heraus.

In diesem Moment gelang es einem der beiden, die Arme des anderen auseinanderzudrücken, so dass dieser seinen Hals loslassen musste. Er holte aus und schlug ihm mit ganzer Kraft ins Gesicht, was ein Geräusch verursachte, als würde Stein auf Stein geschmettert – Jolin glaubte sogar, kleine weiße Splitter durch die Luft fliegen zu sehen –, der andere taumelte zurück, krachte gegen die Wand vor der Treppe und sank in sich zusammen.

Jolin wollte aufstehen, aber da wurde sie schon wieder gepackt, nachlässig in die Decke gehüllt und hochgehoben. Sie wollte sich dagegen wehren, dass er sie forttrug, doch in den wenigen Sekundenbruchteilen, in denen sie durch die Luft flog und ihre Blicke sich trafen, wusste sie, dass alles gut und richtig war. Dann lag Jolin bereits über seiner Schulter, und obwohl ihr klar war, dass Vincent jeden Augenblick aus seiner Ohnmacht erwachen konnte, vermochte sie sich keinen schöneren Ort vorzustellen als diesen. Sie schlang ihre Arme um seinen kalten Leib, vergrub die Nase in seinem Pulli und gab sich seinen Bewegungen hin.

Rouben trat so heftig gegen die Tür, dass sie aus den Angeln gerissen wurde, und stürzte mir ihr aus dem Haus. Jolin spürte das kraftvolle Spiel seiner Muskeln unter ihren Händen, und obwohl alles – Pflasterweg, Zaun, Kies, Waldboden, Bäume – in einer unvorstellbaren Geschwindigkeit an ihr vorüberflog, waren weder Roubens Schritte noch das Keuchen seines Atems zu hören. Es war auf eine gespenstische Art und Weise still um sie herum.

Nach einer Weile lockerte Jolin ihren Griff und richtete sich auf, selber erstaunt darüber, wie leicht es ihr fiel. Sie stützte sich auf Roubens Schulter ab, schlang einen Arm um seinen Hals, legte sich dabei ein wenig zur Seite, damit sie ihm mit ihrem Körper nicht die Sicht versperrte, und strich mit der Nasenspitze durch sein geruchloses Haar.

»Wohin gehen wir?«, fragte sie.

Rouben lachte leise, und das war das schönste Geschenk, das er ihr in diesem Augenblick machen konnte.

»Findest du wirklich, dass wir *gehen*?«

»Nein.« Jolin lachte ebenfalls. »Ich korrigiere: Wohin *rennen* wir?«

»Wir?«

»Okay. Wohin rennst *du* mit mir?«

Rouben ließ sich Zeit mit seiner Antwort, und Jolin befürchtete schon, dass seine Stimmung wieder umgeschlagen war.

»Vertraust du mir noch …?«, fragte er schließlich rau.

Jolin schlang die Arme noch fester um seinen Hals. »Wem, wenn nicht dir?«, erwiderte sie leise.

Der Himmel über ihnen verdunkelte sich allmählich, nur zum Horizont hin schimmerte noch ein heller orangeroter Streifen zwischen den Zweigen der Bäume hindurch.

»Wir müssen uns beeilen«, wisperte Rouben.

Jolin legte ihren Kopf in den Nacken und kicherte in sich hinein. »Das sagst du mir?«

»Nein, eigentlich habe ich es mehr zu mir selbst gesagt«, brummte er, und jetzt klang er tatsächlich wieder ziemlich ernst.

»Glaubst du, dass er uns verfolgt?«, fragte Jolin.

»Allerdings.«

»Aber warum sollte er das tun?«, entgegnete sie. »Die neue Prophezeiung besagt etwas völlig anderes.«

Rouben lachte gequält auf. »Die neue Prophezeiung! Jolin, woher willst du wissen, dass es die gibt?«

»Ramalia hat sie mir gezeigt.«

»Ramalia ... Ramalia ...« Er schüttelte den Kopf, während er sich in einem Höllentempo seinen Weg durch eng beieinanderstehende Bäume schlug, über Stümpfe, Farnbüschel und kleine Tümpel sprang und schließlich auf eine Lichtung zuhielt.

Jolin hörte Stimmen und wandte den Kopf. Vor dem rötlichen Schein der untergehenden Sonne und den Konturen der Stadt in der Ferne richtete sich ein Heißluftballon auf. Er war leuchtend rot wie eine zweite Abendsonne und viel größer, als Jolin sich ein solches Ding immer vorgestellt hatte.

»Was hast du vor?«, raunte sie.

»Dreimal darfst du raten«, sagte Rouben, und diesmal breitete sich ein geradezu spitzbübisches Lächeln auf seinen Lippen aus. Jolin blieb nicht mal die Zeit, auch nur eine einzige Vermutung auszusprechen, da hatte er sie bereits in den Korb gehievt.

Die Leute, drei Männer und zwei Frauen in warmer Sportkleidung, die den Ballon aufgerüstet hatten, schrien empört auf, doch Rouben stieß zwei der Männer einfach beiseite und riss die Taue aus den Verankerungen, als durchtrennte er Bindfäden.

Der Ballon hob sich langsam empor, Jolin hörte über sich das Rauschen des Brenners, der kühle Wind spielte in ihren Haaren, und unter ihr baumelte Rouben an einem der Seile hin und her.

»Dies ist ein Notfall! Ich bringe euch den Ballon zurück!«, schrie er den Leuten auf der Lichtung zu, die nun alle durcheinanderriefen und zornig die Fäuste reckten.

Jolin sah zum Waldrand hinüber und bemerkte eine Gestalt, die sich aus dem Dunkel der Bäume löste und in rasender Geschwindigkeit auf sie zuhielt. – Vincent!

»Da ist Vincent! Rouben, er …« Sie brach ab und wedelte wie wild mit den Armen. »Lauft weg!«, brüllte sie zu den Leuten hinunter. »Der Mann dort ist gefährlich … Er wird euch …« Jolin stockte der Atem, und vor Entsetzen versagte ihre Stimme.

Vincent war bis auf wenige Meter an die Menschengruppe herangekommen. Das Orange des Sonnenuntergangs spiegelte sich auf seiner weißen Haut. Und selbst aus dieser Entfernung konnte Jolin das rötliche Glimmen in seinen pechschwarzen Augen erkennen. Jeder, der ihm in diesem Moment den Blick zuwandte, würde zweifellos bemerken, dass er alles andere als ein normaler Mensch war. Doch noch bevor einer der Ballonsportler Anstalten machte, sich zu ihm umzudrehen, war Vincent schon wieder zwischen den Bäumen verschwunden.

»Ich bringe euch den Ballon zurück!«, rief Rouben noch einmal. »Morgen früh wird er wieder hier auf der Lichtung sein.«

»Kannst du mit so einem Ding überhaupt umgehen?«, brüllte einer der Männer.

»Ich gebe euch mein Wort!«, rief Rouben nur, dann hangelte er sich flink wie ein Wiesel an dem Seil hinauf, umfasste den Rand des Korbes und sprang mit einem eleganten Satz hinein.

Er sah zum Brenner hinauf, dessen brodelnde blaurote Flammen die Luft innerhalb des Ballons weiter erwärmten, und nickte zufrieden. Anschließend bückte er sich, hob die Decke auf und legte sie Jolin um die Schultern. »Ich weiß, sie ist nicht besonders weich, aber wir werden die Nacht hier oben verbringen, und ich möchte nicht, dass du frierst.«

Jolin starrte ihn an. »Die ganze Nacht?«

Rouben wandte den Blick zur Seite und sah über die hügelige Landschaft, die Wälder, Felder und Straßen in Richtung Stadt.

»Es wird eine kalte, sternenklare Nacht sein mit schwarzem Himmel und vollem, rundem Mond«, sagte er leise. »Es wird unsere letzte Nacht sein, und sie wird nicht so verlaufen, wie du es dir … vielleicht … erhoffst.«

Jolin atmete schwer und stockend ein und aus. Sie betrachtete sein Gesicht, dessen Haut dünn und brüchig wirkte. »Du kannst dir gar nicht vorstellen, wie sehr ich dich liebe«, flüsterte sie.

Ruckartig wandte Rouben sich ihr wieder zu. Sein Kehlkopf tanzte unruhig auf und ab, und in seinem Blick lagen Schmerz und Lust so nah beieinander, wie Löwe und Reh einander niemals kommen durften.

»Lass uns über etwas anderes reden«, presste er mühsam hervor.

»Ja, über Ramalia und die neue Prophezeiung«, erwiderte Jolin. »Darüber würde ich wirklich gern mit dir reden.«

Rouben schüttelte den Kopf. »Wir können dem nicht trauen«, sagte er harsch.

»Und warum nicht?«

»Weil es nicht sicher ist, dass sie von ihr kommt. Ich zumindest kann nicht unterscheiden, was aus der lichten und was aus der dunklen Welt stammt.«

»In welche Welt gehört Ramalia denn?«, fragte Jolin. »Deiner Ansicht nach?«

Rouben antwortete nicht.

»Ich lebe in dem Haus, Jolin«, sagte er schließlich. »Obwohl ich inzwischen keinen anderen Ort mehr hasse als diesen, lebe ich noch immer dort. Meine Mutter hätte mir diese neue Prophezeiung, wie du sie nennst, längst zeigen können.«

»Vielleicht darf sie es nicht, weil sie damit die Magie zerstören und dich unnötig in Gefahr bringen würde. Vielleicht musste sie auf mich warten.«

»Und warum hat sie dich dann die vorherigen Male weggejagt?«, brach es aus Rouben hervor. »Warum lässt sie dich ausgerechnet am Tag vor einer Vollmondnacht ins Haus, obwohl niemand besser weiß als sie, wie gefährlich das für dich ist?«

»Gefährlich?« Jetzt schüttelte Jolin den Kopf. »Rouben,

denk doch bitte mal nach! Wenn die neue Prophezeiung stimmt …« Sie musterte ihn eingehend. »Du hast doch gehört, was ich dir von deinem Schlafzimmer aus zugerufen habe?«, vergewisserte sie sich.

Rouben zog eine Grimasse. »Du meinst gebrüllt.« Er nickte. »Ja, ich habe jedes einzelne Wort verstanden.«

»Gut«, brummte Jolin, »dann weißt du ja auch, dass Vincent mir bis zur nächsten Neumondnacht kein Haar krümmen wird.«

»Er vielleicht nicht, aber ich …«

»Du ebenfalls nicht, Rouben … Du hättest es doch schon längst tun können.«

Rouben schnaubte verächtlich. Er drehte die Flammen des Brenners zurück, das Rauschen verklang, und der Ballon glitt nun langsam in östlicher Richtung über den Abendhimmel. »Und warum hat er dich dann ausgerechnet heute im Haus eingesperrt, dich befingert und …?«

»Um dich zu quälen?«, sagte Jolin leise.

Wieder wandte Rouben sich ab. Seine Augen waren schmal geworden, seine Nasenflügel wölbten sich, und sein Kinn bebte. »Da hast du wahrscheinlich sogar recht«, stieß er hervor. »Würdest … würdest du mir verraten, was diese *neue Prophezeiung* genau besagt?«, fügte er schließlich stockend hinzu, und während seine Hände sich um den Rand des Korbes krallten und er seinen wuterfüllten Blick in die Ferne des Abendhimmels richtete, wiederholte Jolin ein weiteres Mal die Worte, die Ramalia – davon jedenfalls war Jolin immer noch felsenfest überzeugt – ihr geschickt hatte:

»Nur das Haar eines Menschenkinds ermöglicht dir die Rückkehr in die Welt des Lichts, nur das Blut deines Bruders vermag dich von den Untoten zu erwecken und ihn selbst für immer in die Finsternis zu verbannen. Und nur in einer Frühlingsnacht des sich erneuernden Mondes kannst du das, was ihm das Liebste ist, auf ewig für dich gewinnen.«

Noch während die letzten Worte zwischen ihnen verhallten, legte Rouben seinen Kopf in den Nacken und spie einen Schrei in den Himmel, der aus der Tiefe seiner Seele zu kommen schien und Jolin spontan die Tränen in die Augen trieb.

»Es wird nicht passieren«, sagte sie mit zitternder Stimme. »Niemals werde ich einen anderen so lieben wie dich. Schon gar nicht dieses … dieses sadistische Monster!«

»Wenn diese Botschaft tatsächlich einem Regelwerk der dunklen Welt entspringt, dann wird es so kommen, und niemand, weder du noch ich, wird irgendetwas daran ändern können«, erwiderte Rouben. Langsam drehte er sich zu ihr um und legte ihr behutsam seine steinharten, eiskalten Hände auf die Schultern. »Wenn es tatsächlich so ist«, wiederholte er, »dann weiß dieses *sadistische Monster* das auch. Und jetzt hör zu, Jolin«, fuhr er eindringlich fort. »Vincent trinkt von meinem Blut und spritzt sein Gift hinein, wann immer ihm danach ist. Es verteilt sich in meinem Körper und in meiner Seele, und dadurch werde ich ihm immer ähnlicher. Mein Wechsel in die dunkle Welt steht unmittelbar bevor, während Vincent zugleich mehr und mehr menschliche Qualitäten annimmt. Inzwischen erträgt er die Lichtstrahlen des Abends, ich aber die des Morgens nicht mehr. Er macht sich einen Spaß daraus, seinen Blutdurst zu kitzeln und ihm zu widerstehen, während der Drang in mir, dem nachzugeben, immer mächtiger wird. Anfangs dachte ich noch, ich wäre stark genug, mich dagegen wehren zu können, es war unvorstellbar für mich, dir jemals etwas antun zu können, und jetzt …«

»Hast du die Frau aus der Siedlung getötet, Rouben?«, wisperte Jolin. Sie berührte ihn sachte mit den Fingerspitzen und suchte in seinen dunklen Augen nach einer Regung. »Die Frau mit dem grünen Mantel, die in Harros Container wohnte?«

»Nein, Jol, das habe ich nicht. Ich bin dort gewesen, das ist wahr, und ich war wütend und hatte irrsinnigen Durst … fast hätte ich zugebissen.« Wieder verzerrte sich sein Gesicht zu einer schmerzvollen Grimasse. »Im letzten Moment konnte ich mich aber doch noch beherrschen.«

»Dann ist es Vincent gewesen«, stellte Jolin nüchtern fest.

»Ja! Das ist sein Spiel, das er mit mir spielt und über alles zu lieben scheint. So zu tun, als sei er schon ich, ein Mensch, das Ich an deiner Seite. Jede Nacht steht er vor eurem Haus, im Schatten der Laterne …«

»Und meine Eltern denken natürlich, dass du das bist«, setzte Jolin hinzu. »Paula ist schon total hysterisch. Ich glaube, sie hält dich für geistesgestört. Und dein Bild … es flimmert über die Nachrichtenbildschirme in den U-Bahn-Stationen.«

»Womit Paula ja nicht einmal unrecht hat. Ich wundere mich ja selber, dass ich nicht schon längst durchgedreht bin.«

Jolin ließ ihren Blick zärtlich über sein Gesicht gleiten. »Du hast eben eine starke Seele.«

»Was spielt das für eine Rolle? Schon bald werde ich

überhaupt keine mehr haben. Und deshalb ist es auch völlig egal, ob deine Eltern mich für einen Psychopathen halten … oder die ganze Welt nach mir sucht.«

»Dann hältst du die neue Prophezeiung also doch für wahr?«, flüsterte Jolin.

»Möglich.« Rouben schlüpfte unter ihrer Hand weg und stellte sich auf die andere Seite des Korbes. »Ich weiß nicht mehr, was ich denken soll. Ich weiß ja nicht einmal, ob diese seltsame Botschaft, die du Ende Februar in dem Antiquariat erhalten hast, von meiner Mutter oder von Vincent stammt. Ich habe versucht, es aus ihm herauszukriegen, mal sagt er ja, mal nein, mal zuckt er nur mit den Schultern oder grinst mich spöttisch an.«

»Natürlich stammt sie von ihm«, erwiderte Jolin. »Ich bin sicher, dass er mich damit verunsichern wollte, dass ich Angst bekommen und an dir zweifeln sollte. Umso besser würde er schließlich vor mir dastehen können.«

Wieder legte Rouben den Kopf in den Nacken, doch statt eines Schreis polterte nun ein dunkles Grollen aus seiner Kehle.

»Du wirst niemals so sein wie er!«, sagte Jolin. »Und er niemals so wie du.« Sie trat an Rouben heran, legte ihre Hand zwischen seine Schulterblätter und blickte auf die Lichter der Stadt hinunter. »Und das hier, das erleben *wir*, das kann uns niemand nehmen. Warum fliegen wir nicht einfach davon?«, setzte sie flüsternd hinzu.

»Irgendwann ist das Gas verbraucht«, sagte Rouben. »Irgendwann geht die Sonne auf und trifft mich mit ihren Strahlen. Es gibt keine Zukunft für uns, Jol, begreif das doch endlich.«

Nein! Nein! Nein! Jolin wollte nicht aufgeben. Noch

nicht! Nicht jetzt! Niemals! Und es wollte ihr auch nicht in den Kopf, dass Rouben das nicht genauso sah. Sie waren hier auf engstem Raum in einem Ballonkorb zusammen. Er hätte sie längst in Stücke reißen und bis auf den letzten Tropfen austrinken können. »Wir haben noch zwei Wochen!«, brüllte sie ihn an.

»Ja.« Rouben nickte. Dann schwieg er.

Jolin nahm ihre Hand herunter, sie machte zwei Schritte zurück und starrte auf seinen breiten Rücken.

»Du liebst mich nicht mehr … genug«, hauchte sie. »Hab ich recht?«

Ein Beben ging durch Roubens Körper, und wieder drang ein dunkles Grollen aus seiner Kehle. Schließlich drehte er sich um und streckte seine Hand nach ihr aus. »Komm her«, sagte er leise.

Jolin bemerkte das Glühen in seinen Augen, das die Starrheit seiner Gesichtszüge nur umso deutlicher hervorhob. »Na, komm schon. Oder hast du plötzlich doch Angst vor mir?«

Jolin schluckte gegen das stramme Gefühl an, das sie ganz plötzlich in ihrem Hals spürte. »Nein«, krächzte sie. »Ich weiß, dass du mir nichts tun wirst.«

Das Glühen in seinen Augen wurde stärker. »So, weißt du das?«

Jolin nickte tapfer. Sie war aufgeregt, das Blut rauschte wie ein aufgepeitschter Ozean durch ihren Körper, aber nicht, weil sie wirklich Angst hatte. Was sie mit jeder Faser ihres Körpers und ihrer Seele empfand, war mehr als das, es war nicht zu beschreiben, sie wusste nur, dass sie ihren Fuß gerade über einen Abgrund setzte, aber genau das war es, was sie wollte, weil einzig und allein dort unten –

in der unendlichen Tiefe des Ungewissen, des Unerklärbaren – das Leben war, nach dem sie sich sehnte.

»Sicher?«, fragte Rouben rau.

Wieder nickte sie. »Ganz sicher.«

Unvermittelt ergriff er ihren Arm und zog sie mit einem Ruck so dicht zu sich heran, dass Jolin seinen harten Leib spürte.

»Und?«, fragte Rouben leise. »Wie fühlt sich das an?«

»Gut«, keuchte Jolin.

»Gut?« Er schüttelte den Kopf und strich ihr mit seinen kalten Fingern über die Wange, dann den Hals hinunter, und als er seine Hand schließlich auf ihr Brustbein legte und nach ihrem Herzschlag tastete, schossen eisige Blitze über ihre Haut bis tief in ihren Unterleib hinein.

»Gefällt dir das?«, knurrte Rouben.

Jolin nickte. »Ja, mach weiter, es gefällt mir!«

»Dann bist du jetzt dran«, sagte Rouben. »Leg deine Hand auf mein Herz.«

So hatten sie es nach dem Unfall am ersten Tag in der Schule gemacht, dachte sie, und eine weitere Welle heißen Bluts schwappte in ihre Sinne. Voller Sehnsucht schob sie ihre Hand unter seinen Pulli und wanderte an seinen steinharten Bauchmuskeln entlang bis zu seinem Brustkorb hinauf. Es war, als ob ihre warme Haut über eine reglose Statue glitt. Sie spürte weder einen Atemzug noch das bekannte, beruhigende Pulsieren eines Herzens.

»Und?«, fragte Rouben wieder. »Fühlst du es? Wie es schlägt?«

Jolin zögerte, dann schüttelte sie den Kopf. »Nein, ich kann es nicht fühlen.«

»Keine Sorge«, sagte er zu ihrer Überraschung. »Es

schlägt noch, zwei-, dreimal in der Stunde. Wenn ich will, höre ich für eine Weile auf zu atmen, dann steht es ganz still.«

»Aber du darfst nicht aufhören zu …«, wollte Jolin protestieren, doch Rouben ließ sie nicht ausreden. »Mein Atem unterscheidet sich nicht mehr von Vincents. Er ist genauso stinkend und faulig wie seiner.«

Jolin fixierte seine perfekt geschwungenen Lippen und schüttelte den Kopf.

»Möchtest du, dass ich ihn dir ins Gesicht puste?«

»Ich möchte, dass du mich küsst«, sagte sie todesmutig.

Rouben misslang ein Lächeln. »Nein, das möchtest du nicht«, widersprach er. »Du möchtest keinen Stein küssen, keine kalten Lippen umschließen und keine eisige harte Zunge in deinem Mund spüren.«

»Ich möchte dich«, wisperte Jolin, schob nun auch noch ihre andere Hand unter seinen Pulli und schmiegte sich eng an ihn. »Es ist mir egal, wie du bist.« Sie reckte ihm ihr Gesicht entgegen und öffnete ihre Lippen.

Rouben sah sie an. Lange und durchdringend. Das Glühen in seinen Augen wechselte in schnellem Rhythmus zwischen dem vertrauten Bernsteinton und einem flammenden Rot. Und dann schlang auch er seine Arme um Jolin. Sie waren hart und stark und pressten sie so sehr an seinen Körper, dass sie kaum noch Luft bekam. Seine steinernen Lippen fuhren über ihre Wange und tasteten nach ihrem Mund.

Jolin zögerte nicht, ihn zu küssen. Sie legte alles in diesen Kuss, was sie an Liebe und Wärme, Zärtlichkeit und Leidenschaft aufbringen konnte, doch von Rouben kam nichts davon zurück.

Auch seine Hände waren unter ihren Pulli geglitten und erforschten hart und gierig jeden Zentimeter ihrer Haut. Es war nicht schön, aber das war Jolin gleichgültig. Wenn sie jetzt, in dieser Vollmondnacht, Hunderte Meter über der Stadt, noch einmal all das erleben konnte, dann wollte sie diese Chance nicht vertun.

Roubens Hände schoben sich in ihre Achseln, seine Fingernägel gruben sich schmerzhaft in ihre Schultern und seine Daumen strichen nervös über die Ansätze ihrer Brüste. Jolin keuchte unter seinem Kuss. Sie riss die Augen auf und erblickte in seinen den flammenroten Schlund der Hölle. Sie hörte ihn fauchen und knurren, und den Bruchteil eines Augenblicks später spürte sie seinen Mund an ihrem Hals. Seine scharfen Zähne fuhren über ihre Schlagader, und ein Schauer aus Angst und Lust erschütterte ihren Körper.

»Töte mich«, wisperte sie. »Bitte, töte mich.«

Sie registrierte, wie Roubens Griff sich spannte. Ein wütendes Grollen, gefolgt von einem verzweifelten Jaulen, drang in ihr Ohr. Und dann stieß er sie plötzlich von sich, mit einer solchen Wucht, dass sie in die gegenüberliegende Ecke des Ballonkorbs geschleudert wurde, von der Wand zurückprallte und zu Boden schlug.

Einige Sekunden fühlte Jolin sich wie betäubt, dann erst spürte sie den Schmerz, der sie zu zerreißen drohte. Stöhnend hob sie ihren Oberkörper und richtete ihren Blick zögernd auf Rouben, der sie seinerseits kaum ansehen konnte.

»Tut mir leid«, presste er tonlos hervor. »Es tut mir so leid.«

Mit beiden Armen umklammerte er eins der Taue, die

den Korb mit dem Ballon verbanden, so fest und so verzweifelt, als wollte er sich selbst davon abhalten, über Jolin herzufallen. In seinem steinernen Gesicht spiegelte sich Scham, und in seinen Unterlidern sammelte sich ein feuchter Glanz. Noch einmal jaulte er auf, dann schloss er die Augen, und eine glitzernde Träne rollte seine weiße Wange hinunter und kristallisierte auf seiner Unterlippe zu Eis.

Diesmal stellte sich für Klarisse nicht die Frage, ob sie es tun oder lassen sollte.

Um Punkt halb acht stand sie draußen vor der Haustür. Ihre Eltern saßen hinter der Wand im beleuchteten Wohnzimmer, was der Sache noch einen ganz speziellen Kick gab. Auf aufreizende Kleidung wie beim ersten Mal hatte sie verzichtet, sie trug ihre Chucks, dazu eine schmale Jeans, einen knielangen Pullover und darüber eine kurze knallrote Kunstlederjacke.

Klarisse warf einen Blick auf ihre Armbanduhr. Mehr als eine halbe Stunde wollte sie ihm nicht geben. Entweder er kam oder er hatte verschissen. Okay, sie hatte Herzklopfen, allerdings weniger weil sie sich vor dieser Nacht fürchtete, sondern hauptsächlich weil sie nicht ganz sicher war, ob sie sich auch diesmal auf ihr Gefühl verlassen konnte. Entweder oder. Schwarz oder weiß. Hass oder Liebe. Ein Dazwischen, ein Grau oder so etwas wie Gleichgültigkeit, gab es für sie nicht.

Jolin hatte sie gehasst, und jetzt liebte sie sie – ohne Gegenleistung oder gar die Erwartung, dass diese Gefühle in irgendeiner Weise erwidert wurden. Klarisse war zufrieden damit. Das Gespräch zwischen Jolin und ihr vor einigen Wochen in der U-Bahn hatte ihr gefallen, sie hätte gerne mehr davon gehabt, aber das konnte sie, wie die Dinge inzwischen standen, natürlich komplett vergessen. Es sei denn ... Na ja, alles hing tatsächlich mehr oder weniger vom Tod ab.

Klarisse seufzte leise. Sie lehnte ihren Rücken gegen die Wand, genau zwischen Haustür und Wohnzimmerfenster, und sah in den schwarzen Himmel hinauf. Über den Häusern gegenüber hing groß und voll und in einem zarten Goldton glänzend der Mond und lächelte ihr ins Gesicht.

»Wie schön du bist«, wisperte der Tod.

Er stand ganz plötzlich neben ihr, sah sie an und lächelte. Sein Gesicht war schneeweiß und seine Augen so schwarz wie Kohle. Er war wunderschön, und obwohl er ihm bis auf das dunkle Mal über der Oberlippe glich, war er noch schöner als Rouben – er war der absolute Wahnsinn!

Klarisse atmete tief durch.

»Verrätst du mir deinen Namen?«, fragte sie kühl.

»Ich heiße Vincent.«

»Hübsch.«

Lächelnd entblößte Vincent eine Reihe makelloser Zähne. »Freut mich, dass er dir gefällt.«

Klarisse nickte. »Und jetzt?«, fragte sie. »Was passiert jetzt?«

Vincent zuckte die Achseln. »Heute ist Vollmond«, sagte er harmlos.

Klarisse lächelte ebenfalls. »Das ist nichts Neues«, erwiderte sie. »Neu wäre es, mir zu beweisen, dass du zumindest für mich nicht gefährlich bist.«

Vincent hob die Augenbrauen. »Insbesondere heute.«

Er war mittlerweile so dicht an sie herangetreten, dass ihre Schultern sich berührten. Klarisse richtete ihren Blick fest in seine Augen. Vincents Iris hatte kein Muster, sie war einfach nur glatt und schwarz und von der Pupille nicht zu unterscheiden.

»Ich könnte weglaufen«, sagte sie leise.

Vincent schüttelte den Kopf. »Könntest du nicht.«

»Du bist schneller als ich?« Klarisses Frage klang eher wie eine Feststellung.

»Mhmm. Und stärker.«

»Ich könnte dir also auf keinen Fall entkommen?«

»Nein, auf gar keinen Fall. Und um dich aufzuhalten, müsste ich dich nicht einmal berühren.«

Klarisses Herz ließ einen Schlag aus. »Sondern?«

»Soll ich es dir zeigen?«

Sie zögerte. Sie wollte sich keine Blöße geben, aber auch kein unnötiges Risiko eingehen. »Tut es … sehr weh?«, fragte sie.

Wieder entblößte Vincent seine Zähne. »Hast du Angst?«

»Ich will nicht sterben«, erwiderte sie schlicht. »Noch nicht.«

»Vielleicht hättest du dir das ein wenig früher überlegen sollen …«

Ein leises, kaltes Brieseln raste über ihre Haut. Es war nicht unangenehm.

»Du hast gesagt, dass du dich nur um die kümmerst, die dem Tod geweiht sind.«

Vincent nickte. »Logisch.«

»Und du hast auch gesagt, dass ich nicht dazugehöre.«

»Ja.« Er wandte den Blick ab, sah zum Himmel, so dass sich das Licht des vollen Mondes in seiner schwarzen Iris spiegelte. »Aber diese Dinge ändern sich von Minute zu Minute.«

»Ich – will – nicht – sterben«, wiederholte Klarisse und betonte jedes einzelne Wort.

»Ich weiß«, sagte Vincent sanft. »Und ich will auch nicht,

dass du stirbst. Aber dir soll klar sein, mit wem du es zu tun hast.«

Er hatte die letzten Worte noch nicht ausgesprochen, da spürte Klarisse eine eisige Kälte, die ihr plötzlich unter die Kleider kroch und ihre Muskeln schlagartig lähmte. Kleine hauchfeine Wölkchen, die vor ihrem Gesicht aufstiegen, machten ihren stoßenden Atem sichtbar. Sie hätte weglaufen müssen, aber sie wollte nicht. Und wenn sie es gewollt hätte, wäre sie nicht in der Lage dazu gewesen. Es war irrsinnig, wie ein Rausch, der nie vorbeigehen sollte.

»Ich werde dich nicht gehen lassen«, sagte Vincent. »Egal, wo du bist, was du auch tust, du wirst mir nicht entkommen.«

Klarisse nickte, so gut es ging. »Das will ich auch gar nicht«, hörte sie sich stammeln. »Ich will …«

»Ich weiß, was du willst«, unterbrach Vincent sie. Er legte ihr den Arm um den Nacken und zog ihr Gesicht sanft zu sich heran. »Du wirst meine Kälte nicht spüren, das verspreche ich dir.«

Er sah ihr tief in die Augen, und Klarisse versank in seinem schwarzen Blick. Das flammende Rot in seinen Pupillen bemerkte sie erst, als seine Lippen ihre Haut berührten.

14

Ich denke ihren Namen.
Jolin. Jolin. Jolin. Jolin …
Ich denke ihn ununterbrochen.
Ich sehe sie nicht an, halte sie fern mit meiner Kälte, die ich inzwischen in allen Abstufungen erzeugen kann, und denke nur:
Jolin. Jolin. Jolin. Jolin …
… und hoffe so sehr, dass sie den nächsten Morgen noch erleben wird.

Jolin kauerte in der Ecke des Ballonkorbs. Sie hatte die Decke fest um ihre Schultern gezogen und hielt den Blick unverwandt auf Rouben geheftet. Sie war still, ganz still. Innen und außen, so still wie nie zuvor.

Sie sah ihn an, und sie sah, wie unvorstellbar er litt, wie sehr er sich dagegen wehrte, ihren Blick zu erwidern, und wie viel Kraft er darauf verwandte, sie sich vom Leib zu halten. Die Kälte, die er verströmte, schmerzte in ihren Knochen und kroch mit jedem Atemzug ein Stück tiefer in ihre Lungen.

Als sich nach einer kleinen unendlichen Ewigkeit schließlich ein schmaler heller Streifen am Himmel hinter dem Ostrand der Stadt erhob, griff Rouben plötzlich nach dem Seil, um den Parachute zu öffnen. Ein Zischen ertönte, als dieser sich von der äußeren Ballonhaut trennte und die warme Luft entwich. Der Ballon begann zu sinken.

Rouben nahm seine Kälte zurück, so dass Jolin sich nun langsam erheben konnte. Sie drückte sich gegen die Korbwand, krallte ihre Hände um den Rand und sah ihn weiter an.

Sie wusste, dass sie ihn damit quälte, aber selbst, wenn sie es gewollt hätte, sie hätte ihren Blick nicht abwenden können. Es war wie ein Sog, ein Rausch, aus dem sie am liebsten nie erwacht wäre.

In der zweiten Nachthälfte hatte der Wind gedreht, so dass sie inzwischen wieder weg von der Stadt und auf den Wald zugetrieben worden waren. Der Ballon machte eine halbe Drehung um seine Hochachse, dann tauchten sie bereits zwischen die Wipfel der Bäume ein, und kurz darauf setzte der Korb auf.

Rouben hielt das Seil noch immer gespannt, damit die Klettverschlüsse des Parachutes sich nicht mit denen des Ballons verbinden konnten und der Korb am Boden blieb.

Unschlüssig sah Jolin ihn an.

»Worauf wartest du noch?«, knurrte er.

»Ich werde dich nicht verraten«, sagte Jolin. »An niemanden. Und ich werde auch deine Seele nicht verraten.«

»Meine Seele!« Er stieß ein zorniges Lachen aus.

»Und ich werde immer nur dich lieben«, sagte Jolin. »Hörst du? Immer nur dich!«

»Jetzt hau schon ab!«, zischte Rouben. Er hob den Blick zum Himmel, der sich von Osten her weiter aufhellte. »Oder willst du, dass ich vor deinen Augen zu Staub zerfalle?«

Jolin presste die Lippen aufeinander. »Noch bist du kein Vampir«, erwiderte sie.

»Die Sonne wird meine Haut verbrennen. An den Narben werden mich meine neuen Verwandten sofort erkennen. Jeder wird wissen, dass ich das Zwielicht war, deren Mutter Schande über sie gebracht hat.« Nun richtete Rouben doch seine Augen auf sie. »Würde dir das besser gefallen?«

In seinem Blick lag ein solcher Hass, dass Jolins Herz ins Stocken geriet. Er meint es nicht so, dachte sie erschrocken. Er kann es nicht so gemeint haben!

»Ich liebe dich«, sagte sie noch einmal. »Mehr als mein Leben.« Dann ließ sie die Decke von den Schultern gleiten und kletterte über die Korbwand. Sie musste sich nicht lange orientieren, um zu erkennen, dass sie wieder auf derselben Lichtung gelandet waren, nur ein wenig unterhalb der Stelle ihres Starts am gestrigen Abend.

Jolin wandte sich in Richtung Stadt und lief los. Auch ohne sich noch einmal umzusehen, wusste sie, dass Rouben den Ballon nun abrüsten und sich anschließend so schnell wie möglich in sein verhasstes Haus retten würde, wo sein Bruder ihn wahrscheinlich bereits erwartete.

Noch zwei Wochen, dachte Jolin. Noch ganze zwei Wochen.

»Wo, zum Teufel, bist du gewesen?« Anna hatte sie direkt vor dem Haupteingang abgefangen, ihre dunklen Augen funkelten vor Zorn. »Wie konntest du mir das antun! Und wie siehst du überhaupt aus!«

Jolin blickte an sich herab. Ihr heller Kapuzenpulli war voller Flecken und hatte mehrere Löcher am Ärmel, und im rechten Bein ihrer Jeans klaffte ein großer Riss, was sie eigentlich längst hätte bemerken müssen, ihr jedoch den ganzen Weg bis zur Schule nicht aufgefallen war. Allerdings erklärte es, warum die Leute, denen sie unterwegs begegnet war, sie so seltsam angesehen hatten.

»Jetzt erzähl mir bloß nicht, du hast dich mit Rouben getroffen!«

Jolin hob den Blick und zuckte die Achseln.

»Ich hätte dich wirklich für vernünftiger gehalten«, sagte Anna kopfschüttelnd.

»Reg dich ab«, erwiderte Jolin. »Ich bin ja wieder da. Und zwar noch vor dem verabredeten Zeitpunkt.«

»Verabredet!« Anna tippte sich an die Stirn, dann griff sie nach Jolins Arm und zog die Freundin vom Haupteingang weg. »So kannst du da jedenfalls nicht reingehen. Und nach Hause auch nicht.«

»Aber ich brauche meine Sachen.«

»Welche Sachen?«

»Meine Tasche und meine Jacke«, sagte Jolin, während sie Anstalten machte, sich von der Freundin zu lösen und ins Gebäude zu laufen.

»Jetzt warte doch mal«, schnaubte Anna und hielt Jolin energisch fest. »Ich muss nachdenken … Eine Jacke könntest du allerdings tatsächlich gebrauchen«, lenkte sie nach kurzem Zögern ein. »Du fühlst dich eiskalt an.«

»Kein Wunder, ich bin ja auch die ganze Nacht draußen gewesen.« Jolin machte eine ausschweifende Geste durch die Luft. »Ich bin nämlich in einem Heißluftballon über die Stadt gesegelt.«

»Gefahren«, korrigierte Anna sie, um ihr gleich darauf erneut einen Vogel zu zeigen. »Mit Rouben, oder was?«

»Genau. Und stell dir vor, er hat mich nicht einmal gebissen.«

»Spar dir deinen Zynismus!«, zischte Anna. »Wenn du glaubst, dass du mich verscheißern kannst …«

»Tu ich nicht, ehrlich … wir sind wirklich in einem Ballon …« Jolin brach ab. Sie sah die Freundin an und fing an zu zittern. Ihre Knie schlotterten, ihre Schultern bebten, und ihre Zähne schlugen aufeinander.

»Himmel nochmal, Jolin. Dreh jetzt bitte nicht schon wieder durch.« Hastig schlang Anna ihre Arme um sie und drückte sie an sich.

»Mir ist kalt und … Rouben … er … er …«, stammelte Jolin, »… er verwandelt sich in einen Vampir, und ich … ich … ich weiß nicht, was ich tun soll, ich lieb ihn doch so!« Ihre Stirn sank auf Annas Schultern, und dann heulte sie los.

»Ich weiß, Jol, ich weiß«, murmelte Anna und drückte sie noch fester. »Aber du musst dich jetzt bitte zusammenreißen, ja? Alle starren uns an. Die Pause ist gleich zu Ende und … Oh, Gott! Der Römer! Du solltest doch ins Sekretariat kommen und noch mal mit ihm reden.«

»Das geht nicht.« Schluchzend krallte Jolin ihre Finger in den Wollstoff von Annas Jacke.

»Natürlich geht das nicht. Wenn dieser Idiot dich so sieht, weist der dich womöglich noch ein und … Hör zu, Jolin, du musst dich jetzt wirklich zusammenreißen.«

»Ja, mach ich.« Jolin hob den Kopf und rieb sich über die Augen. »Ich tu es ja, Anna, ich versuch's.«

»Sobald du zu Hause bist, in deinem Zimmer …« Die Freundin rüttelte sie sanft hin und her. »Hörst du zu, Jol?«

»Ja, ja, ja.«

»Dann kannst du heulen, bis deine Eingeweide ausgetrocknet sind, okay?«

Jolin wischte sich über die Nase und nickte wieder und wieder.

»Okay, okay. So machen wir es.«

»Nein, nicht wir«, sagte Anna. »Ich kann nicht mitkommen. Ich bleibe in der Schule. Ich habe jetzt Englisch.«

»Oh, ja, ich weiß, wir fahren nach Dublin.«

»Ja, Jol, das auch. Aber das machen wir erst in sechs Wochen«, erwiderte Anna und zog Jolin an der gaffenden Schülerschar vorbei über den Schulhof bis zu den Außentüren der Toiletten. »Das ist im Moment kein Thema. Aber ich muss heute mein Referat halten, und deswegen kann ich nicht einfach bläuen. Das verstehst du doch, oder? Ich brauche die Punkte. Gerade in Englisch.«

»Ja, ich weiß. Ich weiß.«

»Hör zu. Wir tauschen unsere Sachen, du fährst nach Hause, und ich bringe dir deine Jacke und die Tasche heute Nachmittag vorbei. Ist das in Ordnung?«

»Aber du kannst doch auch nicht in dieser zerrissenen Hose und dem Pulli hier herumlaufen«, sagte Jolin und zerrte an ihrem Ärmel. »Erst recht nicht, wenn du ein Referat halten musst.«

»Mach dir keine Gedanken, mir wird schon was einfallen«, erwiderte Anna. »Notfalls erzähle ich, dass ich von den Hell's Angels überfallen worden bin.«

»Ja klar.« Auf Jolins Gesicht stahl sich ein Grinsen. »Frau Scherer ist doch nicht blöd.«

»Mir egal, ob sie's glaubt«, erwiderte Anna. »Wenn das Referat gut wird – und glaub mir, das wird es! –, könnte ich auch im Alienkostüm dort stehen, sie müsste mir trotzdem die volle Punktzahl geben.«

Innerhalb von fünf Minuten war die Sache so gut wie erledigt. Jolin trug Annas Jeans, außerdem deren hellgrünes Kapuzensweatshirt und darüber die graue Wolljacke. Unter den neugierigen Blicken einiger Mittelstufenschülerinnen hatte sie ihre Tränen getrocknet und die geschwollenen Augen gekühlt, während Anna noch damit beschäftigt war, die zerrissenen Stellen in Jolins Klamotten irgendwie zu kaschieren. Über den klaffenden Riss in der Jeans hatte sie sich ein buntes Tuch gewickelt, und nun fummelte sie an dem kaputten Ärmel herum.

»Das kannst du vergessen«, sagte Jolin. »Der Pulli sieht echt schlimm aus, viel schlimmer als das gruseligste Alienkostüm.« In aller Eile zog sie die Oberteile wieder aus und gab Anna das Kapuzenshirt zurück. »Ich hab doch die Jacke drüber. Da wird niemand meinen Pulli sehen. Nicht einmal Paula.«

»Okay. Du hast recht.«

Dankbar schlüpfte Anna in ihr Sweatshirt. Sie wartete, bis Jolin die Wolljacke zugeknöpft hatte, und nahm sie noch einmal fest in den Arm. »In einer halben Stunde bist du zu Hause, und heute Nachmittag bin ich wieder bei dir. Bitte halt durch.«

»Keine Sorge, ich stürze mich schon nicht aus dem Fenster.«

Anna schüttelte den Kopf. »Bei dir muss man immer auf alles gefasst sein.« Sie küsste Jolin auf die Nase. »Bis nachher. Und drück mir die Daumen.«

»Klar, mach ich.« Irgendwie zauberte Jolin sich ein zuversichtliches Lächeln ins Gesicht. »Schönen Gruß an Frau Scherer. Volle Punktzahl, darunter machen wir es nicht.«

Anna drückte mit der Schulter die Innentür auf. »Pass auf, dass du dem Römer nicht in die Fänge gerätst«, sagte sie, lächelte der Freundin noch einmal aufmunternd zu und verschwand auf den Gang hinaus.

Jolin wartete noch einige Minuten, bis die Schulglocke zum zweiten Mal geläutet hatte und der Lärm auf dem Pausenhof verklungen war, dann verließ sie ebenfalls den Vorraum der Mädchentoilette und nahm auch dieses Mal den Umweg über die Kantstraße zur U-Bahn-Station.

Sie machte lange, schnelle Schritte und atmete dabei tief ein und aus. Beides half ihr, sich unter Kontrolle zu halten und nicht jeden Moment wieder in Tränen auszubrechen.

Ich habe noch zwei Wochen, redete sie sich ununterbrochen zu. Zwei ganze Wochen. Wochen, in denen ich nachdenken und eine Lösung finden kann. Und verdammt nochmal, ich werde auch eine finden! Rumheulen hilft mir jedenfalls nicht weiter. Und Anna darf ich auch nichts erzählen. Sie muss in dem Glauben bleiben, dass bereits alles vorbei ist, dass Rouben sich letzte Nacht endgültig in einen Vampir verwandelt hat und zusammen mit seinem Bruder für immer in der dunklen Welt verschwunden ist. – Jawohl!

Jolin ballte die Fäuste in den Jackentaschen und hastete die Rolltreppe auf den Bahnsteig hinunter. Zwei Minuten später rollte bereits der Zug ein, Jolin stieg in den dritten Wagen und ging wie gewohnt bis ganz nach hinten durch, wo sie zu ihrer Verwunderung auf Klarisse traf. Die Stufenkameradin lehnte am Fenster. Sie hatte die

Augen geschlossen, wiegte den Kopf in schnellem Tempo hin und her und wippte mit dem Fuß auf und ab. Unter ihren schwarzen Haaren lugten die weißen Kabel ihres iPod-Kopfhörers hervor und verschwanden im Kragen ihrer Kunstfellweste.

Jolin ließ sich quer zur Sitzfläche auf einen Einerplatz fallen und betrachtete sie. Klarisse war totenbleich im Gesicht, ihre Haut wirkte durchscheinend wie Pergament, und die Farbe ihrer Lippen hob sich kaum noch davon ab. Plötzlich öffnete sie die Augen und richtete ihren Blick geradewegs auf sie.

Jolin erschrak bis tief ins Mark, nur mit Mühe schaffte sie es, einen Aufschrei zu unterdrücken.

»Hey, was ist denn los?«, rief Klarisse, zog sich die Stöpsel aus den Ohren und kam lachend auf Jolin zu. »Bin ich ein Geist, oder was?«

»Könnte man glatt denken«, stotterte Jolin. »Besonders gesund siehst du jedenfalls nicht aus.«

»Ach, es geht mir total gut. Ich hatte bloß wieder mal eine etwas aufregende Nacht«, sagte Klarisse und zwinkerte ihr vielsagend zu. Sie holte einen nagelneuen iPod-Touch aus ihrer Westentasche und strich mit dem Daumen über das Display. »Wenig Schlaf und so … Du verstehst schon, was ich meine.« Ihr Blick bekam einen abwesenden Ausdruck. »Niemand versteht das besser als du.«

Jolin schüttelte den Kopf, als wollte sie den Gedanken, der sich gerade in ihr Gehirn fraß, auf diese Weise loswerden.

»Warum bist du nicht in der Schule?«, fragte sie gepresst.

»Schule?« Klarisse winkte ab. »Was soll ich denn da? So

als Todgeweihte? Ist doch sowieso für die Katz. Lieber genieß ich die Zeit, die mir noch bleibt.«

Der Gedanke saß fest, und es gab nur noch einen Weg, ihn wieder loszuwerden – indem sie ihn aussprach.

»Du triffst dich mit Vincent«, hauchte Jolin.

Klarisse warf den Kopf in den Nacken und lachte nun laut und schallend. »Könnte man so nennen, ja.«

»Was hat er dir gesagt?«

»Alles«, begann Klarisse zu erzählen, und Jolin war heilfroh, dass der einzige Fahrgast in ihrer Nähe ein alter Mann war, der stumpf vor sich hin stierte und nicht unbedingt den Eindruck vermittelte, als ob sein Gehör noch das allerbeste wäre. »… dass er Rouben verwandelt, weil er selbst nur so ein Mensch werden kann«, fuhr Klarisse freimütig fort, »und dass er dann mit mir zusammen sein will, weil er mich liebt. Aber das ist natürlich Schwachsinn. Niemand liebt mich. Nicht mal meine Eltern. Die schenken mir Sachen, kapierst du, Sachen. Hier …« Sie zog einen weiteren MP3-Player aus ihrer Weste, einen Nano mit blauem Gehäuse. »Kannst du mir vielleicht verraten, wofür man gleich zwei davon braucht? Ich meine, selbst ich habe nur ein Paar Ohren. Aber offenbar haben meine Eltern sich noch nicht einmal die Mühe gemacht, mich richtig anzuschauen.«

Jolin stöhnte leise. Das alles war wirklich schlimm, aber im Augenblick nicht das Hauptproblem. »Er wird dich umbringen«, zischte sie.

Klarisse kicherte leise. »Ja, ganz ohne Zweifel, das wird er.«

»Mann, jetzt wach doch mal auf!« Jolin griff nach Klarisses Handgelenk und schob den Ärmel ihres Grobstrickpullis bis zum Ellenbogen hinauf. Die Wunde war nicht groß, vielleicht zwei Zentimeter lang und einen Millimeter breit, aber die Haut drum herum war dick geschwollen.

»Peanuts«, sagte Klarisse. »Das war nur sein Fingernagel. Aber das hier …«, sie stopfte den iPod-Nano in die Westentasche zurück, zerrte ihren Rollkragen herunter und zeigte auf eine weitere Wunde an ihrem Hals, »… das ist richtig geil.«

»Geil?« Jolin schüttelte den Kopf. »Sag mal, spinnst du! Das ist ein Biss! Er hat sein Gift in dein Blut gespritzt.«

Klarisse lächelte verträumt. »Ja, das hat er. Und es war geil … so was von geiiil.«

»Du wirst davon verrückt werden«, sagte Jolin, »und am Ende bist du so wie er … oder tot.«

Klarisse nickte. »Ja«, seufzte sie selig.

Jolin stieß den Arm von sich weg. »Du denkst doch nicht etwa, dass du dann mit ihm zusammen sein kannst.«

»Nein …« Klarisses Blick wurde wieder abwesend, während sie zärtlich über den iPod-Touch strich. »Vincent wird sich in einen Menschen verwandeln … früher oder später … Rouben allerdings …« Sie brach ab und biss sich erschrocken auf die Lippen.

Jolin spürte einen leichten Ekel in sich aufsteigen. »Du willst ihn also immer noch«, sagte sie fassungslos.

»Ja … Nein!« Klarisse machte ein erschrockenes Gesicht. »Ich meine, ich würde nie …«, fing sie an zu stammeln, »aber sieh es doch mal so … Rouben gehört nicht in unsere Welt. Er hat sich diesen Platz doch nur erobert, weil seine Mutter …«

»Du glaubst also, was dieser widerliche Vampir dir erzählt!«

»Nicht alles … Das allerdings schon.« Klarisse zuckte mit den Schultern. »Du brauchst dir Rouben doch nur anzusehen …«

»Ich liebe ihn aber, Klarisse«, sagte Jolin. »Ganz egal, was er ist. Ich werde ihn immer lieben.«

»Das verstehe ich, aber es ist dumm«, erwiderte Klarisse. »Außerdem … sooo groß ist der Unterschied doch gar nicht mehr … zwischen Rouben und ihm … es würde mich nicht wundern, wenn du es nicht einmal merkst.«

Jolin starrte ihre Stufenkameradin an. Sie begriff nicht, wie Klarisse so etwas auch nur denken konnte. Es musste an dem Gift liegen.

»Jetzt guck doch nicht so!«, rief Klarisse lachend. Sie drückte Jolin den iPod-Touch in die Hand und machte Anstalten, ihr die Kopfhörer in die Ohren zu stecken. »Hier nimm! Ich brauch den sowieso nicht. Und dieser Song ist echt der Hammer. Du hörst ihn und denkst an Rouben … und alles ist der helle Wahnsinn.«

»Klarisse …« Jolin wollte widersprechen, den iPod zurückgeben, auch wenn die Freundin zwei dieser Dinger besaß, sie konnte ihn unmöglich behalten, außerdem wollte sie sie davon überzeugen, dass sie sich von Vincent fernhalten musste und sich auf keinen Fall darauf verlassen durfte, dass sie ein Leben – ein Leben, ts! – als Untote weiterführen könnte. Vincent war absolut unberechenbar. Niemand konnte sich in sein krankes Gehirn hineindenken, nicht einmal Rouben, der ihm ja wirklich immer ähnlicher wurde. Doch noch ehe Jolin den Mund geöffnet und ihre Hand nach Klarisse ausgestreckt hatte, war diese bereits verschwunden.

Paula Johansson schien wie ein Geier neben der Wohnungstür gehockt und auf sie gewartet zu haben, denn sie sprang sofort auf Jolin zu, als die in die Diele trat, packte sie am Arm und hob die Hand, um ihr eine Ohrfeige zu verpassen, besann sich im letzten Augenblick dann aber doch eines Besseren. »Was fällt dir ein, die ganze Nacht wegzubleiben!«, schnauzte sie ihre Tochter an. Ihre rotgeheulten Augen flackerten, und ihr hübsches Gesicht war zu einer wütenden, verzweifelten Fratze verzerrt.

»Kannst du mich bitte loslassen«, sagte Jolin ruhig. »Du tust mir weh.«

»Ja, was glaubst du wohl, was *du mir* antust!«, geiferte ihre Mutter. »Und deinem Vater!«

»Es tut mir leid, Ma«, sagte Jolin. »Ich bin mit Rouben unterwegs gewesen.«

»Unterwegs …?« Paula lockerte ihren Griff, und Jolin nutzte die Gelegenheit und schlüpfte unter ihrem Arm durch zur Garderobe hinüber.

»Ja, wir sind mit dem Auto herumgefahren. Wir mussten reden.« Jolin knöpfte Annas Jacke auf, dann fiel ihr ein, dass sie darunter den dreckigen, zerrissenen Pulli trug, schob den mittleren Knopf hastig in sein Loch zurück und bückte sich, um ihre Stiefeletten zu öffnen.

»Ihr habt während einer Autofahrt Probleme gewälzt?«, keifte Paula Johansson. »Ja, sag mal, hast du keine Ahnung, wie gefährlich das ist?«

»Klar, ich bin ja nicht blöd«, erwiderte Jolin. Sie streifte die Stiefel ab. »Es ist übrigens immer gefährlich, auch nächsten Monat noch, wenn ich achtzehn bin.«

Ihre Mutter schob die Unterlippe vor. »Willst du mir drohen?«

»Nein, ich will dir nur klarmachen, wie idiotisch du dich aufführst.«

Paula schnappte nach Luft. »Wie redest du denn mit mir, he? Du kannst dir wohl gar nicht vorstellen, welche Sorgen wir uns um dich gemacht haben, dass wir vor Angst nicht schlafen konnten und …«

»Doch, Ma, das kann ich«, fiel Jolin ihr ins Wort. »Und es tut mir auch wirklich leid. Ich habe versucht, euch anzurufen«, log sie, denn es war ganz sicher gut, etwas in der Art zu behaupten, »aber wir steckten in einem Funkloch. Und später habe ich es dann einfach vergessen, weil mir die Sache mit Rouben wichtiger war. Vielleicht kannst du das ja auch ein bisschen verstehen … wenn du dir Mühe gibst.«

»Wenn ich mir Mühe gebe!« Paula ließ resigniert die Schultern sinken. »Meine Güte, Jolin, was habe ich getan, dass du solche Dinge zu mir sagst?«

»Vielleicht versuchst du einfach mal, dich aus dem Fokus zu nehmen und in mich hineinzuversetzen«, schlug Jolin vor.

»Aber das versuche ich ja!«, erwiderte ihre Mutter. »Es ist nur nicht so einfach, wenn ich nichts von dir erfahre und stattdessen ein alarmierender Anruf nach dem anderen von Lehrern und Schulpsychologen hier ankommt.«

»Ach ja?« So langsam dämmerte es Jolin, wie sie den Anruf von Montag, der auf dem AB gelandet war, einzuordnen hatte. »Und was sagen die so, meine Lehrer und die Schulpsychologen? Wenn ich mich recht entsinne, haben wir von der Sorte allerdings nur einen, und der ist eine absolute Pfeife.«

»Den Eindruck hatte dein Vater aber nicht.«

»Remus Karlstedt ist ein Blender«, brummte Jolin. Sie

machte eine eindeutige Geste vor ihrer Stirn. »Der hat nicht alle Tassen im Schrank. Der weiß einfach nicht, wie das ist, wenn einem das Herz zerreißt, weil man das verliert, was einem das Liebste auf der Welt ist. Kapierst du das nicht, Ma?«, brüllte sie, und wieder schossen ihr die Tränen in die Augen. »Ich konnte Rouben doch nicht einfach so gehen lassen. Ich *musste* noch mal mit ihm reden.«

Paula schluckte. »Du *ihn*?«, stieß sie hervor. »Aber er ist es doch, der jede Nacht vor dem Haus herumlungert. – So etwas nennt man Stalking!«

Jolin biss die Zähne zusammen. Jetzt bloß nicht ausflippen.

»Es ist vollkommen anders, als du denkst … als ihr alle denkt und euch überhaupt vorstellen könnt«, sagte sie gepresst. »Aber ich kann dich beruhigen, Ma. Ich werde Rouben nicht mehr treffen. Und spätestens in zwei Wochen wird da unten im Schatten der Laterne auch niemand mehr stehen und auf mich warten. Okay?«

Paula schüttelte nur den Kopf.

»Dann eben nicht!« Abrupt wandte Jolin sich ab und schlug ihre Zimmertür laut hinter sich zu. Sie drehte den Schlüssel herum, warf Annas Jacke über den Stuhl und schleuderte ihre Tasche unter den Schreibtisch.

»Reiß dich zusammen, reiß dich zusammen … verdammt nochmal, reiß dich bloß zusammen!«, murmelte sie, während sie wie ein Tiger im Käfig zwischen Kleiderschrank und Schreibtisch auf und ab lief und ihr Gehirn ununterbrochen Bilder abspulte. Vincents arrogante Fratze, Roubens versteinertes Gesicht und die Tränen in seinen Augen, Klarisse und ihr irres Lachen. – Musik! Ja klar, sie sollte Musik hören, das hatte sie schon ewig nicht mehr getan, das würde sie beruhigen und ablenken – wenigstens bis Anna kam. Jolin stürzte zum Regal und ließ die Finger über ihre spärliche CD-Sammlung gleiten. Sting. Gloria Estefan. Mando Diao. Maze. Franz Ferdinand … Was für eine Scheiße! Das war doch keine Musik! Jedenfalls keine, wie sie sie jetzt brauchte.

Jolin wirbelte herum, und ihr Blick fiel auf die Jacke. Wenige Sekunden später hielt sie Klarisses iPod in der Hand. Sie steckte die Stöpsel in ihre Ohren und klickte sich durchs Menü. Es gab nur einen einzigen Song, aber den hatte Klarisse gleich mehrere dutzend Male hintereinander raufgeladen. *Heavy Cross* von Gossip.

Jolin startete ihn und wusste bereits bei den ersten Gitarrenklängen, dass dies genau der richtige Song war. Sie schloss die Augen und wippte mit dem Fuß. Sie sah den Ballon, spürte Rouben, der sie durch den Wald trug, und empfand noch einmal diesen magischen Moment der innigen Verbundenheit, als sie ihre Hände ineinandergelegt und so deutlich empfunden hatten, dass sie unwiderruflich zusammengehörten. Und als die Frontfrau mit ihrem Gesang einsetzte und die Gitarre so richtig losbratzte, lief all das wieder und wieder in wilder Abfolge vor Jolins innerem Auge ab. Sie sah Roubens unendlich gequältes Gesicht und die zu Eis kristallisierte Träne auf seiner Unterlippe, und Jolin konnte nichts anderes mehr tun, als zu schreien, zu stampfen, zu springen und sich die Verzweiflung über ihr unbarmherziges Schicksal in einer Endlosschleife aus sich ewig wiederholendem *Heavy Cross* aus der Seele zu tanzen.

original message
from: *klarisse*
to: *r. v. (v-r@gmx.de)*
subject: *kein betreff*
ich bin bereit!

13

Ich will mich von ihr fernhalten, aber dazu fehlt mir die Kraft, ich zähle die Stunden von Sonnenaufgang bis zum späten Nachmittag und lasse es zu, dass Vincent mir dabei zusieht. Seine hämische Freude, seinen Hohn, seine schamlosen Bemerkungen … all das kann ich ertragen, aber nur eine Stunde von Jolin getrennt zu sein stürzt mich in unsägliche Seelenqual.

Inzwischen bereue ich es fast, dass ich diesem fortwährenden grausamen Kampf, der in mir tobt, gestern Nacht kein Ende bereitet und meinen Durst gestillt habe. Doch wie hätte ich jemals meinen Frieden finden können, wenn ich dem Menschen, der mir mehr bedeutet als alles auf der Welt, so etwas Schreckliches angetan hätte?

Ich weiß, dass Jolin anders darüber denkt. Sie hat mich gebeten, sie zu töten, und ich habe gespürt, wie ernst es ihr damit war. In gewisser Weise kann ich sie sogar verstehen. Die Vorstellung, dass ich, dessen Berührung ihren Puls rasen lässt, ihr Herz zum Stillstand bringt, ehe es an dieser Liebe zerbricht, muss etwas Erlösendes für sie haben. Jolin vergisst dabei nur eins: Ich würde sie nicht aus Liebe töten, sondern aus reiner Gier. Und die Kraft, mich gegen diese Gier aufzulehnen, schwindet so rasant, wie das Verlangen, sie vor allem Bösen zu beschützen, steigt.

Ungeduldig warte ich darauf, dass die Sonne hinter den Baumkronen abtaucht.

»Herzerwärmende Grüße an meine Süße«, ruft Vincent mir nach. »Wir sehen uns später … Wie immer!«

Ich achte nicht auf seine Worte, stoße die Tür auf, springe über den Zaun und halte, so schnell ich kann, auf die Stadt zu.

Meine Schritte sind lautlos, sie hinterlassen keine Spuren und die Bewegungen meines Körpers allenfalls einen Luftzug, der die Menschen für einen Moment erstaunt aufmerken lässt. Inzwischen brauche ich mir wahrlich keine Sorgen mehr darüber zu machen, dass mich irgendjemand entdecken oder gar erkennen könnte – nicht einmal Anna, die mir wenige Meter vor der Haustür entgegenkommt.

In fliegender Hast nehme ich den gewohnten Platz unter der Traufe über Jolins Fenster ein und starre in ihr Zimmer.

Jolin ist barfuß, der Kapuzenpulli, den sie in der vergangenen Nacht anhatte, hängt über der Stuhllehne. Sie trägt nur noch ihre Jeans und einen hellblauen BH. Mit geschlossenen Augen und einem goldglänzenden Haarkranz um den Kopf liegt sie auf dem Teppichboden.

Mein Blick klebt auf ihrer hellen, feucht glänzenden Haut. Ich rieche ihr heißes, pulsierendes Blut durch das geschlossene Fenster – und verbringe den Rest des Tages und die Nacht damit, mich davon abzuhalten, die Scheibe einzutreten.

Das Geräusch kam Jolin bekannt vor. Es erinnerte sie an den Lärm, den Roubens Kampf mit Vincent verursacht hatte. Laute Stimmen, ein Krachen von Holz und Metall, dann wurde sie aufgehoben und auf etwas Weiches gebettet. Eine warme Hand strich ihr über die Stirn.

»Jolin, Schatz …?«

Es war die Stimme ihres Vaters.

»Bist du okay?«

»Aber ja, Pa«, murmelte sie. »Ich habe getanzt … Und ich habe Rouben gesehen. Er war hier, am Fenster. Er ist immer bei mir.«

»Natürlich, meine Kleine. Natürlich.«

Gunnars Stimme zitterte, und Jolin öffnete die Augen, um sich zu vergewissern, dass auch mit ihm alles in Ordnung war. Sein Gesicht wirkte ein wenig verschwommen, und seine Augen waren müde und voller Angst.

»Es tut mir leid … ich … ich habe die Tür gewaltsam aufbrechen müssen … Wir wussten ja nicht … Paula hat gedacht, dass du dir etwas angetan haben könntest.«

Jolin lächelte. »Nein. Ich habe doch bloß getanzt. Es war so schön, Pa. Rouben wird mich nicht verlassen. Er kommt jede Nacht, sitzt unter der Traufe und schaut mir zu.« Sie kicherte leise. »Er glaubt bestimmt, dass ich das nicht weiß. Aber ich habe es von Anfang an gespürt. Er passt auf mich auf. Rouben lässt nicht zu, dass mir etwas geschieht. Er ist kein Vampir. Hast du gehört, Pa?« Ihre Stimme war jetzt nur noch ein Flüstern. »Er ist kein Vampir, das musst du mir glauben.«

»Das tu ich doch, mein Schatz, das tue ich.« Sein Gesicht hinterließ feine Schlieren, als es sich abwandte. »Sie phantasiert«, hörte sie Gunnar wispern. »Vielleicht sollten wir besser den Notarzt rufen. Und Anna müssen wir auch Bescheid sagen. Möglicherweise ist es ein Fehler gewesen, dass wir sie weggeschickt haben.«

»Ich will keinen Arzt«, murmelte Jolin. »Ich will hierbleiben, Pa, bitte. Nur hier kann Rouben mich finden.«

»Schon gut. Ist ja schon gut.« Wieder strich seine warme Hand über ihre Stirn, und dann war plötzlich alles dunkel.

Jolin schlief durch bis zum nächsten Morgen. Sie merkte nicht, dass sie untersucht wurde und eine Injektion bekam und dass Anna, Paula und Gunnar abwechselnd an ihrem Bett saßen und ihre Hand hielten. Als sie die Augen endlich wieder aufschlug, war es Viertel vor neun. Sie sah in Gunnars Gesicht und wunderte sich, dass er immer noch da war.

»Musst du gar nicht zur Arbeit?«

»Nein. Ich habe mir ein paar Tage frei genommen.«

»Einfach so?«

»Ja, einfach so.« Er grinste schlapp. »Aus familiären Gründen.«

Jolin runzelte die Stirn. Sie fragte sich, was passiert war, wollte es dann aber lieber doch nicht so genau wissen. »Wie spät ist es?«, fragte sie stattdessen.

»Gleich neun«, sagte Gunnar. »Warum?«

»Weil ich mir nicht einfach so frei nehmen kann«, erwiderte sie und strampelte die Decke beiseite. »Ich muss nämlich zur Schule.«

Ihr Vater schüttelte lächelnd den Kopf. »Musst du nicht. Für heute hast du ein Attest, und morgen beginnen die Osterferien.«

»Aber … Ich bin doch nicht krank?«

»Nein, du bist einfach nur erschöpft«, erwiderte er. »Du musst dich eine Weile ausruhen.«

»Das geht nicht.« Jolin richtete sich auf und zwängte ihre Füße an Gunnar vorbei. »Unser Wipo-Projekt hat nämlich keine Ferien. Ich kann Anna und Leo unmöglich alles allein machen lassen.«

»Das sollst du ja auch nicht. Sie werden nachher vorbeischauen.«

»Beide?«

Ihr Vater nickte. »Ja, beide. Und wenn du dich fit fühlst, könnt ihr alles besprechen.« Wieder lächelte er. »Anna hat uns von eurem Aktionstag erzählt. Ich bin wirklich stolz darauf, was ihr da auf die Beine gestellt habt, und ich hätte mich sehr gefreut, wenn du uns ein wenig darüber erzählt hättest. Deine Mutter übrigens auch.«

Jolin senkte den Kopf. Sie hatte ein schlechtes Gewissen. Aber andererseits fühlte sie sich auch im Recht.

»Ich konnte nicht. Ich war so durcheinander«, stammelte sie. »Ich bin es immer noch.«

»Das ist okay«, sagte Gunnar. »Völlig okay.« Er tätschelte ihre Schulter. »Und jetzt leg dich wieder hin. Ich bringe dir deine Milch ans Bett.«

Bis zum Nachmittag schlief Jolin noch einmal einige Stunden, erst danach fühlte sie sich einigermaßen ausgeruht. Sie nahm eine Dusche und schlüpfte anschließend in eine Leggins und einen weiten bequemen Pulli.

Paula hantierte im Wohnzimmer. Sie hatte einen großen Karton auf den Wohnzimmertisch gestellt und legte alte Tischdecken, vergilbte Taschenbücher, angeschlagenes Geschirr und anderen Kleinkram hinein. Jolin huschte an der Tür vorbei, überlegte es sich dann aber doch anders, sie konnte ihrer Mutter schließlich nicht ewig aus dem Weg gehen. Also machte sie kehrt und lehnte sich in den Rahmen.

»Was machst du denn da, Ma?«

Paula schaute überrascht auf, dann setzte sie sich auf die Tischkante und sah ihre Tochter mit einem Schulterzucken an. »Ich sortiere einfach schon mal ein paar Dinge aus.«

Jolin zog die Augenbrauen hoch. »Ihr macht also ernst?«, fragte sie. »Ihr wollt wirklich von hier wegziehen?«

»Ja, dein Vater und ich … wir würden gern ein wenig außerhalb wohnen, mit ein bisschen mehr Platz und einem kleinen Garten.« Sie bedachte Jolin mit einem unsicheren Blick. »Unabhängig von … deinen Plänen.« Sie senkte den Kopf und starrte auf ihre Füße.

Jolin begann sich unbehaglich zu fühlen, höchste Zeit also, wieder zu verschwinden oder endlich aus der Deckung zu kommen. Sie entschied sich für Letzteres.

»Ma?«

»Hm?«

»Wegen Rouben …«

Paula Johansson hob den Blick.

»An dem Abend, als die Frau getötet wurde, war er in der Containersiedlung, aber er war's nicht. Verstehst du, Ma? – Und deshalb hat er jetzt ein riesengroßes Problem.«

»Nein, das verstehe ich nicht«, erwiderte Paula grob. »Er könnte sich der Polizei stellen und seine Unschuld beweisen.«

»Das ist nicht so einfach«, sagte Jolin.

»Und warum nicht?« Paula erhob sich von der Tischkante und kam auf sie zu. »Soll ich ihm vielleicht ein bisschen Dampf machen und heute Nacht die Polizei holen, wenn er wieder unten vor dem Haus steht?«

»Sie würden ihn nicht kriegen«, sagte Jolin knapp. »Er ist sehr schnell und sehr geschickt.«

Ihre Mutter nickte, und ein beinah zufriedener Ausdruck legte sich auf ihr Gesicht. »Ich hab also recht gehabt mit meiner Einschätzung, dass er …«, offenbar rang sie um eine vorsichtige Formulierung, »… nicht ganz ungefährlich ist …«

»Ja«, erwiderte Jolin. »Allerdings ist es nicht Rouben, sondern sein Bruder.«

Jetzt war Paula wirklich verblüfft. »Ich wusste gar nicht, dass …«

»Ich auch nicht«, fiel Jolin ihr ins Wort. »Er spricht nicht gerne darüber. Vincent … sein Bruder lebt eigentlich bei einem Onkel in einem kleinen Ort irgendwo im Osten. Rouben hätte selbst nicht gedacht, dass er hier auftauchen würde …«

»… um eine arme Frau umzubringen und dich zu bedrohen?« Paulas Tonfall drohte ins Hysterische umzuschlagen.

Jolin hob abwehrend die Hände. »Er bedroht mich nicht, Ma«, versuchte sie ihre Mutter zu beschwichtigen. »Rouben passt auf mich auf. Er hat das im Griff. Ich vertraue ihm. Sie suchen jetzt innerhalb der Familie nach einer Lösung.«

»Eine Lösung?« Paula schüttelte unwillig den Kopf. »Wie stellen die sich das vor? Dieser Kerl gehört doch weggesperrt. Was, wenn er noch jemandem etwas antut?«

»Sie werden das verhindern«, sagte Jolin eindringlich. »Nur sie können ihn überwältigen oder dazu bewegen, dass er sich freiwillig stellt. Und bis dahin werde ich nicht mehr allein aus dem Haus gehen, und ich werde auch nicht über Nacht fortbleiben, sondern abends zu Hause sein. In Ordnung?«

Paula presste die Lippen aufeinander. Natürlich reichte ihr das nicht. Am liebsten hätte sie es wohl gesehen, wenn Jolin das Haus überhaupt nicht mehr verließ und Vincent von einer Spezialeinheit der Bundespolizei überwältigt würde. Allerdings sagte sie nichts dergleichen, sondern stellte stattdessen fest: »Ihr habt euch also doch nicht getrennt.«

Jetzt senkte Jolin den Blick. Das ständige Kreisen ihrer Gedanken um Rouben und all diese Halbwahrheiten, die sie ihren Eltern auftischen musste, fraßen die Kraft auf, die sie sich in den letzten Stunden so mühsam erschlafen hatte.

»Diese Sache mit Vincent belastet uns sehr«, sagte sie stockend. »Wir wissen noch nicht, wie es mit uns weitergeht.«

»Jolin, ich kann das nicht akzeptieren«, entgegnete Paula heftig. »Ich verbiete dir, Rouben zu treffen. Und ich möchte nicht, dass du die Wohnung verlässt, bis … bis …« Ihr Gesicht verzog sich zu einer schmerzhaften Grimasse, sie warf ihre Arme von sich, als wollte sie damit das ganze Problem aus der Welt schaffen. »Und wenn er heute Nacht wieder dort steht, rufe ich die Polizei. Damit das ein für alle Mal klar ist.«

Jolin wusste, dass man Paula nicht aufhalten konnte, wenn die sich etwas in den Kopf gesetzt hatte, sie hatte also gar nicht erst versucht zu widersprechen, sondern nur mit den

Schultern gezuckt und sich wieder in ihr Zimmer verzogen.

Eine gute Stunde später standen dann Anna und Leo vor der Tür, und das entspannte die Situation ein wenig. Paula hatte ihren berühmten Wintersalat gemacht, mit rohem und gekochtem Gemüse, Nüssen, Sprossen und gebratenem Hühnerfleisch. Sie setzten sich zusammen in die Küche und sprachen über das Projekt und den großen Aktionstag am Ende der Ferien.

»Wir haben übrigens beschlossen, ihn ein paar Tage vorzuverlegen«, berichtete Leo.

Jolin zog die Stirn kraus. »Also mitten in die Woche?«

»Ja«, bestätigte Anna. »Leo fliegt danach noch für ein paar Tage nach Amerika.« Sie warf Jolin einen vielsagenden Blick zu und zuckte resigniert die Achseln. »Präzise ausgedrückt nach Boston.«

»Zu Carina?« Jolin staunte nicht schlecht. »Geht es ihr besser?«

Leo kniff die Mundwinkel ein und nickte. »Sie haben dort in der Klinik ein Medikament gefunden, das ihr Blut wieder gerinnen lässt.« Er seufzte leise. »Und jetzt möchte sie, dass ich komme. Ihre Eltern zahlen mir den Flug und die Unterbringung und all das.«

»Ist ja genial«, sagte Jolin wenig begeistert. Insgeheim freute sie sich sehr über diese Nachricht. Dass es mit Carina endlich bergauf ging, war ja auch ein echter Lichtblick. Für Anna jedoch war das Ganze natürlich eine Hiobsbotschaft. Und was Leo betraf, konnte man sein Verhalten zumindest als leicht irritierend bezeichnen.

»Du willst dich also nicht von ihr trennen?«, fragte Jolin.

Paula, die sich gerade ein Stück Hähnchenbrust in den Mund schob, merkte auf, sagte allerdings nichts.

»Ähm … nein … also …« Leonharts Blick streifte unsicher umher.

»Du willst sie nicht schocken«, meinte Jolin. »Das finde ich gut. Ohnehin sollte man manche Dinge nicht überstürzen«, fügte sie hinzu und lenkte das Gespräch dann hastig wieder auf den Aktionstag zurück. »Lässt sich der Termin denn auf die Schnelle überhaupt noch umorganisieren?«

»Schon passiert«, sagte Anna. »Es gibt eine Menge Leute, die helfen wollen. Außerdem haben wir die gesamte Belegschaft aller involvierten Behörden eingeladen. Und die kommen an einem Dienstag natürlich eher als an einem Samstag.«

Leo nickte eifrig. »Die Geschichte ist zu einem echten Selbstläufer geworden. Und dieser … äh, na ja … dieser Vorfall … hat die ganze Sache sogar noch begünstigt.« Er hatte es kaum ausgesprochen, da hob er auch schon abwiegelnd die Hände. »Nicht, dass ich die Sache beschönigen wollte …«

»Sprichst du etwa von diesem abscheulichen Verbrechen?«, erkundigte sich Paula. Sie hatte die Gabel sinken lassen und sah Leo mit einer Mischung aus Erwartung und Abscheu an. Dann wandte sie sich ihrer Tochter zu. »Ich nehme an, deine Freunde wissen Bescheid …?«

»Ähm … ja klar!«, beeilte sich Jolin zu erwidern und linste durch eine vorgefallene Haarsträhne ängstlich zu Leo hinüber, doch der ließ sich erstaunlicherweise nicht das Geringste anmerken.

Selbst als sie eine Viertelstunde später zu dritt in Jolins Zimmer saßen, kam er mit keinem Wort auf Paulas Frage zurück. Jolin beschlich ein ungutes Gefühl, trotzdem mied sie es, das Thema noch einmal anzusprechen. Die meiste Zeit über redete ohnehin Anna. Sie schien dieses Projekt zu ihrem Steckenpferd gemacht zu haben. Mit Feuereifer erzählte sie, dass sich die Leute in der angrenzenden Sozialsiedlung mit den Containerbewohnern zusammengesetzt und so etwas wie einen Solidarpakt geschlossen hätten. Einige fieberten der Verschönerungsaktion offenbar geradezu entgegen.

»Es gibt dort arbeitslose Maler und Fliesenleger und auch zwei Installateure, die schon mit den ersten Reparaturen und Renovierungen begonnen haben«, berichtete Anna mit glänzenden Augen. »Ende der Woche wird alles, was wir für die Bepflanzung brauchen, in die Siedlung transportiert, außerdem die Latten für die Zäune und die Farben, Pinsel und so. Und stell dir vor, Jol, sogar der Bürgermeister hat sich für übernächsten Dienstag angekündigt.«

»Na super«, sagte Jolin ein wenig abwesend, denn ihr ging inzwischen etwas ganz anderes durch den Kopf.

»Es gibt allerdings auch einen Wermutstropfen«, setzte Anna hinzu. Sie legte ihre Hand auf Jolins Oberschenkel, so dass diese sich ihr wieder mit voller Aufmerksamkeit zuwenden musste. »Der Container von Harro Greims steht jetzt leer. Der Mann von der ermordeten Frau will nicht mehr dort leben. Er zieht ein Bett im Obdachlosenheim vor, weil er dort mehr Ablenkung und Gesellschaft hat.«

»Das kann ich gut verstehen«, murmelte Jolin. »Vielleicht sollten wir ein Denkmal aus diesem Container machen und ihn in Erinnerung an Harro und diese Frau neu anmalen. – Verdammt, wir wissen ja noch nicht mal, wie sie heißt!«

»Doch«, entgegnete Leo, der eine ganze Weile schweigend auf Jolins Schreibtischstuhl gesessen und den Wandkalender angestarrt hatte. »Sie hieß Chantal. Chantal Pielicz.«

Jolin hatte Anna angesehen, wie erstaunt auch sie darüber war, dass Leo den Namen der Frau offensichtlich in Erfahrung gebracht hatte, und sie wurde das Gefühl nicht los, dass er ihnen noch mehr verheimlichte. Später, nachdem die beiden sich verabschiedet hatten und Jolin einen Blick auf ihren Kalender warf, verdichtete sich dieses Gefühl zur Gewissheit.

Dienstag, der 30. April, war Neumond. Die Verschönerungsaktion in der Containersiedlung fand zwar am Nachmittag und frühen Abend statt, aber das spielte für die besondere Magie dieses Tages wohl nur eine untergeordnete Rolle.

Für einen kurzen Augenblick überfiel Jolin eine ohnmächtige Angst, doch sie kämpfte entschlossen dagegen an.

Was konnte Leo schon wissen? – Nichts, gar nichts! Vielleicht hatte er sich unter den Containerbewohnern umgehört und daraus seine Schlüsse gezogen, am Ende blieben ihm dennoch nur Vermutungen. Und selbst wenn er Neumond- und Vollmondnächten tatsächlich eine besondere Bedeutung zumaß – was sollte er schon groß ausrichten?

Mit Knoblauch, Christuskreuzen und Metallsplinten war einem Vampir jedenfalls nicht beizukommen. Jolin hätte fast laut losgelacht bei der Vorstellung, wie Leo mit einer Knoblauchknolle oder einem Hammer und einem Splint in der Hosentasche hinter Rouben oder Vincent herrannte.

Rouben und Vincent … und Klarisse – sie waren diejenigen, von denen eine echte Gefahr ausging, aber selbst die war bei genauerer Betrachtung zum Glück nur relativ.

Jolin zog ihren Kollegblock zu sich heran, nahm einen Stift und versuchte, die Szene zu skizzieren, die sich in knapp zwei Wochen abspielen würde, kam aber zu keinem befriedigenden Ergebnis.

»… und nur in einer Frühlingsnacht des sich erneuernden Mondes …«, murmelte Jolin, während sie auf den Wandkalender starrte und mit dem Stift kleine schwarze Punkte auf den Block tippte.

Rouben würde zu einem Vampir werden und auf der Stelle irgendwo in der Welt der Dunkelheit verschwinden, und zwar weit weg von ihr, denn Vincent und seine Familie würden nicht das Risiko eingehen, dass er zurückkommen und seinem Halbbruder die Stellung noch einmal streitig machen könnte.

Vincent würde sich in einen Menschen verwandeln und versuchen, ihr Herz zu erobern, was natürlich völlig absurd war, das musste sogar er selbst längst erkannt haben.

Jedenfalls würden weder er noch Rouben eine Gefahr für irgendjemanden in ihrer Stadt sein, allenfalls Klarisse, die ja ebenfalls auf eine vollständige Verwandlung hoffte. Aber nein, Jolin schüttelte den Kopf, Klarisse würde mit Rouben gehen und ebenso wie er ihren Durst an einem anderen Ort dieser Welt und auf einer anderen Zeitebene stillen.

Zurück blieben nur Vincent als einfacher, sterblicher Mensch ohne besondere Fähigkeiten und behaftet mit dem Verdacht, eine Frau ermordet zu haben, und sie, Jolin, die ihn nicht wollte, ihn hassen und verfolgen würde wie jeder andere in dieser Stadt. Und genau hier lag der Fehler in der Geschichte. Vincent würde sein Menschsein nicht genießen können, seine Verwandlung war sinnlos. Absolut sinnlos.

Wut kochte in Jolin hoch. Sie sprang von ihrem Stuhl auf und begann, im Zimmer auf und ab zu laufen. Es ging also einzig und allein darum, dass er Rouben das Glück nicht gönnte. Er wollte es zerstören und nahm dafür seinen eigenen – von den Vampiren ja angeblich so herbeigesehnten – Tod in Kauf.

»Du widerliche, sadistische Bestie!«, fauchte Jolin. Unzählige Bilder, wie sie ihn quälen und am Ende vernichten würde, rasten durch ihren Kopf. Doch nichts davon war auch nur annähernd mit dem zu vergleichen, was Rouben und sie durchlitten. Vincent würde nie erfahren, wie es war, jemanden zu lieben und auf eine solch entsetzliche Weise zu verlieren. Und deswegen wäre auch jede Form der Rache an ihm völlig sinnlos.

Sinnlos! Sinnlos! Sinnlos!

Mit diesem Wort brach Jolin in sich zusammen. Sie sank auf die Fensterbank, lehnte ihre heiße pulsierende Schläfe gegen die kühle Scheibe und richtete ihren Blick zur Dachtraufe.

Er war nicht viel mehr als ein Schatten, aus dem seine Augen nahezu unwirklich hervortraten. Sie waren tiefschwarz mit einem flammenroten Funkeln darin. Jolin spürte die Wärme in ihrem Herzen. Wut und Verzweiflung lösten sich darin auf und hinterließen eine wohltuende Stille.

»Ich weiß, dass du mich willst«, flüsterte sie. »Und am

Ende wirst du dich auch nicht mehr dagegen wehren können. Ebenso wenig wie ich.«

Die Stille, die mit Jolins Entschluss gekommen war, blieb, sie füllte ihr Gemüt mit einer friedvollen Fröhlichkeit und schien sich auch auf ihre Eltern zu übertragen, jedenfalls entspannte sich die Stimmung – besonders zwischen Jolin und ihrer Mutter – merklich. Paula erwähnte Rouben oder den Mord in der Containersiedlung mit keinem Wort mehr, ein einziges Mal beobachtete Jolin allerdings spät am Abend zwei Polizeibeamte vor ihrem Haus, die jedoch offenbar nichts Verdächtiges fanden. Und für Jolin spielte der Umstand, dass Vincent jede Nacht dort unten herumlungerte, keine große Rolle mehr.

Das Wissen darum, dass ihre Zeit abgelaufen war, einte sie auf eine neue, fast schon mystische Weise mit Rouben, und es veränderte ihren Blick auf alle Dinge.

Jolin zählte die Tage nicht nur, sie empfand und lebte sie auch intensiver als all die Jahre zuvor, die bereits hinter ihr lagen. Sie genoss jede einzelne Sekunde, die sie mit Anna verbrachte, bei ihr hatte sie anders als ihren Eltern gegenüber kein schlechtes Gewissen. Wenn sie mit Paula und Gunnar beisammenhockte, wenn sie in der kleinen Küche saßen und aßen, gemeinsam Fernsehen schauten oder diskutierten, war Jolin stets davon erfüllt, dass es das letzte Mal sein könnte. Sie bemühte sich um Offenheit und Unbeschwertheit, und sie spürte, dass sie insbesondere ihrer Mutter damit eine große Portion Vertrauen zurückgab, aber gleichzeitig empfand sie ihr eigenes Verhalten auch als Betrug.

Jolin *wusste*, dass sie ihre Eltern am 30. April für immer

verlassen würde, sie hatte ausreichend Zeit gehabt, sich darauf vorzubereiten, für Paula und Gunnar dagegen würde dieser Verlust ein absoluter Schock sein, und Jolin konnte nur hoffen, dass der Brief, den sie ihnen hinterließ, sie wenigstens ein bisschen trösten würde. Sie war ja nicht tot, sondern bloß in einer anderen Welt. Anna würde das verstehen und ihre Eltern hoffentlich auch.

Und dann kam der ersehnte Neumondtag schneller, als sie dachte. Schon der frühe Morgen gab sich verheißungsvoll. Ein klarer blauer Himmel spannte sich über die Dächer der Häuser, Sonnenstrahlen tanzten über das Pflaster, und ein milder Wind versprach einen warmen Frühlingstag.

Jolin trank ihre letzte heiße Milch zum Frühstück, räumte ihr Zimmer ein letztes Mal auf, ordnete Kleidung und Schulunterlagen und breitete die geliebte Quiltdecke über ihr Bett. Sie nahm ihr letztes Bad, föhnte ein letztes Mal ihre Haare, cremte ihre Haut mit dem Rest der *Moringa Body Butter* aus dem Bodyshop ein und entschied sich für diesen letzten Tag in diesem Leben für ihre Lieblingsjeans, ein dunkelblaues T-Shirt und eine hauchzarte türkisfarbene Wickeljacke, die an der Ausschnittkante einen kleinen Volant hatte und die sie sich einige Tage zuvor bei ihrem letzten Einkaufsbummel mit Anna gekauft hatte.

Die Freundin stand um kurz vor halb zwölf vor der Haustür, um sie abzuholen. Jolin schulterte ihre Tasche und ließ den Blick ein letztes Mal über ihr Bett, den Schreibtisch, das Regal mit ihren Büchern, das Fenster mit dem Stuhl davor und den Kleiderschrank gleiten, dann schloss sie leise die Zimmertür.

Der Abschied von Paula und Gunnar hatte noch Zeit,

die beiden würden am Nachmittag in die Containersiedlung kommen und beim Anpflanzen helfen. Irgendwann am Abend, sobald die Aktion ihren Höhepunkt erreichte und die ersten Leute die Siedlung verließen, würde Jolin eine Gelegenheit suchen und sich unbemerkt davonstehlen. Ihre Vorstellung lag irgendwo in Richtung Friedhof, eventuell würde sie ein Taxi nehmen und nach Lienenthal hinausfahren, der Ort spielte im Grunde keine Rolle, solange er nur einsam genug war und niemand sie beobachtete.

Darüber, ob Rouben sie finden würde, brauchte sie sich jedenfalls keine Gedanken zu machen. Sobald die Dämmerung hereinbrach, würden er und sein verdammter Bruder die Witterung aufnehmen und sich an ihre Fersen heften.

»Was ist los?«, fragte Anna. »Worüber denkst du nach?«

»Ach … nix.« Jolin schüttelte unwillig den Kopf. »Es ist nur …«

»Die Erinnerung an früher, an diesen alten Mann aus der Siedlung, stimmt's?« Sie hatten mittlerweile die U-Bahn-Station erreicht, Anna war stehen geblieben und sah Jolin mitfühlend an. »Und an die Frau … Chantal Pielicz und an …«

»Rouben«, sagte Jolin zärtlich.

»Ja.« Anna nickte. »Du vermisst ihn bestimmt schrecklich.«

Jolin antwortete nicht, sondern atmete tief durch und steuerte die Rolltreppe an.

»Vielleicht sieht er dir ja zu«, wisperte Anna hinter ihr. »Ich meine, eigentlich ist er ja nicht tot, sondern nur in einer anderen Welt … oder?«

Jolin schluckte. Sie schloss die Augen, drängte die Tränen zurück und dachte: Dich werde ich auf jeden Fall ganz schrecklich vermissen.

Bis zum frühen Nachmittag kletterten die Temperaturen auf knapp zwanzig Grad. Jolin hatte ihre Wickeljacke ausgezogen, um ihre Hüften geknotet und die Ärmel ihres T-Shirts bis über die Ellenbogen aufgekrempelt.

Glücklicherweise hatte Anna daran gedacht, ein paar alte Küchenschürzen und Gummihandschuhe mitzubringen, die ihre Klamotten und Hände vor Erd- und Acrylfarbflecken schützten.

Beim Anblick von Harro Greims' verlassenem Container hatte sich Jolin der Magen zusammengekrampft, und die erste halbe Stunde hatte sie einen großen Bogen um ihn gemacht, doch schließlich hatte Anna ihr einen Topf mit gelber Farbe und eine Schwammrolle in die Hand gedrückt und gesagt: »Das wäre doch der optimale Grundton, oder findest du nicht?«

Jolin hatte genickt, und dann hatten sie schweigend mit der Rückseite begonnen. Das monotone Auf und Ab und Hin und Her der Rolle und das warme leuchtende Gelb des Lacks hatten den Druck von ihrem Magen genommen. Und mit jedem weiteren frischen Farbklecks, jeder Blume und jedem Schmetterling, den sie malte, lösten sich auch Wut und Schuldgefühl allmählich auf und ließen eine stille Traurigkeit, aber auch ein Gefühl von dankbarer Erinnerung zurück. Eine ganze Weile war Jolin so sehr in sich versunken, dass sie gar nicht mitbekam, wie das Gelände sich allmählich füllte und eine Vielzahl von Helfern Zäune und Hecken setzten, Kübel bepflanzten, einen Gemeinschaftsplatz mit einem großen runden Holztisch und grob gezimmerten Bänken drum herum anlegten und sogar zusätzliche Fenster in einzelne Container einbauten.

Erst ihre Mutter, die plötzlich hinter ihr stand und ihr sachte eine Hand auf die Schulter legte, holte Jolin ins Hier und Jetzt zurück.

»Nicht erschrecken«, sagte Paula leise an ihrem Ohr.

»Oh, Ma!« Jolin ließ den Pinsel sinken und drückte ihr einen Kuss auf die Wange. »Wie schön, dass du da bist.« Sie schob sich mit dem Handrücken eine Strähne aus dem Gesicht und blinzelte gegen das Sonnenlicht über das Gelände. »Wo ist denn Gunnar?«

»Der steht da vorne mit deinem Lehrer und dem Bürgermeister zusammen. Leonhart und Anna sind auch schon dort, und ich habe die ehrenvolle Aufgabe, dich ebenfalls dazuzuholen.« Paula hob einen der unzähligen alten Lappen auf, die überall herumlagen, und reichte ihn lächelnd ihrer Tochter. »Aber zuerst solltest du dir ein wenig die Hände abwischen.«

»Äh … ja …« Jolin hob verwundert die Augenbrauen. Sie nahm den Lappen und rieb über die noch feuchten Farbflecken an ihren Fingern. »Warum?«

Paula schüttelte lachend den Kopf. »Kannst du dir das nicht denken?«

»Ähm … nein … also … na jaaa …« Natürlich konnte Jolin das, aber abgesehen davon, dass sie ohnehin ganz andere Dinge im Kopf hatte, wäre ihr niemals in den Sinn gekommen, dass diese von Anna, Leo und ihr ins Leben gerufene Aktion ihr über das gewünschte Ziel hinaus auch noch persönliche Anerkennung bringen würde. Und jetzt war die Freude plötzlich da. Sie hatten tatsächlich mehr erreicht, als sie je zu träumen gewagt hatten.

»Ich glaube, das reicht.« Paula Johansson nahm ihrer Tochter den Lappen ab und legte ihr den Arm um den Hals. »Die Leute dürfen dir ruhig ansehen, dass du dich hier auf allen Ebenen engagierst.«

»Maaa …« Jolins Stimmung kippte von einem Atemzug auf den anderen. Plötzlich war ihr alles zu viel. Die Nähe ihrer Mutter, der Rummel, der um sie und diese Aktion gemacht wurde, einfach alles. Sie wollte nicht neben dem Bürgermeister stehen, sie wollte nicht von allen möglichen Leuten angestarrt werden, sie wollte einfach nicht der Mittelpunkt sein, das war noch nie ihr Ding gewesen, und heute, an diesem speziellen Tag, erst recht nicht.

Doch Paula lachte nur und zog sie mit sich durch das Gewimmel von Leuten und tobenden Kindern hindurch auf den Gemeinschaftsplatz zu.

Gunnar, ihr Wipo-Lehrer Herr Behlscheid und ein Mann, den Jolin nur von Fotos aus der Zeitung kannte und bei dem es sich wohl um den Bürgermeister handelte, waren auf den Tisch geklettert, und Leo war gerade dabei, Anna ebenfalls hinaufzuhelfen.

Der Bürgermeister hielt ein Mikro in der Hand, und links neben dem Tisch hatte sich eine kleine Musikkapelle aufgestellt, die nun einen Tusch spielte.

Gunnar Johansson hielt seiner Tochter die Hand entgegen, Jolin ergriff sie und zog sich mit einem kräftigen Schwung neben ihn auf den Tisch.

»Meine sehr verehrten Damen und Herren, wenn ich vielleicht einen Moment um Ihre Aufmerksamkeit bitten dürfte …« Eine kleine Pause entstand, dann fuhr der Bürgermeister fort: »Eigentlich müsste ich diesen jungen Herrschaften böse sein, dass ich erst so spät von ihrer beispielhaften Initiative erfahren habe …« Sein Lachen klang falsch und übertrieben. Jolin sah kurz Anna an und ließ ihren Blick dann über die vielen Leute gleiten, die an den Tisch herangetreten waren oder sich ihnen zugewandt hatten, und viele davon erkannte Jolin wieder. Lehrer und Schüler des Albert-Schweitzer-Gymnasiums, Rebekka, Katrin, Susanne und Melanie natürlich, dann die beiden eleganten Damen, die Anna an ihrem Infostand so sehr für diese Sache begeistert hatte, Leute aus ihrer Straße und andere, die ihr schon mal an der U-Bahn-Station aufgefallen waren, dann die Taxifahrerin, die sie nach Lienenthal hinausgefahren hatte … sogar die Polizisten, die abends vor ihrem Haus aufgetaucht waren.

Als ob ich unter Bewachung stehe!, schoss es Jolin durch den Kopf, und mit einem Mal lag ein schwerer dunkler Druck auf ihrem Herzen. Für einen Moment schloss sie die Augen, und als sie sie wieder öffnete, sah sie ihn: Rouben!

Er lehnte ein wenig abseits im Schatten eines der unbewohnten Container an einer heruntergekommenen Baubaracke und lächelte ihr zu. Er hatte den Kopf zur Seite geneigt und die Arme vor der Brust verschränkt. Seine verwuschelten schwarzen Haare glänzten und sein olivfarbenes Hemd stand ein wenig offen.

Jolins Herz raste los. Mit allem hatte sie gerechnet, aber ganz sicher nicht damit, dass er am helllichten Nachmittag hier auftauchen würde, ausgerechnet an diesem Ort, an dem es vor Menschen nur so wimmelte, wo ihn jeder sehen konnte … und zweifelsohne auch erkennen würde.

Was soll das?, dachte sie, während sie zu ihm hinüberstarrte. Was hast du vor? Willst du … in der Sonne sterben? Vor meinen Augen? – Nein! Bitte, tu mir das nicht an!

Jolin legte alles Flehen in ihren Blick, bis ihr siedend heiß klar wurde, dass sie durch ihr Starren womöglich die Aufmerksamkeit der Leute in seine Richtung lenkte, und schlug hastig ihre Lider nieder. Voller Anspannung erwartete sie das Ende der Ansprache des Bürgermeisters, wie in Trance nahm sie seine Gratulation entgegen und lächelte in die Runde. Noch ehe der Applaus verebbte, sprang sie vom Tisch herunter, raunte ihrer Mutter, die ihr kopfschüttelnd entgegensah, noch schnell »Ich muss ganz dringend mal … bin gleich wieder da« zu und steuerte zunächst tatsächlich die Dixieklos an, tauchte jedoch hinter einem der Container ab und hielt dann geradewegs auf die Baracke zu.

Aus den Augenwinkeln bemerkte Jolin noch einen Schatten, der ihr folgte, aber sie kümmerte sich nicht darum. Sie dachte nur an Rouben und wollte unbedingt verhindern, dass er etwas Unüberlegtes tat. Er durfte sich auf keinen Fall den Leuten zeigen, er musste von hier verschwinden, und zwar sofort. Und er durfte nicht vor ihren Augen zu Staub zerfallen, das würde sie ihm nie verzeihen!

Jolin rannte so schnell sie konnte, noch eine Containerlänge und die wenigen Schritte bis zur Baracke, dann stand sie vor ihm. Bis auf das Lächeln um seine Mundwinkel war Roubens Gesicht genauso starr wie bei ihrer letzten Begegnung, und es war nur noch die Ahnung eines goldenen Glanzes, der in seinen schwarzen Augen aufblitzte.

»Bitte, Rouben«, wisperte Jolin. »Mach das nicht. Lauf weg von hier.«

»Das ist unmöglich, Jolin«, erwiderte er leise. »Ich ertrage es nicht mehr, von dir getrennt zu sein.« Er drückte sich von der morschen Holzwand ab und hielt ihr seine geöffnete Hand entgegen.

Der eiskalte Luftzug, den seine Bewegung verursachte, jagte Jolin einen Schauer über die Haut. Sie bemerkte die tiefe Traurigkeit, die hinter seinem Lächeln lag, und eine Sehnsucht, so stark wie sie sie nie zuvor empfunden hatte, nahm von ihr Besitz. »Aber ich will doch gar nicht von dir getrennt sein«, flüsterte sie, während sie ihre Hand hob, um sie in seine zu legen. »Ich komme mit dir, wohin du auch gehst. Ich liebe dich … Für immer und ewig.«

»Meine Jol«, sagte Rouben. »Verzeih mir, dass ich dir all das antun musste, aber ich hatte keine Wahl.«

»Ich weiß, mein Liebster.« Jolin wollte seine Hand gerade berühren, da trat eine große dunkle Gestalt hinter der Barackenwand hervor. Sie hatte die Arme hoch über den Kopf erhoben, und im Licht der Sonne blitzte etwas Metallisches auf, das Jolin im ersten Moment wie ein Heiligenschein vorkam, und erst bei genauerem Hinsehen erkannte sie Leonhart. Ja, es war tatsächlich Leonhart.

Jolin öffnete den Mund, doch noch ehe ein Laut aus ihrer Kehle drang, ertönte hinter ihr ein Schrei, der tief in ihrem Herzen sein entsetztes Echo fand. »Nein, Jol, neiiin! Ich bin das nicht!«

Jolin erstarrte. Sie sah Rouben an und nahm zögernd ihre Hand zurück. Dann wirbelte sie herum.

Aus einer Menschengruppe, die im Schatten eines Containers stand, löste sich Rouben noch einmal. Blinde Verzweiflung im Gesicht, raste er auf Jolin zu, und im selben Augenblick, in dem sein Körper ins Sonnenlicht eintauchte, zersprang er in Millionen winziger Glitzerkörnchen.

»Neeeiiin!«

Jolins Brust drohte unter ihrem eigenen Schrei zu bersten, ihr Herzschlag gefror, und ihre Seele zersplitterte. Sie spürte nicht mehr, dass sie sich bewegte, dass sie ihm entgegenrannte und ihre Arme in das glitzernde Funkeln des Vampirstaubs tauchte.

Es gab kein Atmen mehr und kein Pulsieren, nur Kälte und Dunkelheit und Stille, dann schlug sie auf dem Boden auf. Sie hörte ein lautes, wütendes Brüllen, das aus der Kehle eines Tieres zu kommen schien, registrierte, wie Leo gegen die Barackenwand geschleudert wurde und wie Vincent, der sich eben noch auf sie stürzen wollte, plötzlich wegrannte.

Von irgendwoher erschallte ein Ruf: »Da ist er!«

Es war Klarisses Stimme. Jolin sah, wie sie ihm in langen Sätzen und so geschmeidig wie eine Raubkatze folgte, zum Sprung ansetzte, auf seinem Rücken landete und ihn niederriss.

Alles ging unsagbar schnell, und als sie endlich wieder atmen konnte, lag ein schwerer Körper über ihr, und für einen flüchtigen Augenblick drang der Duft von Roubens Haar in ihre Nase.

original message
from: *jolin johansson*
to: *anna1993@t-online.de*
subject: *ach ja …*
wie ist eigentlich dein englischreferat ausgefallen? … hab ganz vergessen, dich danach zu fragen ☹

original message
from: *anna berger*
to: *jolinjons@web.de*
subject: *re: ach ja ...*
nur *14* punkte ;-), aber damit bin ich natürlich auch voll zufrieden ... das wichtigste ist sowieso , dass du diese schreckliche geschichte erst mal verdaust ... ehrlich gesagt, nach allem, was du mir bisher erzählt hast, verstehe ich jetzt gar nichts mehr. wo kam rouben so plötzlich her? oder ist es sein bruder gewesen? ist er jetzt verrückt? wird man ihn einsperren? oh, ich hoffe so sehr, dass es nicht rouben ist ... wäre es da nicht besser, er wäre zu den vampiren gegangen ...?

original message
from: *jolin johansson*
to: *anna1993@t-online.de*
subject: *re: ach ja ...*
er ist zu den vampiren gegangen, anna, ich werde dir alles erklären ... bald ... ich brauche nur ein bisschen zeit für mich, ich kann im augenblick nicht darüber reden.

16

Burg Horsteck im Dezember

Meine Söhne,
einer von Euch wird nun diesen Brief in seinen Händen halten und endlich die Gewissheit haben, dass sich das Schicksal zu seinen Gunsten erfüllt hat. Hinter Euch liegt eine unruhige, irritierende Zeit, in der Ihr in Ungewissheit existieren musstet, in der sich alles verschob, was Euch vertraut war, nicht alles gelang, was Ihr plantet, und Ihr einander immer ähnlicher wurdet, bis Ihr kaum noch voneinander zu unterscheiden wart.
Viele Menschen wurden in die Sache hineingezogen, ihr Blut, ihr Verstand oder sogar ihr Leben beschädigt. Manches davon wird wieder ins Reine kommen, anderes nicht, es hängt ganz davon ab, wer von Euch beiden am Ende sein Ziel erreicht.
Ich habe nie ein Hehl daraus gemacht, wem ich das seelenvolle Dasein wünsche und wem das unsterbliche, aber natürlich werde ich mich an die Regeln halten, die durch die dunkle Welt, der auch ich entstamme, vorgegeben sind.
Morgen, in der Vollmondnacht der Wintersonnenwende, werde ich mich aus der jetzigen

Form meiner Existenz verabschieden und eine andere annehmen.
Ich gehöre nicht mehr in Deine Welt, Vincent, die mich hasst und verfolgt, und in Deiner, Rouben, kann ich ohne Harro und seine Liebe nicht sein.
Also werde ich den Tod eines Vampirs suchen und mich im Licht der Sonne zu Staub zerfallen lassen, aber ich werde nie ganz vergehen, denn die Liebe, die ich in meinem Herzen trage, wird unsterblich sein.
Allein diese Liebe gestattet es mir, das Wesen zu schützen, das am Ende über Euer Schicksal entscheiden wird.
Vincent, Dir möchte ich sagen, dass Du in meinen Augen weder das Haus noch mein Vermögen oder gar Jolin verdient hast, denn selbst wenn es Dir gelingt, die Prophezeiung zu erfüllen, wirst Du niemals eine reine Seele haben. Du bist egoistisch, berechnend und ungestüm, und ich fürchte, Du wirst auch Deine Ungeduld nicht im Griff haben …
Rouben, das Haus ist wie geschaffen für Dich, es mag aber sein, dass sich Umstände ergeben, die es Dir unmöglich machen, dort auf Dauer zu leben. Ich hoffe, dass Du in diesem Fall eine weise Entscheidung treffen wirst, was damit geschehen soll, denn ich werde für alle Zeiten an diesen Ort gebunden bleiben.
Was das bedeutet, kannst nur Du ermessen, und ich wünsche Dir von ganzem Herzen, dass

Jolins Liebe stark genug ist, um all diese Prüfungen zu überstehen. Sie ist das Einzige, das Dich retten kann. Denn nur, wenn sie wirklich rein ist, wird Jolin die Wahrheit erkennen und Deine Seele von der Deines Bruders unterscheiden können.
Doch ganz egal, in welche Welt das Schicksal Dich entlässt, auf Grund Deiner Herkunft und Deiner Begegnung mit der größten aller menschlichen Emotionen wirst Du immer ein Wesen von besonderer Gabe sein.
Meine Liebe, meine Söhne, sie gehört Euch beiden.
Eure Mutter Ramalia

Ich falte den Brief zusammen, halte ihn über die Flamme des Feuerzeugs und sehe zu, wie er in der Glasschale zu Asche verbrennt.

»Ich wünsche Ihnen viel Glück mit Ihrem neuen Projekt«, sagt der Mann hinter dem Schreibtisch.

Sein Name ist Rebels, er ist Rechtsanwalt und Notar. Bei ihm hat Ramalia ihren Abschiedsbrief hinterlegt, und es wird wohl kein Zufall sein, dass auch von ihm die Kaufverträge besiegelt wurden. Nun erhebt er sich, rückt den Knoten seiner Krawatte zurecht und streicht beiläufig mit dem Daumen unter dem Reverskragen entlang, bevor er mir mit freundlich distanziertem Nicken die Hand reicht.

»Auf Wiedersehen«, sage ich.

Ich wende mich der Tür zu und verlasse das Büro

des Notars. Es ist Ende Mai, acht Stunden vor Neumond und damit höchste Zeit, endlich in mein neues Leben einzutauchen.

Jolin hatte versucht, ihren eigenen Weg zu finden, um mit allem fertig zu werden. Inzwischen war sie zu der Überzeugung gekommen, es nicht anders verdient zu haben. *Sie* hatte versagt, hatte die Verwandlung der Brüder und Vincents Trick nicht durchschaut, ihre Liebe zu Rouben war einfach nicht stark genug gewesen. Sein Tod war ihre Schuld. Und deshalb war von ihm nicht mehr übrig geblieben als von Ramalia: ein bisschen Glitzerstaub, verteilt zwischen den Buchsbaumhecken, den Johannisbeersträuchern und Blütenstauden in der Containersiedlung. Das zumindest war ihr Bild der Geschichte – die Realität sah ein bisschen anders aus.

Tatsächlich hatte Jolin dort nicht ein einziges winziges Glitzerkorn gefunden, weder auf den Blättern der Pflanzen noch zwischen den Steinen auf dem trockenen Boden. Nahezu täglich war sie spätabends, manchmal sogar noch nachts in die Siedlung gefahren, bei bedecktem und bei sternenklarem Himmel, bei Vollmond und bei Halbmond, doch nie hatte sich Rouben ihr in irgendeiner Weise gezeigt.

Während Vincent zu einem für seine Umgebung völlig ungefährlichen Menschen geworden war und nun schon seit fast vier Wochen in der geschlossenen Abteilung der Städtischen Landesklinik auf das Gutachten seiner Psychologen wartete, schien es so, als ob es Rouben nie gegeben hätte.

Jolin hatte Anna inzwischen die Wahrheit erzählt, Paula

und Gunnar hingegen lebten in dem Glauben, dass Rouben ihre Tochter verlassen hatte und in eine andere Stadt gezogen war. Für sie war die Welt wieder in Ordnung.

Für Jolin würde sie das nie mehr sein.

Ohne Rouben konnte sie weder leben noch sterben, und fürs Erste hatte sie sich damit arrangiert, weder das eine noch das andere zu tun. Immerhin hatte sie Anna, Paula und Gunnar versprochen, sich nicht hängenzulassen, auf die Zeit zu setzen und zu hoffen, dass die Wunden, die sein Verlust hinterlassen hatte, zumindest oberflächlich heilten. Vergessen würde sie Rouben nie, und ob sie sich ihren tödlichen Irrtum jemals verzeihen würde – diese Frage hätte sie sich nicht einmal selber beantworten können.

Worauf Jolin auch einen Monat nach diesem traumatischen Ereignis immer noch hoffte, war ein Zeichen. Das Wissen, dass er noch nicht ganz verschwunden, dass wenigstens *seine* Liebe groß genug gewesen und er deshalb immer noch irgendwie da und irgendwie glücklich war, wäre ein Trost für sie gewesen, etwas, an dem sie sich hätte festhalten können …

Neumond fiel auch in diesem Monat auf einen 30. und wieder war es ein klarer, frühsommerlich warmer Tag. Das Thermometer kletterte am Nachmittag auf über sechsundzwanzig Grad, in den Straßencafés saßen bis in den Abend hinein noch Gäste, Menschen bummelten an den Schaufenstern entlang, die ganze Stadt flirrte nur so vor Leben.

Und so war es auch um kurz nach halb zehn noch, als Jolin den Hauptbahnhof verließ und die Straßenbahnhaltestellen ansteuerte. Wie gewohnt bestieg sie die Linie 654, die zum östlichen Stadtrand hinausfuhr.

In der Siedlung hatte sich in den letzten vier Wochen

eine Menge verändert. Die Renovierungs- und Verschönerungsarbeiten dauerten noch immer an, einige Fassaden waren aber schon richtig herausgeputzt, es gab Blumenkästen, Fahrradständer, einen Kinderhort und einen Jugendclub. Die Bewohner schienen zusammenzuwachsen, sie halfen sich gegenseitig, veranstalteten kleine Feiern und hatten einen festen Vertreterstab gewählt, der mit Behörden verhandelte und den Kontakt zu den engagierten, wohlhabenden Bürgern und spendenfreudigen Handwerksbetrieben aufrechterhielt. Anna, Leo und Jolin hatten für ihr Projekt die volle Punktzahl bekommen, in der Schule gab es eine Ausstellung dazu, und immer wieder konnte man im Regionalteil der Tageszeitung etwas darüber lesen. Jolin freute sich vor allem für die Menschen, die hier lebten, über das Resultat.

Nachdem sie die Bahn verlassen hatte, wechselte sie die Straßenseite und hielt auf den Garagenplatz zu, an dessen Ende es inzwischen einen breiten Durchgang zur Containersiedlung gab. Den roten Alfa bemerkte sie erst, als sie schon fast daran vorbeigelaufen war.

Ihr Herzschlag setzte aus, und ein schmerzhafter Druck legte sich auf ihre Brust. War *das* jetzt etwa das Zeichen, auf das sie die ganze Zeit gewartet hatte? Unsinn, sagte sie sich und lief kopfschüttelnd weiter. Ganz sicher gab es nicht nur diesen einen roten Alfa 147 in dieser Stadt, und wenn doch, dann hatte ihn eben zufällig ein Bewohner dieser Gegend erworben. Eigentlich gehörte ja jetzt alles Vincent, und der hatte sicher jemanden, der all diese Dinge für ihn regelte.

Jolin hörte eine Autotür schlagen, dann waren Schritte hinter ihr, sie verzögerte ihr Tempo und blieb schließlich nochmals stehen. Ihr Herz raste, und sie konnte kaum noch atmen. Langsam drehte sie sich um.

Seine Haare waren ein wenig nachgewachsen, der Pony fiel ihm seitlich in die Stirn, seine Augen leuchteten in warmem Karamell, und auf seinen Lippen lag ein zaghaftes Lächeln.

»Jolin«, sagte er, einfach nur »Jolin«.

In diesem Augenblick zu sterben, das wäre das schönste Geschenk gewesen, das man ihr hätte machen können, – zumindest, wenn dieses Bild sie im Traum überrascht hätte.

Dass es Realität war, begriff Jolin erst, als das Bild sich nicht ändern wollte, sie nicht plötzlich aufwachte und mit verheultem Gesicht im Bett saß, sondern auch eine Ewigkeit später noch auf dem Bürgersteig stand, Rouben nur ein paar Armlängen von ihr entfernt und so schön, so unvorstellbar schön, dass er eigentlich nur ein Traum sein konnte.

»Es tut mir leid«, sagte er. »Ich wollte dich nicht so lange warten lassen, aber ich habe die Zeit einfach gebraucht.«

Jolin keuchte. Tränen schossen ihr in die Augen, sie wollte auf ihn zugehen, aber sie war nicht in der Lage, sich zu rühren.

»Hey«, sagte Rouben leise. »Hey.« Er streckte seine Hand aus, und nur einen Lidschlag später spürte Jolin bereits seine warmen Finger auf ihrer Wange. »Nicht weinen. Bitte nicht weinen.«

Sanft schlang er seine Arme um sie und küsste ihr die Tränen aus dem Gesicht.

Jolin spürte, wie der Boden unter ihr nachgab und sie mit sich nahm, doch dann sah sie die Bernsteinsonne um

Roubens Pupillen, sie roch seinen Duft, und sie spürte seine Wärme. Und auf einmal war ihre Angst übermächtig. »Wenn du nicht wahr bist, wenn ich mir das alles nur einbilde, wenn du gleich zu Staub zerfällst …«

»Nichts dergleichen werde ich tun«, fiel er ihr ins Wort. »Seitdem ich weiß, dass du existierst, bin ich jede Sekunde bei dir gewesen, auch wenn du mich manchmal nicht sehen, vielleicht nicht einmal spüren konntest – aber ich war immer da.«

»Gut«, krächzte Jolin. »Gut.« Und dann schluchzte sie los.

»Ich werde dir alles erklären«, sagte Rouben. Er streichelte ihr Gesicht, küsste ihre Lider, suchte ihren Blick, und als sie sich endlich in seine Arme fallen ließ, umschlossen seine Lippen zärtlich ihren Mund. »Wenn du mit mir kommst.«

Jolin konnte kaum glauben, was mit ihr geschah. Zitternd tasteten ihre Hände über Roubens Rücken. Er fühlte sich so stark an, so warm und so vertraut, seine Haut und sein Haar dufteten frischer und lebendiger als je zuvor, und trotzdem war sie sich nicht sicher, ob ihre Phantasie, ihre tiefe Sehnsucht und der Schmerz über Roubens Verlust ihr hier und jetzt nicht doch einen Streich spielten.

»Es tut mir leid«, wiederholte er flüsternd an ihrem Mundwinkel, an ihrer Wange und an ihrem Ohr. »Es tut mir so leid. Aber bitte, gib mir die Chance, dir alles zu erklären.«

Jolin sah in Roubens schönes Gesicht, sie sah die Wärme, das Flehen und das zaghafte Lächeln in seinem Blick. In diesem Moment hätte sie am liebsten die Zeit angehalten und ihn nie mehr losgelassen. Und gleichzeitig wollte sie die Arme von sich werfen, mit den Fäusten auf seine Brust eintrommeln, sich um die eigene Achse drehen und tanzen, und die Qual, die sie so viele Wochen in ihrem Herzen eingeschlossen hatte, und die überschießende Freude, die nun ihre Rippen zu sprengen drohte, lauthals in den Himmel schreien. Ja, sie würde mit ihm kommen, ganz egal, wohin er ging. Sie würde von nun an immer bei ihm sein.

Rouben wendete den Alfa, und sie fuhren schweigend ein Stück die Straße zurück in Richtung Friedhof. Dort lenkte er den Wagen in eine Querstraße, die von mehrstöckigen Häusern aus der Gründerzeit mit üppig dekorierten Fassaden gesäumt war, und parkte ihn schließlich auf einer für Anwohner ausgewiesenen Fläche.

»Dort drüben, das ist es«, sagte er, nachdem er ausgestiegen war, den Alfa blitzschnell umrundet und die Beifahrertür geöffnet hatte.

Jolins Blick folgte seiner Armbewegung, und sie schaute im Schein der Straßenlaternen auf ein hellgrün gestrichenes Haus, über dessen Tür und Fenstern Verzierungen aus cremefarbenen Stuckarbeiten angebracht waren.

»Was meinst du?«, fragte sie, während sie sich aus dem Wagen schälte. Sie war viel zu aufgeregt, um einen klaren Gedanken fassen zu können.

Rouben legte seinen Arm um ihre Schultern und führte sie auf den Eingang zu. »Komm einfach.« Er holte einen Schlüsselbund aus der Tasche seiner hellbraunen Lederjacke und öffnete die Tür.

Er schaltete das Licht an und ließ Jolin vorgehen. Sie

trat in einen hohen, hell gestrichenen Hausflur, an dessen Ende sich ein zweiflügeliges Fenster befand, durch das man in einen beleuchteten Innenhof sehen konnte.

Rouben deutete auf die Treppe. »Es ist ganz oben.« Er schlang den Arm um ihre Taille, drückte sie an sich und küsste sie auf die Wange. »Was dagegen, wenn ich vorgehe?«

»Nein«, sagte Jolin, trat zur Seite und folgte ihm dann die mit einem dunkelgrünen Teppich belegte Holztreppe hinauf in die sechste Etage.

Rouben schob den Schlüssel in das Schloss der einzigen Tür, die sich auf diesem Stockwerk befand, und allmählich dämmerte es ihr.

»Hast du etwa dein Haus verkauft?«

»Ja, vor ein paar Tagen.«

»Und jetzt wohnst du hier …?«

Rouben nickte. »*Wir*«, betonte er leise. »Wenn du mich noch willst …«

»Wenn ich dich noch will …?« Jolin sah ihn ungläubig an. »Ich wollte nie etwas anderes, und ich werde auch in Zukunft nichts anderes wollen als immer nur dich.«

Roubens Augen glänzten, und Jolin spürte einen leichten Schwindel, der sich zwischen ihren Schläfen ausbreitete.

»Dann darf ich also?«, fragte er.

»Was?«

Lächelnd öffnete er die Tür, fasste sie unter, hob sie auf seinen Arm und trug sie über die Schwelle. Mit dem Knie drückte er die Tür hinter sich zu und ließ Jolin auf die Füße herunter. Und dann küsste er sie richtig.

Jolins Atem setzte aus, und der Schwindel zwischen ihren Schläfen erfasste schlagartig ihren ganzen Körper. Sie spürte, wie nahe sie einer Ohnmacht war, und kämpfte tapfer dagegen an. Wenn sie jetzt wegtrat, würde Rouben sie womöglich nie wieder berühren, was sie ganz sicher kein zweites Mal ertrug. Und so konzentrierte sie sich auf seine Lippen, die genauso warm und fest waren wie früher, aber auch sanft und zärtlich, und ihre so leidenschaftlich liebkosten, als wären sie das Köstlichste, das er je geschmeckt hätte.

Ich liebe dich, dachte Jolin. Ich liebe dich! Eine heiße Welle schwappte durch ihre Brust und schoss so gewaltig in ihren Unterleib und ihre Schenkel hinunter, dass Jolin in den Knien nachgab. Doch Rouben hielt sie, drückte sie sanft an sich, massierte ihren Nacken und küsste sie weiter. Jolin seufzte leise. Sie spürte seinen Herzschlag so kraftvoll wie ihren eigenen, und wieder einmal konnte sie kaum begreifen, dass das alles kein Traum, sondern wirklich real war. Rouben war tatsächlich zurückgekommen. Er hielt sie im Arm, und alles, alles war gut.

Selig ließ Jolin ihre Finger in sein Haar gleiten, und während sie sich küssten, trug Rouben sie durch eine zweite Tür in einen großen Raum, in dem es nichts weiter gab als ein Regal voller Bücher und CDs, eine Kommode mit einer Musikanlage darauf, einen flauschigen Teppich und einen breiten gemütlichen Sessel vor dem riesigen Fenster, hinter dem die Lichter der Stadt glitzerten.

Rouben ließ sich so in den Sessel gleiten, dass sie auf seinem Schoß saß und er sich an sie schmiegen konnte. »Und?«, fragte er. »Gefällt es dir?«

»Ja … Wenn man mal davon absieht, dass es kaum Möbel gibt.«

»Oh, ich hatte mir vorgestellt, dass wir sie zusammen aussuchen.«

Jolin rückte ein wenig von ihm ab und sah ihm forschend in die Augen. Sie konnte ihr Glück einfach nicht fassen. »Du willst also allen Ernstes mit mir hier wohnen?«, krächzte sie.

Roubens Gesichtszüge wurden weich und verletzlich. »Na ja«, meinte er leise. »Ich hoffe zumindest, dass du das immer noch möchtest. Nach allem, was ich dir angetan habe.«

Jolin sah ihn an. Ein Gefühl von unendlicher Zärtlichkeit nahm von ihr Besitz. Sie legte ihre Hand auf seine Wange und zog mit dem Daumen die Kontur seiner Nase und seiner Lippen nach.

»Was denkst du bloß?«, flüsterte sie. »Was denkst du bloß?«

Es folgte ein Moment inniger Stille, in dem sie sich nur ansahen, ihre Finger ineinanderflochten und Jolin ihren Blick tief in Roubens wunderschöne Augen tauchte.

»Wo bist du gewesen?«, fragte sie schließlich. »Ich meine, wenn du diese Wohnung erst seit kurzem gemietet hast …«

Rouben räusperte sich. »Ich habe sie gekauft«, erwiderte er. »Und in den Wochen davor habe ich das Haus hergerichtet.«

Jolin schüttelte den Kopf. »Ich hätte nicht gedacht, dass du es jemals wieder betreten würdest.«

»Wo sollte ich denn hin?«, entgegnete Rouben. »Nachdem Vincents Verwandlung abgeschlossen war und keine Gefahr mehr von ihm ausging, war ich nirgendwo sicherer als dort. Ich brauchte den Schutz, Jol, um der zu werden, der ich jetzt bin, und um dir überhaupt wieder unter die Augen treten zu können, dich in den Armen zu halten und dich …« Er stockte und senkte verlegen den Blick.

Wieder flutete eine warme Welle durch Jolins Körper. Eigentlich wollte sie keine Sekunde mehr warten. Aber diese eine Frage ließ ihr einfach keine Ruhe. »Bitte, Rouben, sag mir, was an diesem Nachmittag passiert ist«, flehte sie. »Alles, an was ich mich erinnere, ist, dass du dich in Staub aufgelöst hast, Klarisse auf Vincents Rücken gesprungen ist und Gunnar mich zu Boden gerissen hat.«

»Mhmh.« Rouben schüttelte den Kopf. »Das war nicht dein Vater, sondern ich.«

Jolin sah ihn unwillig an. Das kann nicht sein, dachte sie, doch dann erinnerte sie sich, dass sie den Duft von seinem Haar wahrgenommen hatte. »Aber Gunnar lag doch auf mir«, erwiderte sie stirnrunzelnd.

»Jaaa, kurz darauf, als ich schon weg war. Da hat er dich von Vincent fortreißen wollen, aber Klarisse war schneller«, sagte Rouben. »Zum Glück.«

Jolin schüttelte irritiert den Kopf. »Ich hab gar nicht gemerkt, dass er hinter mir her war.«

»Und wie er das war!«, erwiderte Rouben. Die Erinnerung an dieses Ereignis trieb ihm noch einmal das Entsetzen ins Gesicht. »Er war der endgültigen Verwandlung in einen Menschen bereits sehr nahe gekommen. Das Licht der Sonne konnte ihm zu diesem Zeitpunkt schon nichts mehr anhaben, allerdings war er immer noch unsagbar stark und schnell. Er hätte dich mühelos greifen und mit sich fortnehmen können.«

»Aber er hätte mich niemals für sich gewonnen«, wandte Jolin ein. »Das muss er doch gewusst haben.«

Rouben nickte. »Natürlich hat er das. In dem Moment, als du dich von ihm abwandtest, war ihm klar, dass du – oder sagen wir besser deine Seele – ihn durchschaut und erkannt hattest. Er war unglaublich wütend. Er hätte dich mitgenommen und getötet und wäre anschließend geflüchtet.« Rouben lachte bitter, bevor er fortfuhr. »Vincent hat zwei fatale Fehler gemacht. Der erste war, dass er mit Klarisse gespielt hat. Das ist unnötig und dumm und allein seiner idiotischen Eitelkeit geschuldet gewesen. Er hätte die Finger von ihr lassen sollen, aber er hat das Spiel mit dem Feuer ja schon immer geliebt. Und dass er ihr dann sogar noch sein Gift ins Blut gespritzt und sie damit stark und schnell gemacht hat, war am Ende sein Verhängnis und dein Glück. Du verdankst ihr letztendlich dein Leben, Jol, ist dir das eigentlich klar?« Er küsste sie sanft auf die Wange. »Offenbar hatte sie noch etwas gutzumachen.«

»Ja …« Jolin versuchte, sich die Ereignisse auf dem Containerfest noch einmal vor Augen zu führen, aber das meiste war einfach viel zu schnell gegangen, einen plausiblen zeitlichen Ablauf bekam sie einfach nicht hin. »Warum ist das mit Klarisse passiert?«, fragte sie schließlich. »Ich meine, warum ist sie nicht durchgedreht, so wie Carina beispielsweise? Wieso hat sie stattdessen diese, na ja, eher vampirischen Eigenschaften angenommen?«

»Keine Ahnung«, erwiderte Rouben. »Vielleicht hatte Vincent vor, sie zu verwandeln. Wie schon gesagt, er konnte sein Gift außerordentlich exakt dosieren.«

Jolin nickte. Während der letzten Wochen waren Klarisse und sie sich in der Schule zwar begegnet, aber sie hatten nicht viel miteinander und schon gar nicht über die Ereignisse beim Containerfest gesprochen. Offenbar gab es in dieser Hinsicht eine unausgesprochene Übereinkunft zwischen ihnen beiden. Jolin hatte genug mit sich selbst zu tun gehabt, und auch Klarisse war völlig in sich zurückgezogen gewesen. »Wird sie irgendwann wieder die Alte sein?«

»Ich denke schon«, sagte Rouben. »Meine Mutter hat einen Brief hinterlassen. Darin versucht sie, ein paar Dinge zu erklären, und so wie ich es verstehe, werden jetzt, da Vincent es nicht geschafft hat, mich in die dunkle Welt zu verbannen, alle, die mit ihm in Berührung gekommen sind, wieder genesen.«

Jolin lächelte erleichtert. Das war eine wirklich gute Nachricht. »Und was ist der zweite *fatale* Fehler, den er deiner Meinung nach gemacht hat?«, wollte sie nun wissen.

»Dass er nicht bis Mitternacht gewartet hat«, erwiderte Rouben. »Ich wette, er hat um das Risiko gewusst, aber offenbar wollte er nicht auf das Vergnügen verzichten, mir seinen Triumph persönlich vor Augen zu führen.«

Jolin war nicht sicher, die Dinge auch wirklich richtig verstanden zu haben. »Bedeutet das, alles hätte anders laufen sollen?«, hakte sie nach.

»Ja, genau das bedeutet es.« Rouben nickte. »Hätte Vincent bis kurz vor Mitternacht gewartet, wäre unsere Verwandlung vollständig gewesen. Ich hätte diese Welt verlassen und er als Mensch um deine Liebe werben können.« Rouben stieß ein gequältes Lachen hervor. »Du hättest den Unterschied wahrscheinlich nie bemerkt.« Jolin wollte protestieren, doch er legte ihr seinen Finger auf die Lippen. »Tatsache ist, dass Vincent nicht gewartet hat«, fuhr er fort. »Und als ich mit ansehen musste, dass du auf diesen Schwindel hereinfällst, dass er dich so schamlos hinterging und dich den Rest deines Lebens in dem Glauben lassen würde, dass du mit mir zusammen bist, dass ich es bin, mit dem du lebst und lachst, den du berührst und küsst und mit dem du …«

»Wolltest du mich bestrafen?«, fragte Jolin leise. »Hast du mich deshalb so lange im Ungewissen gelassen?«

»Was?« Auf Roubens Stirn bildete sich eine Steilfalte, irritiert, fast zornig blickte er sie an. »Dich bestrafen? Wofür? Dafür, dass du mich mit deiner Liebe gerettet hast? Dass du mich am Leben hältst?« Fassungslos schüttelte er den Kopf.

»Aber ich verstehe es nicht«, erwiderte sie und zog in Erwartung, dass er nun noch wütender würde, den Kopf ein. Doch ihre Bemerkung schien ihn eher zu amüsieren.

»Na, das kenne ich ja schon«, meinte er grinsend. »Du bist eben doch bloß ein kleines unwissendes Menschlein …«

»Ach ja! Und du wohl nicht, was?«

Rouben wiegte lächelnd den Kopf hin und her.

»Klar, du bist viiieeel klüger als ich«, brauste Jolin auf. »Außerdem mutiger und so perfekt, wie ich es nie sein kann«, fügte sie hitzig hinzu.

»Für mich bist du es.« Rouben strich sanft mit den Fingerspitzen über ihren Unterarm bis zu ihrem Ballen hinunter. »Öffne deine Hand«, flüsterte er.

Jolin tat es, und er legte seine hinein.

Es war genauso wie beim ersten Mal, nur um ein Vielfaches intensiver. Roubens Wärme erfüllte sie augenblicklich, umfing ihre Seele, streichelte ihr Herz und trieb ihr die Tränen in die Augen.

»Das bin nicht ich«, hörte sie ihn flüstern. »Das bist du.«

»Nein, das sind wir«, widersprach Jolin leise.

»Aber das wusste ich nicht«, sagte Rouben. »Verstehst du, ich wusste, dass ich dich liebe, aber ich habe mich immer als kalt empfunden. Ich konnte meine eigene Wärme nicht spüren, ich musste es erst lernen. Wenn du mich berührt hast, wenn wir uns küssten, hat es mich völlig verrückt gemacht, ich konnte nicht genug davon kriegen. Und ich *wusste* durchaus, dass es auch bei dir so war, aber ich konnte es nicht empfinden, ich hatte einfach keine Ahnung, wie viel davon du überhaupt vertragen würdest, und am Anfang hatte ich ständig Angst, alles kaputtzumachen. Vincent ist genau zum richtigen Zeitpunkt gekommen … aus seiner Sicht. Damals war ich alles andere als fertig mit mir, und als du dann in mich eingetaucht bist … in dem Moment, als ich zu Staub zerfiel … das ist ein Zustand der absoluten Auflösung, so etwas wie eine Neugeburt … da habe ich alles auf einmal empfunden … innerhalb eines Sekundenbruchteils … deine Wärme, deine Liebe, deine Sehnsucht … alles, was du mir entgegenbringst … Verstehst du, Jol, nur weil du so tiefe, reine, ehrliche Gefühle für mich hast, wurde der Auflösungsprozess gestoppt, und ich konnte wieder in meinen Körper zurück.« Rouben senkte den Blick, und ein heftiges Beben erschütterte ihn. »Ich habe mich so unendlich geschämt. Ich hätte dir niemals gleich danach unter die Augen treten können, ich wollte erst so werden wie du …«

»Aber Rouben, das ist doch Unsinn«, begann Jolin. »Meine Gedanken sind beileibe nicht immer so *rein*, wie du vielleicht denkst.«

»Ich weiß.« Er nickte. »Mittlerweile weiß ich es. Trotzdem werde ich niemals so sein wie du.«

»Ist das nicht ein Glück?«, entgegnete sie fragend.

Die Traurigkeit verschwand aus seinen Augen, und der Anflug eines Lächelns kehrte zurück. »Wie man es nimmt«, sagte er.

»Was meinst du damit?«

»Dass für dich das Leben mit mir immer in gewisser Weise unberechenbar bleiben wird …«

»Also niemals langweilig …?«

»Na ja, du hast es ja schon gemerkt. Manchmal bin ich nicht besonders charmant. Dann sage ich Dinge, die ich hinterher bereue.«

Jolin drehte sich auf seinem Schoß, schlang die Beine um seine Hüften und legte ihre Arme eng um seinen Hals. »Damit kann ich leben, aber nur, wenn du endlich aufhörst, Dinge *zu tun*, die du anschließend bereust.«

Rouben sah sie nachdenklich an. »Meinst du das?«, fragte er schließlich und küsste sie.

»Genau«, murmelte Jolin und küsste ihn wieder. Entschlossen schob sie ihre Hände unter sein T-Shirt, strich über die kräftigen Muskeln entlang seiner Wirbelsäule, und tastete sich langsam unter seinen Achseln hindurch nach vorn.

»Bist du sicher?«, wisperte Rouben. Sein Atem war an ihrem Ohr, seine Hände wanderten an ihren Armen entlang, und seine Lippen strichen über ihre Halsschlagader. »Willst du das wirklich?«

»Nichts mehr als das …«, hauchte Jolin. »Als dich.«

Rouben bog den Kopf zurück und nahm ihr Gesicht in seine Hände. »Ich kenne einen Ort«, sagte er leise. Er erhob sich mit ihr auf dem Arm, als wäre sie so leicht wie eine Daunenfeder, trug sie durch den Raum, schaltete die

Musikanlage auf der Kommode an und ging dann weiter bis ans andere Ende des Zimmers, wo sich eine Wendeltreppe befand, die nach oben führte.

»Wohin bringst du mich?«

»In den Himmel, Jol … Weißt du noch …?«

Unter ihnen ertönten die ersten Takte von *Stairway to Heaven*, dem Song von Led Zeppelin, zu dem sie ein halbes Jahr zuvor auf Klarisses Party zum ersten Mal miteinander getanzt hatten.

»Damals hätte ich nie gedacht …«, flüsterte Jolin. Sie legte den Kopf in den Nacken, und während Rouben sie die Wendeltreppe hinauftrug, sah sie den Himmel über sich, so schwarz wie ein samtenes Kissen.

»Es ist nicht das Gleiche wie in Ramalias Haus«, murmelte er eine Entschuldigung, während er sie auf etwas Dickem, Weichem absetzte. Es war eine Matratze, annähernd so groß wie die ganze Dachterrasse, belegt mit Kissen und Decken und umgeben von einem Beet, in dem Büsche und kleine Bäume wuchsen. In der Erde dazwischen und in den unzähligen Gabelungen ihrer Zweige steckten Gläser, in denen Lichter brannten, wie Hunderte von Sternen.

Jolin hielt den Atem an. »Es ist sogar noch viel schöner«, flüsterte sie.

»Meinst du, du könntest noch immer ohnmächtig werden, wenn du … wenn ich …?«, fragte Rouben leise.

»Den Teufel werde ich tun und irgendetwas davon verpassen«, erwiderte Jolin. Beherzt ergriff sie den Saum ihres T-Shirts, streifte es ab und ließ es auf die Kissen fallen.

Sie sah, dass nun auch Rouben den Atem anhielt.

Schließlich fasste er sich in den Nacken und zog sein T-Shirt ebenfalls aus. Jolin registrierte jeden einzelnen

Zentimeter seiner Haut, die kräftigen Schultern, die perfekt geformten Oberarme, die geschmeidigen Muskeln, die dunklen Warzen und die wenigen feinen dunklen Haare auf seiner Brust.

Bis auf die kleine goldene Sonne waren seine Augen tiefschwarz und seine Lippen leicht geöffnet, als er langsam auf sie zurutschte und sanft ihre Schultern berührte. Zögernd fasste er mit den Fingerspitzen nach den Trägern ihres BHs und schob sie langsam bis zu ihren Ellenbogen herunter.

Er starrte sie an und schluckte, und Jolin schoss die Röte ins Gesicht. »Du … du hast das alles doch schon gesehen …«, stammelte sie.

Rouben schüttelte den Kopf. »Nein, ich … ehrlich gesagt, ich hab damals nicht so genau hingeschaut.«

Jolin senkte den Blick. »Und?«, fragte sie, und ihre Stimme zitterte so sehr, dass sie selbst kaum verstand, was sie sagte. »Bereust du's jetzt?«

»Was?« Wieder bildete sich eine kleine Steilfalte zwischen seinen Augenbrauen. Dann schüttelte er den Kopf, als könnte er nicht begreifen, wie sie so etwas fragen konnte. »Komm her«, sagte er rau. »Los, komm schon her!«

Er ließ seine Hände auf ihre Schultern zurückgleiten, ihren Hals hinauf und schließlich wieder in ihren Nacken hinunter. Sanft, aber bestimmt drückte er sie zu sich heran. Ihre Blicke trafen sich und den Bruchteil einer Sekunde darauf auch ihre Lippen.

Dieser Kuss war wie eine Befreiung, das Aufeinandertreffen ihrer Haut wie ein elektrischer Schlag, das Liebkosen ihrer Körper wie ein ineinander Ertrinken und ihr Verschmelzen wie eine Explosion, die sie in den Himmel warf.

Jolins Verstand brauchte einen Moment, um zu begreifen, dass genau das tatsächlich geschah. Ihre Schenkel umschlossen Roubens nackten Körper, ihre Blicke waren ineinander verankert, ihre Hände miteinander verschlungen und ihre Arme hoch über ihre Köpfe gestreckt, während sie für den Bruchteil einer Sekunde schwerelos unter dem samtenen Dach des schwarzen Himmels und den Lichtern der Stadt schwebten. Dann rollte Rouben sich blitzschnell ein, in vollkommener Harmonie wurde seine Bewegung eins mit Jolins, schützend schlossen sie einander ein wie eine Kugel, und einen Atemzug später rollten sie lachend über die Matratze auf der Terrasse.

»Wie hast du das gemacht?«, kicherte Jolin. »Wie machst du das nur?«

»Na ja«, sagte er. »Es ist nun mal so, wie ich schon sagte, ich bin ein Wesen …«

»… von besonderer Gabe?«

Rouben nickte beklommen. »Eines, das immer auch einen Teil der Dunkelheit in sich tragen wird.«

»Es ist also wahr«, sagte Jolin.

»Ja, es ist wahr.«

»Und woher stammt dieses … ähm … Wissen? Von Vincent? Oder von Ramalia?«

»Es stand ebenfalls etwas darüber in dem Brief«, sagte er, während er sich auf ihr ausstreckte und seine Nase zärtlich an ihrer rieb. »Ich habe allerdings nicht die geringste Ahnung, ob meine Mutter dafür gesorgt hat, dass du diesen Zettel bekommst.«

Jolin schüttelte den Kopf. »Ich tippe ja noch immer eher auf deinen Bruder.«

»Wahrscheinlich hast du recht«, sagte Rouben. »Aber letztendlich ist es jetzt auch egal.«

»Ja, das ist es«, erwiderte sie. »Doch was genau bedeutet es?«

»Na ja, wie du eben schon gemerkt hast«, begann Rouben. »In bestimmten Situationen verfüge ich über außergewöhnliche Fähigkeiten.«

Jolin runzelte die Stirn. »Und weiter?«

»Ich bin ziemlich stark und schnell ...«

»Ja ... Und was noch?«

»Ich ... ähm ... na ja ... ich ...«

Jolin verdrehte die Augen. »Jetzt sag nicht, du bist unsterblich.«

»Nein, das nicht ... bloß unsterblich in dich verliebt.«

»So?«

»Für immer«, sagte Rouben und setzte eine betretene Miene auf. »Ich fürchte, ich werde eine ziemliche Klette sein ...«

»Oh«, sagte Jolin. »Ich glaube, damit komme ich klar.«

Rouben beugte sich herab und küsste sie flüchtig.

»Meinst du wirklich?«

»Ja ...«, sagte Jolin gedehnt. »... Allerdings ...«

»Was?«, fragte er erschrocken.

Sie schnappte nach seinen Lippen. »Können wir jetzt, nachdem alles geklärt ist, nicht endlich mal so *richtig* knutschen?«

Roubens Augen verengten sich. »Das hättest du besser nicht fragen sollen.« Ein teuflisches Grinsen breitete sich über sein Gesicht aus, als er in Jolins Haare griff und sie dicht zu sich heranzog. Sein Atem ging schnell, und das Herz in seiner Brust schlug ebenso fest wie das von Jolin. »Du kannst jetzt so viel um Gnade flehen, wie du willst ... Es wird dir nichts nützen.«

Und dann küsste er sie, dass ihr schwindelig wurde und sie gleich noch ein weiteres Mal mit ihm davonflog.

original message
from: *Leonhart.L*
to: *jolinjons@web.de*
subject: *verzeih mir*
liebe jolin,
ich kann gar nicht sagen, wie leid es mir tut, dass ich dir nicht vertraut habe. ich hoffe ja so sehr für dich, dass ihr, rouben und du, wieder zusammenfindet. carina und ich werden übrigens für ein jahr in boston bleiben. wir haben uns hier um collegeplätze gekümmert und eine kleine Wohnung gefunden. inzwischen verstehe ich selbst nicht mehr, wie ich an meinen gefühlen für sie zweifeln konnte. ach, jolin, ich hoffe so sehr, dass du mir verzeihen kannst, denn ich hab dich wirklich gern.
leo

original message
from: *jolin johansson*
to: *leolion@gmx.com*
subject: *re: verzeih mir*
kein thema, leo, mach dir bitte keine gedanken, sondern genieß dein leben! rouben und ich, wir haben uns wiedergefunden, und ich bin der glücklichste mensch unter der sonne ☺
hdl, jolin
und gaaaanz liebe grüße an carina

original message
from: *jolin johansson*
to: *klarisse@hexe.de*

subject: *tausend dank*
für alles, was du für mich getan hast!
rouben ist übrigens zurück ... keine ahnung, wie ich meinen eltern beibringen soll, dass ich nun doch bald ausziehen werde.
du bist die beste, klarisse, neben anna, und ich drücke dich an mein herz.
jolin

original message
from: *klarisse*
to: *jolinjons@web.de*
subject: *re: tausend dank*
oh, es war mir eine ehre, jolin, und ich kann dir gar nicht sagen, wie happy-happy-happy ich bin, dass du wieder glücklich bist.
apropos umziehen: stell dir vor, meine eltern haben hals über kopf ein neues haus gekauft, in lienenthal ... jolin, ich sag dir, es ist DER hammer! alles super ausgebaut und der rasen im vorgarten voller glimmer – einfach irre, das musst du dir bei gelegenheit unbedingt mal ansehen!
freu mich tierisch auf dich und euch, bis ganz bald,
eure kleine hexe